opinio

Alle Rechte vorbehalten
© 2002 by Opinio Verlag, Basel
Lektorat: Monika Schib Stirnimann
Druck: Reinhardt Druck, Basel
ISBN 3-03999-020-9

Eva Rüetschi

# Sesseltanz mit Dame

Eine politische Kriminalgeschichte

Opinio Verlag

Für David und Joachim

# Dank

Ich möchte all jenen Personen herzlich danken, die mir Stoff für diesen Roman geliefert haben. Zu Dank verpflichtet bin ich Willi Schmid für seine Empfehlungen und Ratschläge, die es mir ermöglicht haben, meinen Krimi in eine druckreife Form zu bringen.

Danken möchte ich schliesslich meinem Ehemann Bernhard Rüetschi; ohne seine Ermutigungen und seinen unerschütterlichen Glauben an meine schriftstellerischen Fähigkeiten wäre dieses Buch nie zustande gekommen.

# 1

Am 18. Februar, um elf Uhr fünfzehn, fanden Max und Sonja Wüst im Kannenfeldpark die Leiche eines Mannes. Er lag ausgestreckt auf dem Rücken hinter einer halbhohen Weisstanne, deren weit ausladende Äste bis auf den Boden reichten.

Wie jeden Tag hatte Max Wüst seine Frau um halb elf im Felix Platter-Spital abgeholt und war mit ihr zum nahe gelegenen Park spaziert. An diesem 18. Februar hatten sie sich auf eine Bank gesetzt, um die Wärme der blassen Wintersonne zu geniessen. Max Wüst hatte seinen Arm um seine Frau gelegt und hielt sie fest an sich gedrückt. Sie litt an der Alzheimerkrankheit und lebte schon seit einiger Zeit in einer für ihn nicht erreichbaren Welt. Während sie stumm nebeneinander auf der Bank sassen, hatte er seine Augen umherschweifen lassen, und dabei war ihm ein Zeitungspaket aufgefallen, das mitten im Park auf dem winterlichen Rasen lag. Max Wüst war ein wohl erzogener Mann, der jede Unordnung hasste.

«Da hat einer sein Altpapier hingeschmissen», dachte er zornig, und um sich nicht aufregen zu müssen – der Arzt hatte ihm jegliche Aufregung verboten –, nahm er sich vor, nur noch in die andere Richtung zu schauen. Aber immer wieder zog das Zeitungspaket auf dem Rasen seinen Blick an. Und schliesslich konnte er nicht mehr anders. Er stand auf und sagte zu Sonja: «Rühr dich nicht vom Fleck. Ich bin gleich wieder da.»

Dann ging er bedächtig auf dem asphaltierten Weg am Rande der Grünfläche entlang bis zu der Stelle, an der die Distanz zu dem Zeitungspaket am kürzesten war. Dort zögerte er einen Augenblick, denn er verabscheute schmutzige Schuhe, und zudem stand auf einem grossen Schild, dass man den Rasen um diese Jahreszeit nicht betreten dürfe. Schliesslich setzte er sich widerwillig und vorsichtig mit kleinen

Schritten in Richtung des Zeitungspakets in Bewegung. Als er das Ärgernis erreicht hatte, ging er in die Hocke, um es näher zu betrachten. Er stellte fest, dass es die Morgenausgabe der Basler Zeitung enthielt. Etwa dreissig Stück, fein säuberlich mit einem blauen Kunststoffband zusammengebunden.

«Eigenartig», murmelte er kopfschüttelnd.

Als er das feuchte Bündel aufheben wollte, um es der vorgeschriebenen Entsorgung zuzuführen, fiel sein Blick auf einen aluminiumfarbenen Handwagen, der etwa fünfzig Meter entfernt im Schatten einer grossen, dunklen Tanne stand. Es war ein Handwagen, wie ihn die Verträger der Basler Zeitung benützten.

«Nein, so etwas», sagte er zu sich und schüttelte abermals missbilligend den Kopf. Und nachdem er sich mit einem raschen Blick vergewissert hatte, dass Sonja noch immer bewegungslos und selbstvergessen auf der Parkbank sass, begab er sich zu der Stelle, wo der Handwagen abgestellt war. Und noch bevor er ihn ganz erreicht hatte, sah er den am Boden liegenden Körper. Er wusste sofort, dass der Mann tot war, obwohl er noch nie einen Toten gesehen hatte. Eine eigenartige Beklommenheit erfasste ihn und hinderte ihn daran, näher an die liegende Gestalt heranzutreten. Er blieb etwa zehn Meter entfernt unschlüssig stehen. Dann rief er dreimal laut: «Hallo, Sie!» Als keine Antwort kam, machte er eine Kehrtwendung und ging mit denselben vorsichtigen, kleinen Schritten auf dem Weg, den er gekommen war, zur Parkbank zurück.

Sonja sass noch immer regungslos mit leeren Augen da. Er nahm sie wie ein grosses Kind an der Hand. «Komm, Liebes, wir gehen zurück», sagte er sanft und zog sie hoch.

«Zurück», wiederholte sie mechanisch und stand bereitwillig auf.

Zusammen gingen sie über den von der Sonne beschienenen Parkweg zum Ausgang. Auf dem breiten Trottoir vor dem Park trafen sie auf ein junges Paar, zwei Teenager, offensichtlich auf dem Heimweg von der Schule. Die beiden standen an der Hecke, die den Park von der Strasse trennte, und sprachen und lachten abwechselnd in ein Handy. Max Wüst blieb stehen. Der junge Mann hatte das Telefon soeben wieder seiner Freundin zugesteckt.

Jetzt nahm Max Wüst allen Mut zusammen. «Dürfte ich Ihr Telefon benützen?», sprach er die junge Frau an. «Ich muss die Polizei rufen. Da hinten im Park liegt ein Toter.»

Die Wirkung war verblüffend. Das Mädchen unterbrach sein Reden und Lachen, sagte kurz «Tschüss» und «Ich ruf dich wieder an, aber hier ist ein Alter, der hat einen Toten.» Dann drückte es Max Wüst wortlos das Handy in die kalte Hand.

Er betrachtete das kleine schwarze Ding verlegen. Er hatte noch nie so etwas in Händen gehabt, geschweige denn benutzt.

«Ach so!» Der junge Mann nahm das Telefon an sich, drückte ein paar Knöpfe und gab es wieder zurück. «Jetzt kannst du die Nummer einstellen.»

Max Wüst flüsterte ein verschämtes «Danke», und während der junge Mann kopfschüttelnd staunte: «Ja, gibts denn so etwas? Uralt und kann nicht einmal telefonieren», drückte er zweimal die Eins und dann die Sieben.

Er wartete mit Sonja am Parkeingang, bis die Polizeipatrouille eintraf, und führte diese dann, so schnell seine kranke Frau laufen konnte, an den Ort, wo er die Leiche gefunden hatte. Das heisst, nicht ganz bis dahin; er blieb wieder etwa zehn Meter entfernt stehen.

«Ich muss meine Frau ins Spital zurückbringen», rief er den beiden Polizeileuten nach, als sie mit festen Schritten, offensichtlich ohne Scheu und Respekt vor dem Anblick eines Toten, auf den am Boden liegenden Körper zugingen.

«Warten Sie, wir brauchen Sie noch», rief ihm der jüngere über die Schulter in freundlichem Befehlston zu.

«Meine Frau friert. Aber ich komme zurück», gab er zur Antwort. Dann nahm er Sonja am Arm und ging zum zweiten Mal mit raschen Schritten in Richtung Parkausgang.

Als er eine halbe Stunde später zurückkam, wimmelte es rund um die Stelle, wo er die Leiche gefunden hatte, von Polizeileuten. Der Tote lag noch immer am Boden, aber man hatte in der Zwischenzeit einen Wagen gerufen, um ihn wegzubringen. Jedenfalls standen zwei Männer mit einer Bahre dicht neben der Leiche und warteten darauf, sie aufladen und in das bereitstehende schwarze Auto schieben zu können.

«Bitte gehen Sie weiter», wurde Max Wüst in diesem Augenblick von einem jungen Mann im grauen Regenmantel aufgefordert.

«Ich weiss nicht», meinte er unsicher, «ich bin der, der die Leiche gefunden hat, und man sagte mir, man brauche mich noch.»

«Ach so», meinte der junge Mann jetzt mit deutlich freundlicherem Ton, «warten Sie einen Augenblick.»

Er begab sich zu einem etwas älteren Kollegen, der direkt bei dem Toten stand und soeben erklärte, dass man diesen jetzt wegbringen könne. Die beiden Polizeileute wechselten ein paar kurze Worte, dann kam der ältere auf Max Wüst zu.

«Kriminalkommissar Schär», stellte er sich mit strammer Stimme vor und reichte ihm die Hand.

Max Wüst hatte beim Warten beobachtet, wie Schär mit blosser Hand die Nase des Toten angefasst und versucht hatte, dessen Gesicht etwas zur Seite zu drehen. Es schauderte ihn, während er dem Kommissar jetzt widerwillig die Hand reichte, und er bereute, dass er die Handschuhe ausgezogen hatte.

«Vielen Dank, dass Sie zurückgekommen sind», sagte Schär freundlich, «wir brauchen Ihre Personalien. Zudem wollen wir wissen, wie und wann Sie die Leiche gefunden haben.»

«Es ist wie im Fernsehen», ging es Max Wüst durch den Kopf. Dann gab er bereitwillig an, wie er hiess und wo er wohnte, und während der Kommissar alles in einem kleinen Buch notierte, versprach er, am Nachmittag aufs Kommissariat zu kommen, um seine Aussage zu Protokoll zu geben.

Und das tat er dann auch. Schär empfing ihn in seinem Büro. Und Max Wüst berichtete mit umständlichen Worten, was er an diesem Morgen gesehen und getan, und auch, was er in den letzten Stunden darüber gedacht hatte. Schär hörte zu und liess alles, was er sagte, von einer freundlichen Sekretärin aufschreiben. Nachdem er alles erzählt hatte, wollte Max Wüst vom Kriminalkommissar wissen, wie denn der Tote heisse, warum er umgebracht worden sei und ob man den Täter schon kenne. Und er fühlte sich vor den Kopf gestossen, als Schär ihm gereizt erklärte, darüber könne er keine Auskunft geben.

Drei Tage später las Max Wüst in der Basler Zeitung folgende Kurznotiz:

«*Am Morgen des 18. Februar fand ein Passant im Kannenfeldpark die Leiche des einunddreissigjährigen Zeitungsverträgers Carlo Masagni. Laut Berichten des Kriminalkommissariates wurde Masagni in den frühen Morgenstunden des gleichen Tages von bisher Unbekannten erschlagen. Die Polizei bittet um Mithilfe. Beobachtungen und sachdienliche Mitteilungen bitte an das Kriminalkommissariat Basel im Waaghof, Binningerstrasse 21, oder an jeden Polizeiposten.*»

## 2

Es hatte geschneit über Nacht. Zuerst wenig, dann in immer dichteren Flocken.

Als Frank Heinemann wie üblich um vier erwachte, hörte er die Stille. Zuerst war er etwas verwirrt. Schnee, durchfuhr es ihn dann. Wenig später stand er vor dem grossen Fenster und sah in den dunklen Märzmorgen hinaus. Tatsächlich. Etwa zehn Zentimeter Neuschnee gaben der Natur ein märchenhaftes Aussehen.

Er atmete tief ein. Erst jetzt realisierte er den Druck im Kopf und ein leichtes Brennen im Magen. Ein enttäuschender Abend war das gewesen gestern. Er streckte sich und atmete langsam aus. Dann ging er ins Badezimmer. Und während er unter der Dusche stand und das Wohlbehagen aufnahm, welches das warme Wasser über seine Haut in seinen Körper hineintrug, dachte er über den gestrigen Misserfolg nach. Seine Vorhaben und Ziele waren allesamt auf der Strecke geblieben. Er hatte nicht verhindern können, dass die Wählerunion Baselland einmal mehr die falsche Person ins Rennen um einen frei gewordenen Regierungssitz schickte.

«Wieder eine Chance verpasst», murmelte er vor sich hin, während er seine Brust sorgfältig einseifte. Diese junge Frau, diese Sabine Manser, intelligent, liebenswürdig und doch energisch, wäre eine überzeugende Kandidatin gewesen und hätte frischen Wind in die Regierung gebracht.

«Frauenfeindliches Pack», knurrte er, «Machos, allesamt.» Und während er das grosse, gelbe Badetuch um seinen massigen Körper wickelte, stieg der Zorn wieder in ihm hoch. Leclair hatte es geschafft. Aber es war noch nicht aller Tage Abend. Er hatte sich gestern beim Einschlafen vorgenommen, dem Parteipräsidenten über die Person des Kandidaten reinen Wein einzuschenken. Er würde ihn anrufen, sobald er zurück wäre von seiner Morgentour.

Frank Heinemann begann, seine Zähne zu putzen. Sein Blick fiel dabei unweigerlich in den Spiegel über dem Lavabo. Oje, was ihm da entgegenschaute, war wirklich schäbig. In solchen Momenten war er froh, dass Clelia tot war. Er betrachtete sein aufgeschwemmtes Gesicht mit den grauen Bartstoppeln und liess dann einen kritisch abschätzigen Blick über seinen Körper gleiten. Sein Gewicht bewegte sich seit einigen Jahren zwischen achtundneunzig und hundert Kilo. An seinem sechzigsten Geburtstag hatte ihm sein alter Freund Werner nach einer langen, umständlichen Rede eine goldene Krawattennadel in Form eines gekreuzten Essbestecks überreicht und ihn im Hundertkiloverein willkommen geheissen. Er hatte ihn dafür gehasst. Er hatte keine hundert Kilo, jedenfalls nicht immer, und er trug auch nie Krawatten. Und zudem war das Geschenk eine Taktlosigkeit. Natürlich hatte er geschwiegen und mit den anderen artig über Werners blöde Witze gelacht. Aber er hatte die Nadel noch am gleichen Abend in den Müll geworfen und Werner nie wieder angerufen.

Aber es war nicht nur das Gewicht, das sein Aussehen beeinträchtigte. Alt und grau war er geworden. Von seinem schönen, dunkelblonden Haar, das Clelia immer bewundert hatte, war nur noch wenig übrig. Er hatte deshalb die Haare auf der rechten Seite wachsen lassen und pappte sie mit Lack über seinen nackten Schädel. Jetzt, am Morgen, hingen sie ihm wirr und grau bis fast auf die Schulter.

«Ich sehe genau so aus, wie ich mich fühle», dachte er bitter, während er zwei Zentimeter über dem rechten Ohr langsam einen geraden Scheitel zog.

Nachdem er seine Glatze bedeckt hatte, fühlte er sich besser. Er nahm seine alte Rolex mit dem lotterigen Stahlband von der Ablage und streifte sie über. Er liebte diese Uhr und trug sie stets am Handgelenk. Sie war ein Erbstück. Sein Vater hatte zuerst als Uhrmacher, später als Vertreter bei Rolex gearbeitet und die Uhr zum dreissigsten Dienstjubiläum bekommen.

«Halb fünf», konstatierte er, während er seine Trainerhose und den dicken, blauen Pullover anzog.

Frank Heinemann trug seit einigen Jahren am Morgen Zeitungen aus. Eigentlich war er Lehrer. Er hatte Mathematik und Biologie studiert und vor zweiunddreissig Jahren mit grosser Begeisterung an der örtlichen Sekundarschule seine Lehrtätigkeit aufgenommen. Bis vor etwa zehn Jahren war es ihm recht gut gegangen. Sicher, seine Begeisterung für die Jugend und den Lehrberuf hatte im Verlaufe der Jahre nachgelassen. Aber er war doch jeden Morgen gerne zur Arbeit gegangen. Dann aber hatten die Sorgen mit Clelia angefangen. Und in den letzten Jahren seiner Lehrtätigkeit hatte er auch zunehmend Schwierigkeiten gehabt, in seinen Klassen für Ruhe und Disziplin zu sorgen. Auch mit den Eltern war er immer weniger zurechtgekommen; er hatte sie für ihr Versagen bei der Erziehung ihrer Kinder verachtet und dies in den Elterngesprächen auch unverblümt zum Ausdruck gebracht. So war er immer mehr unter Druck geraten. Als dann Clelia krank wurde, war es nur noch bergab gegangen.

Jetzt waren es ziemlich genau fünf Jahre seit ihrem Tod. Heinemann hatte sich daran gewöhnt, allein zu leben. Er hatte mit sechzig den Schuldienst vorzeitig quittiert. Später hatte er wegen der Schulden die Arbeit als Zeitungsverträger angenommen. Zuerst war es ihm schwer gefallen, am Morgen so früh aufzustehen, während die anderen noch warm in ihren Betten schliefen. Inzwischen mochte er die stillen Morgenstunden, in denen die Welt ihm gehörte. Es waren nur wenige Menschen unterwegs, meist Hundebesitzer, die ihre vierbeinigen Freunde ausführten. Er genoss die Ruhe des dämmernden Tages, die Sonnenaufgänge, den Regen und den Wechsel der Jahreszeiten. Er hörte den Vögeln zu, beobachtete die schwarze Katze des Nachbarn, die schon um fünf vor der Haustüre wartete, um sicher da zu sein, wenn diese um sieben geöffnet wurde, und träumte manchmal, er sei der einzige Mensch auf der Welt. Er mochte die Gedanken, die ihm in diesen frühen Stunden durch den Kopf gingen, denn sie waren ganz anders als die, die sich im Verlaufe des Tages einstellten. Deswegen hatte er sich auch vor kurzem entschlossen, noch ein weiteres Jahr Zeitungen auszutragen.

Während er jetzt den aufgewärmten Kaffee in kleinen Schlücken zu sich nahm, seinen blauen Schal und die dicken, schwarzen Schuhe anzog, fühlte er sich schon wieder recht gut. Und als er vor die Haustüre trat und in tiefen Zügen die frische Luft einzog, spürte er, wie der Druck im Kopf und das Brennen im Magen verflogen.

Es war jetzt schon fast fünf, und ein prächtiger Tag kündigte sich an. Die Schneewolken hatten sich verzogen und der Himmel zeigte sich in einem hellen und klaren Grau, das einen wunderschönen Tag versprach. Die Luft war bitterkalt. Die Gärten und sogar die Strasse waren mit einer leichten Schneedecke belegt. Weisse Polster lagen auf den Dächern und Bäumen, auf dem zugefrorenen Weiher und dem Vogelhaus im Garten des Nachbarn. Aus den Kaminen löste sich der Rauch der anspringenden Heizungen und zog in den Himmel.

«Dichter müsste man sein, heute Morgen», seufzte Frank Heinemann. Und wie immer in so verträumten Augenblicken kam ihm der Anfang eines Eichendorff-Gedichtes in den Sinn, das er einst als Schüler auswendig gelernt hatte: «Es war, als hätt' der Himmel die Erde still geküsst...», zitierte er laut. Und während er im Gedächtnis nach der Fortsetzung suchte, stapfte er beschwingt auf dem schmalen Weg durch seinen Vorgarten. Seine dicken Stiefel hinterliessen dunkle Spuren im neuen Schnee.

«Leider kann ich nicht fliegen», entschuldigte er sich bei der schwarzen Nachbarskatze, die wie immer vor der Haustüre sass. «Du hast bestimmt kalte Füsse», setzte er mitleidig dazu.

Er trat in die offene Garage, löste das Schloss an der dicken Eisenkette, mit welcher der Handwagen an einem Wandring befestigt war, und stellte ihn neben die Zeitungen, die in einem wirren Haufen auf dem Boden lagen.

«Er war wieder zu faul, die Bündel anständig aufzuschichten», knurrte er. «Aber es ist heute auch wirklich kalt», schob er versöhnlich nach und hauchte in die Hände.

Einhundertzweiundzwanzig Zeitungen waren es, die Frank Heinemann aus der Verpackung löste und fein säuberlich im kleinen Handwagen aufschichtete. «Dünn ist sie wieder, heute Morgen», murmelte er dabei, «da haben die Herren Redaktoren Kaffee getrunken und geschwatzt, statt geschrieben. Und die Hälfte besteht aus Inseraten! – Gut für die Zeitung, schlecht für den Leser», konstatierte er, als er die letzten Exemplare unter den Arm nahm und sich auf seine Morgentour begab.

3

Gisela Beck legte den Hörer auf und stiess einen Seufzer der Erleichterung aus. Das ständige mütterliche Wehklagen machte sie müde; das vorwurfsvolle und ungerechte «Niemand kümmert sich um mich!». Als ihr Vater gestorben war, hatte sie sich vorgenommen, ihre Mutter jeden Tag anzurufen. Jetzt war sie so weit, dass ihr vor jedem Kontakt graute und sie ständig nach Ausreden suchte, um nicht telefonieren zu müssen. Sie sah auf die Uhr. Sie hatte ihrer Tochter Sarah versprochen, um elf mit ihr ins neu eröffnete Sportgeschäft zu fahren und ihr für die Sportferien eine warme Jacke zu kaufen. Jetzt war es halb elf, und sie hatte den Hund noch nicht ausgeführt. Gisela Beck rief ihre alte Airdalehündin, die zusammengerollt vor dem Ofen lag. Sie öffnete die Tür des bemalten Bauernschrankes in der Eingangshalle, nahm die Leine heraus, zog ihren warmen, roten Mantel, Gummistiefel und die schwarze Mütze an und trat in den Garten hinaus.

Der Tag war herrlich. Der Himmel strahlte in einem intensiven Blau, das einen leuchtenden Gegensatz bildete zum weissen Schnee. Dieser schmolz jetzt unter der warmen Märzsonne allerdings rasch dahin; an den Ästen der Bäume hingen die Wassertropfen und glitzerten und funkelten wie Kristalle. Wie im Märchen, dachte Gisela Beck, während sie durch den Vorgarten eilte. Am Gartentor drehte sie sich um und wartete, bis Asta, die Nase schnüffelnd im ungewohnten Weiss, zu ihr aufgeschlossen hatte. Dann trat sie aufs Trottoir hinaus.

Der Schneepflug hatte in den frühen Morgenstunden die weisse Pracht an den Strassenrand geschoben. Dort lag sie jetzt, verwandelt in hässliche, braungraue Haufen, aus denen kleine Bäche flossen. Auf dem Trottoir hatte Nachbar Spörri Asche und Sägemehl gestreut. Er war ein älterer, ängstlicher Mann und fürchtete, es könnte jemand umfallen und sich verletzen, und er müsse dann für den Schaden haften.

Gisela Beck eilte zum Wald. Sie bemerkte die Nachbarin, die im Garten das Vogelhaus auffüllte. Sie kannte den Namen der Frau nicht oder hatte ihn wieder vergessen. Seit seiner Scheidung brachte Nachbar Gassmann in grösseren und kleineren Zeitabständen immer wieder neue Freundinnen in sein Haus. Anfänglich hatten sich die Becks pflichtbewusst deren Namen gemerkt. Wegen der vielen Wechsel hatten sie es dann aber aufgegeben. Sie begrüssten die Nachbarinnen seither mit einem freundlichen «Frau Gassmann», was von den Damen sehr geschätzt wurde. Bei geschlossener Haustüre sprachen sie aber nur von der Jetzigen.

Der schwarze Kater Timo sass wenige Meter entfernt in der Sonne und beobachtete durch seine Augenschlitze, wie seine derzeitige Herrin sich bemühte, das Vogelfutter aus der Kartonpackung in das enge Vogelhaus zu bringen. Es sah aus, als ob er innerlich lache. Jedes Körnchen, das daneben ging, vergrösserte seine Chance, zu einem zusätzlichen Frühstück zu kommen, denn rund um das Vogelhaus hüpften aufgeregt etwa ein halbes Dutzend freche Spatzen und pickten die heruntergefallenen Kerne aus dem Schnee.

Gisela Beck fürchtete, die Jetzige in ihrem eleganten, schwarzen Hosenanzug und ihren zierlichen, pelzbesetzten Hausschuhen halte nach einer Schwatzpartnerin Ausschau.

«Aber nicht mit mir, heute nicht», knurrte sie und grüsste freundlich, machte aber keinerlei Anstalten, stehen zu bleiben, sondern eilte mit energischen Schritten am nachbarlichen Garten vorbei.

«Ist es nicht ein wunderschöner Morgen?», versuchte die Jetzige anzubändeln.

«Wunderschön, tatsächlich», bestätigte Gisela Beck freundlich und setzte ihren Weg fort.

Asta war einige Meter vorausgerannt und wartete an der Waldecke einen kurzen Augenblick schwanzwedelnd auf ihre Herrin. Dann drehte sie sich um und setzte den Spaziergang wie gewohnt geradeaus über den in breiten Stufen angelegten Weg an der grossen Villa der Familie

Savary vorbei fort. Nach etwa zwanzig Metern machte sie abrupt halt. Die Nase am Boden, schnüffelte sie im Schnee, legte sich dann auf den Rücken und wälzte sich ausgiebig. Als Gisela Beck die Stelle erreichte, war die Hündin bereits wieder auf den Füssen. Jetzt widmete sie sich mit ihrer Nase intensiv einem roten Fleck, der grell aus dem Weiss des Schnees hervorstach.

«Das war wohl der Timo», erklärte Gisela Beck ihrem Hund.

Im Weitergehen nahm sie wahr, dass der kleine Pfad, der vom Hauptweg nach links abging, schwarz und aufgewühlt war, wie wenn eine Horde von Wildschweinen darüber getollt wäre. Sie dachte nicht länger darüber nach und schritt weiter die Stufen hinauf. Oben blieb sie stehen; der Hund war ihr nicht gefolgt.

«Asta», rief sie ungeduldig, «Asta, komm endlich.» Gisela Beck konnte die Hündin nirgends sehen, hörte sie aber im Waldesinnern aufgeregt bellen. «Was ist denn jetzt schon wieder?» Verärgert eilte sie über die Stufen zurück. Als sie zu der Stelle kam, wo der kleine Pfad abging, traf sie auf einen älteren Herrn.

«Er hat bestimmt etwas Aufregendes gefunden», bemerkte dieser lachend. Und dann ernster: «Vielleicht ein krankes Wild?» Und neugierig folgte er Gisela Beck, die sich bereits in Richtung Hundegebell in Bewegung gesetzt hatte. Nach etwa sechzig Metern hatte sie die Stelle erreicht, wo Asta aufgeregt hin und her hüpfte. Der Gegenstand, der den Hund so in Rage brachte, war ein Mann, der ausgestreckt auf dem Rücken im Schnee lag. Er trug eine braunbeige Jacke und einen blauen Schal. Neben ihm befand sich ein umgekippter, aluminiumfarbener Handwagen, aus dem mehrere Zeitungen herausgefallen waren. Gisela Beck, die vor dem am Boden liegenden Körper stehen geblieben war, erkannte Frank Heinemann sofort. Sie starrte wie gebannt auf den Mann und bemerkte dann, dass er den einen Schuh verloren hatte.

«Der Arme, sein Fuss ist bestimmt ganz kalt», dachte sie mitleidig.

Auch der ältere Herr hatte nun die Stelle erreicht, wo der Körper am

Boden lag. «Was ist denn das?», fragte er und trat näher.

Gisela Beck drehte sich um. «Ich gehe und telefoniere dem Krankenwagen.»

«Das können Sie sich sparen, rufen Sie lieber die Polizei», fiel der ältere Herr ihr ins Wort. «Der ist tot. Mausetot. Schauen Sie sich das Blut an seinem Kopf an.»

Aber Gisela Beck verspürte keine Lust, sich eine kalte Leiche näher anzusehen. Mit hastigen Schritten eilte sie den Weg zurück.

«Ist was passiert?», rief ihr die Jetzige erwartungsvoll zu, als sie atemlos am Nachbarsgarten vorbeistürmte.

«Etwas Schreckliches. Der Herr Heinemann. Er liegt tot im Wald», stiess Gisela Beck zwischen zwei Atemzügen hervor. Sie hörte noch das «Wie entsetzlich!» der Nachbarin, dann endlich hatte sie ihre Haustüre erreicht. Sie rannte ins Wohnzimmer, griff nach dem Telefon und wählte die Nummer der Polizei. Als sich am anderen Ende eine tiefe, männliche Stimme meldete, fühlte sie sich erleichtert.

4

Tina Merz sass schon über zwanzig Minuten in der Cafeteria und hörte sich geduldig die Klagen von Barbara Simon an. Frau Simon war die Sekretärin, die sie mit ihrem Kollegen Siegfried Schär teilte. Sie war eine angenehme und zuverlässige Frau von fünfundvierzig Jahren, die nicht leicht aus der Ruhe zu bringen war und ihre beiden Chefs bewachte wie einst Zerberus die Unterwelt. Im Augenblick war sie allerdings zornig. Sie sprach über Kriminalkommissar Schär.

«Er hat mich vor allen blossgestellt», schnaubte sie. «Er sagte dem Chef einfach, der Bericht, der in Bern so viel Ärger verursacht hat, sei von mir verfasst worden, und er habe ihn nur im Vorbeigehen unterzeichnet. Er könne ja nicht alles kontrollieren. Dabei stammt jedes Wort von ihm, sogar das falsche Datum und die Tippfehler.»

Tina Merz schwieg. Sie mochte ihren Kollegen Schär nicht. Er gehörte zu den Menschen, die andere schlecht machten, um selbst besser dazustehen. Es war auch für sie schwierig, mit ihm zusammenzuarbeiten. Er suchte ständig nach Fehlern in ihrer Arbeit, und wenn er einmal fündig geworden war, nutzte er auch noch Wochen später jede Gelegenheit, um sie daran zu erinnern. Er war ein Petzer und zudem eifersüchtig und schadenfreudig.

Schär war vierundvierzig Jahre alt, verhielt sich aber wie ein Sechzigjähriger. Er war seit vier Jahren Kriminalkommissar und hatte damit sein Berufsziel erreicht. Er hatte vor einiger Zeit beschlossen, mit sechzig vorzeitig in Rente zu gehen. Und weil ihn nur noch rund zweihundert Monate von diesem freudigen Ereignis trennten, weigerte er sich kategorisch, noch etwas Neues zu lernen oder sich auch nur mit Neuem auseinander zu setzen. Es sei doch alles gut, wie es sei, pflegte er zu sagen, warum sich denn mit unnötiger Arbeit belasten. Trotzdem war er immer bereit, anderen gute Ratschläge zu erteilen.

Als Tina Merz vor vier Jahren ihre Tätigkeit beim Kriminalkommissariat aufgenommen hatte, war er ihr zuerst mit väterlichem Wohlwollen begegnet. Als er dann missbilligend zur Kenntnis nehmen musste, dass sie mit grossem Engagement an die Arbeit ging, auch bereit war, mehr als nur das normale Pensum zu leisten, hatten die väterlichen Gefühle rasch in Ablehnung umgeschlagen. Sie sei unkollegial und zu ehrgeizig, hatte er ihr vorgeworfen. Seit einem Jahr standen sie nun im gleichen Rang, eine Tatsache, mit der Schär sich nicht abfinden wollte. Er fühlte sich nach wie vor überlegen und brachte dies auch bei jeder Gelegenheit zum Ausdruck. Tina Merz war überzeugt, dass er ein gestörtes Verhältnis zu Frauen hatte. Nicht zu allen Frauen selbstverständlich, nur zu solchen, die nicht bereit waren, die Rolle einzunehmen, die er ihnen zuwies. Und Tina Merz gehörte zu denen, die seiner Überzeugung nach völlig fehl am Platz waren.

Wenn sie geschäftlich zusammen auftraten, meinte er immer, sie vorstellen zu müssen, auch Leuten, die sie schon lange kannte. «Das ist Frau Merz», pflegte er zu sagen, «sie ist erschreckend intelligent.» Anfangs hatte sie sich geärgert, heute ergänzte sie jeweils lachend: «Für ihn erschreckend.»

Siegfried Schär hatte in seinem Büro seit Jahren den Playboy-Kalender hängen, der jeden Monat das neue reizvolle Bild einer nackten Frau an die Wand zauberte. Im alten Büro im Lohnhof hing der Kalender schräg hinter dem Schreibtisch an einer sonst leeren Wand, sodass alle, die Schär gegenübersassen, gezwungen waren, die Nackte anzusehen. Tina Merz hatte rasch zur Kenntnis genommen, dass der Kalender zum Inventar des Kriminalkommissariats gehörte. Die darauf abgebildeten Damen waren oft das Gesprächsthema in der Kaffeepause. Und sie erlebte, mit welcher Spannung beim Jahreswechsel der neue Kalender erwartet wurde. Pünktlich am 2. Januar, morgens um acht, hängte Schär jeweils die neue Ausgabe an den dafür vorgesehenen Nagel. Und an diesem und dem folgenden Tag pilgerten die Kollegen – oder korrekter: ein Teil der Kollegen – in sein Büro und beurteilten ausgiebig und fachmännisch alles, was die zwölf abgelichteten und textilienfreien Damen von sich zeigten. Nach dem Umzug in den Waaghof hatte Tina Merz beschlossen, dem ein Ende zu machen. Als sie sich am 23. Dezember im neuen Büro von Schär verabschiedete und ihm schöne Festtage wünschte, eröffnete sie ihm ihren Weihnachtswunsch, dass er künftig auf seinen Kalender verzichte. Sie schenke ihm gerne einen anderen, einen mit Tierbildern oder Kunst oder sonst etwas Erfreulichem, wenn nur die nackten Frauen verschwinden würden. Er hatte sie lange schweigend angesehen, um ihr dann mit vor Zorn zitternder Stimme vorzuhalten, sie sei eine prüde alte Jungfer, der man anmerke, dass sie keinen Mann im Hause habe. Trotzdem hatte Tina Merz gehofft, er werde noch einlenken. Aber am 2. Januar, pünktlich um acht, hatte er den neuen Kalender wieder aufgehängt. Sie hatte daraufhin die Notbremse gezogen und beim Chef Anzeige erstattet wegen sexueller Belästigung am Arbeitsplatz. Hans Klement hatte gelacht, er habe auf diesen Moment schon lange gewartet. Einen Tag später hatte sich Frau Simon bei ihr bedankt; sie fühle sich wie befreit, seit der Kalender verschwunden sei.

Seither war das Verhältnis zwischen den beiden Kriminalkommissaren noch gespannter, und Tina Merz wich dem Kollegen aus, wo immer sein schwammiges Gesicht und seine grellbunten Krawatten auftauchten. Und darum verstand sie die rechtschaffene und fleissige Frau Simon. Sie wusste, wie schlecht Schär die Sekretärin behandelte, sie herumkommandierte und an ihrer Arbeit herumnörgelte. Aber jetzt, heute, hatte sie einfach weder Lust noch Zeit, sich über ihren Kollegen zu ärgern. Es ging schon gegen Mittag, und sie musste noch einen dringenden Bericht für die Staatsanwaltschaft verfassen.

Die Kommissarin sah verstohlen auf ihre Uhr. Sie wollte ihrer Sekretärin soeben vorschlagen, das Thema Schär bei einem gemeinsamen Mittagessen zu vertiefen, als sich ihr Handy meldete.

«Tut mir leid», sagte sie entschuldigend, während sie in ihrer Handtasche nach dem Telefon suchte.

«Wir haben eine Meldung, dass in Reinach ein Toter gefunden wurde», teilte der Kollege in der Zentrale mit. «Und man hat mir aufgetragen, Sie anzurufen, damit Sie sich die Sache ansehen.»

Tina Merz war leicht irritiert. «In Reinach? Das ist doch im Kanton Baselland. Da sind die Kollegen in Arlesheim zuständig.»

«Eigentlich schon», bekam sie zur Antwort. «Aber dieser Fall soll einige Parallelen zum Mord im Kannenfeldpark aufweisen. Zudem ist man in Arlesheim mit einer gewaltigen Einbruchsserie beschäftigt – und das bei mehreren Abwesenheiten.» Er lachte spöttisch. «Und so ist man auf allerhöchster Ebene übereingekommen, dass wir den Fall übernehmen.»

«So, und warum nicht der Kollege Schär?» Tina Merz dachte an ihren dringlichen Bericht für die Staatsanwaltschaft. «Er bearbeitet doch den Fall Masagni.»

«Der Chef hat mir aufgetragen, Sie aufzubieten. Nach dem Warum habe ich nicht gefragt», antwortete der Kollege leicht gereizt.

«Immer ich», seufzte sie. Dann liess sie sich erklären, wo genau man die Leiche gefunden hatte. Vielleicht war der Tote an einem Herzinfarkt gestorben, und der Auftrag konnte mit wenig Zeitaufwand erledigt werden.

Sie verabschiedete sich rasch von Frau Simon, die pflichtbewusst ebenfalls aufgestanden war und nun die schmutzigen Kaffeetassen zur Theke hinübertrug. Mit raschen Schritten eilte die Kommissarin in ihr Büro und nahm ihren Mantel. Dann öffnete sie die Tür zum Nebenzimmer. «Komm, wir müssen raus», rief sie ihrem Assistenten Martin Biasotto zu, «man hat in Reinach einen Toten gefunden.»

5

Tina Merz war neununddreissig Jahre alt. Mit ihrem braunen, kurz geschnittenen Kraushaar, ihrem runden, sommersprossigen Gesicht und ihren leuchtenden, hellgrünen Augen war sie eine gut aussehende, sympathische Frau. Sie hatte Jura studiert und mit dreiundzwanzig den um zwei Jahre älteren Anwalt Stephan Merz geheiratet. Als ein Jahr später der erste Sohn Sebastian zur Welt kam, hatte sie ihren Beruf an den Nagel gehängt und war zu Hause geblieben. Zwei Jahre später wurde der zweite Sohn Lukas geboren.

Tina Merz war eine hingebungsvolle Mutter, die ihre beiden Söhne über alles liebte. Sie betrachtete es als eine wunderbare Aufgabe, ihnen die Welt zu erschliessen, und war tief berührt von ihrer Weisheit und Unvoreingenommenheit. Durch ihre Söhne erlebte sie Mitmenschen und Umwelt verändert und viel positiver als zuvor. Und weil sich ihr eigenes Agieren und Reagieren im Verhalten der Kinder spiegelte, begann sie sich selbst bewusster wahrzunehmen. So veränderte sich im Verlaufe der Jahre ihr Denken und Fühlen, und sie wurde zu einer reifen, verantwortungsbewussten Frau, die mit Zuversicht in die Zukunft sah. Dafür war sie Sebastian und Lukas dankbar.

In der Zeit, die sie fast ausschliesslich mit ihren Söhnen verbrachte, lernte Tina Merz die Menschen kennen, die sie bald in drei Kategorien einteilte: Da waren die Unverdorbenen, die den Kindern offen und freundlich begegneten und mit ihnen ernsthafte Gespräche führten. Dann gab es die Geschundenen, Ängstlichen, die den Zugang zu den Erwachsenen nicht mehr fanden, aber kleine Kinder und Tiere über alles liebten. Und schliesslich waren da die Frustrierten, Unangenehmen, die glaubten, die menschliche Gesellschaft sei nach dem Prinzip einer Hackordnung aufgebaut. Und weil sie sich als Opfer dieser Gesellschaft erlebten, waren sie ständig auf der Suche nach Schwächeren, auf denen sie ihrerseits herumhacken konnten. Frauen und Kinder waren gute Hackobjekte, vor allem Frauen mit Kindern, die sich auffällig verhielten. Da konnte man so richtig eins draufgeben. Bei Tina Merz liefen die Hacker allerdings ins offene Messer. Sie schlug jeden Angriff zurück.

Einmal kam sie dazu, wie ein gehässiger Mann den damals vierjährigen Lukas beschimpfte, der einem vor dem Einkaufszentrum angebundenen Hund sorgfältig und liebevoll aus seiner Trinkflasche tropfenweise Tee auf den Kopf träufelte. Noch bevor sie sich schützend vor ihren Sohn stellen konnte, regelte der Vierjährige die Situation selber. «Meine Mutter», so erklärte der Knirps dem grossen, schweren Mann, der drohend vor ihm stand, «meine Mutter hat gesagt, es dürfe niemand mit mir schimpfen, nur sie.»

Damit war die Sache erledigt. Der Hacker hatte seinen Meister gefunden.

Tina Merz fühlte sich sicher und zufrieden, wenn sie mit ihren Kindern zusammen war. Doch sobald sie sich unter erwachsenen Menschen bewegte, kam sie sich ohne Berufstätigkeit minderwertig und uninteressant vor. Ihre Tage füllten sich mit Aufräumen, Kochen, Einkaufen und Spazierengehen, alles Tätigkeiten, die sie geistig nicht beanspruchten. Wenn sich Stephan am Morgen mit seiner Aktentasche und einem Tag voller Termine und Menschen verabschiedet hatte, blieb sie oft noch lange lustlos im Bett liegen und dachte darüber nach, dass wieder ein Tag ihres Lebens vergehen und sie nichts Spannendes erleben und nichts Bleibendes schaffen würde. Stephan spürte ihre Unzufriedenheit, und als er zusammen mit einem Kollegen eine Anwaltskanzlei eröffnete, bot er ihr die Gelegenheit zur freien Mitarbeit. Später, als Lukas in den Kindergarten kam, beschloss sie, sich eine eigene Arbeit zu suchen. Stephan war damit überhaupt nicht einverstanden. Als sie ihm erklärte, sie wolle nicht zeitlebens die Gehilfin ihres Mannes bleiben, schüttelte er über so viel weibliche Starrköpfigkeit ungläubig den Kopf.

Tina Merz nahm eine Halbtagsstelle beim Gericht an. Danach veränderte sich ihr Leben. Sie stand unter ständigem Zeitdruck, und der tägliche mehrfache Rollenwechsel, der Tanz auf verschiedenen Hochzeiten, machte ihr mehr zu schaffen, als sie je geglaubt hatte.

Stephan war ein gefragter Anwalt. Er arbeitete oft bis zu zwölf Stunden am Tag. Und er verdiente viel Geld. So kauften sie ein grosses, altes Haus. Nun hatte sie neben ihrer juristischen Arbeit, neben Kindern und Haushalt auch noch einen Garten zu besorgen. Da Stephan an den Wochenenden gerne Gäste um sich hatte, verbrachte sie den Samstag oft mit Einkaufen und Kochen. Tina Merz fand kaum mehr Zeit für sich selbst und fühlte sich mehr und mehr überfordert. Eines Tages wurde ihr bewusst, dass ihre Ehe nicht mehr existierte. Stephan und sie lebten wie gute Freunde nebeneinander. Er brachte viel Geld nach Hause, und sie sorgte dafür, dass sein Bett gemacht war und sein Essen auf dem Tisch stand. So beschlossen sie, sich zu trennen, als Freunde.

Das war vor vier Jahren gewesen. Sie hatte dann im Kriminalkommissariat eine neue Stelle angenommen; zuerst hatte sie als juristische Mitarbeiterin gearbeitet, zwei Jahre später war sie Stellvertreterin und dann vor einem Jahr Kriminalkommissarin geworden. Ihr damaliger Vorgesetzter hatte ihr die Beförderung eröffnet mit dem Hinweis, er habe sich zu diesem Schritt entschlossen, weil sie jetzt nicht mehr Zweitverdienerin sei. So war ihr bewusst, dass sie ihre Karriere nur ihrer Scheidung zu verdanken hatte.

Tina Merz war die einzige weibliche Kommissarin, und sie liebte ihren Job. Sie gewann in kurzer Zeit den Respekt und die Freundschaft ihres neuen Chefs Hans Klement, ihrer Kollegen und ihrer Mitarbeiter, was für eine Frau bei der Polizei nicht selbstverständlich war. Man schätzte ihre burschikose, humorvolle Art, ihre intelligenten Analysen und arbeitete gerne mit ihr zusammen.

Tina Merz lebte mit ihren beiden Söhnen in einer Wohnung, die auf der Kleinbasler Seite direkt am Rheinufer lag. Vom Wohnzimmer und ihrem

Schlafzimmer aus konnte sie auf die beiden Türme des alten Münsters sehen. Die Wohnung hatte sie nur durch Beziehungen bekommen, und sie war fest entschlossen, auf alle Zeiten dort wohnen zu bleiben.

Stephan war grosszügig. Er hatte seine Alimente trotz ihres gestiegenen Einkommens nicht reduziert. Bei seinen regelmässigen Besuchen brachte er ihr auch immer etwas mit, meist Bücher oder ein paar Flaschen Wein. Er kannte ihre Schwäche für einen guten Tropfen und füllte ihren Keller mit kostbarem altem Bordeaux, tiefgründigem Rioja oder italienischem Klassewein. Da er selbst nie Burgunder trank, brachte er auch ihr keinen mit, obwohl sie den eigentlich am liebsten mochte.

Stephan hatte auch Maria für sie gefunden, und er zahlte deren Lohn. Maria stammte aus Kalabrien und war ein Glücksfall für Tina Merz. Denn sie kam jeden Morgen für drei Stunden in ihre Wohnung, räumte auf, erledigte die Einkäufe und kochte ein wunderbares italienisches Mittagessen.

So war Tina Merz eigentlich ganz zufrieden mit ihrem Leben. Sie hatte nur ein schwer wiegendes Problem, das war ihre Figur. Sie ass gerne, hatte aber wegen ein paar Kilos zu viel ein permanent schlechtes Gewissen. Sie beschäftigte sich deshalb ständig mit Diäten; weil aber die Inkonsequenz einer ihrer liebenswerten Charakterzüge war, blieb es beim Reden und den guten Vorsätzen.

6

Die Kommissarin und ihr Assistent benötigten etwa zwanzig Minuten für die Fahrt vom Waaghof nach Reinach. Der Kollege in der Zentrale hatte den Weg gut beschrieben. Sie fanden die Waldecke auf Anhieb und parkten ihren Dienstwagen direkt vor dem Gassmann'schen Haus. Beim Aussteigen realisierte Tina Merz, dass sie nur leichte, für einen Waldspaziergang völlig ungeeignete Schuhe trug. Trotzdem freute sie sich über den leuchtenden Tag und die Aussicht, ihn nicht im Büro verbringen zu müssen.

Sie marschierten zielstrebig in die Richtung, in der sie den Fundort der Leiche vermuteten. Oberhalb der Villa Savary, dort, wo der kleine Pfad vom Waldweg abging, wurden sie von einem freundlichen Polizisten angehalten. Nachdem er ihre Ausweise kontrolliert hatte, liess er sie passieren. Als sie zu der Stelle kamen, wo der Tote noch immer ausgestreckt auf dem Boden lag, waren der Erkennungsdienst und der Gerichtsarzt bereits an der Arbeit. Sie hatten Heinemann vom Rücken sorgfältig auf den Bauch gedreht, und man sah nun die schwere Verletzung am Hinterkopf. Der Schädel war eingedrückt und blutige Gehirnmasse ausgetreten. Ein scheusslicher Anblick.

Für Tina Merz war es das erste Mal, dass sie so etwas zu Gesicht bekam. Sie schaute deshalb nur in Raten hin: rasch ein Blick, und dann wieder wegsehen. Sie fürchtete, vor all den routinierten Männern in Ohnmacht zu fallen, und diese Blamage wollte sie sich ersparen. So war sie froh, als sie vom Leiter des Erkennungsdienstes, einem Kurt Gerber, angesprochen wurde:

«Der Gerichtsarzt meint, der Mann sei an dieser Kopfwunde gestorben. Wir suchen den Wald jetzt nach Spuren ab. So, wie es aussieht, könnte er da oben auf dem Weg umgebracht worden sein.» Er zeigte auf den kleinen Pfad, der etwa sechs Meter oberhalb der Fundstelle vorbeiführte. «Wir haben Schleifspuren gefunden, sodass wir annehmen können, der oder die Täter haben den Toten hierher geschleppt, vermutlich in der Hoffnung, er würde hier nicht so rasch gefunden. Sie haben allerdings nicht mit den vielen Hunden gerechnet, die hier täglich spazieren gehen.»

«Wissen Sie schon, wer der Tote ist?», erkundigte sich die Kommissarin.

«Die Frau, die ihn gefunden hat, sagte uns, es handle sich um einen gewissen Frank Heinemann. Er sei früher Lehrer an der hiesigen Sekundarschule gewesen und wohne da unten in dem kleinen, etwas verwahrlosten Haus.» Gerber wies mit der Hand in Richtung Strasse. «Er sei ein freundlicher Mann gewesen und habe seit dem Tod seiner Frau ein unauffälliges, zurückgezogenes Leben geführt. Seit ein paar Jahren, so hat uns Frau Beck erzählt, habe er jeweils am Morgen Zeitungen ausgetragen. Darum der Wagen.» Er zeigte auf den kleinen, aluminiumfarbenen Handwagen, der von einem Polizeimann aufgestellt und etwas zur Seite gefahren worden war, nachdem man auf dem Waldboden mit Kreidemehl genau markiert hatte, wo er gestanden hatte, als man die Leiche fand.

«Sonderbar für einen Lehrer», meldete sich Biasotto, «die haben doch eine gute Pension.»

«Er muss auf seiner Tour gewesen sein, als er seinen Mörder traf», fuhr Gerber in seinen Erklärungen fort, ohne den Einwand zu beachten. «Ich frage mich allerdings, was er im Wald suchte. Briefkästen gibt es hier ja keine.» Er lachte etwas verlegen über seinen unpassenden Witz.

«Vielleicht musste er mal kurz austreten», meldete sich Biasotto erneut. «Oder er ist gar nicht hier im Wald, sondern unten auf der Strasse ermordet und nachher hierher geschleppt worden.»

«Denkbar ist alles», meinte die Kommissarin zerstreut, «hoffen wir, dass uns die Spurensicherung weiterhelfen kann.»

Sie hatte genug gesehen. Und ausserdem waren inzwischen Schnee und kaltfeuchtes Laub in ihre Schuhe eingedrungen. Jetzt, beim Herumstehen, machte sich die kalte Nässe unangenehm bemerkbar. Zudem wollte sie sich auch noch die weitere Umgebung anschauen, um später rekonstruieren zu können, was sich heute Morgen hier zugetragen hatte. Mit ihrem Assistenten stieg sie entlang der von Gerber als Schleifspur bezeichneten Rinne im Waldboden zum kleinen Pfad hinauf. Dort kehrte sie sich nochmals um und besah sich den Fundort von oben. Sie wurde dabei den Gedanken nicht los, dass der Mann, der jetzt kalt und tot dort unten im feuchten Laub lag, nur wenige Stunden zuvor vielleicht genau an der gleichen Stelle gestanden hatte. Es schauderte sie, und daran war nicht die Kälte schuld.

«Wir schicken Ihnen unseren Bericht heute noch zu. Die Laboruntersuchungen dauern etwas länger», bemerkte der Leiter des Erkennungsdienstes, der ihnen gefolgt war.

«Danke, ich verlasse mich auf Sie», erwiderte die Kommissarin.

Eine halbe Stunde später stieg sie mit ihrem Assistenten in den Dienstwagen, dankbar, dass sie endlich ihre nasskalten Füsse an einem trockenen Ort aufwärmen konnte.

«Und was tun wir jetzt?», fragte Biasotto, als er das Fahrzeug startete.

«Fahren wir zurück in die Stadt», schlug die Kommissarin vor; sie war daran, mit einem Taschentuch ihre Füsse trockenzureiben. «Bevor wir uns auf den Fall einlassen, will ich die Bestätigung, dass die Zuweisung endgültig ist. Sonst verschwenden wir hier nur unsere Zeit.»

«Und wie wäre es mit einem Mittagessen, Chefin?» Biasotto sah sie verführerisch an. «Wir haben selten Gelegenheit, uns in einem schönen Landgasthof zu verpflegen.»

«Ein unwiderstehlicher Vorschlag», seufzte sie. «Eigentlich wollte ich endlich mit der neuen Diät beginnen. Aber morgen ist auch noch ein Tag.»

Und während Biasotto den Wagen mit einem komplizierten Manöver auf der schmalen Strasse wendete, teilte sie Maria telefonisch mit, dass sie zum Mittagessen nicht nach Hause komme.

## 7

Kurz vor drei kehrten die beiden Polizeileute in den Waaghof zurück, wo das Kriminalkommissariat des Kantons Basel-Stadt seit wenigen Jahren untergebracht war. Sie waren guter Stimmung. Als sie die grosse Treppe in die zweite Etage hinaufstiegen, wo in einem langen, kahlen Korridor die Büros ihrer Fachgruppe aneinander gereiht waren, eröffnete Tina Merz ihrem Assistenten, sie werde jetzt zuerst den Chef aufsuchen, um sich abzusichern, dass sie den Fall Heinemann übernehmen müsse. «Hast du nachher Zeit?», fragte sie ihn. «Wir müssen unsere weiteren Schritte planen. Natürlich nur, wenn der Fall an uns hängen bleibt.»

«Für dich habe ich immer Zeit, Chefin», lachte Biasotto galant. «Für dich würde ich sogar ein Rendez-vous mit der Königin von England absagen.»

«Das allerdings könnte ich verstehen. Worüber willst du dich mit der unterhalten? Zumal Englisch nicht zu deinen Stärken gehört.»

«Eigentlich wäre ich sehr zufrieden, wenn uns der Fall bliebe», sinnierte Biasotto. «Ein Mordfall! Da bin ich für meine Freundin endlich ein echter Polizist.» Er lachte, während er seine Bürotüre öffnete. «Auf bald, Chefin, und viel Erfolg.»

Während sie durch den langen Korridor zum Büro ihres Vorgesetzten eilte, freute sich Tina Merz einmal mehr über das Glück, das ihr Biasotto als Assistenten zugeteilt hatte. Er verfügte trotz seiner Jugend – er war eben erst dreissig Jahre alt geworden – über ein solides Wissen, war engagiert, tüchtig und loyal. Und was sie besonders schätzte, er hatte Humor. Biasotto war wie sie Jurist und wohnte mit seiner Freundin Sylvia in Riehen. Er war ein hübscher Junge, zweite Generation Italiener, dunkel, mit gleichmässigen Gesichtszügen und einer interessanten Nase. Sie empfand echte Freundschaft für diesen Assistenten und sie wusste, dass dieses Gefühl erwidert wurde.

Ein paar Minuten später sass die Kommissarin im Büro des Leitenden Staatsanwaltes. Sie berichtete ihm kurz von ihrem Besuch in Reinach.

«Ich muss jetzt wissen, ob ich in diesem Fall tatsächlich die Ermittlungen führe. Da liegt viel Arbeit drin, und man sollte so schnell wie möglich damit beginnen, denn jetzt sind die Spuren noch warm.»

Tina Merz hatte ein freundschaftliches, fast burschikoses Verhältnis zu ihrem Chef. Sie hatten gemeinsame Freunde und kannten sich schon lange. Hans Klement mochte ihre offene und unkomplizierte Art, und vor allem schätzte er ihre gute Arbeit. Allerdings, das erzählte er jedem, der es hören wollte, lag er mit seiner Lieblingsmitarbeiterin, wie er sie in fröhlichen Stunden bezeichnete, auch öfters im Streit.

«Ich verspüre jedes Mal einen Adrenalinstoss, wenn sie erscheint», behauptete er. «Aber sie ist intelligent, zuverlässig und immer bereit, neue Wege zu gehen; und sie kann Fehler eingestehen und auch herzlich über sich lachen.»

Hans Klement war eine auffällige Erscheinung, denn zwischen seinen grossen Füssen – er trug die Schuhnummer 45 – und seiner glänzenden Glatze lagen schlanke einhundertzweiundneunzig Zentimeter. Seine Bewegungen wirkten deshalb oft etwas schlaksig. Er trug stets einen eleganten, dunklen Anzug, hatte aber eine unübersehbare Vorliebe für weisse Socken.

Auch sonst entsprach Hans Klement nicht dem Bild, das man sich landläufig von einem Staatsanwalt machte. Er war ein liebenswürdiger und fröhlicher Mann, mild und nachsichtig, wenn es darum ging, seine Mitmenschen zu beurteilen. Er war intelligent und strotzte zudem vor gesundem Menschenverstand, eine Verbindung, die nicht häufig anzutreffen ist. Seine hervorragendste Eigenschaft war seine Fähigkeit, gute Mitarbeiter auszuwählen; er hatte keine Angst vor intelligenten, überdurchschnittlichen Menschen. Im Gegenteil, er schätzte Widerspruch, liebte Querdenker und pflegte eine gute Streitkultur. Er liess seinen Mitarbeitern – solange sie sich im abgesteckten Rahmen bewegten – jede Freiheit, und das war genau das, was Tina Merz brauchte.

Manchmal ärgerte sie sich allerdings über ihren Chef, über seine Faulheit und seinen fehlenden Kampfgeist. Wenn schwierige Fragen oder harte Konflikte gelöst werden mussten, war von ihm nicht viel Unterstützung zu erwarten. Aber menschlich war er o.k., da konnte man sich auf ihn verlassen.

«Weisst du, der Fall liegt etwas kompliziert», fing er jetzt umständlich an. «Auf der Landschaft haben sie zurzeit personelle Engpässe. Der Chef des Statthalteramtes leidet seit zwei Monaten an einer tiefen Depression...»

«Kein Wunder, bei unserem Beruf», warf Tina Merz ein.

«...und sein Stellvertreter musste in den Militärdienst», setzte Klement seine Erklärung unbeirrt fort. Er war hinter seinem Pult hervorgekommen und stand jetzt in seiner ganzen Länge vor dem Fenster. Während er scheinbar interessiert einer jungen Frau zusah, die ihren Kinderwagen auf dem Trottoir in Richtung zoologischer Garten schob, legte er sich seine Argumente zurecht. «Vor zwei Jahren haben die Baselbieter uns bei den Ermittlungen im betrügerischen Konkurs Henzi sehr unterstützt. Du erinnerst dich doch? Unser Wirtschaftsdezernat war damals sehr froh über die Schützenhilfe. Nach Abschluss des Falles haben wir Arlesheim versprochen, wir würden ihnen bei Gelegenheit auch unter die Arme greifen.» Er wandte sich vom Fenster ab und der Kommissarin zu. «Jetzt ist die Gelegenheit da. Die Baselbieter Polizei ist zurzeit mit einer Einbruchsserie beschäftigt, die grosse Teile des Kantons in Atem hält. Es gab bereits Vorstösse im Parlament, und man redet davon, dass sich Bürgerwehren formieren, wenn die Täter nicht endlich gefasst würden. Zudem – der Mord in Reinach hat gewisse Parallelen zum Mord im Kannenfeldpark. Es ist gut möglich, dass in beiden Fällen der gleiche Täter am Werk war. Und wenn nicht, dann haben wir jedenfalls unsere Schulden zurückbezahlt.»

«Die sparen Personal, damit sie eine bessere Staatsrechnung vorlegen können als wir, und dann werfen sie uns vor, wir seien Verschwender», ärgerte sich die Kommissarin. «Wenn ich mit Kollegen von der Landschaft zusammentreffe, höre ich immer das gleiche Lied: Wir haben zu wenig Leute. Kürzlich erzählte mir einer, wenn jemand anrufe, er werde bedroht, schicke man gleich den Leichenwagen, denn bis die Polizei endlich am Tatort eintreffe, sei das Opfer mit Sicherheit schon tot.»

«Die Baselbieter werden zurzeit durch diese Einbruchsserie wirklich sehr in Anspruch genommen», verteidigte Klement die Kollegen im Nachbarkanton. «Zudem gibt es in Arlesheim niemanden, der mit Mordfällen Erfahrung hat. Die kommen im friedlichen Baselbiet nur selten vor, und ausgerechnet jetzt, wo das zuständige Amt verlassen ist wie die Wüste Gobi, liegt ein Toter im Wald. Darum hat der Boss in Liestal unseren Boss angerufen und ihn gebeten, den Fall zu übernehmen. Und wir wissen beide», er lachte, «wenn die auf der Landschaft ein bisschen jammern, dann erwachen bei uns in Basel die alten Gute-Onkel-Gefühle, und schon sichert man ihnen – im Sinn von Entwicklungshilfe selbstverständlich – grosszügig jegliche Unterstützung zu.»

«Die Politiker spielen die Grosszügigen», warf Tina Merz bitter ein. «Und wir, das arbeitende Volk, leisten die Mehrarbeit.»

«Ach komm», hielt Klement dagegen, «ein solcher Fall ist immer auch spannend und eine gute Gelegenheit, von sich reden zu machen.»

«Ich hoffe nur, man lässt sich meine Arbeit wenigstens anständig bezahlen.»

«Das allerdings würde mich sehr wundern. Die wird einmal mehr mit der guten Luft verrechnet, die die Städter einatmen, wenn sie am Sonntag mit ihren Familien auf der Landschaft spazieren gehen.»

«Dann gehe ich also davon aus, dass ich die Ermittlungen leite. Von Anfang bis Schluss», stellte Tina Merz abschliessend fest.

«Ich kann deine Schlussfolgerungen in allen Punkten bestätigen», lachte Klement. «Und ich bin sicher, du wirst auf charmante Art beweisen, wie gut wir sind.»

«Dein Optimismus ist schmeichelhaft», erwiderte sie und stand auf. «Dann mache ich mich jetzt an die Arbeit.» Sie war bereits an der Türe, als sie sich nochmals umdrehte. «Eine Frage hätte ich noch», sagte sie langsam und zögernd. «Du musst sie nicht beantworten, wenn du nicht willst.»

Hans Klement sah sie neugierig an.

«Der Fall Masagni liegt doch bei Schär. Er wollte ihn ja unbedingt haben. – Ich meine, wenn es Parallelen gibt, wäre es dann nicht sinnvoll, wenn er auch den neuen Fall übernähme?»

Hans Klement schwieg einen kurzen Augenblick. Dann verzog er den Mund zu einem verhaltenen Grinsen. «Sinnvoll schon, aber nicht ratsam. Wir wollen die Zusammenarbeit mit den Kollegen im Nachbarkanton verbessern, nicht beerdigen. Wenn ich Schär auf die Baselbieter loslasse, dann fallen wir in unseren Bemühungen um Jahre zurück. Er würde ihnen zeigen, was für tolle Kerle und wie überlegen wir sind. Und genau hier liegt doch der wunde Punkt. Nein, Schär ist nicht der richtige Mann.» Er schmunzelte. «Der richtige Mann für diesen Fall ist eine Frau, bist du.»

«Hat man ihm das mitgeteilt?», fragte sie, und ihre Augen suchten forschend in seinem Gesicht nach einer Antwort.

«Bis jetzt noch nicht, aber ich werde es bestimmt noch tun», versicherte Klement eilig.

Sie ging hinaus und schloss die Türe hinter sich. Sie wusste, er glaubte im Augenblick, was er sagte. Aber sie war sicher, er würde nicht mit Schär reden. Das war unangenehm, und Unangenehmes mochte er nicht. Sie würde sich also selbst eine gute Begründung für die Zuteilung des Falles ausdenken müssen. Zumindest musste sie das, wenn sie verhindern wollte, dass Schärs Zorn wieder einmal über ihrem unschuldigen, weiblichen Haupt niederging.

8

In ihrem Büro lag bereits der neue Ordner. Grün, für das laufende Jahr. «Frank Heinemann, Tötungsdelikt», stand in grossen Lettern darauf. Und in der linken unteren Ecke fand sich das Datum der Tatbegehung: Mittwoch, 4. März. Die gewissenhafte Frau Simon hatte an alles gedacht.

Tina Merz setzte sich in den Drehsessel, der breit und wuchtig vor dem ausladenden Schreibtisch stand, streifte die immer noch feuchten Schuhe ab und schwang ihre Beine auf die Tischplatte.

Sie fühlte sich wohl in ihrem Büro. Sie hatte es mit viel Liebe und Sorgfalt eingerichtet. Die Wand auf der Strassenseite nahm ein grosses Fenster ein, über das ein leicht geraffter, weisser Tüllvorhang fiel. Auf beiden Längsseiten führten Türen ins Nebenzimmer, die eine zu Frau Simon, die andere ins Büro von Martin Biasotto. Die Wände waren mit bunten Fasnachtslithografien geschmückt, die sie vor drei Jahren bei einer Ausstellung zu einem Vorzugspreis direkt von der Künstlerin erworben hatte. Nur über dem Tisch hing eine Fotografie von der Golden Gate, welche an die letzten Ferien erinnerte, die sie als vollständige Familie in Amerika verbracht hatten. Zudem war die Brücke für sie auch ein Symbol, das sie bei ihren Gesprächen gerne vor Augen hatte: Brücken bauen, Gräben überwinden; das war ihre tägliche Arbeit. Dafür hatte sie auch ihren runden Tisch.

Während sie sich jetzt in ihrem Sessel entspannte, dachte sie zurück an die Auseinandersetzungen, die dieser Tisch verursacht hatte. Sie hatte beim Umzug in den Waaghof darauf bestanden, dass ihr Büro mit einem runden Tisch ausgestattet würde – sehr zum Ärger der Einrichtungsfirma, die in ihrem Möbelprogramm nur rechteckige Tische führte. Und da es aus bürokratischen Gründen nicht möglich war, einen Tisch aus einem anderen Programm zu bekommen, hatte sie schliesslich in einem einfachen Möbelgeschäft für ihr eigenes Geld einen runden Glastisch erworben. Seither wurde sie von den vorwurfsvollen Blicken der Putzequippe verfolgt, die die Glasplatte täglich reinigen musste. Sie sei ungeeignet für Gespräche mit Angeschuldigten, die sich in ihrer Bedrängnis mit schweissnassen Händen am Tischrand festhielten, bekam sie immer wieder zu hören. Die Kommissarin fand dieses Bild zwar ausdrucksstark, meinte aber, es gelte nicht für die von ihr praktizierte Art der Einvernahme. Und behielt ihren runden Tisch.

In der Mitte des Raumes hatte sie einen roten Teppich ausgelegt, und in der Ecke vor dem Fenster stand eine grosse Palme, die bald die Zimmerdecke erreichen würde.

«Hier sieht es ja aus wie in einem Boudoir an der Place Pigalle», hatte Siegfried Schär säuerlich festgestellt, als er ihr Büro zum ersten Mal betreten hatte.

Die Kommissarin griff jetzt zum Telefon und rief ihren Assistenten an. «Der Fall ist unser», teilte sie ihm mit. «Jetzt zeigen wir denen, dass ein wahrer Sherlock Holmes in uns steckt. Halte dich in zwanzig Minuten bereit. Wir fahren nochmals nach Reinach. Wir wollen die Zeit nutzen, bis die Berichte des Erkennungsdienstes und des Gerichtsarztes vorliegen, um uns den Ort des Verbrechens nochmals in aller Ruhe anzuschauen und einzuprägen. Vielleicht ergibt sich auch eine Gelegenheit, etwas mehr über das Opfer zu erfahren.»

«O.k., Chefin, dein Watson ist bereit.» Sie hörte das Lachen in Biasottos Stimme. «Ich habe dir ein paar Akten auf den Schreibtisch gelegt», informierte er sie. «Die Gemeinde Reinach war so freundlich, uns die Personaldaten von Heinemann zu faxen. Er hat einen Sohn in Zürich. Ich habe die Telefonnummern herausgesucht.»

«Ich werde ihn anrufen.» Sie legte den Hörer auf und betrachtete mit gerunzelter Stirne sorgenvoll die Aktenstapel, die ihren Schreibtisch überdeckten. Auf dem kleinen freien Platz in der Mitte, gut sichtbar, hatte Frau Simon den Entwurf für eine kurze Pressemeldung zum neuen

Mordfall platziert. Die Kommissarin überflog ihn und kritzelte ihr Visum in die linke obere Ecke. Dann, nach einem kurzen Blick auf die Uhr, ging sie in den Strümpfen hinüber ins Sekretariat.

«Ich nehme an, das muss heute noch raus», sagte sie und legte die Pressemitteilung auf den Schreibtisch der Sekretärin.

Frau Simon sass vor ihrem Computer und schaute nur kurz auf. «Keller wartet darauf. Er hat schon zweimal angerufen.»

Die Kommissarin kehrte in ihr Büro zurück und griff nach der Akte, die Biasotto für sie bereitgelegt hatte. Sie enthielt die Personalien Heinemanns sowie die Anschrift und mehrere Telefonnummern von Andrea Heinemann. Die eine Nummer war die eines Mobiltelefons. Andrea Heinemann? Eigenartig. Die Kommissarin runzelte verunsichert die Stirne. Biasotto hatte doch von einem Sohn gesprochen. Ihre Augen glitten über die Personalien des Opfers: «Heinemann, Frank Eduard Johannes», las sie, «heimatberechtigt in Frick, Aargau. Dreiundsechzig Jahre alt, Witwer der Clelia Pinzarrone, Lehrer, in Reinach wohnhaft seit 1966.» Jetzt nahm sie das Blatt mit den von Biasotto notierten Telefonnummern wieder auf. Vielleicht, ging es ihr durch den Kopf, während sie die Natelnummer anwählte, war Frau Heinemann eine Italienerin. Dann könnte Andrea ein Männername sein.

Eine trostlose Frauenstimme teilte mechanisch mit, der Abonnent sei zurzeit nicht erreichbar, man könne ihm aber eine Nachricht hinterlassen. Tina Merz unterbrach die Verbindung und wählte die Nummer, die Biasotto mit dem Vermerk «Geschäft» versehen hatte. Wieder meldete sich eine Frauenstimme; sie tönte leicht gereizt und auf Abwehr getrimmt.

«Hier von Arx. Kann ich etwas für Sie tun?» Der Tonfall lud wenig dazu ein, ein Anliegen vorzutragen. Trotzdem erlaubte sich die Kommissarin, nach einem freundlichen Gruss und der Nennung ihres Namens nach Andrea Heinemann zu fragen.

«Sie meinen wohl Andreas Heinemann», tönte es spitz vom anderen Ende. «Herr Heinemann ist zurzeit beschäftigt und will nicht gestört werden. Worum geht es?»

«Tut mir leid», antwortete Tina Merz. «Ich muss ihn persönlich sprechen. Und es ist dringend.»

«Bei uns ist alles dringend, gute Frau», stellte die Dame am anderen Ende gelangweilt fest, und die Kommissarin hörte, wie sie die Seiten eines Heftes – vermutlich eines Modejournals – umblätterte. «Wenn Sie eine Story melden möchten, kann ich Sie mit der Tagesredaktion verbinden.»

Als die Kommissarin darauf beharrte, persönlich und dringend mit Herrn Heinemann zu sprechen, meinte Frau von Arx kühl, sie werde ihm das übermitteln. Er werde vielleicht heute noch, sonst aber morgen zurückrufen. Sie bat um die Telefonnummer, und Tina Merz nannte nochmals ihren Namen, diesmal mit Dienstgrad, und fügte bei, sie sei noch etwa zehn Minuten im Büro erreichbar. Dann legte sie auf.

«Story, Tagesredaktion», arbeitete es in ihrem Kopf, «das tönt nach Zeitung.» Sie wollte Gewissheit haben und bat Frau Simon abzuklären, wer Inhaber der Nummer sei, die sie soeben angerufen hatte. Dann öffnete sie die Tür zum Büro ihres Assistenten. «Ich habe Heinemanns Sohn nicht erreichen können», teilte sie ihm mit. «Aber ich glaube, er arbeitet bei einer Zeitung.»

Biasotto schien diese Information nicht sonderlich zu interessieren. «Ich habe soeben den mündlichen Bericht des Gerichtsarztes erhalten», informierte er sie. «Er meint, Heinemann sei zwischen fünf und sechs Uhr morgens gestorben. Als Tatwaffe hat er einen langen, schweren Gegenstand identifiziert, welcher den Hinterkopf des Opfers mit grosser Wucht getroffen, seinen Schädel zertrümmert und sein Gehirn so schwer verletzt habe, dass der Tod mehr oder weniger sofort eingetreten sei.»

«Heinemann wurde also von hinten erschlagen. Dann hat er seinen Mörder möglicherweise gar nicht gesehen», folgerte die Kommissarin. «Damit wissen wir ja schon einiges.»

«Ich habe bei Schär die Akten Masagni geholt», setzte Biasotto seine Berichterstattung fort. «Vielleicht finden wir darin einen Hinweis für unsere Ermittlungen.»

In diesem Augenblick begann das Telefon auf dem Schreibtisch der Kommissarin zu klingeln.

«Melde dem Erkennungsdienst, dass wir den Schlüssel zu Heinemanns Haus brauchen», wies sie ihren Assistenten noch an, bevor sie sich umdrehte und in ihr Büro zurückeilte. Sie hob den Hörer ab.

«Sind Sie die Frau Kriminalkommissarin? Hier Heinemann. Sie haben mich angerufen.» Sie hörte ein unbekümmertes, fröhliches Lachen am anderen Ende der Leitung. «Ein seltenes Vergnügen, von der Polizei kontaktiert zu werden. Worum geht es? Um ein Verbrechen? Es würde noch für die morgige Ausgabe reichen.»

Die Kommissarin schwieg einen Augenblick und versuchte, sich ein Bild von ihrem Gesprächspartner zu machen. Seine Stimme klang sehr jungenhaft, aber durchaus angenehm.

«Entschuldigen Sie, Frau Merz, ich habe wenig Zeit», unterbrach Heinemann ihre Gedanken. «Sie müssen mir schon sagen, was Sie von mir wollen.»

«Selbstverständlich.» Sie liess sich nicht drängen. Dann wählte sie die üblichen Worte: «Ich muss Ihnen leider die Mitteilung machen, dass Ihr Vater heute morgen verstorben ist.»

Für einen kurzen Augenblick glaubte sie, bei ihrem Gesprächspartner so etwas wie Betroffenheit zu spüren. Zu ihrem Erstaunen hörte sie dann aber vom anderen Ende der Leitung: «So, hat der alte Knabe sich davongeschlichen? Ein wenig plötzlich. Als ich ihn das letzte Mal sah – ja, wann war denn das?», er dachte kurz nach, «so etwa vor drei Wochen –, da erfreute er sich noch bester Gesundheit.»

«Das kann durchaus sein», stimmte die Kommissarin freundlich zu. Sie machte eine kurze Pause, die sie nutzte, um sich die Worte zurechtzulegen. Dann sagte sie mit fester, ernsthafter Stimme: «Herr Heinemann, Ihr Vater wurde ermordet. Wir haben seine Leiche heute Morgen im Wald gefunden.»

Jetzt war es still in der Leitung. Dann hörte sie Heinemann brummen: «Also doch ein Verbrechen.»

Jetzt verlor die Kommissarin ihre Fassung. «Ihr Vater ist tot», wiederholte sie. «Wir haben ihn heute Morgen mit eingeschlagenem Schädel im Wald gefunden. Ermordet!» Sie wartete auf die Reaktion ihres Gesprächspartners; als diese ausblieb, fuhr sie kopfschüttelnd mit leiser Stimme fort: «Wir sind bei den Ermittlungen auf Ihre Mithilfe angewiesen. Ich muss deshalb bald mit Ihnen sprechen. Am liebsten schon morgen. Falls Sie Zeit haben», fügte sie rasch höflich hinzu.

«Nun, wenn es stimmt, was Sie erzählen, dann wird ohnehin einiges zu regeln sein.» Jetzt sprach er langsam und überlegt. «Ich werde mich um die Formalitäten kümmern müssen, um das Begräbnis, das Haus und den Nachlass. Weiss Frau Lenhardt – das ist unsere Nachbarin –», fügte er erklärend bei, «was geschehen ist? Sie schaute immer nach dem Haus, wenn mein Vater fort war. Sie hat einen Schlüssel.»

«Sie wird inzwischen vom Tod Ihres Vaters gehört haben. Unglücksnachrichten verbreiten sich schnell», liess sich die Kommissarin vernehmen. «Dann darf ich Sie also morgen hier bei uns im Kommissariat erwarten? Um welche Zeit?»

Er benötigte eine kurze Pause, um nachzudenken. «Ich könnte am späten Nachmittag in Basel sein.» Dann fügte er mit seiner lebhaften Stimme hinzu: «Eigentlich möchte ich nicht zu Ihnen ins Büro kommen. Ich treffe Sie lieber in einem kleinen, netten Lokal. Dafür würde ich sogar heute Abend noch nach Basel fahren.»

Tina Merz hatte sich auf einen gemütlichen Abend zu Hause eingestellt. Sie wusste auch, dass Nachtessen mit «Kunden» vom Chef nicht gerne gesehen wurden, und sie verspürte auch wenig Lust, in ihrer Freizeit einen Menschen zu treffen, der so kaltblütig auf den Mord an seinem Vater reagierte. Und doch – sie wollte endlich mit den Ermittlungen beginnen, und bei Andreas Heinemann waren viele wertvolle Informationen über die Lebensgewohnheiten und den Bekanntenkreis des Opfers zu holen. «Mir solls recht sein», stimmte sie deshalb seinem Vorschlag zu. «Aber nur auf eigene Rechnung», fügte sie als Konzession an ihr schlechtes Gewissen bei. «Treffen wir uns um acht im ‹Goldenen

Sternen›. Ich werde dort einen Tisch reservieren lassen.» Und bevor er antworten konnte, ergänzte sie: «Es ist Ihnen doch recht, wenn ich meinen Assistenten mitbringe?»

«Nein. Tun Sie das nicht.» Er lachte. «Ich brauche keinen Anstandswauwau, wenn ich mit einer Frau ausgehe.» Damit hängte er auf.

«Es geht doch nichts über einen liebenden Sohn!», entfuhr es ihr, als sie sich zu Martin Biasotto umdrehte, der während des Gesprächs in ihr Büro getreten war.

Er sah sie fragend an, denn er hatte nicht mitbekommen, mit wem sie gesprochen hatte.

«Den jungen Heinemann, meine ich», fügte sie erklärend hinzu. «Hast du den Schlüssel?»

«Und mit dem willst du essen gehen?», erkundigte sich Biasotto ungläubig.

Die Kommissarin antwortete nicht. Sie wandte sich zu Frau Simon, die unter der offenen Tür stand und bereits während des Gesprächs mit Heinemann versucht hatte, ihr etwas mitzuteilen. «Die Telefonnummer, nach der Sie gefragt haben», gab sie jetzt mit viel sagendem Unterton bekannt, «gehört der Tageszeitung BLITZPOST.»

«Und mit dem willst du essen gehen?», wiederholte Biasotto seine Frage. «Das kann nicht dein Ernst sein, Chefin?»

Tina Merz antwortete noch immer nicht. Sie hatte soeben festgestellt, dass Siegfried Schär sich im Büro von Frau Simon aufhielt und das Gespräch neugierig mitverfolgte.

«Hast du den Schlüssel?», wechselte sie rasch das Thema.

«Nein», antwortete Biasotto abwesend. «Heinemann trug keinen Hausschlüssel auf sich. Jedenfalls hat der Erkennungsdienst bei ihm keinen Schlüssel gefunden. Auch keine Wertsachen. Die Taschen des Toten enthielten nur ein Taschentuch und ein paar Pfefferminzbonbons.»

«Ein typischer Raubmord», warf Schär wichtig ein. Er stand jetzt unter der offenen Türe, direkt hinter Frau Simon.

Niemand würdigte ihn einer Antwort. Die Kommissarin war dabei, ihren Mantel anzuziehen. «Komm Martin, lass uns gehen. Ich möchte noch rasch bei mir zu Hause vorbeifahren und die Schuhe wechseln. Einmal im Tag kalte Füsse reicht. Den Schlüssel holen wir uns bei der Nachbarin. Vielleicht können wir ihr auch noch ein paar Fragen stellen.»

«Was hältst du von der Raubmordtheorie, Chefin?», fragte Biasotto interessiert, als sie die Treppe hinunter zum Hof gingen. «Vielleicht hat Schär für einmal recht. So ungern ich das zugebe.» Er lächelte verschmitzt.

«Nur keine voreiligen Schlüsse, mein Lieber, meist kommt es anders, als man denkt», mahnte die Kommissarin, während sie in den Dienstwagen stieg.

9

Auf der Fahrt nach Reinach diskutierten sie das weitere Vorgehen. Und als sie vor dem Ortszentrum das Tramgeleise überquerten und in Richtung Wald fuhren, waren sie sich einig: Sie wollten nochmals das Terrain rund um den Fundort begehen, das Haus des Opfers besichtigen und schliesslich versuchen, von der Nachbarin einige Informationen über Frank Heinemann zu bekommen.

Biasotto parkte den Dienstwagen wenige Schritte von der Waldecke entfernt, unterhalb der Villa Savary. Sie fanden das schmale Reihenhaus von Frau Lenhardt rasch und klingelten. Eine kleine, etwa siebzigjährige, rundliche Frau mit einem Gesicht voller Lachfältchen öffnete ihnen die Türe.

«Sie sind von der Polizei», empfing sie sie mit hoher, strahlender Stimme. «Ich habe Sie erwartet. Andreas hat mich angerufen.» Dann trat sie zwei Schritte zurück. «Aber bitte, kommen Sie herein. Ich habe soeben frischen Tee aufgegossen, und ein Apfelkuchen steht auch bereit.»

«Wir nehmen Ihre Einladung gerne an», bedankte sich die Kommissarin. «Aber wir wollen uns die Stelle nochmals ansehen, wo man Herrn Heinemann heute Morgen gefunden hat, solange es noch hell ist. Und dann möchten wir auch sein Haus besichtigen. Aber das wird nicht lange dauern. In etwa einer Stunde sind wir zum Teetrinken zurück.»

«Ich könnte Ihnen das Haus zeigen», anerbot sich Frau Lenhardt und lächelte die beiden Polizeileute hoffnungsvoll an. «Da gibt es einiges zu sehen.»

«Das ist sehr freundlich», entgegnete Biasotto und tat so, als hätte er nicht bemerkt, wie gerne die alte Dame sie begleiten würde. «Aber wir wollen Ihnen keine Mühe machen. Wir kommen schon alleine zurecht.»

Frau Lenhardt hatte Mühe, ihre Enttäuschung zu verbergen. Aber sie war feinfühlig genug, um zu erkennen, dass ihre Hilfe nicht erwünscht war. So trippelte sie zu einem kleinen Holzkästchen rechts neben der Tür, entnahm ihm einen Schlüssel mit einem zerknitterten Etikett aus braunbeigem Karton und legte ihn in die ausgestreckte Hand der Kommissarin. «Der Tee ist in einer Stunde bereit.»

«Wir werden da sein», versicherte Tina Merz und liess den Schlüssel in ihre Manteltasche gleiten.

Von Frau Lenhardts Haus waren es nur ein paar Schritte bis zum Waldrand. Der Erkennungsdienst hatte seine Arbeit beendet und das Waldstück rund um den Fundort der Leiche wieder freigegeben. Es ruhte friedlich im hellen Licht des strahlenden Tages, und nichts deutete darauf hin, dass sich hier in den frühen Morgenstunden ein Drama abgespielt hatte. Obwohl es bereits Mitte Nachmittag war, schien die Sonne noch immer angenehm warm. Die Schneehaufen an den Strassenrändern waren zu schäbigen grauen Resten zusammengeschmolzen; von den Bäumen fielen noch immer die Tropfen, und wer die Augen schloss, konnte leicht auf die Idee kommen, es regne. Auf dem grossen Feld, das direkt an den Wald angrenzte, schlittelten ein paar Kinder. Es war allerdings ein Schlitteln auf einer schon fast wieder grünen Wiese, was die Begeisterung der Kinder aber nicht trübte. Ihr freudiges Geschrei tönte durch den kahlen Wald, als sich Tina Merz und Martin Biasotto jetzt langsam an der Villa Savary vorbei den Waldweg hinaufbewegten und dann in den schmalen Pfad einbogen, der zum Fundort der Leiche führte.

Nach wenigen Schritten blieb die Kommissarin stehen. «Wenn Heinemann hier im Wald ermordet wurde, was mag ihn bewogen haben, seinen üblichen Weg zu verlassen?», fragte sie, sich nach allen Seiten umschauend.

«Das scheint mir tatsächlich eine der zentralen Fragen», stimmte Biasotto zu. «Und warum hat er den Zeitungswagen mitgenommen?»

Tina Merz suchte mit ihren Augen den Boden ab. «Heute Morgen habe ich hier auf dem Weg deutliche Reifenspuren gesehen. Woher weisst du, dass Heinemann den Wagen selbst heraufgefahren hat?

Vielleicht war das der Mörder, nachdem er ihn umgebracht hatte.»

«Du meinst, um zu verhindern, dass die Tat schnell entdeckt würde.» Biasotto ging langsam weiter, während er jetzt ebenfalls den Boden nach Radspuren absuchte.

«Das jedenfalls wäre eine plausible Erklärung dafür, dass der Wagen neben dem Toten gefunden wurde.»

«Gehen wir davon aus, Heinemann habe den Wagen unten auf der Strasse stehen lassen», setzte Biasotto den Gedankengang fort. «Damit wissen wir immer noch nicht, was ihn veranlasste, von seiner normalen Route abzuweichen und in den Wald hineinzugehen.» Er blieb jetzt stehen und sah hinunter zur Villa Savary. «Meiner Meinung nach spricht alles dafür, dass er da unten auf der Strasse getötet wurde.»

Sie waren jetzt an der Stelle angekommen, die direkt über dem Fundort der Leiche lag. Sie blieben stehen und schauten hinunter auf die kleine Tannengruppe.

«Wir kommen so nicht weiter», stellte die Kommissarin resigniert fest. «Wir können nur hoffen, dass der Erkennungsdienst Spuren findet, die darüber Aufschluss geben, wo Heinemann umgebracht wurde.»

Sie nahm einen grossen Schritt über eine Vertiefung im Waldboden, in der das Schneewasser eine schmutzige Pfütze gebildet hatte.

Biasotto lachte. «Deine Schuhe musst du ohnehin putzen, alle vier. Die zwei von heute Morgen und die zwei, die du jetzt an den Füssen hast.»

«Eigentlich wurde mir dafür ein Assistent zugeteilt», gab sie mit einem Augenzwinkern zurück.

Als sie auf dem kleinen Waldpfad zurückgingen, nahm sie das Gespräch wieder auf. «Wenn Heinemann unten auf der Strasse oder vorne auf dem Weg ermordet wurde, dann muss der Mörder sehr kräftig gewesen sein. Heinemann war ein schwerer Mann.»

«Oder es waren mehrere.»

Sie bogen jetzt vom kleinen Pfad in den breiten Waldweg ein. Linker Hand lag die behäbige Villa Savary, deren Garten am oberen Ende direkt in den Wald überging. Dem Weg entlang war das Areal mit einem Zaun abgegrenzt, der wenige Meter vor der Waldecke bei einem grossen Gittertor endete. Vor diesem Tor blieben die beiden Polizeileute jetzt stehen. Es stand offen. Sie schauten auf einen geteerten Vorplatz und eine breite, an das Haus angebaute Garage, die ebenfalls offen war. Links führte eine Steintreppe in einem rechten Winkel vom Vorplatz zum Haus.

In diesem Augenblick öffnete sich die Haustüre, und ein Dackel schoss kläffend heraus. Hinter ihm erschien eine jüngere Frau, die rasch die Treppe herunterkam und zu den beiden Polizeileuten trat.

«Suchen Sie etwas?», fragte sie atemlos, an die Kommissarin gewandt. «Haben Sie etwas verloren?»

«Nicht direkt. Warum?», mischte sich Biasotto ein.

Etwas verunsichert schaute die Frau jetzt vom einen zum anderen. «Es ist nur, weil...» Sie stockte und war sich offensichtlich nicht ganz schlüssig, ob sie die Frage beantworten sollte.

Tina Merz lächelte sie an. «Wir suchen tatsächlich etwas», sagte sie dann, «und Sie haben etwas gefunden?» Sie nickte der jungen Frau ermunternd zu.

«Eigentlich habe nicht ich es gefunden, sondern mein Sohn», erzählte diese nun eifrig. «Er kam heute Morgen mit diesem Ohrring aus dem Kindergarten und berichtete mir, er habe ihn da auf dem Weg im Schnee gefunden.» Sie zeigte auf die Stelle am Waldrand, die dem Tor direkt gegenüberlag. Dann öffnete sie die Hand und hielt der Kommissarin ein rundes, glänzendes Schmuckstück hin.

«Darf ich?» Tina Merz nahm den Ohrring auf und betrachtete ihn eingehend. Es war eine einfache, aber handwerklich schöne Arbeit. In den massiven, schweren Ring aus glänzendem Gold waren mehrere Brillanten eingelassen, die so funkelten, dass an ihrer Echtheit kein Zweifel aufkommen konnte.

«Ich weiss nicht, ob er wertvoll ist», bemerkte die junge Frau, die allen Bewegungen der Kommissarin aufmerksam gefolgt war. «Aber er sieht echt aus. Er gefällt mir, und wenn er mir gehören würde, würde ich ihn sehr vermissen.»

Tina Merz dachte kurz nach. «Nein», sagte sie dann langsam, «dieser Ohrring gehört mir nicht. Aber er ist tatsächlich ein schönes Stück, und wir sollten ihn der Polizei bringen. Dort wird die Besitzerin am ehesten nach ihm suchen.» Sie streckte der jungen Frau ihre offene Hand mit dem Ohrring entgegen. Diese machte aber keine Anstalten, den Schmuck wieder an sich zu nehmen.

«Würden Sie das für mich tun? – Ich habe drei kleine Kinder und komme nur selten aus dem Haus. Es wird Tage dauern, bis ich Zeit finde, den Polizeiposten aufzusuchen. Und die Frau, die den Ohrring verloren hat, erkundigt sich bestimmt nach seinem Verbleib, sobald sie den Verlust bemerkt hat. Vielleicht hat sie jetzt schon angerufen.»

Der Blick der Kommissarin ruhte voll Sympathie auf der jungen Frau. «Ich weiss, wie das läuft mit kleinen Kindern», lächelte sie verständnisvoll. «Ich werde den Ohrring für Sie bei der Polizei abliefern. Geben Sie uns noch Ihren Namen. Ihr Sohn hat Anspruch auf Finderlohn.»

«Darauf verzichten wir», lachte die junge Frau und schüttelte dabei temperamentvoll den Kopf. «Vielen Dank für Ihr Verständnis.» Jetzt sah sie sich suchend um. «Tussie, komm», forderte sie ihren Dackel auf, der schnüffelnd dem Waldrand entlangstrich. Dann drehte sie sich um, eilte durchs offene Tor die Treppe hinauf und verschwand im Haus, ohne auf ihren Hund zu warten, der bei ihrem Ruf nur kurz aufgeschaut hatte und sich nun wieder, die Nase im Laub, seinen aromatischen Erkundungen hingab.

Die beiden Polizeileute sahen ihr nach. Tina Merz hatte noch immer den Ohrring in der Hand. Es war Biasotto, der als Erster das Gespräch wieder aufnahm.

«Wir hätten sie fragen sollen, ob sie heute Morgen ihre Zeitung bekommen hat.»

Die Kommissarin brauchte einen Moment, um ihre Gedanken von der jungen Frau zu lösen. Jetzt wandte sie sich ihrem Assistenten zu. Er stand vor dem Briefkasten, der in einen der beiden wuchtigen Betonsockel eingelassen war, an welchen das schwere Gittertor hing. Noch ehe er weitersprach, hatte sie seine Gedanken erraten.

«Der Mörder hätte sich gut da zwischen den Bäumen verstecken können.» Biasotto zeigte auf die hohen Buchen, die die gegenüberliegende Seite des Weges säumten. «Damit wäre auch erklärt, warum Heinemann von hinten erschlagen wurde.»

Die Kommissarin war still geworden. Sie sah den Mann vor sich, wie er sich bückte, die Zeitung aus seinem Handwagen nahm und sich dem Briefkasten zuwandte. Wenn sich der Mord so zugetragen hatte, dann befand sie sich jetzt genau an der Stelle, wo der Mörder heute Morgen gestanden hatte, um zum tödlichen Schlag auszuholen. Sie spürte, wie ihr ein kalter Schauder über den Rücken lief. «Komm, lass uns gehen», sagte sie mit leiser Stimme. «Wir haben genug gesehen.»

Biasotto sah sie liebevoll von der Seite an. «Alles klar?»

Er nahm ihren Arm. Dann neigte er den Kopf leicht zur rechten Seite und betrachtete den Ohrring, den sie noch immer in der Hand hielt. «Eins scheint mir sicher», meinte er augenzwinkernd, «es war nicht Heinemann, der diesen Ohrring verlor.»

«Ich kann mich nicht erinnern, dass so etwas behauptet wurde», gab sie lächelnd zurück und zeigte damit, dass sie ihre Fassung wieder gefunden hatte.

## 10

Durch den Vorgarten gelangten sie zum Haus von Frank Heinemann. Die Kommissarin schloss die braun bemalte Eingangstüre auf, und durch den vorgebauten Windfang traten sie in einen grösseren, lang gezogenen Korridor. Sie sahen sich neugierig um. Links führte eine Treppe in den ersten Stock. An der gegenüberliegenden Wand stand eine Türe halb offen und gewährte einen schmalen Einblick in die Küche. Trotz der alten, verbrauchten Hausschuhe neben der Küchentüre und der achtlos hingeworfenen Gegenstände auf dem kleinen, halbrunden Tisch an der rechten Wand wirkte der Raum ordentlich, ja gepflegt.

Tina Merz öffnete die an der rechten Wand liegende Türe, trat auf die Schwelle und blieb mit offenem Mund stehen.

«Wow!»

Biasotto hatte sich hinter sie geschoben. «Nicht schlecht», bestätigte er. Und während er sich mit zustimmendem Kopfnicken im Raum umsah, wiederholte er immer wieder: «Nicht schlecht, tatsächlich nicht schlecht.»

Vor den Polizeileuten, die eine gemütliche, vielleicht sogar leicht verwahrloste Junggesellenstube erwartet hatten, präsentierte sich ein eleganter und vollendet gestylter Salon. Die Kommissarin sank in einen behäbigen Ohrensessel und liess den Raum auf sich wirken. Er strahlte eine kühle, harmonische Atmosphäre aus. Boden und Wände waren in hellen Beigetönen gehalten. Die antiken, aus edlem, zum Teil geschnitztem Holz gearbeiteten Möbel wirkten wie kostbare Museumsstücke. An der hinteren Wand stand ein honigfarbener Barockschrank mit kunstvoller Einlegearbeit, an dem sich die Kommissarin nicht satt sehen konnte. Auch der geschnitzte Sekretär zwischen den beiden grossen Fenstern fand ihre Bewunderung. Schliesslich blieben ihre Augen an einem mehrarmigen venezianischen Leuchter aus milchigem Glas mit hellblauen Blumen hängen, der zwar antik und kostbar sein mochte, ihr aber trotzdem nicht gefiel.

Nach dieser kurzen Besichtigung stand die Kommissarin aus ihrem Sessel auf und ging quer durch das Zimmer zum Sekretär. Die obere Schliesstüre war zu einem Tisch heruntergelassen. Darauf lag ein grünes, zerknittertes Blatt Papier. «Einladung zur Nominationsversammlung der Wählerunion Baselland», las sie laut. Ihre Augen glitten über den Text. Drei Namen fielen ihr auf: Heinz Groll, Marc Leclair und Sabine Manser. Die ersten beiden konnte sie nur schwer lesen, denn sie waren mit einem schwarzen Stift dick durchgestrichen. Jetzt erinnerte sie sich schwach, in der heutigen Zeitung eine kurze Notiz über eine tumultartig verlaufene Parteiversammlung gelesen zu haben. Sie warf einen Blick in das Innere des Sekretärs und stellte fest, dass sich in einer kleinen, weissblau gestreiften Blechbüchse mehrere Geldscheine befanden.

Sie schloss den Sekretär und begann, die Bilder an den Wänden zu betrachten. Und während sie immer aufgeregter vom einen zum anderen ging, schüttelte sie stumm den Kopf. Da gab es zwei Zeichnungen von Picasso, die eine mit einer persönlichen Widmung. «Für meinen lieben Pietro», entzifferte sie. Ein fantastisches Bild von Matisse hing neben dem Barockschrank. Sie ging ganz nahe heran, um sich zu vergewissern, dass es tatsächlich echt war. Dann entdeckte sie einen Kandinsky, wunderbar in verschiedenen Braun- und Blautönen gehalten; zwei kleine Paul Klee hingen rechts neben der Küchentür. Schliesslich blieb sie vor einer Zeichnung von Emil Nolde stehen. Als sie sich satt gesehen hatte, wandte sie sich dem Bild über der Sitzgruppe zu. Es war ein Werk von Ernst Ludwig Kirchner, eine Strassenszene im alten Berlin darstellend. Sie trat einige Schritte zurück und bewunderte die beiden Frauen im Vordergrund mit ihren grossen Hüten. Ein herrliches Gemälde.

«Kennst du dich aus, Chefin?» Biasotto hatte jeden ihrer Schritte aufmerksam beobachtet.

«Nicht eigentlich. Aber bei Bildern von dem Format braucht man kein Kunstsachverständiger zu sein, um in Begeisterung auszubrechen», antwortete sie, ganz aufgeregt durch die Nähe dieser Kunstwerke, die sie sonst nur in Ausstellungen und Museen zu sehen bekam. Während sie sprachen, hatte Biasotto auf die Uhr gesehen. Jetzt öffnete er die Türe, die vom Wohnzimmer in die Küche führte. Die Kommissarin folgte ihm. Als sie am Wandschrank vorbeiging, konnte sie nicht widerstehen und schaute hinein. Sie sah, säuberlich eingeräumt, ein weisses Geschirr mit farbigem Blumendekor, Gläser, einen Stapel schwerer Leinentischtücher sowie eine ganze Reihe von silbernen Gegenständen. Sie nahm einen Teller heraus, drehte ihn um und lächelte. «Das habe ich mir fast gedacht. Meissen», bemerkte sie anerkennend und legte ihn sorgfältig zurück. Dann folgte sie ihrem Assistenten in die Küche.

Auf dem Tisch stand noch die Tasse, aus der Heinemann am Morgen seinen Kaffee getrunken hatte, und im offenen Geschirrspüler waren ein paar schmutzige Teller und Gläser aufgereiht. Auch sonst stand allerlei herum. Trotzdem wirkte auch hier alles gepflegt und strahlte Eleganz und Harmonie aus.

Biasotto hatte die Küche bereits wieder verlassen; die Kommissarin folgte ihm durch den Korridor die Treppe hinauf in den ersten Stock. Sie fand ihn dort in einem offenen Vorraum, der zur Treppe mit einer geschnitzten, weiss gestrichenen Balustrade abgegrenzt war. Drei Türen führten zu den Schlafzimmern, eine zum Badezimmer.

Biasotto stand vor einem Gemälde von Roy Lichtenstein, das die ganze innere Längswand bedeckte. Es verschlug Tina Merz fast den Atem, als sie ganz nahe an das Bild herantrat.

«Das kann sogar mich begeistern, und ich bin doch ein resistenter Kunstbanause.» Aus der Stimme Biasottos hörte sie echte Bewunderung.

«Ein wunderbares Bild», stimmte sie zu. Dann entdeckte sie in der Ecke des Raumes eine etwa fünfzig Zentimeter grosse Plastik. Sie stellte einen alten Mann mit einem mächtigen Hut dar, der ihr mit grossen, traurigen Augen und seltsam zerfurchtem Gesicht entgegenblickte. «Ich könnte wetten, das ist ein Barlach.»

«Was immer es ist», stellte Biasotto fest, der neben sie getreten war und sich bückte, um die Plastik besser betrachten zu können, «es ist ein beeindruckendes Stück.» Er sah sich um. «Eigentlich müsste man für die Besichtigung dieses Hauses ein Eintrittsgeld verlangen. Wir aber sollten uns diese private Kunstausstellung morgen nochmals anschauen. Es wird dunkel, und die gute Frau Lenhardt wartet mit dem Tee.»

Tina Merz warf einen kurzen Blick auf den braunroten Teppich mit dunkelblauem und petrolfarbenem geometrischem Muster, der den Boden bedeckte. «Sieht aus wie ein russischer Kasak», ging es ihr durch den Kopf. Sie strich ehrfürchtig mit der Hand über die schönen Farben. Dann öffnete sie eine der Türen. Sie betrat einen kleinen, karg möblierten Raum. Hier musste Heinemann seine letzte Nacht verbracht haben. Jedenfalls war das Bett nicht gemacht, und es lagen verschiedene Kleidungsstücke am Boden und über dem Stuhl, der vor einem kleinen Tisch stand. Auch hier gab es Bilder. Über dem Bett hing ein etwas lautes Gemälde von Max Liebermann; neben dem Fenster entdeckte sie zwei signierte Lithografien von Dalí. Sie schloss die Türe und betrat das nächste Zimmer. Es war ein grösserer Raum mit einem breiten Bett und einem Schrank, der fast die ganze Längswand einnahm. Er war ganz in Silber, Blau und Ocker gehalten und wirkte unbewohnt. Über dem Bett hingen zwei Lithos, einen Mann und eine Frau darstellend, auf denen sie die Signatur von Léger identifizierte. An den übrigen Wänden befanden sich Bilder von Vasarely, alle in Silber-, Blau- und Ockertönen. Sie blieb einige Minuten davor stehen. Sie hatte vor zwei Jahren das Vasarely-Museum in Gordes besucht, und seither träumte sie davon, eine gute Reproduktion zu erwerben, um damit ihr Schlafzimmer zu verschönern. Und hier diese Originale! Kaum zu glauben. Sie ging zum Schrank und öffnete eine der Türen. Ein vermutlich von einem Kind bemaltes Kästchen, angefüllt mit Schmuck, lachte ihr entgegen. Sie schüttelte den Kopf und schloss den Schrank wieder zu.

«Fahrlässig ist das», bemerkte sie zu Biasotto, der oben an der Treppe auf sie wartete. «Diese Reichtümer, und alles ungesichert. Der Schlafzimmerschrank ist voll Schmuck. Ein Einbrecher könnte hier leichte und fette Beute machen.»

«Und mir ist soeben eingefallen, dass man bei Heinemann keinen Schlüssel fand. Was, wenn der Mörder diesen an sich genommen hat? Es müsste für ihn doch ein Leichtes sein, herauszufinden, wo sein Opfer wohnte.»

«Dann könnte man all die schönen Dinge hier bald auf den Flohmärkten der Region billig erwerben», ergänzte die Kommissarin nachdenklich. «Die Schlösser sollten sofort ausgewechselt werden. – Das ist ein Auftrag», fügte sie in gespieltem Befehlston hinzu.

«Wird erledigt, Chefin. Dein Sklave hat verstanden. Er ist allerdings nicht überzeugt, dass er jetzt noch einen anderen Dummen findet, der dir ebenso ergeben ist. Es ist immerhin schon gegen fünf. Vielleicht müssen die Bilder noch einen weiteren Tag in Unsicherheit überstehen.»

«Aber versuchen könntest du es.»

«Ich werde meinen ganzen Charme aufbieten.»

«Dann kann der Erfolg nicht ausbleiben», meinte sie trocken.

«Eigentlich ist das ja nicht unsere Angelegenheit, sondern die vom jungen Heinemann. Der Kram gehört schliesslich ihm.» Jetzt sah Biasotto seine Chefin spitzbübisch an. «Könntest du das Problem nicht heute Abend deinem Kavalier über den Tisch schieben? Soll er doch selbst zu seiner kostbaren Erbschaft schauen.»

Die Kommissarin gab ihrem Assistenten keine Antwort, sondern folgte ihm schweigend über die Treppe in den unteren Korridor.

Biasotto war in Gedanken immer noch bei den Kunstwerken. «Irgendwie passt das alles nicht in mein Weltbild», sinnierte er laut. «Da hört man immer, unsere Lehrerschaft verdiene zu wenig. Woher, Chefin, hatte der das Geld, um solche Reichtümer anzuhäufen?»

«Frag mich etwas Leichteres.»

«Entweder hat er im Lotto gewonnen, oder er ist ein Enkel von Dagobert Duck.»

«Der hatte keine Enkel, mein Lieber, der hatte nur seinen Neffen Donald und seine Nichte Daisy.»

Die Kommissarin hatte die Klinke der Haustüre schon in der Hand, als sie sich wieder umdrehte und in den Salon zurückging; sie nahm aus dem Sekretär die grüne Einladung zur Parteiversammlung und steckte sie ein. Als sie auf dem Rückweg zur Tür durch das Zimmer eilte, sah sie neben dem wunderschönen blaubeigen Teppich am Boden etwas Weisses liegen. Reflexartig bückte sie sich, um es aufzuheben, stellte dann aber fest, dass es mit einer feinen Schnur am Teppichrand festgemacht war. Es war ein kleines Schildchen aus dickem, weissem Karton mit einer in grossen Zahlen geschriebenen Sechzehn; sie dreht es um; NAIN, las sie, Herkunftsland Persien, Ausrufpreis Fr. 12 000.–. Offenbar stammte der Teppich von einer Auktion. Sie schob das Schild unter den Teppichrand. Dann ging sie in Gedanken versunken zur Haustüre, löschte das Licht und trat in den Vorgarten hinaus, wo Biasotto ungeduldig auf sie wartete.

«Ich habe den Schlüsselservice erreicht», teilte er ihr frohlockend mit. «Man wird das Schloss noch heute auswechseln.»

«Du bist einfach ein toller Kerl», freute sich die Kommissarin und erteilte ihm sogleich einen neuen Auftrag. «Ruf morgen als Erstes die Bezirksschreiberei in Arlesheim an. Sie sollen sich mit der Aufnahme des Erbschaftsinventars beeilen, damit wir wissen, welche Werte sich in diesem Haus verstecken. Und vergiss nicht, dem Bezirksschreiber zu sagen, dass er einen Kunstsachverständigen mitbringen soll.»

## 11

Es schlug fünf von der nahe gelegenen Kirche, als sie schweigend den kurzen Weg zum Haus von Frau Lenhardt zurücklegten. Die alte Dame öffnete die Tür, noch bevor sie geklingelt hatten, und begrüsste sie mit einem warmen Lächeln wie alte Bekannte. Sie nahm ihnen die Mäntel ab und führte sie durch einen kurzen, fensterlosen Korridor in eine kleine Stube, die mit einer ausladenden, bunt geblümten Sitzgruppe ausgefüllt war. Auf dem kleinen Tisch in der Mitte des Zimmers stand im handgestrickten Wärmemantel eine Teekanne, daneben Tassen, Teller und Besteck sowie ein Apfelkuchen, von dem ein betörender Duft ausging.

Frau Lenhardt füllte die durchsichtigen Porzellantassen mit einem nach Vanille riechenden Tee. Sie schaute dabei über die Teekanne hinweg ihre Gäste immer wieder von der Seite an. Sie war neugierig zu erfahren, welche Wirkung die Besichtigung des Nachbarhauses ausgelöst hatte. Aber die beiden Polizeileute sahen ihr nur schweigend zu, als sie jetzt die Platte mit dem Kuchen zu sich heranzog und begann, diesen sorgfältig in reichlich bemessene Stücke zu schneiden. Als sie das Schweigen schliesslich nicht mehr aushalten konnte und alle Hoffnung aufgegeben hatte, dass einer ihrer Gäste unaufgefordert etwas sagen würde, nahm Frau Lenhardt selber das Gespräch auf.

«Ich wohne schon über dreissig Jahre hier», begann sie im Ton einer Märchen erzählenden Grossmutter. «Damals gab es in dieser Strasse nur unser Haus. Die Heinemanns sind erst später gekommen. Heinemanns Mutter war eine Hiesige, und von ihr hat er sein Grundstück geerbt. Einen Teil verkaufte er an einen Architekten, auf dem Rest baute er sich sein Haus.» Frau Lenhardt schob behutsam auf jeden der bereitgestellten Teller ein Stück Apfelkuchen, und nachdem sie eine kleine Gabel dazugelegt und die Teller ihren Gästen zugeschoben hatte, fuhr sie fort: «Ich erinnere mich noch gut an den Tag, als sie einzogen. Es war an einem Samstag, und Heinemann – er war damals schon Lehrer an der hiesigen Sekundarschule – transportierte den Hausrat in seinem Handwagen von der alten Wohnung ins neue Haus. Am Abend brachte er mit einem kleinen Lieferwagen, den er von Freunden geliehen hatte, die grösseren Möbel. Alles billiges Zeug.» Sie rümpfte die Nase. Ihr Blick ging in die Weite, und man konnte erkennen, wie vor ihren Augen die alten Bilder vorüberzogen. «Ich weiss alles noch genau, weil Karl – das ist mein Mann – ihm beim Ausladen half. – Die Italienerin habe ich damals zum ersten Mal gesehen.»

Frau Lenhardt kämpfte sichtbar mit der Versuchung, sich eingehender über ihre Nachbarin auszulassen. Dann aber gewann ihre gute Erziehung die Oberhand. «Man soll die Toten ruhen lassen», bemerkte sie mit einem viel sagenden Blick.

«War sie eine echte Italienerin?» Die Kommissarin stellte diese Frage mit vollem Mund. Der Apfelkuchen schmeckte vorzüglich.

«Von Kopf bis Fuss. Und eine mit Stil!» Frau Lenhardts Gesichtsausdruck liess jetzt deutlich Bewunderung erkennen. «Sie stammte angeblich aus einer vornehmen genuesischen Familie. Sie sprach bis zuletzt nur gebrochen Deutsch.» Sie schob sich ein Stück Apfelkuchen in den Mund und nahm einen Schluck Tee dazu. Als keine weitere Frage kam, setzte sie ihre Erzählung fort. «Frau Heinemann war eine schöne Frau. Wie die Königin der Nacht sah sie aus mit ihrem roten Haar und ihren grossen, grauen Augen. Ihr Teint war ebenso makellos wie ihre Zähne. Auch mit fast fünfzig Jahren – so alt war sie, als sie starb – war sie eine auffällige Erscheinung. Sie hatte so einen schwingenden Gang», Frau Lenhardt bewegte ihre rundlichen Hüften auf dem Sofa hin und her, «so einen Gang, wie ihn eben nur Italienerinnen haben. Und elegant war sie!» Jetzt schwelgte die alte Dame mit glänzenden Augen genussvoll in Erinnerungsbildern. «Wenn sie ausging, trug sie manchmal einen Hut. So einen ganz grossen, mit breitem Rand, wie aus dem Modejournal. Und Schmuck hatte die!» In die Bewunderung mischte sich jetzt unverkennbar etwas Neid. «Ich habe immer wieder zu meinem Karl gesagt: ‹Wie können die das alles bezahlen?› Aber ihn interessierte das nicht. Gern gesehen hat er die Italienerin schon. Er stand manchmal hinter dem Vorhang, wenn sie durch den Vorgarten stolzierte mit ihrem Gang.» Wieder schwang Frau Lenhardt ihre Hüften auf dem Sofa hin und her. «Sie war ja wirklich eine tolle Erscheinung», murmelte sie, wie wenn sie ihren verstorbenen Mann noch nachträglich entschuldigen wollte.

«Möchten Sie noch ein Stück Kuchen?» Die Frage war an Martin Biasotto gerichtet.

«Danke, nein. Er war ausgezeichnet. Aber ich muss mir noch etwas Appetit für das Abendessen aufsparen.» Er zwinkerte der Kommissarin zu. Dann wandte er sich wieder an Frau Lenhardt. «War Frau Heinemann reich?»

Man sah der Gastgeberin an, dass sie über diese Frage hocherfreut war. «Das weiss ich nicht, aber ihre Familie muss schon Geld gehabt haben. Jedenfalls brachte Frau Heinemann nach dem Tod ihrer Eltern viele wertvolle Dinge hierher. Das war ganz anders als beim Einzug. Da kam ein riesiger Möbelwagen mit italienischer Nummer, und zwei Männer luden einen ganzen Vormittag aus: Möbel, Teppiche, Bilder.»

«Das also ist die Erklärung.» Es schien, als löse sich für die Kommissarin ein Problem.

«Nur zum Teil», fuhr Frau Lenhardt rasch dazwischen. «Die meisten Möbel und Bilder aus dem elterlichen Haushalt sind in der Zwischenzeit wieder verschwunden. Frau Heinemann betrieb eine Art Kunsthandel. Nicht offiziell», fügte sie flüsternd hinzu, «aber es gingen immer viele Leute bei ihr ein und aus.»

«Was meinen Sie mit ‹nicht offiziell›?»

Frau Lenhardt betrachtete Biasotto mit kummervoller Miene. «Habe ich das wirklich so gesagt? Was habe ich damit wohl gemeint?», wiederholte sie die Frage. Sie dachte kurz nach, dann versuchte sie zögernd, ihre Worte zu erklären. «Frau Heinemann hatte ja kein Geschäft. Sie ... In guten Zeiten ... Oder sagen wir, bevor sie krank wurde, sah man sie am Morgen im Eilschritt das Haus verlassen, und abends kam sie zurück und schleppte Teppiche, Möbel und vor allem Bilder ins Haus. Jemand erzählte mir, er habe sie an einer Auktion in Zürich getroffen. Oder in Bern? Jetzt weiss ich es nicht mehr.»

«Es spielt auch keine Rolle», tröstete Biasotto.

«Habe ich Sie richtig verstanden», mischte sich die Kommissarin jetzt ins Gespräch. «Frau Heinemann war krank?»

«Krank eigentlich nicht. Sie hatte Heimweh nach Italien und soll deswegen schwermütig geworden sein, die arme Frau.»

Für einen Augenblick war es still im Raum.

«Sie konnte einem schon Leid tun. Trotz ihrer Hüte. Ich habe manches Mal zu meinem Karl gesagt: ‹Was nützen ihr die seidenen Taschentücher mit all den teuren Spitzen, wenn sie sie nur braucht, um sich die Tränen abzuwischen?› Und jetzt auch noch dieses Ende.» Das Gesicht der freundlichen alten Frau spiegelte echten Kummer. «Schrecklich. Er kann einem schon Leid tun, der Herr Heinemann. Er war ein so netter und freundlicher Mann.»

«Leid tun. Wegen des Mordes?»

Frau Lenhardt war jetzt sichtlich verlegen. Sie suchte nach Worten. Dann sprach sie zögernd und mit leiser Stimme weiter. «Ich will nicht über die Nachbarn sprechen. Das ist nicht gut. Aber die Heinemanns führten ein sonderbares Leben. Der kleine Andreas kam oft vom Kindergarten und später von der Schule nach Hause, und niemand war da. Dann hielt er sich im Garten auf und schlug einen kleinen Ball auf die Erde. Manchmal stundenlang. Ich höre es heute noch. Ich habe ihn manchmal hereingenommen, und einmal erzählte er, seine Mama weine immer; und sie höre laute, traurige Musik, Opern, sagte er, in denen am Schluss alle Leute sterben und noch lange singen, bevor sie tot sind. Von ihm wussten wir, dass es sein Vater war, der ihn ankleidete, ihm kochte und mit ihm die Hausaufgaben machte. Aber Andreas liebte seine Mutter abgöttisch. Wenn sie ihn rief mit ihrem italienischen ‹Andrea›, war er nicht mehr zu halten. Später verschwand er in einem

Internat. Als sie mit dem Trinken anfing, war er längst nicht mehr zu Hause.»

In der Kommissarin regte sich Mitleid mit dem kleinen, einsamen Jungen, der im Garten alleine auf seine Mutter wartete. Er hatte überhaupt keine Ähnlichkeit mit dem gefühlskalten Mann, den sie am Nachmittag kennen gelernt hatte.

«Frau Heinemann trank?»

Frau Lenhardt spürte die Spannung, die sie mit ihrer letzten Aussage bei ihrer Besucherin hervorgerufen hatte. Bevor sie antwortete, nahm sie mit der Schaufel schweigend und sorgfältig ein Stück Apfeltorte von der Platte und griff mit der Hand nach dem Teller der Kommissarin. «Nehmen Sie noch ein Stück?»

Tina Merz verneinte schweren Herzens. Der Kuchen war himmlisch. Sie streifte mit ihren Augen die Wanduhr über dem Sofa. Es war schon nach halb sechs.

Frau Lenhardt hatte den Blick auf die Uhr bemerkt. Sie wollte ihre Gäste unbedingt noch etwas halten. «Ja, der arme Herr Heinemann, er hat gekocht, gewaschen und eingekauft. Er war ein guter Mann. Sie waren ein ungleiches Paar. Eigentlich passten sie nicht zueinander, und ich habe mich immer wieder gefragt, was die zwei zusammengebracht und zusammengehalten hat. Aber die Liebe geht halt sonderbare Wege.» Jetzt legte sie wieder eine Pause ein. «Ja, sie trank», sagte sie dann bedächtig. «Etwa zwei Jahre vor ihrem Tod fing das an. Sie ging immer seltener aus und sass oft allein im Garten. Einfach so. Sie sass da, ohne Beschäftigung, mit einer Flasche vor sich. Zuerst war die Flasche voll, eine Stunde später war sie leer. Ich habe das öfters beobachtet. Der Herr Heinemann konnte einem schon Leid tun. Er war so ein netter Mann.»

«Und wie ging es weiter?»

«Dann kaufte sich Frau Heinemann den tollen Sportwagen. So einen dunkelblauen, italienischen, mit offenem Verdeck.»

«Was war das für ein Wagen?», erkundigte sich Biasotto sehr interessiert.

«Die Marke weiss ich nicht. Aber mein Schwiegersohn sagte, so ein Auto koste mehr als hunderttausend Franken. Und er kennt sich aus.» Sie nickte mehrfach. «Mit dem Auto ist Frau Heinemann später verunglückt. Da oben am Gempen. Es soll auch da Alkohol mit im Spiel gewesen sein.»

«Wann war das?»

«Das war … Lassen Sie mich nachdenken … vor etwa fünf Jahren. Sie soll in einer Kurve die Herrschaft über ihren Wagen verloren haben. Ob das stimmt, weiss ich nicht.»

«Und sie war sofort tot?»

«Sie muss noch auf der Unfallstelle gestorben sein. Der Leichenwagen brachte sie hierher, und sie lag drei Tage aufgebahrt im Haus. Bis zur Beerdigung. Herr Heinemann wollte sich nicht von ihr trennen.»

«Und wie ging es weiter?»

«Danach ist es ruhig geworden. Seit etwa drei Jahren trug Heinemann Zeitungen aus. Wir konnten das nicht verstehen. Er ist doch ein älterer Herr und braucht seinen Schlaf. Im Quartier sagt man, es sei wegen der Schulden.»

«Schulden?» Die Kommissarin war nach einem erneuten Blick auf die Uhr aufgestanden.

«Wegen der Schulden der Italienerin. Was weiss ich? Von einem Lehrereinkommen kann man einen solchen Sportwagen jedenfalls nicht kaufen.»

«Aber Sie sagten ja selbst, Frau Heinemann habe von ihren Eltern Geld geerbt», warf Biasotto ein.

Sie standen jetzt im Korridor und zogen die Mäntel an.

«Habe ich das?», fragte Frau Lenhardt mit treuherziger Miene.

Tina Merz reichte der alten Dame die Hand und lächelte ihr freundlich zu.

«Vielen Dank für Tee und Kuchen. Und all das Interessante, das Sie uns berichtet haben. Wenn Ihnen noch etwas Wichtiges einfällt, hier ist meine Karte.»

Frau Lenhardt nahm ihre Brille, die sie an einer feinen, goldenen Kette um den Hals trug, setzte sie umständlich auf und sah sich die Karte sorgfältig an. «Sie sind eine richtige Kriminalkommissarin?», fragte sie bewundernd. Dann wies sie mit dem Kinn zu Biasotto: «Und ich dachte, er sei das und Sie seien die Assistentin. Das ist ja toll. Eine Frau Kriminalkommissarin.»

Die beiden Polizeileute waren bereits an der Türe.

«Jetzt hätte ich noch fast vergessen, Ihnen zu sagen, dass sich eine Sicherheitsfirma bei Ihnen melden wird. Wegen des Hausschlüssels.» Biasotto wies mit der Hand auf die kleine Konsole, auf die er beim Hereinkommen den Schlüssel abgelegt hatte. «Möglicherweise noch heute Abend.»

«Ich werde da sein», versicherte Frau Lenhardt diensteifrig.

## 12

Als sie ins Freie traten, schlug ihnen die Kälte entgegen.

«Aufpassen, Chefin, glitschiges Terrain», warnte Biasotto schmunzelnd und nahm stützend ihren Arm. «Du willst dir das Umfallen doch für heute Abend aufheben, wenn du mit dem traurigen Andreas essen gehst.»

«Spar dir deine faulen Sprüche. Ich muss nachdenken», gab die Kommissarin missmutig zurück.

«Nachdenken? Worüber?»

«Ich frage mich, ob aus diesen doch nicht ganz alltäglichen Familiengeschichten ein Mordmotiv abgeleitet werden könnte.»

Sie hatten die Stelle erreicht, wo ihr Dienstwagen stand.

«Ich kann mir das nicht vorstellen», antwortete Biasotto, während er den Wagen aufschloss. «Das liegt alles schon so lange zurück. Die Frau ist schon seit fünf Jahren tot. Selbst wenn jemand damals die Absicht gehabt hätte, Heinemann ihretwegen umzubringen, wäre es jetzt doch reichlich spät dafür.»

«Wenn du es so formulierst, ja. Aber die Wege des Menschen sind oft nicht so direkt und gradlinig, sondern kompliziert und verschlungen.»

Nachdem sie den Ohrring beim Polizeiposten abgegeben hatten, fuhren sie in die Stadt zurück. Sie erreichten den Aeschenplatz; Biasotto steuerte den Wagen gekonnt an einer Reihe wartender Fahrzeuge vorbei und spurte rechts ein, um zur Wettsteinbrücke zu gelangen.

Er warf ihr einen kurzen, sorgenvollen Blick zu. «Nimm dich in Acht heute Abend, Tina. Der junge Heinemann ist kein trauriger, kleiner Andrea mehr, sondern ein grosser Andreas, der zudem für eine Zeitung arbeitet, die immer wieder mit Vergnügen die Polizei in die Pfanne haut.»

Die Kommissarin sagte eine Weile nichts. Sie erreichten den Wettsteinplatz, und wenig später kamen sie vor ihrer Wohnung an.

«Mach dir keine Sorgen», beruhigte sie ihren Assistenten. «Aber du hast schon Recht, er tut mir Leid, der kleine Andreas. Er muss eine traurige Jugend gehabt haben.»

«Tout comprendre, c'est tout pardonner.» Biasotto sah sie mit angehobenen Brauen und gerunzelter Stirne an. «Ich rate dir, die psychologische Schublade rasch wieder zu schliessen. Sie ist gefährlich.» Er hatte den Wagen jetzt zum Stehen gebracht.

«Wenn du anfängst, dein Französisch zu bemühen, muss die Lage tatsächlich ernst sein», spottete sie. «Ganz abgesehen davon, dass du im Halteverbot stehst.»

«Für dich tu ich alles, auch das», lachte er. Dann sah er sie eindringlich an. «Ich meine es ernst, Tina. Mitleid und Verständnis sind keine guten Ratgeber, wenn es darum geht, mit Zeitungsleuten zu sprechen, die mit allen Wassern gewaschen sind. Wir wissen doch, welche Art von Journalismus sein Blatt betreibt: Ohne Rücksicht auf Verluste wird alles vermarktet, was nach Sensation riecht. Also, Chefin, wäge deine Worte sorgfältig ab. Du ersparst dir viel Ärger. Und vergiss nicht», er sprach jetzt mit leiser Stimme, wie wenn jemand sie belauschen könnte, «auch dein trauriger Andrea könnte der Mörder sein. Immerhin ist er derjenige, der vom Tod seines Vaters am meisten profitiert.»

«Finanziell», präzisierte sie rasch. Sie stand jetzt auf dem Trottoir und bückte sich, um Biasotto die Hand zu geben. «Mach dir keine Sorgen, Martin. Ich werde vorsichtig sein wie ein Reh, das auf offener Waldwiese weidet. Ich werde wenig Wein trinken, nichts essen und mich vom Mitleid nicht einlullen lassen.» Und bevor sie die Autotüre mit einem energischen Stoss zuschlug, fügte sie mit liebevollem Unterton hinzu: «Ich finde es ja nett, dass du dich um mich sorgst. Aber vergiss nicht, ich konnte schon lesen und schreiben, als man bei dir noch die Windeln wechselte.»

«Sorry, Chefin. Ich wollte nicht vorlaut sein.»

Tina Merz schloss die Haustüre auf und stieg die Treppe zur ersten Etage hoch. Als sie ihre Wohnung betrat, verflog die leichte Verstimmung, die das Gespräch mit Biasotto in ihr hervorgerufen hatte.

Die Wohnung, in der die Kommissarin seit ihrer Trennung mit ihren beiden Söhnen und dem Hund Mottel lebte, gehörte einem Arzt, der selbst mit seiner Frau den zweiten Stock bewohnte. Er war ein entfernter Bekannter von Stephan. Die Wohnung war frisch renoviert, verfügte über ein geräumiges Entrée und vier grosse Zimmer und bot jeden modernen Komfort, obwohl sie sich in einem mehrere hundert Jahre alten Haus befand. Der Blick vom Wohnzimmer und dem Schlafzimmer der Kommissarin war unvergleichlich. Über den träge fliessenden Rhein sah man direkt auf das Basler Münster. Tina Merz stand oft am Fenster. Der Ausblick übte auf sie eine beruhigende Wirkung aus. Manchmal allerdings erlebte sie die Schönheit und Erhabenheit so intensiv, dass sie in ihrer Brust einen fast schmerzhaften Druck verspürte. An schönen Tagen, wenn sich das gegenüberliegende Grossbasler Ufer mit seiner mittelalterlichen Häuserfront im hellen Licht präsentierte, glaubte sie, in einer anderen Zeit zu leben, in einer Zeit, in der alles noch seine Ordnung hatte, man nicht meinte, alles infrage stellen zu müssen, und die Menschen noch frei waren vom Zwang, immer wieder Neues zu erleben. Wenn es regnete und stürmte und sich am Himmel die Wolkenbilder jagten und das Wasser des Rheins von Graublau über Grünlich bis zu Mississippibraun wechselte, liess ein Blick auf das Münster, das seit fünfhundert Jahren über der Pfalz thronte, in ihr ein Gefühl von Sicherheit, von Stabilität und Ewigkeit entstehen.

Wie immer, wenn sie nach Hause kam, rannte ihr Mottel entgegen und warf sich vor ihr auf den Rücken. Der kleine Kerl war ein Findling und gehörte Lukas. Dieser hatte immer von einer Katze geträumt. Aber Tina Merz wollte kein Haustier mitten in der Stadt, in einer Wohnung ohne Garten. Eines Nachmittags war Lukas mit dem Tram zur Schwarzwaldbrücke gefahren und hatte an der Türe des Basler Tierheims geklingelt. Der Dame, die ihm öffnete, teilte er mit, er habe beschlossen, eine Katze zu adoptieren. Als er später neben ihr durch den langen Korridor mit den Zellen voll trauriger Tierschicksale ging, kam ihnen Mottel entgegen. Die kleine Shih-Tsu-Hündin warf sich vor Lukas auf den Boden, legte den Kopf auf ihre ausgestreckten Vorderpfoten und himmelte ihn mit ihren triefenden Kugelaugen voller Anbetung an, wie die Heiligen ihren Herrgott auf den Bildern, die die Nonnen früher im Religionsunterricht verteilten. Und schliesslich begann sie, mit ihren schiefen Zähnen seine Jeans anzuknabbern, so wie sie das später mit den Sofakissen tat. Und um ihre Darbietung zu vervollkommnen, gab sie durch ihre verkümmerten Atemwege röchelnde Laute von sich, wie ein aufgeblasener Luftballon, bei dem man den Stöpsel herausgezogen hat. Mottel eroberte Lukas im Sturm. Jedenfalls schwor er ihr ewige Treue, und der Tierwärterin versprach er, den Hund innert drei Tagen abzuholen. Nach zwei Tagen intensiver Überredungsarbeit hatte er Tina Merz davon überzeugt, dass dieses kleine, abgeschlagene Wesen, das zwei dänische Touristen bei der Autobahnraststätte gefunden hatten, für ihn bestimmt sei. Am Samstag fuhr die Kommissarin mit ihrem Sohn zum Tierheim, und seither lebte Mottel bei ihnen. Den Namen trug er nach der Grossmutter aus dem Musical Anatevka, denn am Tag, an dem Mottel zu ihnen gekommen war, hatten sie sich abends dieses Musical angesehen, während die Hündin sich zu Hause mit den neusten Schuhen vergnügte.

Jetzt kraulte Tina Merz Mottels Bauch und schaute kurz in die Zimmer ihrer Söhne. «Ich muss nochmals weg», teilte sie Sebastian mit, der in einer für ihn typischen Haltung bäuchlings auf dem Bett lag und las.

«Kein Problem», antwortete er, ohne von seinem offensichtlich spannenden Buch aufzuschauen.

Tina Merz ging in ihr Schlafzimmer und öffnete den Kleiderschrank. Kritisch prüfte sie ihre Garderobe. Schliesslich entschied sie sich für ein dunkelgrünes Jackenkleid, das die Schwächen ihrer Figur optimal verdeckte und die Farbe ihrer Augen vorteilhaft zur Geltung brachte. Während sie sich schminkte, betrachtete sie kritisch ihr Gesicht. «Warum eigentlich liegt dir so viel daran, gut auszusehen?», fragte sie spöttisch ihr Spiegelbild. «Du willst einen jungen Mann von dreissig Jahren beeindrucken?» Sie rückte näher an den Spiegel heran und sah sich mit einem Anflug von Masochismus die vielen kleinen Lachfältchen an, die von ihren Augenwinkeln abgingen. Während sie die Zähne putzte, kreisten ihre Gedanken weiter um den jungen Heinemann. Martin hatte Recht. Sie musste auf der Hut sein. Nicht, weil der junge Mann Journalist war bei einer Zeitung, die sich darauf kaprizierte, Autoritäten infrage zu stellen. Sie meinte, durch das Telefon diese männliche Arroganz gespürt zu haben, die sie um ihr Leben nicht ausstehen konnte. Sie wusste, dass sie darauf so prompt reagierte wie der Jack in the Box, wenn man den richtigen Knopf betätigte. Sie mochte die ruhigen, selbstsicheren Männer. Männer, die starke Partnerinnen schätzten. Bei ihnen konnte sie Frau sein, ohne sich dauernd behaupten und unter Beweis stellen zu müssen, dass sie ebenso klug, ebenso witzig, ebenso charakterfest war.

«Sei auf der Hut und zügle dein Temperament», ermahnte sie ihr Spiegelbild, bevor sie das Licht löschte und das Badezimmer verliess.

Um zwanzig vor acht war sie bereit zum Ausgehen. Sebastian und Lukas hatten sich unterdessen in der Küche ans Kochen gemacht.

«Maria soll morgen Teigwaren einkaufen», hörte sie den jüngeren noch rufen. Dann schloss sie die Wohnungstür.

13

Die Kommissarin benötigte für den Weg von ihrer Wohnung zum «Goldenen Sternen» fast eine halbe Stunde. Es war kalt. Der Himmel war bedeckt, und es sah aus, als ob es bald wieder schneien würde. Sie ging langsam, in Gedanken versunken, ohne auf die Uhr zu sehen. Sie dachte über den toten Heinemann nach, über seine Frau, die schöne, unglückliche Italienerin, und über den kleinen Andrea, der inzwischen bestimmt schon im «Goldenen Sternen» auf sie wartete. Das Leben spielte eigenartig. Heute Morgen war ihr nicht einmal die Existenz der Heinemanns bewusst gewesen, und jetzt waren sie plötzlich zum Zentrum ihres Lebens geworden.

Während sie über die Wettsteinbrücke und dann dem Rhein entlang zum «Goldenen Sternen» schlenderte, liess sie all das, was sie an diesem Nachmittag gesehen und gehört hatte, nochmals Revue passieren, gefesselt von der Idee, dass es ihr gelingen müsse, im Leben des Frank Heinemann, einem Leben voller Gegensätze und Widersprüche, einen Hinweis auf das Mordmotiv zu finden. Als sie am Rheinufer die Höhe des «Goldenen Sternen» erreicht hatte, blieb sie für einen Moment am eisernen Geländer stehen, das Strasse und Trottoir vom Flussbett trennte, und schaute hinunter auf das Wasser, das sich gemächlich abwärts bewegte. Es war still, und der langsam fliessende Strom übte wie immer eine beruhigende Wirkung auf sie aus. Sie sah hinüber zum anderen Ufer und dann zu den beiden Rheinbrücken, auf denen die fahrenden Autos wie die Perlen einer sich langsam bewegenden, leuchtenden Kette erschienen.

«Ein herrlicher Ort», sprach ein älterer Herr sie an. «Hier liegt Ihnen alles zu Füssen, was unsere Stadt gross gemacht hat: der Rhein, das Geld, der Geist und die Liebe zur Kunst.» Und er beschrieb mit ausgestrecktem Arm einen weiten Bogen von den Gebäuden der Hoffmann-

La Roche, die dunkel am anderen Ufer lagen und nicht ahnen liessen, welcher Reichtum sich in ihren Mauern verbarg, bis hinunter zum Kamin der Novartis, über den Rhein zurück zur alten Universität, dem Museum für Gegenwartskunst und hinüber zum Tinguely-Museum, womit die Runde geschlossen war. Als sie schwieg, nickte er ihr freundlich zu, wie wenn er ihrer Zustimmung sicher wäre, und setzte seinen Weg dem Ufer entlang fort.

Sie betrat den «Goldenen Sternen». Während der Kellner ihr den Mantel abnahm, sah sie sich um. Von einem Tisch im Hintergrund erhob sich ein jüngerer Mann und kam auf sie zu. Sie ging ihm ein paar Schritte entgegen und blieb dann stehen.

«Ich rechne Ihnen hoch an, dass Sie nur gerade zehn Minuten zu spät kommen», empfing er sie mit einem leicht maliziösen Lachen. «Aber ich freue mich, dass Sie da sind.»

Sie reichte ihm schweigend die Hand. Er drehte sich um und ging voraus zu dem Tisch, den Frau Simon für sie reserviert hatte.

Von hinten konnte sie ihn ungeniert betrachten. Er war etwa einsachtzig gross und schlank. Zu seinen Jeans trug er einen dunkelblauen Blazer und ein hellblaues Hemd. Als er sich wieder ihr zuwandte und ihr den Stuhl zurechtschob, registrierte sie, dass auch die Krawatte in passenden Blautönen gestreift war. «Was das Modebewusstsein angeht, kommt er offensichtlich ganz nach der Mama», ging es ihr spontan durch den Kopf.

Dann sassen sie sich für einen Augenblick schweigend gegenüber und musterten sich gegenseitig. Sie hatte ihre Tasche unter den Stuhl gestellt und lehnte sich jetzt zurück. Mit leicht gesenktem Kopf und vor der Brust verschränkten Armen nahm sie seine Erscheinung auf. Er sah gut aus mit seinen regelmässigen Zügen und seinem dichten, dunkelbraunen Haar. Sie mochte den Typ. Diese sportliche Männlichkeit, gepflegt, aber nicht zu sehr. Auffallend waren seine Augen. Sie waren von einem hellen Grau, wie man es nur selten sah. Die markante Nase über den vollen Lippen und der dunkle Teint mussten ein Erbstück der Mutter sein.

Auch er hatte sie unverhohlen gemustert, und was er sah, gefiel ihm. Er lachte sie an und deutete auf den Whisky, den er vor sich hatte. «Nehmen sie auch so ein Glas? Ich kann ihn empfehlen. Er verkürzt die Wartezeit.»

«Die sollte jetzt eigentlich vorbei sein», war alles, was ihr dazu einfiel. «Ich möchte lieber einen Tomatensaft.»

Sie kam sich vor wie eine missmutige alte Jungfer. Irgendetwas provozierte sie. Die lässige Art, wie er da sass und hinter seinem Whisky den Mann von Welt spielte. Was machte ihn so selbstsicher? Ein Körperteil, den sie gar nicht wollte? Nicht geschenkt! Sie spürte, wie Aggressivität in ihr aufstieg und damit das unwiderstehliche Bedürfnis, ihm mitzuteilen, was für ein kleines, arrogantes männliches Würstchen er sei.

«Ich habe mir eine Kriminalkommissarin ziemlich anders vorgestellt», nahm er jetzt das Gespräch auf. Wieder lachte er ihr zu, wie wenn er ihr ein Zeichen geben wollte, dass diese Bemerkung als Kompliment gedacht sei.

«Wie denn?» Die Frage kam feindseliger, als sie beabsichtigte.

«Älter und mit Brille», gab er rasch zurück.

Der Kellner trat an ihren Tisch und reichte ihnen die Speisekarte. Andreas Heinemann bestellte ihren Tomatensaft und legte die Karte ungelesen beiseite. Dann neigte er seinen Kopf auf die rechte Schulter und betrachtete sie mit einem liebenswürdigen Lächeln, wie wenn er sagen wollte: «Komm schon, ich bin ein guter Junge.»

Sie lächelte vorsichtig zurück und vertiefte sich dann in die Speisekarte. Nach einer Weile sah sie auf. Er sass noch in der gleichen Pose da.

«Essen Sie nichts?»

«Doch, selbstverständlich.»

«Kennen Sie die Karte auswendig?»

«Nein, Frau Kommissarin. Aber ich hatte das Vergnügen, auf Sie zu warten, und dabei ausgiebig Zeit, das Angebot der Küche zu studieren», bemerkte er mit einem fröhlichen Augenzwinkern.

Sie bestellten etwas Lachs, dann ein Filet au poivre mit Reis und Gemüse. Dazu eine Flasche Montrachet 1971, die ein Vermögen kostete.

Sie wollte ihm soeben sagen, wie Leid es ihr tue, dass sein Vater auf so schreckliche Weise ums Leben gekommen sei, als sich ihr Handy bemerkbar machte. «Ja», meldete sie sich kurz und unfreundlich.

«Eigentlich wollte ich dir nur in Erinnerung rufen, dass er ein Wolf im Schafspelz ist», hörte sie die Stimme ihres Assistenten.

«Vielen Dank», fauchte sie. «Ich bitte dich, mich nur im Notfall zu stören.» Sie steckte das Handy zurück in ihre Handtasche.

«War das dienstlich?», erkundigte sich Heinemann.

«Jein. Es war mein Assistent. Er wollte mich vor Ihnen warnen.»

«Sie warnen? Vor mir?» Er sah sie treuherzig an. Und als sie nicht sofort antwortete, fügte er hinzu: «Was stört Sie an mir? Dass ich Mann oder dass ich Journalist bin?»

«Beides. Fürchten allerdings tu ich nur den Journalisten.»

«Ich bin völlig harmlos. Sowohl als Mann wie als Journalist.»

«So?»

«Und was haben Sie gegen Journalisten?» Die Frage war ernst.

«Nur ein paar schlechte Erfahrungen mit miesen Vertretern Ihrer schreibenden Zunft, denen die Sensation wichtiger war als die Wahrheit», antwortete sie mit einem Anflug von Bitterkeit.

«Ich kenne die Platte», kam es gelangweilt zurück. «Jeder, der meine Visitenkarte zu Gesicht bekommt, meint, mir einen Vortrag über Ethik halten zu müssen.»

«Und? Nützt er?»

«Was soll nützen?»

«Der Vortrag. Der Vortrag über Ethik.»

«Ich kann mit dem Begriff wenig anfangen. Und ich verstehe überhaupt nicht, was Sie wollen.» Er war jetzt sichtlich verstimmt.

«Das brauchen Sie gar nicht ausdrücklich festzustellen; das merkt man der Zeitung an, bei der Sie arbeiten, in jedem Artikel.» Die Bemerkung kam spontan und wenig überlegt.

Er hatte seine Augen zu schmalen Schlitzen zusammengezogen und betrachtete sie spöttisch. «Ich weiss, es ist ein Hobby unserer selbst ernannten geistigen Elite über unsere Zeitung herzuziehen. Uns kümmert das wenig.» Er nickte selbstgefällig. «Wir tun als Journalisten unsere Pflicht, und dazu gehört, dass wir unsere Leserschaft nicht nur informieren, sondern auch unterhalten. Und dass wir damit richtig liegen, beweist die Tatsache, dass wir die auflagenstärkste Zeitung der Schweiz sind. Im Übrigen», er verzog den Mund zu einem ironischen Grinsen, «haben wir Pressefreiheit in diesem Land.»

Jetzt war Tina Merz wütend. «Aber gewisse Zeitungen missbrauchen diese Pressefreiheit ungeniert und meinen, sie sei ein Freipass für jede Gemeinheit. Aber Freiheit hat immer auch Grenzen, die von der Verantwortung und der Ethik gezogen werden. Von der Ethik, mit der Sie nichts anzufangen wissen.»

Er stocherte schweigend in seinem Whisky.

«Die Medien sollen sachlich informieren und kommentieren, und beides sauber trennen. Sie sollen die öffentliche Diskussion und die Meinungsbildung fördern.»

«Sie denken elitär», unterbrach er sie jetzt verächtlich, «was Sie beschreiben, ist Journalismus für die Upperclass. Aber es gibt eben auch die kleinen Leute. Und für die sind wir da.»

«Der Boulevardjournalist als Menschenfreund», spottete sie. «Wenn ich Ihr Blatt in die Hand nehme, ist mein Eindruck allerdings ein völlig anderer.»

«Die kleinen Leute wollen das so.» Er blieb erstaunlich ruhig. «Die meisten Menschen führen ein langweiliges Leben, das ihnen wenig Abwechslung und Unterhaltung bietet. Wir informieren sie auf leicht verständliche Art, ohne sie mit unnötigem Wissen zu belasten. Wir erzählen ihnen bunte Geschichten und berichten über ihre Idole. Ich verstehe nicht, was daran schlecht sein soll.»

Sie schüttelte ungläubig den Kopf. «Sie glauben tatsächlich, was Sie sagen?» Und nach kurzem Nachdenken fügte sie hinzu: «Natürlich sollen Medien auch unterhalten. Aber was ich nicht mag, ist der Sensationsjournalismus, der an die schlechtesten Instinkte des Menschen appelliert. Da wird über Ereignisse berichtet, die nie oder jedenfalls so nie stattgefunden haben. Da werden Texte und Bilder manipuliert und Aussagen verfälscht. Man fügt ein Wort, einen Nebensatz ein oder lässt sie weg, und plötzlich steht etwas völlig anderes da.»

«Wie hübsch sie ist, in ihrem Zorn», dachte er, behielt seine Gedanken aber für sich, wohl wissend, dass ein Mitteilen ihre Wut noch steigern würde.

«Der Sensationsjournalismus nimmt den Menschen den Blick für die Realitäten des Lebens», fuhr sie unbeirrt fort, «und er nimmt ihnen den Glauben und die Träume, den Mut und die Hoffnung. Er vermittelt ein negatives Menschenbild.» Ihre Stimme wurde jetzt leiser. «Die Verantwortungslosigkeit gewisser Medien verschmutzt unsere geistige Welt wie die Ölpest die Küsten. Sie überzieht alles mit einer schwarzen, klebrigen Schicht von Misstrauen, Neid, Unzufriedenheit und Schadenfreude. Ich glaube nicht daran, dass unter diesem Mantel eine gesunde Gesellschaft noch existieren kann.»

Er betrachtete sie mit einem freundlichen, fast mitleidigen Lächeln. «Sie leben in einer anderen Welt. Wenn unsere Zeitung nicht wäre, wie sie ist, dann würden die Leute sich ein anderes, ähnliches Blatt zu Gemüte führen oder überhaupt nicht mehr lesen. Noch mehr fernsehen. Und wäre unsere Welt dann besser? Im Übrigen konnten wir auch schon viel verhindern: Schlamperei, Filz, Vertuschen von Fehlern...»

«Sie weichen mir aus», fiel sie ihm ins Wort. «Ich rede nicht gegen guten Enthüllungsjournalismus. Im Gegenteil. Aber er setzt voraus, dass gewissenhaft recherchiert und wahrheitsgetreu berichtet wird.» Und nach kurzem Nachdenken: «Und nicht nur das. Guter Enthüllungsjournalismus beschränkt seine Berichterstattung auf Angelegenheiten, die von öffentlichem Interesse sind, und hat das Ziel, die Wahrheit an den Tag zu bringen. Er will die Demokratie schützen und erhalten. Das hat mit Sensationsjournalismus nichts zu tun. Dieser schnüffelt im

Privatleben herum. Ihm geht es nur um die Auflage, um Geld und um Macht.»

Sie beachtete nicht, dass der Kellner schon einige Zeit neben dem Tisch stand und darauf wartete, die Teller mit dem Lachs hinstellen zu können.

«Ich bin immer wieder erschüttert, wie leichtfertig die Medien mit Menschen und Institutionen umgehen. Da werden gedankenlos Existenzen zerstört. Andere werden hochgejubelt. Vor allem die, die zur Klasse der Mächtigen, zur hohen Politik gehören. Und vor allem Männer. Bei Frauen ist man schneller bereit, Negatives zu finden. Und wenn man nur feststellt, dass sie schlecht gekleidet sind.»

Heinemann forderte den Kellner mit einer stummen Geste auf, trotz des Redeflusses seiner Partnerin die Teller auf den Tisch zu stellen.

«Nach so viel Geist sollten wir uns der Materie zuwenden», meinte er mit einem Augenzwinkern und schob die Gläser etwas beiseite, um Platz zu schaffen. «Sie sind nach dieser verbalen Anstrengung doch sicher hungrig?»

Sie schluckte ihre Erwiderung herunter und lachte verschämt. «Entschuldigen Sie. Ich habe mich wieder einmal hinreissen lassen.»

«Vergessen Sie es. Es ist nicht der Rede wert. Ich habe schon Schlimmeres über mich ergehen lassen müssen. Immerhin weiss ich jetzt, dass mit Ihnen im Streit nicht gut Kirschen essen ist.»

Er hob das Glas und sie tranken sich zu. Dann schwiegen sie und widmeten sich dem Lachs. Beide dachten über die vorausgegangene Diskussion nach. Unvermittelt blickte er von seinem Teller auf.

«Sie hätten sich mit meinem Vater gut verstanden. Er war auch ein Idealist, auch für ihn waren gewisse Prinzipien unantastbar.»

«Ist das ein Kompliment?»

Die Antwort kam zögernd. «Wenn ich das wüsste. Ich habe meinen Vater ob seiner Prinzipientreue bewundert. Vor allem, weil er nicht nur redete, sondern auch versuchte, nach seinen Grundsätzen zu leben. Aber wie die meisten Menschen, die wissen, was Recht und Unrecht ist, war er auch intolerant; er hatte kein Verständnis für menschliche Schwächen. Er hasste sie geradezu.»

«Es war wohl nicht immer einfach, Sohn eines prinzipientreuen Vaters zu sein?»

Ein bitterer Unterton schwang mit, als er antwortete. «Es war tatsächlich nicht einfach. Ich weiss, wovon ich rede.»

Der Kellner servierte jetzt den Hauptgang, und die Kommissarin schaute diskret auf ihre Uhr. Es war bereits neun Uhr, Zeit, dass sie das Gespräch auf das Thema brachte, das der Anlass für dieses Nachtessen war.

«Herr Heinemann, haben Sie eine Ahnung, wer Ihren Vater umgebracht hat?»

«Nein», erwiderte er rasch. «Ich habe ihn in den letzten Jahren nur wenig gesehen. Und wir haben nie mehr als oberflächliche Gespräche geführt. Wir waren uns völlig ... fremd. Ich habe seit meinem vierzehnten Altersjahr nicht mehr zu Hause gewohnt.»

«Haben Sie unter diesen Verhältnissen sehr gelitten?»

«Als Kind schon. Später habe ich mich damit abgefunden.»

«Und der Tod Ihrer Mutter hat Sie einander nicht näher gebracht?»

«Im Gegenteil. Die Art und Weise, wie sie gestorben ist, bestätigte meine Überzeugung, dass er sowohl als Ehemann wie auch als Vater jämmerlich versagt hat.»

«Wie meinen Sie das?»

«So, wie ich es sage. Ach, kommen Sie, Frau Lenhardt hat Ihnen bestimmt von unserem Familienleben erzählt.» Er seufzte, und sein Blick ging abwesend in die Weite. «Meine Mutter träumte von Italien, vom Morgen, wenn sie ihre Augen aufschlug, bis zum Abend, wenn sie einschlief. Als Kind musste ich mehrmals im Jahr mit ihr zu den Grosseltern fahren. Schon Wochen vor der Abreise war sie völlig verändert, fröhlich und aufgestellt wie nie sonst. Ich konnte das nicht verstehen. Die Wohnung der Grosseltern lag mitten in der Stadt. Sie war riesig und dunkel, vollgestopft mit Möbeln und Bildern. Die Fensterläden blieben immer geschlossen. Ich fühlte mich bei diesen Aufenthalten wie im Gefängnis und sehnte mich nach Hause. Anders meine Mutter; je näher der Tag der Heimkehr kam, desto trauriger wurde sie.»

«Und Ihr Vater?»

«Er liebte sie abgöttisch. Sie konnte tun, was sie wollte, er liebte sie. Selbst wenn sie sein Geld zum Fenster hinauswarf, Kredite aufnahm und unnütze Antiquitäten und Kunstwerke heranschleppte, schwieg er. Nur ein einziges Mal hörte ich ihn sagen: ‹Wenn du so weitermachst, müssen wir das Haus verkaufen.› Als sie nicht darauf antwortete, ging er in den Garten und fällte den alten Apfelbaum. – Ich war froh, als ich weg konnte, ins Internat.»

«Und im Internat waren Sie glücklich?»

«Jedenfalls lebte ich in der ständigen Angst, mein Vater könne das Schulgeld nicht mehr bezahlen und ich müsse wieder nach Hause zurück.»

«Es ist ja auch erstaunlich, dass er sich ein Internat leisten konnte, wenn Ihre Mutter, wie Sie sagen, das Geld zum Fenster hinauswarf.»

Andreas Heinemann reichte dem Kellner seinen Teller und füllte die Gläser auf. «Er zahlte das Internat aus einem Legat, das mein italienischer Grossvater mir für diesen Zweck hinterlassen hatte.»

«Da passt für mich einiges nicht zusammen.» Die Kommissarin war in Gedanken. «Ihr Vater war ein prinzipientreuer Mann, und doch akzeptierte er die Schuldenmacherei Ihrer Mutter? Das sind doch Widersprüche.»

«Er liebte sie. So einfach ist das.» Heinemann starrte nachdenklich ins Leere. «Als sie starb, redete ich ihm zu, einige der Bilder zu verkaufen und damit die Erbschaftsschulden zu bezahlen. Aber er folgte meinem Rat nicht. Er zahlte bis zu seinem gestrigen Tod brav die Schulden ab, die sie ihm hinterlassen hatte. Zum Beispiel die Raten für das Auto, das sie ohne sein Wissen gekauft und wenige Monate später zu Schrott gefahren hatte.» Er lachte kurz und bitter. «Meine Mutter war eine depressive Hochstaplerin.»

«Und warum hat er nicht wenigstens ein Bild verkauft? Allein mit dem Lichtenstein hätte er doch alle Schulden begleichen können?» Vor den Augen der Kommissarin erschien das Bild, und über ihr Gesicht flog ein verklärtes Lächeln.

«Er ist gewaltig, dieser Lichtenstein.» Heinemann hatte ihre Bewunderung bemerkt. «Mein Vater verkaufte nichts, was ihr gehört hatte. Er sagte, sie habe diese Bilder geliebt und er werde sie nicht des Geldes wegen verschachern.»

«Gilt das auch für den Schmuck im Schlafzimmerschrank?»

«Nein, denn der Schmuck ist falsch. Sie hat ihn getragen, wenn sie Auktionen und Messen besuchte, und sie mokierte sich über die Leute, die sich davon beeindrucken liessen.» Jetzt nickte er anerkennend und nahm genussvoll einen Schluck aus seinem Glas. «Geschmack hatte sie, das muss man ihr lassen. Selbst ihre Fälschungen waren von so guter Qualität, dass nur Kenner sie von den Originalen unterscheiden konnten.» Dann wechselte er das Thema. «Nehmen wir noch ein Dessert?»

«Für mich nicht. Ich habe heute schon zu viel gesündigt», winkte die Kommissarin ab.

Er betrachtete sie interessiert. «So ein klitzekleines Stück Käse? Oder ein Sorbet? Das macht schlank.»

«Sorbet macht schlank?»

«Ja, wissen Sie das nicht?» Er lachte verschmitzt. «Sorbet besteht nur aus Wasser und Früchten. Und weil es so kalt ist, muss es auf siebenunddreissig Grad erwärmt werden. Dafür braucht der Körper mehr Energie, als das Sorbet hergibt.»

«Stimmt das?» Ungläubig sah sie ihren Gesprächspartner an. «Dann werde ich in Zukunft nur noch Sorbet essen.»

«Dann sind Sie bald spindeldürr, und das wäre schade», warf er galant ein. Er rief den Kellner und gab die Bestellung auf. «Meine Mutter», nahm er dann das begonnene Gespräch mit ernstem Gesicht wieder auf, «war eine Menschenverächterin, und es machte ihr Spass, Angeber zu entlarven. Wenn ihr so ein Streich gelungen war, rief sie mich in der

Redaktion an und erzählte mir triumphierend, was sie erlebt hatte. ‹Ast du gesehen›, sagte sie in ihrem italienischen Deutsch, ‹der Mensch will betrogen sein.›»

Tina Merz hatte aufmerksam zugehört. Es war ihr dabei nicht entgangen, dass sich der Sohn noch immer über die Streiche seiner Mutter amüsierte. «Sie wollte beweisen, dass die Menschen dumm sind?»

Er nickte. «Ich glaube, sie brauchte diese Erlebnisse, um ihr eigenes Menschenbild zu bestätigen. Aber sicher war es mit der Zeit auch eine Art Sport, dem sie huldigte.»

Die Kommissarin schüttelte nachdenklich den Kopf. «Ein gefährlicher Sport. Und ein kostspieliger obendrein.»

«Sie belieferte mich regelmässig mit Geschichten. Und sie freute sich kindlich, wenn sie ihre Erlebnisse am anderen Tag in der Zeitung las.» Er sah sie von der Seite vorsichtig an. «Womit wir wieder beim Thema wären.»

Sie lachte. «Keine Angst. Das haben wir hinter uns.»

Sie schwiegen, als der Kellner die Sorbets servierte.

«Wunderbar!» Sie schloss genussvoll die Augen und liess das Eis auf der Zunge zergehen.

«Vielleicht ist Ihr Vater Opfer eines Raubmordes geworden», nahm sie das Gespräch wenig später wieder auf. «Jedenfalls deutet einiges darauf hin. Es wurden ihm alle Wertgegenstände abgenommen.»

«Wertgegenstände?», wiederholte er. «Mein Vater trug nie Wertgegenstände auf sich. Und schon gar nicht, wenn er arbeitete.»

«Der Gerichtsarzt ist der Meinung, er hätte eine Uhr getragen. Wir haben aber keine gefunden. Auch keinen Schlüssel.»

Heinemann schwieg und schaute gedankenverloren ins Leere. «Die Uhr», sagte er dann verträumt. «Die alte Rolex. Um die tut es mir leid. Er hat sie immer getragen. Sie war ein Teil von ihm.» Dann, wie wenn er aus einem Traum erwachen würde: «Das mit dem Schlüssel gefällt mir nicht.»

«Der Schlüsseldienst ist bereits aufgeboten», beruhigte ihn die Kommissarin. «Während wir hier sitzen, werden die Schlösser ausgewechselt.»

Dann erinnerte sie sich an ihre immer noch unbeantwortete Frage. «Hatte Ihr Vater Feinde, Leute, die ihn hassten, Grund gehabt hätten, ihn zu töten?»

«Menschen mit Prinzipien haben immer Feinde.» Die Antwort kam rasch. «Wer weiss, was richtig und was falsch ist, vermittelt den anderen Nicht-okay-Gefühle, und damit schafft man sich bestimmt keine Freunde.» Heinemann suchte in seinen Erinnerungen. «Mein Vater lebte sehr zurückgezogen. Unter den Lehrern der Sekundarschule gab es eine Gruppe, mit denen er früher regelmässig zusammenkam. Nach dem Tod meiner Mutter gab er das aber auf. Auch in der Partei hatte er Kollegen, mit denen er sich regelmässig traf. – Ob man die als Freunde bezeichnen kann? Ich weiss nicht. Ob er Feinde hatte, wirklich echte Feinde, die fähig gewesen wären, ihn zu töten?» Er zögerte, und man sah ihm an, dass er intensiv in seinem Gedächtnis suchte. «Nein, ich glaube nicht, dass es solche gab.»

«Kennen Sie Namen?», insistierte die Kommissarin.

«Sein bester Freund war Heinz Groll. Ich weiss allerdings nicht, ob die Freundschaft noch andauert. Jedenfalls habe ich mit einigem Erstaunen gelesen, dass mein Vater seine Kandidatur nicht unterstützte.»

Aus ihrem Blick ging hervor, dass sie ihm nicht folgen konnte.

«Lesen Sie gar keine Zeitung? Auch keine anständige?» Er lachte. «Groll hat sich in der Partei um den frei werdenden Regierungssitz beworben, und mein Vater stellte sich an der Parteiversammlung gegen ihn. So jedenfalls stand es in der Zeitung.»

«Und was in der Zeitung steht, ist wahr», warf sie lachend ein.

«Fangen wir nicht wieder damit an. Zumal ich das in der Basler Zeitung gelesen habe. Und da stimmt es vermutlich. – Darum ist sie so langweilig.» Er wollte sie offensichtlich provozieren, aber sie schwieg. «Dann gab es da noch den Marc Leclair. Auch er ein alter Bekannter. Mein Vater hielt hohe Stücke auf ihn. Jedenfalls früher. Wenn allerdings zutrifft, was die Basler Zeitung schreibt, dann hat er in der Parteiversammlung auch gegen Leclair geredet.»

«Wollte der auch Mitglied der Regierung werden?»

«Ja, und er wurde auch nominiert. Trotz meines Vaters.»

«Und er war ein Freund?»

«Wenn man Parteikollegen als Freunde bezeichnen will. Nach meiner Beobachtung ist Politik kein Boden, auf dem echte Freundschaft wachsen kann. Zumindest innerhalb der gleichen Partei. Über Parteigrenzen hinweg, da habe ich immer wieder Freundschaften, echte Freundschaften, erlebt. Da stört es nicht, wenn der Freund eine andere Meinung vertritt. Innerhalb der gleichen Partei ist man viel weniger gewillt, das zu akzeptieren.»

«Sie sagten, Ihr Vater habe gegen Leclair geredet. Gibt es dafür einen Grund?»

«Sicher. Aber er ist mir nicht bekannt.» Jetzt war er wieder nachdenklich. «Mein Vater neigte dazu, Menschen zu idealisieren. Immer wieder glaubte er, jemanden gefunden zu haben, der seinen Idealvorstellungen entsprach. Und dann entdeckte er früher oder später, dass dieses Idol auch nur ein Mensch ist. Leclair war für meinen Vater eine Zeit lang so ein Idol, bis er dann wie einst Luzifer zu den übrigen Normalsterblichen in die Hölle fuhr. So war mein Vater.» Heinemann war jetzt weit weg mit seinen Gedanken. «Aber ein Mord? Das kann ich mir nicht vorstellen. Und der Zeitpunkt wäre ja auch merkwürdig. Leclair ist jetzt Regierungskandidat. Da wird er anderes zu tun haben, als jemanden umzubringen.» Er lachte. «Nehmen wir noch einen Kaffee?»

Ihr Blick glitt forschend über sein Gesicht. «Und Sie? Gehören Sie auch zu denen, die seinen Ansprüchen nicht gerecht werden konnten und deshalb in die Hölle fuhren?»

«Ich meine, wir haben jetzt genug über meine traurige Familie geredet.»

Bevor sie etwas erwidern konnte, meldete sich ihr Handy.

«Es tut mir leid, Chefin, dass ich mich schon wieder in dein Tête-à-tête mische. Aber ich bin hier draussen in Reinach. Der Mann vom Sicherheitsservice hat mich gerufen. Er kam kurz vor zehn in Heinemanns Haus und stellte fest, dass sich jemand darin aufhielt.»

«Ich bin in etwa zwanzig Minuten da.» Sie wandte sich Heinemann zu.

«Aus dem Kaffee wird leider nichts. Ins Haus Ihres Vaters wurde eingebrochen. Es wäre gut, wenn Sie mich begleiten könnten.»

«Selbstverständlich komme ich mit. Es geht ja schliesslich um mein Hab und Gut.»

Sie bezahlten und verliessen den «Goldenen Sternen». Sie mussten ein paar Minuten zu Fuss gehen, bis sie sein Auto erreichten.

«Ein schöner Wagen», stellte sie bewundernd fest, als sie vor dem dunkelblauen BMW-Coupé standen.

Er zwinkerte ihr zu. «Wussten Sie nicht? Ich komme geschmacklich ganz nach meiner Mutter.»

14

Eine Viertelstunde später trafen sie vor dem Haus von Frank Heinemann ein. Es war hell erleuchtet. In den benachbarten Häusern standen die Bewohner hinter den geschlossenen Fenstern – es war ja ziemlich kalt – und beobachteten das Kommen und Gehen.

«Frau Kriminalkommissarin», tönte es in diesem Augenblick. Frau Lenhardt in Nachthemd und Morgenrock hatte ihr Wohnzimmerfenster einen kleinen Spalt geöffnet und winkte. «Frau Kriminalkommissarin, ich mache Ihnen und Ihrem Herrn Assistenten einen Tee. Und es hat auch noch vom selbst gebackenen Apfelkuchen, den Sie so gerne essen.»

Tina Merz winkte ihr zu. «Danke, Frau Lenhardt, ein andermal. Heute ist es zu spät.»

Enttäuscht schloss Frau Lenhardt das Fenster.

Martin Biasotto erwartete sie vor dem Haus. Die Tür war offen, und sie traten in den Eingangskorridor. Dort trafen sie auf einen jüngeren Mann.

«Merkel, Hanspeter Merkel», stellte er sich vor. «Ich bin vom Schlüsselservice. Er», und er zeigte auf Biasotto, «er hat mir gesagt, ich soll auf Sie warten. Sie sind doch Frau Merz?»

«Vielen Dank für Ihre Geduld», antwortete die Kommissarin und lächelte ihm freundlich zu. «Ich bin froh, dass Sie noch hier sind.»

«Herr Merkel hat den Einbrecher gestört», berichtete Biasotto.

«Ja, tatsächlich», liess sich Merkel verlauten, und man sah, wie stolz er war, im Zentrum der Aufmerksamkeit zu stehen. «Ich kam hierher, um das Schloss auszuwechseln. Wie abgemacht, ging ich zuerst wegen des Schlüssels zu der Nachbarin, dann öffnete ich hier die Türe und sah mir das Schloss an.» Er deutete auf die Haustüre. «Als ich wusste, was ich zu tun hatte, holte ich in meinem Wagen das Ersatzschloss und die Werkzeuge. Die Türe hier», wieder wies er zur Haustüre, «liess ich offen.» Jetzt machte er eine längere Pause und genoss es körperlich, alle Augen auf sich gerichtet zu fühlen.

«Was geschah dann?» Heinemann war ungeduldig.

«Als ich ins Haus zurückkam, stellte ich zu meiner Verwunderung fest, dass diese Türe hier offen stand.» Er wies mit dem Kinn zur Küche.

«Und Sie waren sich sicher, dass sie vorher geschlossen war?» Heinemann zeigte, dass er etwas von Interviewtechnik verstand.

«Natürlich war ich mir sicher.» Merkel ärgerte sich über die Unterbrechung und strafte Heinemann, indem er sich nun ausschliesslich der Kommissarin zuwandte.

«Zuerst dachte ich, ich sei verrückt und sähe Geister. Dann beschloss ich, einen Blick in die Küche zu werfen. Und dabei stellte ich fest, dass die Türe, die von der Küche in den Garten hinausgeht, offen stand. Es sah aus, wie wenn soeben jemand das Haus verlassen hätte. Geflohen wäre. Trotzdem dachte ich nicht an Einbrecher», er lachte, «obwohl das in meinem Beruf doch eigentlich nahe liegend wäre. Ich wollte die Türe schliessen, und dabei trat ich auf eine Scherbe. Dann bemerkte ich hinter dem Vorhang im Türfenster, direkt neben dem Handgriff, ein Loch. Und da wurde mir alles klar.»

«Was wurde Ihnen klar?», wollte Heinemann wissen. Merkel würdigte ihn keines Blickes. Er sprach weiter nur mit der Kommissarin. «Es wurde mir klar, dass ich jemanden im Haus gestört hatte. Er muss sich im Wohnzimmer oder im ersten Stock aufgehalten und mich gehört haben, als ich die Haustüre öffnete. Als ich dann zu meinem Wagen ging, um mein Werkzeug zu holen, machte er sich aus dem Staub.»

«Und dann rief Herr Merkel die Polizei», schloss Biasotto den Bericht ab.

«Ja, dann rief ich die Polizei», wiederholte der junge Mann folgsam wie ein Erstklässler.

«Fehlt etwas?» Die Kommissarin wandte sich an einen Polizeimann, der soeben die Treppe vom ersten Stock herunterkam.

«Wir wissen es noch nicht», antwortete er. «Es sieht aus, wie wenn der Einbrecher das Haus nicht oder noch nicht durchsucht hätte. Wir wissen lediglich, dass er die Toilette benutzte und sich im Schlafzimmer aufs Bett legte. Er fühlte sich offenbar sehr sicher und liess sich Zeit.»

«Gibt es Spuren?»

«Jede Menge. Es sieht nicht nach Profi aus. Das Badezimmer ist voll von frischen Fingerabdrücken. Und im Schlafzimmer ist mein Kollege noch dabei, die Spuren zu sichern. Er oder sie trug offensichtlich keine Handschuhe.»

«Wurde bei der raschen Flucht etwas zurückgelassen?»

«Sie meinen Werkzeuge oder so? Nein, jedenfalls haben wir bis jetzt nichts gefunden.»

Die Kommissarin wandte sich wieder Merkel zu, der noch immer im Korridor stand und interessiert zuhörte. «Ist Ihnen etwas Besonderes aufgefallen, als Sie ins Haus kamen? Ein Licht, Geräusche?»

«Nein, gar nichts. Ich hatte Schwierigkeiten, die Adresse zu finden, weil man die Hausnummer von der Strasse fast nicht sehen kann. Und dann habe ich mich noch über einen hellen, grossen Wagen geärgert, der direkt vor der Einfahrt stand und mir den Weg zum Haus versperrte. Mit meiner schweren Tasche ist jeder zusätzliche Meter erschwerend.»

Die Kommissarin stutzte. «Ein grosser, heller Wagen?»

«Direkt vor der Einfahrt zur Garage», bestätigte Merkel.

«Da steht kein Wagen.» Tina Merz hatte das Haus bereits verlassen. Sie ging durch den Vorgarten zurück zur Strasse.

«Da stand er, direkt hier vor dem Haus.» Merkel war ihr gefolgt. «Jetzt ist er weg. Der muss weggefahren sein, als ich im Haus war.»

«Erinnern Sie sich an das Fabrikat, vielleicht sogar an das Nummernschild?»

«Nein, tut mir Leid. Es muss ein Opel oder ein Mercedes gewesen sein. Jedenfalls ein grosser Wagen. Und er war hell. Beige oder grau, vielleicht auch weiss. Genau kann ich das nicht sagen. Und das Nummernschild, darauf habe ich nicht geachtet.» Merkel war unglücklich, dass er die Fragen der Kommissarin nicht beantworten konnte. «Ich wusste ja nicht, dass der Wagen für Sie wichtig ist», meinte er kleinlaut, «sonst hätte ich die Nummer bestimmt aufgeschrieben.»

«Sie haben uns viel geholfen», tröstete ihn Biasotto.

Sie gingen durch den Vorgarten zurück zum Haus, wo der Erkennungsdienst inzwischen seine Arbeit abgeschlossen hatte.

«Wir haben in der Küche die Fensterläden geschlossen, um das Haus zu sichern», berichtete der Chef der Gruppe. «Aber bei dem vielen Zeug, das herumsteht, müssten ganz andere Sicherungssysteme her.» Er schaute sich um. «Das soll ja alles echte Kunst sein. Ein nobler Selbstbedienungsladen für Einbrecher», knurrte er. Dann verabschiedete er sich rasch und ging hinaus.

«Ich möchte noch einen kurzen Rundgang machen, Chefin», teilte Biasotto der Kommissarin mit, «und nachsehen, ob etwas fehlt.»

«Moment.» Tina Merz eilte ins Wohnzimmer und öffnete den Sekretär. Die blauweisse Büchse mit den Geldscheinen war noch da. Und der Schmuck? Gefolgt von Biasotto und Andreas Heinemann stieg sie die Treppe hoch. Auch die Kassette mit dem Schmuck war unberührt.

«Entweder war der Einbrecher ein Kenner, oder er hatte seine Suche nach Wertgegenständen noch gar nicht begonnen, als er gestört wurde», bemerkte sie zu Biasotto.

«Oder er suchte nach ganz was anderem und war an Schmuck und Geld gar nicht interessiert», hielt dieser entgegen. «Wäre doch auch möglich.»

«Fest steht jedenfalls», der junge Heinemann stand unter der Tür, «dass der Einbrecher keinen Schlüssel hatte. Sonst hätte er nicht das Fenster eingeschlagen.»

«Also», nahm die Kommissarin den Gedanken auf, «kann er nicht identisch sein mit der Person, die Ihrem toten Vater den Schlüssel abgenommen hat.»

«Was seid ihr doch für kluge Köpfe», lachte Biasotto anerkennend. Er hatte seinen kurzen Rundgang durch die Zimmer beendet. «Meines

Erachtens fehlt nichts. Und das Wichtigste», er deutete mit der Hand auf den Lichtenstein, «er ist noch da.»

«Ist er nicht herrlich?» Andreas Heinemann war die Freude an dem Bild in der Stimme anzuhören. «Mein Grossvater war mit Lichtenstein befreundet. Er lernte ihn auf einem Atlantikflug kennen und arrangierte später einige Ausstellungen für ihn, als Lichtenstein in Europa noch unbekannt war. Zu seinem siebzigsten Geburtstag hat er ihm dieses Bild geschenkt.»

Die drei betrachteten gemeinsam und andächtig das farbenfrohe Gemälde.

«Es ist mein Lieblingsbild», murmelte Heinemann verträumt. «Ich werde es in mein Schlafzimmer hängen.»

«Dann sollten Sie Kissenschlachten tunlichst vermeiden», riet ihm Biasotto.

Die Kommissarin war mit ihren Gedanken bei ihrem Fall. «Wir können davon ausgehen, dass Einbrecher und Mörder nicht identisch sind», dachte sie laut. «Was hat der Einbrecher in diesem Haus gesucht? Geld und Wertgegenstände? Oder ein Dokument? Hat der Einbruch gar nichts mit dem Mord zu tun? Oder ist die Täterschaft so raffiniert, dass sie uns auf eine falsche Spur führen will?»

«Wie kann ein hübscher Kopf zu dieser nächtlichen Stunde noch so viele kluge Fragen stellen?» Andreas Heinemann stand an die Wand gelehnt und betrachtete sie vergnügt und anerkennend, handelte sich mit seiner Bemerkung aber nur einen strafenden Blick ein. «Mich interessiert eigentlich ganz was anderes», fuhr er unbeeindruckt fort, «ich bin der einzige Erbe. Kann ich über die Hinterlassenschaft verfügen? Sind diese Teppiche, diese Bilder», seine Augen schweiften liebevoll über den Lichtenstein, «und diese Möbel jetzt alle bezahlt? Gibt es noch Schulden?»

«Darüber weiss ich nicht Bescheid», antwortete Tina Merz gleichgültig, während sie die Treppe hinunterstieg. «Wir werden morgen veranlassen, dass das Erbschaftsinventar aufgenommen wird. Das gibt

Ihnen Einblick in die Vermögensverhältnisse Ihres Vaters. Für den Augenblick sollten Sie nichts aus dem Haus entfernen. Wir werden Sie informieren, wenn Sie über den Nachlass verfügen können.» Ihr Blick fiel auf die drei neuen Schlüssel, die Merkel fein säuberlich auf dem halbrunden Tisch im Entrée aufgereiht hatte. Sie griff sich einen heraus und streckte ihn Heinemann hin. «Nehmen Sie den mit. Falls Sie in den nächsten Tagen irgendetwas aus dem Haus holen müssen.» Dann wandte sie sich an Biasotto. «Ich bin müde. Kannst du mich nach Hause fahren?»

«Selbstverständlich, Chefin, du liegst mir am Weg.»

Sie löschten die Lichter und verliessen gemeinsam das Haus.

15

Auf dem Trottoir vor der Garage verabschiedeten sich die beiden Polizeileute von Andreas Heinemann.

«Vielen Dank für den interessanten Abend, Sie werden bald wieder von mir hören», sagte Tina Merz, als sie ihm die Hand reichte. Dann folgte sie Biasotto zum Wagen. Nach wenigen Schritten drehte sie sich um. Heinemann wollte eben in sein Auto einsteigen.

«Warten Sie», rief sie ihm zu und ging die paar Schritte zu ihm zurück, «ich hätte noch etwas.» Sie suchte nach den richtigen Worten. «Wo waren Sie heute Morgen zwischen fünf und sechs Uhr?»

«Ich wunderte mich schon lange, dass Sie mir diese Frage noch nicht gestellt haben.» Er betrachtete sie spöttisch mit halb geschlossenen Augen. «Liebe Frau Kommissarin», sagte er dann langsam, jedes Wort betonend, «um diese Zeit lag ich wie die meisten Menschen im Bett. Und das natürlich allein. Wie es sich gehört.»

«Und wann gingen Sie zur Arbeit?»

Er dachte nach. «Wenn ich mich richtig erinnere, dann war ich wie gewöhnlich um acht Uhr dreissig im Büro. Wenn sie es genau wissen wollen, müssen Sie meine Sekretärin fragen.» Jetzt neigte er sich ganz nahe zu ihr hinunter und sah sie mit seinen seltsamen Augen eindringlich an. «Zufrieden? Oder sind Sie enttäuscht?»

Sie antwortete nicht, sondern drehte sich um und ging mit raschen Schritten zu Biasotto zurück, der bereits im Wagen sass und mit laufendem Motor auf sie wartete.

Auf dem kurzen Weg in die Stadt blieben beide stumm. Martin Biasotto konzentrierte sich auf das Fahren, die Kommissarin sass zusammengesunken in ihrem Sitz und döste. Es war deutlich wärmer geworden. Der Himmel war verhangen und zeigte Regen an. Als sie über den Aeschenplatz in Richtung Wettsteinbrücke abbogen, brach Tina Merz das Schweigen.

«Ich werde auf der Brücke aussteigen. Von da sind es nur ein paar Schritte bis ins Bett. So bleibt dir die lange Schlaufe durch all die Einbahnstrassen erspart.»

«Die macht mir nichts aus. Auf die drei Minuten kommt es nicht an.»

Sie fuhren jetzt über die Brücke.

«Lass mich aussteigen. Ich möchte noch etwas nachdenken, und der Spaziergang am Rhein hilft mir dabei.»

«Wenn du unbedingt willst.» Biasotto hielt den Wagen direkt neben der Eisentreppe an, die von der Brücke hinunter zur Rheinpromenade führte.

«Vielen Dank. Und bis morgen.» Die Kommissarin war bereits ausgestiegen und hatte die Türe rasch wieder geschlossen. Der Wagen stand im Anhalteverbot.

Im Sprung überquerte sie den Fahrradweg und das Trottoir, dann blieb sie stehen und sah zu, wie sich das Auto ihres Assistenten langsam entfernte. Es verschwand am Ende der Brücke in der Rundung des Wettsteinplatzes. Als sie die Treppe hinunterstieg, hörte sie in der nächtlichen Stille den hohlen Klang ihrer eigenen Schritte auf den eisernen Stufen. Erschrocken über das Geräusch, das sie verursachte, versuchte sie, ihre Füsse sorgfältig und leise aufzusetzen. Unten angekommen, sah sie sich um. Die Bäume der Parkanlage, die an den Brückenkopf angrenzte, erschienen ihr wie eine schwarze, bedrohliche Mauer. Sie wusste, dass sich um die Brücke und in der Parkanlage immer allerlei zwielichtige Gestalten aufhielten, die im Kriminalkommissariat ihre regelmässigen Gastspiele gaben. Sie ging rasch mit einem etwas flauen Gefühl im Magen unter dem dunklen Brückenbogen durch. Nichts regte sich. Sie erreichte die Rheinpromenade. Von hier war es nur noch ein kurzer Weg bis zu ihrer Wohnung. Es war dunkel und still. Nur von der Brücke war gedämpft das Motorengeräusch der Autos zu hören, die um diese späte Stunde noch vereinzelt unterwegs waren. Im trüben Licht der wolkenverhangenen Nacht wirkten der Rhein und die Einsamkeit eher unheimlich als beruhigend.

Tina Merz war keine ängstliche Frau. Als sie aber jetzt allein auf dem schmalen Trottoir dem Ufer entlang nach Hause eilte, fühlte sie sich doch etwas unsicher. Sie hatte plötzlich das unheimliche Gefühl, es gehe jemand hinter ihr, sie werde verfolgt. Sie blieb stehen, hielt den Atem an und horchte in die dunkle Nacht. Es war nichts zu hören. «Du leidest an Verfolgungswahn», stellte sie erleichtert fest. «Wer sollte dir schon nachgehen?»

Sie beschleunigte ihre Schritte, setzte ihre Füsse aber trotz der Eile sorgfältig und lautlos auf. Da – da waren doch Schritte hinter ihr! Sie drehte sich aus dem Gehen plötzlich um, so plötzlich, dass sie gerade noch sehen konnte, wie sich eine Gestalt in den Schatten der Brücke zurückzog. Also doch kein Verfolgungswahn!

Warum trug sie nie eine Pistole auf sich? Hans und Martin hatten das wiederholt beanstandet. «Irgendeinmal kommst du in eine Situation, in der du sie brauchst. Und dann bist du wehrlos.» Mit solchen Argumenten hatte Biasotto sie immer wieder davon überzeugen wollen, dass das Tragen einer Waffe für die Angehörigen der Polizei unbedingt notwendig sei. «Ich habe ja dich», hatte sie jeweils lachend geantwortet. Aber jetzt war ihr Assistent weit weg. Auf der Heimfahrt nach Riehen.

Sie beschleunigte ihren Gang nochmals. Im Gehen suchte sie in der Handtasche nach dem Handy. Sie nahm es heraus und stoppte ihren Lauf. Wieder hörte sie deutlich die Schritte ihres Verfolgers, der ebenfalls stehen blieb. «Verdammt!» Die Batterie hatte sich während des Tages entladen. Jetzt rannte sie fast. Vorbei an der dunklen Häuserreihe. Atemlos rief sie im Gedächtnis die Judogriffe ab, die sie vor einigen Jahren gelernt hatte. Warum nur hatte sie das Training so wenig ernst genommen und die meisten Stunden geschwänzt? Jetzt erreichte sie das dunkle, enge Referenzgässlein, das durch die Häuserreihe vom Rhein zur Rheingasse führte. Nochmals blieb sie stehen und rang nach Atem. Sie sah niemanden, hörte aber deutlich die raschen Schritte und die kurzen Atemstösse ihres Verfolgers. Er musste dicht hinter ihr sein. Die letzten fünfzig Meter bis zu ihrer Haustüre legte sie im Laufschritt zurück. Sie liess das Handy, das sie noch immer in der verkrampften Hand hielt, in die Manteltasche gleiten und suchte in der Handtasche nach ihren Schlüsseln. Da waren sie. «Lass sie nicht auf den Boden fallen», ermahnte sie sich und tastete im Laufen mit den Fingerspitzen die einzelnen Schlüssel ab. Das, das musste der Hausschlüssel sein.

Sie erreichte die Haustüre und steckte im gleichen Augenblick den Schlüssel ins Schloss, drehte ihn und schob sich durch den geöffneten Spalt ins Haus. Dann schloss sie die Türe rasch von innen. Im dunklen Korridor lehnte sie sich atemlos an die Wand. So blieb sie einige Minuten stehen. Dann stieg sie langsam, und ohne das Licht anzuzünden, die Treppe hoch zu ihrer Wohnung. Sie benötigte einen Augenblick, bis sie das Schlüsselloch gefunden hatte, dann öffnete sie die Wohnungstüre und trat ein.

Mottel empfing sie wie immer mit röchelnder Begeisterung. Sie achtete nicht auf die Hündin. Erst als diese sie mit ihren schiefen Zähnen in die Wade biss, bückte sie sich und kraulte sie wie üblich hinter dem Ohr. Erst jetzt zog sich der Hund in Lukas' Zimmer zurück, zufrieden, dass die Meute sich für die Nacht zusammengefunden hatte.

Tina Merz horchte auf die ruhigen Atemzüge ihrer Söhne, die beide bei offener Türe schliefen. Mit leisen Schritten und ohne Licht ging sie durch das Zimmer von Sebastian, trat ans Fenster und spähte hinaus. Da war er, ihr Verfolger. Er stand in einem schräg gegenüberliegenden, schattigen Hauseingang. Eine schwere Gestalt in einem dunklen Mantel. In diesem Augenblick kam ein Auto und beleuchtete den Mann. Er zog sich rasch tiefer in den Hauseingang zurück, sodass sie ihn trotz des Scheinwerferlichtes nicht genauer sehen konnte. Sie ging hinüber ins Wohnzimmer und wählte die Nummer ihres Assistenten. Er meldete sich sofort.

«Ich bin schon unterwegs», sagte Biasotto kurz, als sie ihm von ihrem Verfolger berichtet hatte.»

Sie sah auf die Uhr. Es war kurz vor eins. Auf der Bar in der Küche standen ein paar Flaschen Rotwein. Daneben lag ein Zettel: «Schade, dass ich dich nicht getroffen habe. Gruss Stephan.» Sie besah sich die Flaschen. Es war Rotwein aus dem Tessin. Vermutlich etwas Besonderes. Offensichtlich hatte Stephan eine neue Vorliebe, und wie üblich liess er sie daran teilhaben. Vor vierzehn Tagen hatte er noch Bordeaux mitgebracht. Sie war versucht, eine der Flaschen zu öffnen, verzichtete dann aber darauf. Sie wollte mit klarem Kopf auf Biasotto warten und dabei ihren Verfolger im Auge behalten. Sie schlich zurück ins Zimmer von Sebastian, der weiterhin ruhig schlief, und stellte sich wieder ans Fenster. Für einen kurzen Moment glaubte sie, die dunkle Gestalt im Hausgang zu erkennen. Aber es blieb alles still.

Wenige Minuten später beobachtete sie, wie Biasotto zu Fuss durch die Rheingasse auf ihr Haus zukam. Er schaute sorgfältig in alle Hauseingänge. An der Stelle, an der sie ihren Verfolger vermutete, blieb er stehen. Er drehte ihr den Rücken zu, sodass sie nicht erkennen konnte, was er tat. Dann ging er weiter und an ihrem Haus vorbei. Noch immer schaute er in jeden Hauseingang. Dann verschwand er. Kurze Zeit später meldete sich ihr Handy. Es war Martin.

«Ich habe alle Hauseingänge überprüft, Chefin. Es ist niemand da. Du kannst schlafen gehen.»

«Wo bist du?»

«Ich stehe direkt vor deiner Haustüre. Und es ist weit und breit niemand zu sehen. Ich denke, du hast dich getäuscht.»

«Nein, das habe ich ganz bestimmt nicht.» Sie war wütend. «Ich habe einen Mann gesehen, und das weiss ich, so wahr ich hier stehe.»

«O.k. Aber jetzt ist niemand mehr da. Geh schlafen, Tina. Wir reden morgen darüber. Ich bin müde.»

Bevor die Kommissarin ihren Fensterplatz verliess, warf sie nochmals einen Blick auf die nächtliche Strasse, und wieder meinte sie zu erkennen, dass sich im Hauseingang schräg gegenüber etwas bewegte.

«Jetzt hast du tatsächlich Verfolgungswahn», sagte sie kopfschüttelnd, während sie durch die immer noch dunkle Wohnung in die Küche ging. Sie trank ein Glas Milch und ging ins Badezimmer. Wenig später stellte sie im Schlafzimmer den CD-Player an. Während das Kyrie aus Josef Haydns Nicolai-Messe beruhigend den Raum erfüllte, zog sie sich aus und stieg ins Bett. Sie schob sich ein dickes Kissen in den Rücken, nahm ein Blatt Papier vom Nachttisch und notierte ein paar Stichworte zum vergangenen Abend. Schliesslich schrieb sie noch auf, was sie am kommenden Tag unbedingt erledigen wollte. Erst als die letzten Töne des Dona nobis verklungen waren, löschte sie das Licht.

Sie war gerade am Einschlafen, als das Telefon klingelte. «Nein, nicht schon wieder», dachte sie, als sie nach dem Hörer tastete.

«Ich wusste, dass Sie noch nicht schlafen», tönte sanft die Stimme von Andreas Heinemann am anderen Ende der Leitung.

«Aber ich bin eben daran, es zu versuchen», gab sie kantig zur Antwort und legte auf.

16

Sie erwachte wie jeden Morgen mit einem Lied von Reinhard Mey. Sie kuschelte sich in die Decke und genoss diese kurzen Minuten des Dösens. Sie wollte eben langsam den Kopf aus dem Kissen heben, als Lukas hereinstürmte und ihr einen Kugelschreiber und ein Stück Papier unter die Nase hielt.

«Ich muss unbedingt eine Unterschrift haben. Mein Klassenlehrer droht, er werde dich anrufen, wenn ich ihm heute die Entschuldigung für meine Absenzen vom Februar nicht bringe.»

«Was waren das für Absenzen?», fragte sie harmlos, während sie blinzelnd unterschrieb. Vielleicht lag es an der frühen Morgenstunde, aber sie konnte sich beim besten Willen nicht daran erinnern, dass Lukas im Februar krank gewesen war.

«Das ist kompliziert; ich erkläre es dir später.» Damit verschwand er.

«Ich muss wieder einmal in der Schule anrufen», nahm sie sich vor. «Nicht dass ich plötzlich vor einer unerfreulichen Überraschung stehe.»

Sie schaute auf die Uhr. Zehn vor acht. Wie ärgerlich, heute war Donnerstag und um Viertel nach acht begann der Wochenrapport.

Als sie kurz vor halb neun das kleine Sitzungszimmer im zweiten Stock betrat, waren ihre Kollegen schon vollständig versammelt. Sie eilte zu ihrem Platz neben Siegfried Schär.

«Madame belieben, wieder einmal zu spät zu kommen.» Schär sah sie strafend an. «Aber sie kann sich ja alles erlauben. Frauen geniessen hier Artenschutz.»

Hans Klement hatte bei ihrem Eintreten nur kurz aufgeschaut und war dann mit seinen Ausführungen über einen neuen Bundesgerichtsentscheid fortgefahren. Aber er hatte die Bemerkung Schärs gehört.

«Es ist spät geworden, gestern Abend», rechtfertigte er das Zuspätkommen seiner Lieblingsmitarbeiterin. «Ich habe den Rapport der

Patrouille gelesen. Er liegt jetzt auf deinem Schreibtisch.»

Sie nickte ihm zu, dankbar für die Schützenhilfe. Schär war ein widerlicher Kerl. Sicher, er war jeden Morgen pünktlich im Büro. Er liess sich dann aber von Frau Simon immer einen Kaffee bringen und las ausgiebig alle Zeitungen. Er war deshalb auch der bestinformierte Mann in der Gruppe; jedenfalls was den städtischen Klatsch anbetraf. Abends verliess er sein Büro pünktlich um Viertel vor sechs. Er sei für zweiundvierzig Wochenstunden angestellt, pflegte er zu sagen. Wenn er mehr arbeite, sei das unfair gegenüber den Arbeitslosen. Und die Frau Kollegin setze mit ihrem Einsatz Massstäbe, bei denen kein Mann mit Familie mithalten könne.

Während sie einmal mehr verärgert über Schär nachdachte, schlug Hans Klement seinen Fachgruppenleitern vor, einen gemeinsamen Sekretariatspool zu schaffen. «Das hätte», so führte er aus, «den Vorteil, dass die Arbeit unserer Mitarbeiterinnen abwechslungsreicher würde. Zudem wäre der Arbeitsanfall ausgeglichener und die Schreibkräfte könnten besser ausgelastet werden.»

Tina Merz lehnte sich zurück und hörte zu. Nachdem Klement seine Ausführungen beendet hatte, herrschte Schweigen. Sie schaute in die Runde und beobachtete, wie sich der Widerstand formierte.

«Ich verstehe nicht, wieso immer wieder etwas geändert werden muss», eröffnete Schär mit müder Stimme die Diskussion. «Es läuft doch gut, wie es läuft. Im Übrigen finde ich es richtig, wenn wir Fachgruppenleiter unsere eigene Vorzimmerdame haben. Das entspricht unserer Position und Verantwortung. Wer soll uns Kaffee kochen, unser Geschirr waschen und unsere Besucher empfangen, wenn man uns die Sekretärin nimmt?»

Jetzt kamen auch die anderen: «Ich stimme dem Vorredner zu. Die Politiker wollen doch nur auf unserem Rücken sparen.» – «Immer wieder etwas Neues. Warum kann man uns mit derartigen Vorschlägen nicht endlich in Ruhe lassen? Wir haben ohnehin schon viel zu viel Arbeit.» – «Das funktioniert nie. Die Frauen werden über kurz oder lang miteinander streiten.» So tönte es von allen Seiten.

Tina Merz meldete sich zu Wort. «Die Argumente des Chefs überzeugen mich», schwamm sie mutig gegen den Strom. «Ein Sekretariatspool bringt abeitsökonomisch grosse Vorteile. Vielleicht können wir damit etwas sparen. Das wäre doch gar nicht schlecht. Schliesslich zahlen wir alle Steuern. Und unsere Sekretärinnen wären nicht mehr nur von einem oder zwei Vorgesetzten abhängig.» Sie warf ihrem Kollegen Schär einen langen, nachdenklichen Blick zu. «Das wäre für manche Mitarbeiterin eine Erleichterung.» Lachen. Jeder wusste, wovon sie sprach. «Und wir müssen uns einfach umstellen. Unseren Kaffee selbst holen, unsere Tassen selbst abwaschen. Das kann doch nicht so schwirig sein. Wir sollten es wenigstens versuchen. Wenn es nicht hinhaut, kehren wir zum alten System zurück.»

«Sie macht wieder Punkte», zischte Schär seinem Nachbarn zu, der lachend abwinkte.»

Der Vorschlag wurde abgelehnt und in einer der Schubladen versorgt, die voll waren von ähnlichen Ideen. Ideen, über die man kaum ernsthaft nachgedacht, gegen die man sich aber mit viel Aufwand gewehrt hatte.

Als Hans Klement das Meeting schloss, stand Tina Merz rasch auf, verliess das Sitzungszimmer und eilte in ihr Büro. Dort sah sie als Erstes die eingegangene Post durch. Gerber hatte Wort gehalten; der Bericht des Erkennungsdienstes lag auf ihrem Schreibtisch.

Frau Simon hatte ihr Eintreffen bemerkt und stellte mit einem freundlichen Gruss einen Kaffee vor sie hin. «Alles da, wie versprochen.» Sie freute sich darüber, wenn die Dinge ihren ordentlichen Lauf nahmen.

«Unsere Kollegen im Kanton Basel-Landschaft sind zuverlässig und tüchtig.» Aus der Stimme der Kommissarin war sowohl Anerkennung wie auch Neid zu hören.

«Und der Chef des Erkennungsdienstes, der Herr...»

«Gerber», half Tina Merz dem Gedächtnis ihrer Sekretärin nach.

«Ja, der Herr Geber, ein ausnehmend liebenswürdiger Mann», fügte Frau Simon lobend hinzu, «hat auch schon angerufen; falls Sie Fragen hätten zum Bericht, stehe er Ihnen gerne zur Verfügung. Er sei bis um zehn im Büro und später über die Zentrale zu erreichen.»

«Danke...»

«Und dann war da noch ein anderer Herr», setzte Frau Simon ihre Berichterstattung gewissenhaft fort, «ein Herr Voellmin. Er sei der Anwalt von Herrn Heinemann. Sie möchten ihn doch zurückrufen.» Sie legte den Zettel mit der Telefonnummer auf den Schreibtisch der Kommissarin.

«Vielen Dank, Frau Simon. Dann werde ich mich jetzt hinter den Bericht machen.»

Die Sekretärin blieb unter der Türe unschlüssig stehen, wie wenn sie noch etwas auf dem Herzen hätte.

«Es tut mir leid», beantwortete die Kommissarin die stumme Frage. «Der Antrag des Chefs wurde abgelehnt.»

«Ich weiss nicht, wie lange ich das noch aushalte», murmelte Frau Simon, als sie nun mit deprimiertem Gesichtsausdruck den Raum verliess. Durch die offene Tür hörte Tina Merz, wie sie zornig die Verbindungstür zu Schärs Büro zuschlug.

Die Kommissarin begann, den Bericht des Erkennungsdienstes zu lesen. Sie überflog den Teil, in welchem der Tote, seine Lage, Kleidung und seine Verletzungen beschrieben wurden. Dann gab es einige Hinweise, die ihre Aufmerksamkeit fesselten. Da war einmal die Bestätigung, dass Heinemann keinerlei Wertsachen bei sich hatte. Besonders hingewiesen wurde auf den Umstand, dass er nur einen Schuh trug. Man habe den anderen später etwa elf Meter von der Leiche entfernt aufgefunden. Vermutlich habe der Tote den schwarzen Winterstiefel (Grösse 44) verloren, als man ihn durch den Wald zum Fundort schleppte. Auf dem Waldweg, las die Kommissarin weiter, etwa drei Meter unterhalb der Stelle, wo der kleine Pfad abzweige, und etwa sieben Meter entfernt vom Eingangstor zum Garten der Villa Savary habe man am Boden Blutspuren entdeckt, die einwandfrei aus der Schädelverletzung des Opfers stammten. Es spreche alles dafür, dass Heinemann an dieser Stelle niedergeschlagen worden sei. Es gebe deutliche Schleifspuren vom vermutlichen Tatort zum Fundort der Leiche. Auffällig sei, dass die Täterschaft den Toten nicht über den kleinen Pfad, sondern quer durch den Wald transportiert habe. Sie habe das Opfer vermutlich an den Füssen durch den frischen Schnee gezogen. Man habe die Schleifspur gut verfolgen können, obwohl die Täterschaft versucht habe, sie zu beseitigen. Nicht weit vom Fundort der Leiche sei man auf eine frische Grube gestossen (Ausmasse 123 cm $\times$ 86 cm, Tiefe 60 cm). Vermutlich habe die Täterschaft zuerst die Absicht gehabt, das Opfer zu begraben, habe sich dann aber anders besonnen. Entweder sei es ihr zu aufwändig gewesen, oder sie sei dabei gestört worden. Jedenfalls habe sie den Toten noch einige Meter weiter in den Wald geschleppt und ihn dann im Schutz von fünf mittelgrossen und im unteren Bereich dicht beästeten Tannen abgelegt.

Die Kommissarin übersprang die genaue Beschreibung des Fundortes und nahm sich den letzten Abschnitt des Berichtes vor. Aufgrund der vorhandenen Spuren, erfuhr sie, könne man davon ausgehen, dass der Handwagen, den man neben dem Opfer gefunden habe, über den kleinen Waldpfad zur Fundstelle gerollt worden sei. Hier habe man auch Spuren sichergestellt, die aller Wahrscheinlichkeit nach von der Täterschaft stammten. Es seien Fussspuren von einer Person, die Gummistiefel der Grösse 43 trage. Das Fabrikat werde in Ungarn hergestellt und bei uns von verschiedenen Anbietern verkauft (u.a. Migros). Der Erkennungsdienst habe die kaum getragenen Gummistiefel später am Waldrand, direkt unterhalb der Villa Savary, im Dickicht gefunden. Die auf dem kleinen Pfad sichergestellte Spur lasse darauf schliessen, dass es sich bei der Täterschaft um einen Mann von ca. 175 bis 185 Zentimetern Grösse und einem Gewicht von etwa 75 Kilogramm handle.

Die Täterschaft sei sehr professionell vorgegangen. Sie habe Handschuhe getragen und deshalb keine Fingerabdrücke hinterlassen. Sie habe im Wald alle Spuren beseitigt, soweit das in der beschränkten Zeit möglich gewesen sei. Im Übrigen sei das Waldstück rund um den Fundort in der Zeit zwischen der Tat und dem Auffinden der Leiche von zahlreichen Menschen, u.a. von Spaziergängern mit Hunden und einer ganzen Schulklasse, begangen worden.

Die Kommissarin war enttäuscht. Sie hatte sich vom Bericht des Erkennungsdienstes mehr erhofft. Stiefelgrösse 43! Damit konnte man kaum etwas anfangen. Viele Männer trugen Gummistiefel, die die Masse ihrer normalen Schuhe überstiegen. Sie wusste das von Stephan. Er hatte Schuhgrösse 41, trug aber nur Gummistiefel der Grösse 43. Auch die Angaben bezüglich Grösse und Gewicht der Täterschaft gaben nichts her. Männer mit einer Grösse von 175 bis 185 Zentimetern und einem Gewicht von etwa 75 Kilogramm gab es wie Sand am Meer.

Resigniert überflog sie den angehefteten Bericht des Gerichtsarztes. Er brachte nichts, was sie nicht schon wusste. Interessant war einzig die Feststellung, dass man bei der Leiche keine Uhr gefunden habe. Druckstellen am Handgelenk deuteten aber darauf hin, dass der Tote eine Uhr getragen habe. Sie sei ihm vermutlich vom Täter abgenommen worden.

Tina Merz legte die Berichte auf den Schreibtisch zurück und dachte nach. Schade, es wäre zu schön gewesen, wenn man Spuren gefunden hätte, die deutlichere Eigenschaften und Merkmale der Täterschaft sichtbar gemacht hätten. Sie nahm einen Schluck Kaffee, schüttelte sich, denn er war inzwischen kalt geworden, und griff nach dem Zettel mit dem Namen und der Telefonnummer des Anwaltes, den Frau Simon auf ihrem Pult abgelegt hatte. Dann besann sie sich anders und wählte die Nummer ihres Assistenten. Zwei Minuten später erschien Martin Biasotto in ihrem Büro.

Er legte ihr verschiedene Aktenstücke auf den Tisch: «Kann ich dir kurz berichten, Chefin? Hast du Zeit?»

Sie wunderte sich, dass er die Ereignisse der vergangenen Nacht mit keinem Wort erwähnte, und nickte zustimmend.

«Was willst du zuerst hören? Die gute oder die schlechte Nachricht?» Er sah sie mit schräg gestelltem Kopf unschuldig an.

«Lass das. Ich mag diese Spiele nicht», erwiderte die Kommissarin ungeduldig und nahm demonstrativ ein Aktendossier von ihrem Schreibtisch.

«Dann also die schlechte zuerst», folgerte Biasotto. «Während du dich gestern Abend im ‹Goldenen Sternen› vergnügtest», fing er augenzwinkernd seinen Bericht an, «habe ich mir den Abend mit dem Dossier Masagni um die Ohren geschlagen. Aber es war vergebliche Liebesmüh. Ich habe darin nichts gefunden, was uns helfen könnte. Masagni war wesentlich jünger als Heinemann und verkehrte fast ausschliesslich in Kleinbasler Kreisen. Seine Hobbys beschränkten sich auf Frauen und schnelle Autos; von politischen Ambitionen oder auch nur Interessen habe ich nichts gefunden. Ich denke, es gibt keine Parallelen zwischen den beiden Fällen, ausser, dass beide Opfer Zeitungen vertrugen und in den frühen Morgenstunden durch einen Schlag auf den Kopf getötet wurden, wobei der Schlag auf Masagnis Kopf von vorne geführt wurde, während man Heinemann einen von hinten verpasste. Das jedenfalls meint der Gerichtsarzt.»

«Interessant», liess die Kommissarin verlauten. «Die angeblichen Gemeinsamkeiten waren wohl auch nicht so entscheidend für die Übergabe des Falles. Die Einbruchserie und die Personalengpässe waren die Hauptgründe, weshalb die Baselbieter uns die Ermittlungen abtreten wollten. Aber wir sollten den Fall trotzdem im Auge behalten.»

«Ich habe das Dossier inzwischen zurückgegeben», meinte Biasotto abschliessend. «Dann habe ich die Bezirksschreiberei angerufen. Dort sagte man mir, Heinemann habe mit allen Gläubigern seiner Frau Abzahlungsverträge abgeschlossen. Seit ihrem Tod, also in den letzten fünf Jahren, habe er rund 250 000 Franken zurückbezahlt. Er habe aber immer noch etwa 360 000 Franken Schulden.» Er sah sie an, wie wenn er die Wirkung seiner Worte überprüfen wollte. «Und dann hat man mir geraten, einen Dr. Voellmin anzurufen. Er sei der Anwalt von Heinemann gewesen und habe alle Abzahlungsverträge mitunterschrieben.»

«Hast du angerufen?», fragte Tina Merz abwesend. Sie war dabei, die Akten über den Unfall von Clelia Heinemann durchzugehen, die Frau Simon bei der Kantonspolizei Solothurn angefordert hatte.

«Habe ich, selbstverständlich, Chefin», fuhr Biasotto fort, und seine Mimik verriet, dass er sich über die fehlende Aufmerksamkeit der Kommissarin ärgerte. «Voellmin bestätigte mir die Auskunft der Bezirksschreiberei bezüglich Heinemanns Schulden. Er wies mich auch darauf hin, dass der Wert des Nachlasses wesentlich höher sei. Allein das Haus mit dem grossen Garten dürfte das Zwei- bis Dreifache einbringen.»

«So?» Tina Merz war noch immer mit dem Unfallbericht beschäftigt.

«Chefin, ich mag es nicht, wenn du mir nicht zuhörst», machte Biasotto jetzt seinem Ärger Luft. «Immerhin bin ich daran, dich über ganz wesentliche Neuigkeiten zu informieren. Und du beschäftigst dich mit einer alten Akte.»

«Aber diese alte Akte könnte einen Schlüssel zu unserem Fall enthalten.» Die Kommissarin legte den Unfallbericht auf ihren Schreibtisch zurück und wandte ihre Aufmerksamkeit jetzt voll ihrem Assistenten zu. Du hast Recht, Martin. Wer sich gleichzeitig mit zwei Aufgaben beschäftigt, erledigt in der Regel keine richtig. Mach weiter.»

«Voellmin hat mir auch sonst noch einiges erzählt. Zum Beispiel, dass die Verschuldung des Nachlasses von Clelia Heinemann ursprünglich über drei Millionen betragen habe, die Sachwerte nicht eingerechnet. Diese drei Millionen seien dann aber plötzlich verschwunden, und es sei ein Betrag von etwas über 600 000 Franken übrig geblieben.»

«Heinemann wird eines der Bilder verkauft haben.»

«Auf die Idee bin ich auch gekommen. Aber Voellmin meinte, es sei hier etwas Unsauberes gelaufen. Jedenfalls habe ihn Heinemann nie darüber informiert, wie er zu diesen drei Millionen gekommen sei. Sie seien einfach plötzlich da gewesen. Heinemann sei etwa eine Woche nach der Beerdigung seiner Frau unangemeldet bei ihm erschienen und habe ihm eine Vollmacht für ein Konto bei einer Bank in Liechtenstein übergeben, das erst am Vortag eröffnet worden sei. Auf dieses Konto seien ebenfalls am Vortag drei Millionen Franken einbezahlt worden. Leider habe er nie herausfinden können, wer die Zahlung geleistet habe. Voellmin sagte, Heinemann habe sich vorher nie um seine finanziellen Angelegenheiten gekümmert, sondern alles ihm überlassen. Nur in diesem einen Fall sei er selbst aktiv geworden, und er habe ihn, seinen Anwalt, mit keinem Wort informiert. Er habe ihn lediglich angewiesen, mit den drei Millionen Nachlassschulden zu tilgen und das Konto dann wieder aufzulösen.»

«Das ist allerdings sehr interessant.» Die Kommissarin legte ihre Stirne in Falten, ein Zeichen, dass sie konzentriert nachdachte. Heinemann mit einem schwarzen Konto bei einer Liechtensteiner Bank? Sie schüttelte ungläubig den Kopf. Das passte überhaupt nicht zu einem prinzipientreuen Mann.

«Ich habe noch weitere Informationen, über die wir nachdenken sollten», unterbrach Biasotto ihre Gedanken. «Voellmin hat mir erzählt, dein Heinemann sei kürzlich bei ihm aufgetaucht und habe sich erkundigt, ob sein Vater die Schulden der Mutter abbezahlt habe. Im Weiteren habe er wissen wollen, wie gross die Erbschaft sei, die er erwarten könne.»

«Hat der junge Heinemann auch gesagt, wofür er diese Auskünfte wollte?»

«Nein. Dr. Voellmin hat seine Fragen auch nicht beantwortet. Das jedenfalls hat er mir gesagt. Du weißt, Chefin, Anwaltsgeheimnis ist wie Bankgeheimnis, schwer zu knacken.» Biasotto lachte vergnügt. «Dein junger Heinemann sei aber ziemlich hartnäckig gewesen; er brauche dringend Geld; er sei in Schwierigkeiten. Schliesslich habe er gefragt, ob Voellmin ihm bei seinem Vater ein Darlehen verschaffen könne.»

«Und weiter?», liess sich die Kommissarin gespannt vernehmen.

«Voellmin will deinem Heinemann gesagt haben, der Vater brauche jeden Franken zum Schuldenzahlen. Er habe ihn auch darauf hingewiesen, dass es für derartige Anliegen Banken gäbe.»

«Wie hat der junge Heinemann reagiert?»

«Er habe nur gelacht; wenn es eine einzige Bank gäbe, die bereit wäre, ihm ein Darlehen zu gewähren, würde er bestimmt nicht seinen Vater darum bitten.»

«Der junge Heinemann scheint sich ganz in den Fussstapfen seiner Mutter zu bewegen», bemerkte Tina Merz nachdenklich.

«Es kommt noch besser. Voellmin berichtete, dein Heinemann habe nach dem Gespräch noch eine ganze Weile im Vorzimmer mit seiner Sekretärin geflirtet.» Biasotto überprüfte sehr aufmerksam die Wirkung seiner Worte, nahm aber in der Mimik der Kommissarin keine Veränderung wahr. «Dann sei er plötzlich in sein Büro zurückgekommen und habe sich erkundigt, ob er der Bank das Haus seines Vaters als Sicherheit anbieten könne, wenn er ein Darlehen aufnehme. Der Alte sei ja nicht mehr der Jüngste, und in nicht allzu ferner Zukunft werde ohnehin alles ihm gehören.»

Die Augen der Kommissarin verengten sich zu Schlitzen. «Das hat er tatsächlich gesagt? Wie zuverlässig ist dieser Voellmin?»

Biasotto beachtete die Frage nicht, sondern setzte seinen Bericht fort. «Voellmin will deinem Heinemann gesagt haben, dass das mit den Sicherheiten machbar wäre, wenn der alte Herr einverstanden sei. Und daraufhin habe dein Heinemann eine unflätige Bemerkung über den Geiz seines Vaters fallen lassen und sich aus dem Staube gemacht. Voellmin hat Frank Heinemann später über den Auftritt und das Begehren seines Sohnes informiert. Heinemann sei sehr zornig geworden; sein Sohn müsse selbst schauen, wie er durchkomme, habe er geschimpft, jedenfalls sei er nicht bereit, auch noch für dessen Schulden Zeitungen zu vertragen. Bei dieser Gelegenheit habe Voellmin auch erfahren, dass dein Heinemann ein Spieler sei. Er fahre regelmässig nach Baden-Baden und nach Konstanz ins Casino.»

«Da sieh mal an.» Die Kommissarin war aufgestanden und begann mit gesenktem Blick ruhelos im Zimmer auf und ab zu gehen.

«Und das ist immer noch nicht alles.» Biasotto strahlte. «Dein Heinemann ist laut Voellmin nicht nur ein Spieler. Er sei auch sonst ein ganz skrupelloser Mensch.» Er machte jetzt eine Pause und betrachtete genüsslich seine Chefin, die ihren Lauf unterbrochen hatte. Sie stand direkt vor ihm und brachte durch ihr nachdenkliches Kopfschütteln zum Ausdruck, dass sie sich schwer tat, seinem Bericht Glauben zu schenken.

«Vater und Sohn, so hat Voellmin mir berichtet, hätten seit dem Tod von Clelia Heinemann kaum mehr miteinander geredet. Dein Heinemann habe nämlich den Unfall seiner Mutter gross in seinem Blatt, das er selbst Zeitung nennt, herausgebracht. Er habe ein Bild der Toten abgelichtet und den weinenden Vater. Und dazu die wirrsten Spekulationen über einen möglichen Selbstmord geschrieben.»

«Wieso Selbstmord?» Tina Merz sah ihren Assistenten neugierig an.

«Da habe es Gerüchte über ein eheliches Zerwürfnis gegeben, über Depressionen und Alkoholismus», berichtete Biasotto, stolz über sein Wissen. «Es seien aber nur Gerüchte gewesen, meinte Voellmin, Genaues wisse niemand, und Heinemann selbst habe nie darüber gesprochen. In Reinach sage man auch, dein Heinemann habe den guten Ruf seiner Mutter für eine billige Story verkauft.»

«Und deswegen hatten Vater und Sohn Streit?» Dieser Satz war weniger eine Frage als eine Feststellung.

«Der Zeitungsbericht über den Unfall soll am Tag der Beerdigung erschienen sein. Dem alten Heinemann, der sich immer standhaft geweigert habe, die Zeitung seines Sohnes zu lesen, sei er von einem guten Freund in den Briefkasten gesteckt worden.»

«Ich habe vorhin in die Unfallakten geschaut. Soweit ich es nach der kurzen Lektüre beurteilen kann, gibt es keine Beweise oder auch nur Indizien für deine Selbstmordtheorie. Clelia Heinemann wies bei ihrem Tod einen Blutalkoholwert von 2,5 Promille auf. O.k.», die Kommissarin zuckte die Achseln, «letztlich begeht jeder Selbstmord, der sich in diesem Zustand ans Steuer setzt.»

«So ganz falsch ist diese Behauptung jedenfalls nicht», stellte Biasotto trocken fest. Er sah auf die Uhr und machte plötzlich einen zerknirschten Eindruck. «Ich muss dir etwas beichten, Chefin, ich habe mit David Eicher einen Termin vereinbart. Das ist der Präsident der Wählerunion Baselland. Wir treffen ihn zum Mittagessen in Liestal.» Als sie nichts sagte, fügte er bei: «Falls dir das recht ist, selbstverständlich.»

«Es ist mir schon recht», antwortete Tina Merz. Die Art und Weise, wie sie das sagte, machte aber deutlich, dass sie über die Verabredung keineswegs glücklich war. «Ich weiss bald nicht mehr, wie meine Söhne aussehen.»

«Tut mir leid, aber es ging nicht anders.»

«Es geht nie anders», bemerkte sie resigniert.

Damit wandte sie sich ihrem Schreibtisch zu. Für Biasotto war dies das Zeichen, dass sie allein gelassen werden wollte.

Tina Merz las sich sorgfältig durch ihren Poststapel durch. Die Briefe und Aktenstücke betrafen verschiedene Fälle, die sie bearbeitete. Sie hatte etwa die Hälfte geschafft, als plötzlich ein weisser Briefumschlag mit einer eigentümlichen Beschriftung vor ihr lag. Sie wusste sofort, dass es sich um einen anonymen Brief handelte. Sie öffnete ihn und fand ihren Verdacht bestätigt. Auf einem weissen Blatt stand in grossen Buchstaben: «Marc Leclair ist nicht das, was er vorgibt!» Sie überlegte einen Augenblick. Marc Leclair? Sie wiederholte den Namen. Dann gab sie ihn in den Computer ein. Unbekannt, keine Einträge, meldete das Programm. Jetzt stand sie auf, ging in den Korridor hinaus und klopfte an der übernächsten Tür. «Haben Sie noch die Zeitung von heute, Herr Kollege?»

«Jetzt schau mal einer an», kam es giftig hinter dem grossen Pult hervor. «Die Frau Kollegin hat nichts zu tun. Ich könnte Ihnen etwas von meiner Arbeit abgeben. In diesem Laden landet ja alles auf meinem Schreibtisch.»

Tina Merz hatte nicht zugehört. Sie war zuerst zum Papierkorb und dann zum Ablagetisch gegangen, wo sie die Basler Zeitung entdeckt hatte. Jetzt öffnete sie den Regionalteil. Tatsächlich. Ihre Erinnerung hatte sie nicht getäuscht. Marc Leclair war der frisch nominierte Regierungskandidat der Wählerunion Baselland. «Darf ich mir diese Seite ausleihen?», fragte sie in Richtung Pult.

«Aber bringen Sie sie auch wieder zurück, nicht wie sonst», kam es gehässig zurück.

«Wie wenn ich sonst seine Zeitung lesen würde», stieg es verärgert in ihr hoch. Aber sie lächelte freundlich und verliess rasch das Büro. «Arschloch», sagte sie leise, als sie die Türe hinter sich geschlossen hatte, und sofort ging es ihr besser. Im Büro von Frau Simon legte sie den Artikel über die Parteiversammlung mit den Kurzbiografien der drei Kandidaten in den Kopierer. Dann ging sie zurück zu Schär.

«Bitte, ordnen Sie die Seite wieder genau dort ein, wo Sie sie weggenommen haben», fauchte es vom Pult. «Ich kann es nicht ausstehen, wenn die Zeitung durcheinander gebracht wird.»

Zurück in ihrem Büro las sie den Bericht über die Parteiversammlung sorgfältig durch. Dann besah sie sich das Bild des Kandidaten Leclair. Er war ein ausgesprochen gut aussehender Mann. Wenn es sich um ein aktuelles Foto handelte, dann musste er knapp fünfzig sein. Mit seinen klaren Gesichtszügen und seinem kurz geschnittenen Haar wirkte er gepflegt, fast aristokratisch. Er trug einen zierlichen Oberlippenbart, der ihm einen Hauch von Clark Gable verlieh. Was ihr besonders gefiel: Er lächelte und schaute mit seinen hellen Augen direkt in die Kamera. Ein moderner Mann, der Erfolgstyp des einundzwanzigsten Jahrhunderts, die Kommissarin nickte dem Porträt anerkennend zu. Da hatte die Wählerunion Baselland eine sichere Wahl getroffen. Ein grosses Los! Ohne Zweifel. Wahrscheinlich im Management einer Bank, tippte sie und begann, die Kurzbiografie zu lesen. «Marc Leclair», hiess es da, «verfügt über alle Qualitäten, die ein Regierungsmitglied braucht. Er ist der Inbegriff des modernen und erfolgreichen Mannes im besten Alter. Er studierte Betriebswirtschaft und trat nach mehrjähriger, erfolgreicher Tätigkeit in einer grösseren Bank vor fünfzehn Jahren in die Firma Sommag ein, wo er rasch Karriere machte und heute Mitglied der Geschäftsleitung ist. Er ist verheiratet mit einer selbstbewussten, modernen Frau.»

«Sehr interessant», ging es Tina Merz durch den Kopf. Sie las weiter: «Es kann nur als Glücksfall bezeichnet werden, dass ein Mann mit den Fähigkeiten, der beruflichen Erfahrung und der hervorragenden Persönlichkeit eines Marc Leclair bereit ist, auf eine Karriere in der Wirtschaft zu verzichten und sich dem Gemeinwohl zu widmen.»

Tina Merz schaute sich das Bild des Kandidaten nochmals genau an. Als sie ihre Augen hob, fiel ihr Blick auf die anonyme Botschaft, die auf ihrem Schreibtisch liegen geblieben war: «Marc Leclair ist nicht das, was er vorgibt!» Sonderbar. Warum hatte man ihr diese Mitteilung zukommen lassen? Sie kannte diesen Leclair nicht, war ihm nie begegnet. Wollte der Verfasser der anonymen Botschaft ihr mitteilen, dass es einen Zusammenhang gab mit dem Mord an Frank Heinemann? Sie legte den Brief beiseite. Anonyme Hinweise waren meist wertlos. Allerdings gab es einige Kriminalfälle, in denen derartige Informationen zur Aufklärung beigetragen hatten. Aber es war Vorsicht geboten. Nicht nur, weil dieser Marc Leclair ein Mann war, der Respekt und Achtung verdiente. Ihre Augen wanderten zurück zu dem Bild, das vor ihr auf dem Schreibtisch lag. Wenn nicht alles täuschte, würde dieser Mann bald eine wichtige Position bekleiden. Zudem gab es in der Politik viel Neid und Missgunst. Da redete leicht einer dem anderen Übles nach. So gesehen, müsste sie den Brief ungelesen in den Papierkorb schicken. Tina Merz nagte nachdenklich an der Innenseite ihrer Wange. Vielleicht kam die Information von einem Konkurrenten? Sie schaute sich die Fotos der beiden anderen Kandidaten an. Da war diese junge Frau, Sabine Manser. Typisch für die Wählerunion Baselland, dass sie die nicht nominiert haben, ging es ihr spontan durch den Sinn, die hätte mir gefallen. Und der andere? Ein gewisser Heinz Groll. Ein durchschnittlicher Mitteleuropäer; schmales Gesicht, glatt rasiert, präzis gescheiteltes, dunkelblondes Haar. Nett, sympathisch, aber etwas farblos.

Nein, Tina Merz schüttelte dezidiert den Kopf, weder die intelligente Frau Manser noch der farblos-nette Herr Groll sahen nach anonymem Briefeschreiber aus.

## 17

Kurz vor Mittag stiegen die Kommissarin und Martin Biasotto in ihren Dienstwagen, um nach Liestal zu fahren. Um diese Zeit herrschte in der Stadt reger Verkehr, und sie benötigten fast zwanzig Minuten bis zur Autobahn. Fünf Minuten später verliessen sie diese wieder und bogen auf die Kantonsstrasse in Richtung Liestal ein. Von der Stadtkirche schlug es halb eins, als sie den Parkplatz an der Ergolz erreichten.

Biasotto stellte den Motor ab. Ohne den Kopf zu drehen, zischte er: «Dreh dich nicht um, Chefin, aber schau dir den beigen Mercedes dort drüben an; er verfolgt uns. Jedenfalls ist er hinter uns, seit wir vom Kriko weggefahren sind.»

Tina Merz stieg aus und schaute sich scheinbar ohne besonderes Interesse um. Tatsächlich, dort, wo der Parkplatz sich zur Strasse öffnete, stand ein beiger Mercedes. Die Nummer war ihr unbekannt, den Fahrer konnte sie hinter der getönten Scheibe nicht erkennen. Sie zuckte mit der Achsel. «Solche Autos gibt es viele. Warum sollte er uns verfolgen? Entweder liest du zu viel Kriminalromane, oder dein Hunger erzeugt Halluzinationen.»

Er lachte. «Ich habe keinen Hunger. Und deinem Hunger wird es beim besten Willen nicht gelingen, in meinem Kopf Halluzinationen hervorzurufen.»

Sie stiegen den schmalen Weg zum Städtchen hinauf, überquerten die Hauptstrasse mit dem schönen, alten Tor und betraten wenige Minuten später das Restaurant, in dem sie sich zum Mittagessen verabredet hatten.

David Eicher wartete bereits. Er sass alleine an einem Tisch, sichtlich entspannt, mit dem Blick zur Türe. Jetzt stand er auf und begrüsste zuerst die Kommissarin, dann Martin Biasotto mit festem Händedruck. «Ich dachte schon, ich sei im falschen Restaurant», begrüsste er sie in einem etwas hölzernen Baselbieter Dialekt.

Sie setzten sich.

Eicher zwinkerte Biasotto zu. «Es war tatsächlich nicht nötig, ein Erkennungszeichen zu vereinbaren. Ihre Beschreibung ist so treffend, dass ich Ihre Chefin aus hundert Frauen heraus erkannt hätte.»

«So? Wie hat er mich denn beschrieben? Klein, dicklich und mit wildem Haarschopf?» Tina Merz warf einen strafenden Seitenblick auf ihren Assistenten.

«So ungefähr», lachte Eicher.

Die Kommissarin widmete sich jetzt der Speisekarte. «Das macht alles dick», jammerte sie, während sie mit knurrendem Magen das Angebot studierte.

«Vergiss es. Du machst dir nur ein schlechtes Gewissen; und uns auch.»

Biasotto entschied sich rasch für das dreigängige Tagesmenu, die beiden anderen schlossen sich an. Sie wählten einen einfachen Rotwein.

«Wie kann ich Ihnen helfen?» Eicher sah dem kommenden Gespräch mit Spannung entgegen.

«Wir möchten uns mit Ihnen über Frank Heinemann unterhalten.»

Die Kommissarin betrachtete den Parteipräsidenten mit Wohlgefallen. Er wirkte offen und trotz seines jugendlichen Alters – sie schätzte ihn auf Mitte bis Ende dreissig – fast etwas väterlich. Aus seinen Augen sprach der Schalk. Er lachte viel und entblösste dabei eine Reihe makellos weisser Zähne. «Was für ein Mensch war er? Welche Rolle spielte er in der Partei? Hatte er Feinde?»

David Eicher liess sich Zeit. Als er dann zu sprechen begann, wog er seine Worte sorgfältig ab. «Ich kenne Frank Heinemann seit über zehn Jahren. Als ich in die Partei eintrat, spielte er bereits eine wichtige Rolle. Er galt als integre, verlässliche Person ohne politische Ambitionen und war immer bereit, Freiwilligenarbeit zu leisten. Wenn man jemanden brauchte, der Artikel verfassen, an Versammlungen sprechen oder Geld sammeln sollte, hiess es immer: ‹Frag doch den Frank.›»

«Er hatte keine politischen Ambitionen?» Martin Biasotto hatte sein Notebook mitgebracht und schrieb eifrig mit.

«Frank Heinemann stand nicht gerne im Rampenlicht, das Bad in der Menge war ihm zuwider.» Eicher zögerte kurz, bevor er weitersprach. «Böse Zungen behaupteten allerdings, das sei nur wegen seiner Frau.»

«Was heisst das?»

«Ich habe Clelia Heinemann persönlich nie kennen gelernt», antwortete Eicher langsam, und sein Gesichtsausdruck liess erkennen, dass ihm die Frage sehr unangenehm war. «Sie soll eine sehr spezielle Frau gewesen sein.» Eicher suchte nach Worten. «Man sagte, sie sei kauf- und alkoholsüchtig.» Jetzt machte er eine Pause. «Es ging auch das Gerücht, sie habe ein Verhältnis mit einem anderen Mann gehabt.»

«Und was hat das mit Heinemanns politischen Ambitionen zu tun?»

«Gewisse Kollegen waren der Meinung, Heinemann fürchte, die Schwächen seiner Frau könnten an die Öffentlichkeit gezerrt werden, wenn er ein Amt anstrebe.»

Biasotto war zufrieden. Jedenfalls nickte er nachdenklich.

«Was für ein Mensch war Frank Heinemann?», wollte die Kommissarin wissen.

«Ein ganz besonderer Mensch», kam die Antwort rasch und spontan, «und ich habe ihn sehr gemocht.» Eicher lächelte verträumt. «Er war ein Idealist und glaubte an ethische Werte. Und er hatte einen ausgeprägten Sinn für Gerechtigkeit. Er erwartete von den Politikern vorbildliches Verhalten, und er war immer wieder enttäuscht, wenn er zur Kenntnis nehmen musste, dass unsere Mandatsträger auch nur Menschen sind. An der Versammlung vom vergangenen Dienstag wurde ihm deswegen vorgeworfen, es fehle ihm der Sinn für Realität.»

«Und warum wurde ihm das vorgeworfen?», wollte Biasotto wissen.

«Er hat uns wieder einmal einen Vortrag gehalten über das Idealbild des Politikers. Und er wollte uns in die Pflicht nehmen. Das kommt nicht bei allen gut an.»

«Was heisst ‹in die Pflicht nehmen›?»

«Natürlich hatte er Recht, wie immer», seufzte Eicher, ohne auf die Frage der Kommissarin einzugehen. «Aber die Leute wollten diese

Moralpredigten einfach nicht mehr hören. Vielleicht hätte ich ihn bremsen sollen in seinem Eifer. Aber ich habe ihn reden lassen, weil er Recht hatte.»

«Erzählen Sie uns mehr darüber!», forderte die Kommissarin. «Warum hatte er Recht?»

David Eicher wog seinen grossen Kopf bedächtig hin und her. Dann lächelte er. «Er warf uns vor, wir würden unsere Kandidaten nach dem Grundsatz auswählen: Wem Gott ein Amt gibt, gibt er auch Verstand.» Er wartete auf die Wirkung seiner Worte. Als weder die Kommissarin noch ihr Assistent eine Reaktion zeigten, fuhr er achselzuckend fort: «In Tat und Wahrheit tun wir das auch. Natürlich wissen wir, dass die Ämter – jedenfalls die meisten –», fügte er schmunzelnd hinzu, «nicht von Gott vergeben werden. Aber wir ignorieren das. Sonst müssten wir ganz anders vorgehen, wenn wir die Kandidaten für hohe und verantwortungsvolle Positionen bestimmen. Aber vielleicht wollen wir das nicht», sagte er jetzt leise, wie zu sich selbst. «Sonst müssten wir öfters eingestehen, dass wir keine geeignete Person zur Verfügung haben. Und das tut keine Partei, jedenfalls nicht freiwillig.»

Biasotto hatte aufmerksam zugehört. «Mir gefällt das nicht, was ich da zu hören bekomme. Der Staatsbürger Biasotto ist geradezu schockiert.»

Eicher nickte gedankenverloren. «Und ich kann es dem Staatsbürger Biasotto nicht verdenken. Es gefällt mir auch nicht. Aber es ist so, ob es uns passt oder nicht. Für jeden Job braucht man heute eine Ausbildung, Präsident der Vereinigten Staaten kann aber grundsätzlich jeder werden. Das sind die Spielregeln der Demokratie. Aber unser Staat ist, Gott sei Dank, sehr belastbar; er verkraftet jede Menge unfähige Politiker.»

Tina Merz betrachtete Eicher freundlich; er sprach sich offensichtlich selbst Trost zu.

Biasotto war nicht so leicht zufrieden zu stellen. «Aber wir haben doch auch jede Menge Probleme, die nur von mutigen, unkonventionellen Frauen und Männern gelöst werden können. Wir brauchen deshalb in der Politik fähige, überdurchschnittliche Leute, Querdenker, Menschen, die Blockaden sprengen und ausserhalb des Systems frei, wirklich frei, denken können.»

«Die werden nicht gewählt», wandte Eicher resigniert ein. «Weder in der Partei noch vom Volk. Je blasser ein Kandidat ist, je weniger Profil er sein Eigen nennt, desto grösser sind seine Chancen, gewählt zu werden. In der Politik muss man es allen recht machen können.»

«Jedes Volk hat die Politiker, die es verdient», liess sich jetzt die Kommissarin vernehmen. «Und darum, lieber Martin, kannst du mit deinen ungelösten Problemen alt und grau werden. Denn nur, wer nichts bewegt, stösst nirgends an. Und das gilt auch umgekehrt: Solange wir Politiker wählen, die nicht anstossen wollen, nehmen wir zwangsläufig die, die nichts bewegen.» Sie schob ihr Glas etwas zur Seite, damit der Kellner die Teller mit dem dampfenden Essen auf den Tisch stellen konnte.

«Trübe Aussichten», jammerte Biasotto, «und kein Silberstreifen am Horizont. Denn das Schweizervolk liebt den Durchschnitt und die Durchschnittlichkeit. Wir haben das Gleichheitsprinzip so verinnerlicht, dass wir es als unanständig empfinden, wenn sich einer über das Mittelmass erhebt.»

«Das gilt hierzulande bereits als verdächtig», stimmte Eicher zu. «Überdurchschnittliche Menschen beweisen uns, wie mittelmässig wir selbst sind.»

«Vielleicht haben wir deshalb auch keine Eliteschulen und keine Hochbegabtenförderung. Wer Gleichheit anstrebt, muss sich mit einem bescheidenen Nenner zufrieden geben.»

Eicher zuckte die Achseln. «Das ist Demokratie. Das Volk will es so.»

«Das ist ein falsches Demokratieverständnis», widersprach Biasotto und schüttelte dabei energisch den Kopf. «Unsere Politiker sollen das Volk führen und nicht einfach tun, was ihre Wählerschaft erwartet. Wie mancher Betrieb ginge bankrott, wenn die Unternehmensleitung nur täte, was die Belegschaft wünscht. Wir glauben immer noch unerschütterlich daran, dass recht und richtig sei, was die Mehrheit bestimmt. Aber auch das Volk kann irren, wie die Geschichte hundertfach beweist, auch durch einen Volksentscheid kann Unrecht nicht zu Recht werden.»

«Er hat Recht», stimmte Tina Merz nachdenklich zu. «Die Parteien sollten bei der Wahl ihrer Kandidaten mehr auf Fähigkeiten und charakterliche und persönliche Eignung achten, zumal mancher Politiker im öffentlichen Amt weniger den Dienst an der Gemeinschaft sucht als den Ausgleich für persönliche Defizite.»

«Das könnte von Frank Heinemann sein.» David Eicher nahm einen Schluck aus seinem Glas. «Genau so hat er immer geredet.»

«Der Kerl wird mir immer sympathischer.» Es war nicht ganz klar, wem Biasottos Kompliment galt, Frank Heinemann oder David Eicher.

Die Kommissarin hatte sich dem Essen zugewandt. Jetzt schaute sie von ihrem Teller auf. «Und wie ist es denn mit Ihrem Kandidaten, diesem Leclair? Was sucht er im öffentlichen Amt?»

Eicher schob sich ein Stück Fleisch in den Mund. «Die Frage ist unfair; ich werde sie nicht beantworten.»

«Stellen wir sie doch anders», meinte Biasotto kauend. «Entsprach Leclair Heinemanns politischem Idealbild?»

«Diese Frage kann ich mit einem klaren ‹Jein› beantworten. Er hatte keine Zweifel an Leclairs intellektuellen Fähigkeiten; persönlich allerdings, persönlich, meine ich, hielt er nicht viel von unserem Kandidaten.»

«Und das hat er an der Versammlung so gesagt?» Die Kommissarin zog ungläubig ihre Brauen hoch.

«Natürlich nicht.» Eicher schüttelte den Kopf. «Zuerst hielt er uns einen Vortrag über unsere Unfähigkeit, die richtigen Leute auszuwählen. Die Parteien hätten als politische Auswahlgremien versagt und seien schuld an der Staats- und Politikverdrossenheit der Wählerschaft.»

«Harte Worte.» Biasotto hatte alles mitgeschrieben.

Eicher achtete nicht auf ihn. «Dann nahm er unsere Kandidaten auseinander. Zuerst Heinz Groll. Er beschrieb die Aufgaben eines Regierungsrates und rief dann laut in den Saal hinein: ‹Kann er das? Hat Groll die menschlichen und intellektuellen Voraussetzungen für dieses Amt?› Und er gab sich selbst die Antwort: ‹Nein›, rief er zum Entsetzen aller, ‹er ist ein netter Mensch, grundanständig und freundlich. Aber das ist nicht das Holz, aus dem Führungspersönlichkeiten geschnitzt werden. Das ist das Holz für einen guten Angestellten.› Die Versammlung erstarrte. Vermutlich dachten die meisten wie Heinemann. Aber so etwas öffentlich sagen? Das entspricht nicht dem politischen Verhaltenskodex. Da wird zwar intrigiert und konspiriert, aber offen reden gilt als unanständig.»

«Das Verhalten entspricht jedenfalls nicht gerade dem, was man von einem Freund erwartet», stimmte Biasotto zu.

«Das war eben Heinemann.» Ein stilles Lächeln überzog Eichers Gesicht. «Er war ein Idealist; er konnte trennen zwischen seiner Freundschaft und seiner Pflicht. Er hätte Groll vermutlich jeden Freundschaftsdienst erwiesen, aber er war nicht bereit, ihn zu unterstützen, wenn er ihn für ein Amt nicht geeignet hielt.»

«Und wie ging es weiter?» Die Kommissarin schob ihren leeren Teller zurück.

«Groll wurde nicht nominiert.»

«Wie hat er reagiert?»

«Nach der Wahl – die Versammlung war noch im Gang – sah ich, wie Heinemann den Saal verliess», erwiderte Eicher nach kurzem Nachdenken. «Auch Groll muss das beobachtet haben, denn er folgte ihm und stiess dabei ein paar Stühle um, sodass sein Weggehen allgemein bemerkt wurde. Als ich später zu meinem Auto ging, traf ich die beiden auf der Strasse; sie schrien sich mit roten Köpfen an. ‹Benehmt euch wie Erwachsene›, sagte ich zu ihnen. Aber sie schauten nicht einmal auf.»

«Um welche Zeit war das?»

«Das muss kurz nach Mitternacht gewesen sein.»

Der Kellner räumte den Tisch ab und brachte die Nachspeise.

«Eine Frage: Halten Sie es für möglich, dass Groll Heinemann aus Rache oder im Zorn getötet hat?»

Biasottos Frage kam für Eicher völlig überraschend. Er antwortete spontan. «Nein. Groll ist ein netter Mensch. Ein Mord? Das liegt bei ihm nicht drin.»

«Und wie ging es mit Leclair?» Die Augen der Kommissarin waren vor Neugier ganz rund.

«Das war anders.» Eicher blickte ins Leere, und man sah, wie er die Ereignisse vom vergangenen Dienstag vor seinem inneren Auge Revue passieren liess. «Heinemann äusserte kein Wort gegen ihn. Aber es stand etwas im Raum. Etwas Unausgesprochenes, Negatives», ergänzte er nachdenklich. «Heinemann stellte nur fest, dass Leclair über Eigenschaften verfüge, die für ein Regierungsamt wichtig seien. Dann wechselte er zu unserer dritten Kandidatin, zu Sabine Manser. Und er pries ihre Vorzüge und schaute dabei immer wieder zu Leclair; jedermann spürte, dass er diesem all die Vorzüge absprach, die er an Frau Manser lobte. – Das war es!» Eicher schlug sich mit der rechten Hand an den Kopf. «Natürlich, das war das Unausgesprochene, das die Versammlung gegen ihn aufbrachte. Das muss es gewesen sein», fügte er nochmals bestätigend hinzu.

«Und welche Vorzüge hat er bei Frau Manser gelobt?», erkundigte sich Biasotto.

«Integrität und Ehrlichkeit», gab Eicher zurück. «Immer wieder kamen diese Worte: integer und ehrlich. In einer Zeit, in der politische Skandale die Schlagzeilen beherrschten, sei Glaubwürdigkeit für einen Politiker unverzichtbar. Und Frau Manser sei so sauber wie ein frisch gewaschenes Hemd. Nur sie verdiene unsere Unterstützung, sagte er zum Schluss.»

«Aber die Versammlung entschied sich trotzdem für Leclair», warf Biasotto ein.

«Das war vorauszusehen», fuhr Eicher fort. «Diese verdeckten Botschaften machten die Leute aggressiv. Aggressiv gegen Heinemann. Man hatte den Eindruck, er wisse etwas und rücke nicht heraus damit. Vielleicht, weil er es nicht beweisen könnte. Es waren vermutlich vor allem die bisher Unschlüssigen, die Leclair wählten, weil sie Heinemanns Vorgehen als unfair betrachteten.»

«Das entspricht normalem menschlichem Verhalten», bestätigte Tina Merz weise. «Wir mögen die Moralisten und Gerechten nicht, weil sie uns den Spiegel vorhalten. Also reden wir uns ein, dass sie Unrecht haben.»

«Ist sie nicht klug, meine Chefin?» Martin Biasotto zeigte unverhohlen seinen Stolz. Dann setzte er triumphierend hinzu: «Also haben wir einmal mehr einen Kandidaten, der nicht wegen seiner Fähigkeiten, sondern nur wegen einer aus dem Ruder gelaufenen Wahlversammlung nominiert wurde.»

«Das bestreite ich.» Eicher schüttelte heftig den Kopf. «Leclair ist ein fähiger Mann und ein Vollblutpolitiker. Er kommt an beim Volk. Er kann reden», er verzog den Mund zu einem bitteren Lachen, «auch ohne etwas zu sagen. Er weiss, was die Leute hören wollen. Er hat auch Ideen, und er kann führen. Er war immerhin Oberst im Militär.»

«Ist das das Holz, aus dem politische Führer geschnitzt werden?», fragte Tina Merz belustigt.

«Er könnte sein Führungswissen auch von den Pfadfindern beziehen», warf Biasotto sarkastisch dazwischen.

Eicher liess sich nicht beirren. «Entschuldigen Sie, ich bin in ein Cliché gefallen. Und doch – das männlich-selbstsichere Auftreten Leclairs hat auch mit seiner Militärkarriere zu tun. Er markiert Führung, unmissverständlich, und das imponiert. Das schafft Gefolgsbereitschaft.» Eicher sprach jetzt ruhig, aber überzeugt. «Leclairs Auftreten hat seine Nomination entscheidend beeinflusst. Und er wird damit auch die Volkswahl gewinnen. Als Präsident der Partei, die Leclair ins Rennen schickt, stelle ich fest: Er ist eine gute Nomination.» Er lachte sein sympathisches Lachen und zeigte dabei seine wunderbar weissen Zähne.

«Wie reagierte Heinemann auf die Wahl?»

«Er war im zweiten Teil der Versammlung sehr still. Einmal ging er hinaus – vermutlich auf die Toilette – und im Vorbeigehen legte er Leclair einen zusammengefalteten Zettel auf den Tisch. Möglicherweise eine Entschuldigung. Ich weiss es nicht. Ich beobachtete ihn genau, konnte in seiner Miene aber weder Enttäuschung noch Zorn erkennen. Er tat mir Leid. Ich mochte ihn, echt, er war wie aus einer anderen Zeit mit seinen Idealen.»

«Wie reagierte Leclair auf den Zettel?»

«Überhaupt nicht. Ich bin nicht einmal sicher, ob er ihn gelesen hat.»

Der Kellner kam mit Kaffee und Rechnung, und während die Kommissarin bezahlte, sah Eicher auf die Uhr.

«Ich muss mich jetzt verabschieden. Ich habe um vierzehn Uhr eine Besprechung. Falls Sie über die Nomination noch mehr wissen wollen, es existiert ein Tonband. Wir zeichnen alle Versammlungen auf.»

«Da sind wir sehr interessiert», meldeten sich die beiden Polizeileute wie aus einem Munde.

«Wir nehmen das Band gleich mit», schlug Biasotto vor. «Wir erstellen eine Kopie und schicken Ihnen das Original zurück.»

Eicher war aufgestanden. «Dann rufe ich jetzt das Parteisekretariat an.»

Während Eicher mit seinem Sekretär telefonierte, packte Biasotto sein Notebook zusammen und holte der Kommissarin den Mantel. Vor dem Restaurant verabschiedeten sie sich. Die beiden Polizeileute überquerten den Platz mit dem alten Zeughaus und gingen durch die engen Gassen bis zu dem schmalen Haus, in welchem das Sekretariat der Wählerunion Baselland eingemietet war.

«Ich hole das Band, schau dir unterdessen die Auslagen an», schlug Biasotto der Kommissarin vor und wies mit dem Kopf auf die Fenster eines Goldschmiedeateliers.

Als sie fünf Minuten später zu ihrem Dienstwagen zurückgingen, hörte Tina Merz ihren Assistenten kichern.

«Wenn Chaos und Kreativität tatsächlich voneinander abhängige

Grössen sind, dann müssen die unheimlich kreativ sein. – Noch kreativer als du, Chefin.»

Auf der Fahrt von Liestal zurück zur Autobahn sassen sie stumm nebeneinander. Biasotto konzentrierte sich auf die Strasse, die wie immer stark befahren war, die Kommissarin sah in den trüben Tag hinaus.

Als sie die Autobahn erreicht hatten, brach Biasotto das Schweigen. «Ein sympathischer Kerl, dieser Eicher. Ein seltener Stern am politischen Firmament.»

Die Kommissarin schaute immer noch zum Fenster hinaus. «Ich wusste gar nicht, dass du dich für politische Fragen so engagieren kannst.»

«Ich auch nicht», lachte er. Dann wurde seine Stimme plötzlich ernst. «Ich muss dir etwas beichten, Chefin. Ich habe mich schon vor langer Zeit aus der Politik abgemeldet. Ich nehme nur noch ganz selten an einer Abstimmung teil, und bei Wahlen übe ich konsequente Abstinenz.»

«Und das sagst du einfach so?»

«Wie alle Kinder in diesem Land habe auch ich in der Schule gelernt, dass in unserem Staat das Volk regiert. Leider musste ich später zur Kenntnis nehmen, dass das nicht stimmt, dass sich die wirklich bestimmenden Kräfte vom Volk längst abgekoppelt haben.» Als sie schwieg, fügte er hinzu: «Jedenfalls hatte ich noch nie den Eindruck, tatsächlich mitbestimmen zu können, und ich bin doch Mitglied dieses Volkes.»

Sie blieb stumm.

«Unser Staat wird in Tat und Wahrheit von den Parteien regiert. Sie bestimmen, wer das Sagen hat. Und das, was man uns als Wahlen verkauft, hat mit der Demokratie, die wir am 1. August feiern, nur noch wenig zu tun. Nimm die Regierungsratswahlen. Da haben wir in der Regel so viele wählbare Kandidaten, wie Sitze vorhanden sind. Wir können also im besten Fall eine Negativauswahl treffen, das heisst einen oder mehrere Kandidaten von der Liste streichen, was aber eine wirkungslose Demonstration bleibt, weil im zweiten Wahlgang in der Regel auch die Gestrichenen gewählt werden.» Er schaute sie Zustimmung heischend von der Seite an. «Und selbst, wenn einer tatsächlich einmal nicht wiedergewählt werden sollte, bringt das keine Veränderung, weil sonst alles beim Alten bleibt. In einer wirklich demokratischen Wahl muss das Volk doch eine Auswahl treffen können. Wenn ich keine Auswahl habe, helfe ich als Wähler nur mit, die Bisherigen an der Macht zu halten.»

Tina Merz betrachtete die vor Erregung ganz rot angelaufenen Ohren ihres Assistenten. «Ich habe gelernt, dass sich der Wert einer Demokratie daran messen lässt, ob das Volk die Möglichkeit hat, seine Regierung abzuwählen. Wenn ich deinen Gedanken folge, wäre unser Staatswesen aus demokratischer Sicht ein höchst zweifelhaftes Gebilde. Ein mutiger Gedanke.»

«Aber ein logischer Gedanke. Unsere Wahlen sind doch nicht mehr als ein Wettbewerb, bei dem das Volk bestimmt, wer die oder der Beliebteste im Lande ist. Dafür bin ich mir zu schade, und darum bleibe ich an den Wahltagen zu Hause und mit mir zwei Drittel des Schweizervolkes.»

«Du rüttelst an den Grundfesten unseres Staates.» Tina Merz war sehr nachdenklich geworden. «Immerhin, bei den Parlamentswahlen hast du eine echte Auswahl.»

Sie verliessen jetzt die Autobahn und fuhren in die Stadt ein.

«Richtig. Aber wie immer mein Wahlentscheid lautet, im Gesamtergebnis bleibt alles beim Alten.»

«Unsere Verfassung sieht aber etwas anderes vor.»

«Nochmals richtig», stimmte Biasotto zu. «Aber wir leben nicht in dem von der Verfassung vorgesehenen Zustand, sondern in dem, was die Parteien daraus gemacht haben. Und ihnen geht es letztlich um Macht. Und weil keine der Parteien stark genug ist, um die Macht für sich allein zu erobern, teilen sie sie durch Absprachen unter sich auf. Darum bleibt auch die schlechteste Regierung im Amt. Aus Angst vor Retourkutschen pfuscht keine Partei der anderen ins Handwerk.»

«Und der Wähler hat das Nachsehen», stimmte die Kommissarin trübe zu.

Sie hatten den Waaghof erreicht, und Biasotto steuerte den Wagen auf einen freien Parkplatz. Schweigend stiegen sie die Treppe zum zweiten Stock hoch und gingen durch den kahlen Gang. Es war ein grauer Nachmittag und das Licht brannte bereits. Vor ihrem Büro blieb die Kommissarin stehen.

«Auch wenn wir wüssten wie, können wir beide die Welt nicht ändern», sagte sie mit einem schelmischen Lachen. «Also, konzentrieren wir uns auf unseren Fall. Ich denke, wir sollten uns den Groll vorknöpfen. Und den Leclair. Auch mit dem jungen Heinemann gibt es noch einiges zu besprechen.»

«Ein weiteres Nachtessen im ‹Goldenen Sternen›?» Biasotto zwinkerte ihr zu.

«Nein, dieses Mal kommt er hierher. Ich hasse es, wenn ich die Leute bei einem Glas Wein und einem Steak zwischen den Zähnen nach ihrem Alibi fragen muss.»

«Das kann ich dir nachfühlen, Chefin. Die Frage ist nicht unbedingt das, was man landläufig als angenehme Konversation bezeichnet.»

18

Als Tina Merz ihr Büro betrat, sah sie durch die offene Tür, dass Siegfried Schär bei Frau Simon stand. Während sie ihren Mantel auszog und an den Kleiderbügel hängte, kam er zu ihr herüber.

«Es ist jetzt vierzehn Uhr fünfundfünfzig. Darf ich die hübsche Kollegin darauf aufmerksam machen, dass sie für vierzehn Uhr den Häftling Thomas Renfer vorgeladen hatte?» Sein Gesichtsausdruck schwankte zwischen strafend und zufrieden, weil er sie bei einer Nachlässigkeit ertappt hatte.

Sie antwortete nicht, sondern schaute ihn wortlos an. Dann setzte sie sich an ihren Schreibtisch und begann demonstrativ, in einem Dossier zu blättern.

«Als Vorgesetzte sollten wir immer Vorbild sein», setzte Schär seine Standpauke fort. «Aber eben, was für den Chef gilt, gilt nicht für die Chefin. Sie kann tun und lassen, was sie will, und die Sekretärin, die weiss Gott anderes zu tun hat, muss alles ausbügeln.»

Tina Merz schwieg. Sie war wütend. Vor allem über sich selbst. Sie hatte den Termin mit Renfer völlig vergessen. Aber eigentlich kam es ihr ganz gelegen, dass sie jetzt nicht ein Verhör führen musste. Sie war mit ihren Gedanken beim Fall Heinemann und hätte Mühe gehabt, sich mit anderem zu befassen. Aber sie hätte den Termin rechtzeitig absagen müssen. Es tat ihr leid für Frau Simon, der sie offensichtlich Unannehmlichkeiten bereitet hatte. Schär stand noch immer gross aufgebaut und triumphierend vor ihrem Schreibtisch.

«Wie recht Sie haben, Herr Kollege», stimmte sie ihm jetzt freundlich zu. «Ich habe den Termin einfach vergessen, weil ich mit meinen Gedanken anderswo war. Ich werde mich dafür entschuldigen.»

Auf ein solches Entgegenkommen war Schär nicht gefasst. Für einen Augenblick stand er fast hilflos da und suchte nach Worten. «Mit Entschuldigungen allein ist das nicht wieder gutzumachen», brummelte er dann und verliess rasch das Zimmer.

Die Kommissarin blieb mit schlechtem Gefühl zurück. Ihre eben noch gute Laune war wie weggeblasen und damit auch ein Teil ihrer Energie. Sie schob die Akten zurück und griff zum Telefon.

«Nehmen Sie es nicht tragisch.» Frau Simon stand unter der Tür. «Das mit dem Termin war halb so schlimm. Der Polizist war wütend, das stimmt, aber Renfer überhaupt nicht. ‹Dann komme ich nochmals aus der Zelle›, meinte er. Ich brachte den beiden einen Kaffee, und sie stritten über das letzte Spiel des FC Basel. Als sie vor zehn Minuten ins Untersuchungsgefängnis zurückgingen, waren sie ganz guter Stimmung.»

«Wenn ich Sie nicht hätte», lächelte die Kommissarin dankbar, «Sie haben sich für nächste Woche einen schönen Blumenstrauss verdient.»

«Die Unterstützung ist gegenseitig.» Frau Simon sah ihre Chefin für einen Moment liebevoll an. Dann wechselte sie zu einem sachlichen Ton. «Herr Stücklin vom Landboten hat angerufen. Schon zweimal. Er wollte mir nicht glauben, dass Sie nicht da sind. Er wird sich bestimmt bald wieder melden.»

«Was wollte er?» Tina Merz mochte diesen Journalisten nicht. Er stellte mit liebenswürdiger Stimme scheinbar harmlose Fragen. Was dann aber andertags in der Zeitung stand, war meist ärgerlich.

«Er wollte Ihnen ein paar Fragen zum Fall Heinemann stellen.» Frau Simon zog ihre Stirne sorgenvoll in Falten. Sie schätzte die Offenheit und Spontaneität ihrer Chefin, wusste aber, dass beide Eigenschaften sich im Umgang mit gewissen Journalisten verhängnisvoll auswirken konnten. «Soll ich ihn abweisen, wenn er wieder anruft? Ihm sagen, Sie seien beschäftigt?»

Tina Merz zögerte, ob sie das willkommene Angebot ihrer Sekretärin annehmen sollte; dann gab sie sich einen Ruck. «Nein, ich werde mit ihm sprechen. – Und vorsichtig sein.»

Frau Simon lächelte ihr aufmunternd zu. «Ich bringe Ihnen einen Kaffee.»

«Warten Sie!» Die Kommissarin griff zum Dossier Heinemann, das auf ihrem Schreibtisch lag. «Sie müssen für mich ein paar dringende Vorladungen erledigen. Da ist einmal der junge Heinemann. Mit ihm haben Sie gestern schon gesprochen. Dann ein gewisser Marc Leclair.»

Die Sekretärin machte grosse Augen.

«Ja, Marc Leclair, der Regierungskandidat», bestätigte Tina Merz. «Er war ein Bekannter von Heinemann. – Und dann ist da auch noch Heinz Groll. Auch mit ihm sollte heute noch ein Termin vereinbart werden.» Sie schrieb die drei Namen auf einen Zettel und reichte ihn der Sekretärin. «Leclair und Groll wohnen beide auf der Landschaft. Wo, kann ich Ihnen nicht sagen. Aber Sie werden sie schon finden.» Sie setzte sich an ihren Schreibtisch und griff zum Telefon. «Die Einvernahmen sind noch für diese Woche anzusetzen. Und dann bestellen Sie in Arlesheim die Nachlassakten von Clelia Heinemann. Vor allem das Inventar möchte ich sehen.»

Während Frau Simon bepackt mit Aufträgen in ihr Büro zurückging, rief die Kommissarin im Untersuchungsgefängnis an. Sie entschuldigte sich für ihr Versäumnis und vereinbarte mit dem Dienst tuenden Polizeimann einen neuen Einvernahmetermin. Dann machte sie sich daran, im Fall Forster endlich den dringenden Schlussbericht an die Staatsanwaltschaft zu schreiben. Mitten in ihre Arbeit klingelte das Telefon.

«Stücklin», sagte eine wohlklingende Stimme. «Wie geht es Ihnen, Frau Merz? Sie haben bestimmt viel zu tun. Ich will Sie nicht lange stören, aber ich hätte ein paar dringende Fragen zum Fall Heinemann.»

«Guten Tag.» Ihr Gruss war kühl und distanziert.

«Frau Merz, Sie haben da eincn schwirigen Fall übernommen, nicht wahr?» Stücklin machte eine Pause.

Die Kommissarin zog das oberste Fach ihres Schreibtisches heraus und entnahm ihm einen Zettel. «Vorsicht», stand darauf. Sie legte ihn vor sich hin und hielt ihre Augen während des ganzen Gesprächs darauf gerichtet.

«Es ist doch ein schwiriger Fall?», wiederholte Stücklin.

«Diese Frage kann ich Ihnen noch nicht beantworten.»

«Heisst das, Sie haben sich noch nicht eingearbeitet? Oder hatten Sie schon ähnlich schwierige Fälle?»

Sie starrte auf den Zettel. Was wollte er mit dieser Frage? «Herr Stücklin, ich habe im Augenblick nicht die Zeit, um mich mit Ihnen über meine ganze bisherige Arbeit zu unterhalten.»

«Gibt es schon einen konkreten Verdacht?»

«Nein. Wir stehen erst am Anfang unserer Ermittlungen.» Die Antwort kam routinemässig und rasch.

«Denken Sie, dass es sich hier um einen Raubmord handelt? Oder eher um ein Beziehungsdelikt?»

«Bevor ich Beweise habe, denke ich gar nichts.»

Für einen Augenblick war es still in der Leitung. Sie hörte, wie Stücklin in irgendwelchen Papieren kramte.

«Am vergangenen Dienstag war die Versammlung der Wählerunion Baselland. Ein richtiger Sesseltanz mit Dame war das. Ich war dabei.» Er sagte das so, als wolle er ihr anbieten, ihn zu den Ereignissen zu befragen. Als sie schwieg, fuhr er fort: «Es ging ziemlich turbulent zu an dieser Versammlung. Und Frank Heinemann stand im Zentrum der Turbulenzen.»

Sie war jetzt sehr aufmerksam. «So?»

«Er löste die Turbulenzen sozusagen aus.» Wieder machte er eine Pause. «Er hielt eine wilde Rede gegen seinen Freund, den Heinz Groll. Wirklich, eine wilde Rede.»

Sie schwieg beharrlich, obwohl ihr unzählige Fragen auf der Zunge lagen.

«Er machte Groll ziemlich herunter. Sprach ihm alle Fähigkeiten ab. Ich war schockiert. Es ist nicht gerade üblich, dass man so mit einem Freund umspringt. Meinen Sie nicht auch?»

Sie fixierte weiter ihren Zettel. «Ich war nicht dabei, ich kann es nicht beurteilen.»

«Halten Sie es für möglich, dass Groll so einen Groll hatte – nomen est omen –», fügte er lachend hinzu, «dass er seinen Freund tötete?»

«Möglich ist alles.»

Sie hörte, wie er sich Notizen machte. Hatte sie etwas Falsches gesagt?

«Haben Sie Groll schon einvernommen?»

«Herr Stücklin, Sie wissen, dass ich Ihnen zu einem laufenden Verfahren keine Auskünfte geben darf.»

«Ich denke nur, wenn Sie es für wahrscheinlich halten, dass Groll in seinem Groll», wieder amüsierte er sich über seinen eigenen Witz, «fähig war, einen Mord zu begehen, dann müssten Sie ihn doch einvernehmen. Vielleicht sogar verhaften.»

Sie schwieg.

«Noch eine letzte Frage. Sie haben doch den Sohn des Opfers einvernommen?»

«Wir haben mit ihm gesprochen.»

«Steht er unter Verdacht?»

«Herr Stücklin, ich möchte mich nicht wiederholen.»

«Also, er steht unter Verdacht?»

Sie sagte nichts. Aber innerlich fluchte sie. Der Kerl war unglaublich.

«Und ist es richtig, dass diese Einvernahme im ‹Goldenen Sternen› stattfand?»

Einen Moment lang war sie wie gelähmt. Wie war Stücklin zu dieser Information gekommen?

«Ist es so?»

«Ich möchte diese Frage nicht beantworten.» Sie sagte das rasch, zu rasch vielleicht, und wusste nicht, ob es eine gute Antwort war.

Stücklin schien zufrieden. Er verabschiedete sich jedenfalls mit einem freundlichen «Bis zum nächsten Mal» und legte auf. Tina Merz blieb noch eine ganze Weile reglos sitzen und starrte auf ihren Zettel. War sie vorsichtig genug gewesen? Oder konnte Stücklin ihr aus einer ihrer Antworten einen Strick drehen? – Sie würde es morgen in der Zeitung lesen.

Sie hatte das Bedürfnis, mit Hans Klement zu reden. Als sie am

Telefon seine phlegmatisch langsame und freundliche Stimme hörte, ging es ihr schon etwas besser. «Ich hatte ein Gespräch mit Stücklin. Ich weiss nicht, ob es gut gelaufen ist.»

«Und warum?», tönte es väterlich besorgt.

«Es ging um die Ermittlungen Heinemann.» Sie schwieg und hörte ihn tief atmen. «Er wusste, dass ich mit dem jungen Heinemann im ‹Goldenen Sternen› gegessen habe.» Eigentlich erwartete sie, dass Klement jetzt fragen würde, ob das tatsächlich der Fall gewesen sei. Aber die Frage kam nicht.

«Liebe Tina», setzte Klement zu einer offensichtlich längeren Chefpredigt an, «warum tust du auch derart unvorsichtige Dinge? Ich sollte besser auf dich aufpassen...»

«Wusstest du, dass ich mit Heinemann im ‹Goldenen Sternen› war?»

Einen Moment lang war es still. Klement schien nach einer Antwort zu suchen. «Nein», sagte er dann, «ich wusste es nicht; ich habe es soeben erfahren.»

Sie war verunsichert. Sie wurde den Eindruck nicht los, dass er schon vor ihrem Anruf informiert gewesen war. Frau Simon? Martin Biasotto? Sie konnte nicht glauben, dass eine dieser beiden vertrauten Personen sie beim Chef verpfiffen hatte.

«Mach dir keine Sorgen», tönte es vom anderen Ende der Leitung. «Ich werde Stücklin anrufen und ihm mitteilen, ich hätte dir geraten, mit Heinemann essen zu gehen. Einverstanden?»

«Warum bist du so, wie du bist?»

«Weil ich dich mag, liebe Tina. Du bist doch meine beste und liebste Mitarbeiterin.» Damit legte Klement den Hörer auf.

Als Frau Simon mit einem Kaffee in der Hand das Büro ihrer Chefin betrat, fand sie diese zusammengesunken und mit leeren Augen vor sich hin starrend am Schreibtisch. Sie stellte die Tasse ab. «Lief es nicht gut mit Stücklin?»

«Warum?»

«Sie sehen so aus. Kommen Sie, es wird schon werden.»

Die Kommissarin schaute ihrer Sekretärin in die Augen. «Frau Simon, haben Sie dem Chef gesagt, dass ich mit Heinemann im ‹Goldenen Sternen› war?»

Die Antwort kam spontan und überzeugend: «Wo denken Sie hin? Sie können zum Nachtessen gehen, wohin und mit wem Sie wollen. Ich würde nie jemandem davon erzählen. Ich weiss, was ich zu tun habe.»

«Es tut mir Leid.»

«Schon vergessen», winkte Frau Simon ab. Und dann, wieder ganz Sekretärin: «Leider konnte ich bis jetzt keinen Ihrer Aufträge erledigen.» Sie sah auf den Notizzettel in ihrer Hand. «Heinz Groll, so habe ich herausgefunden, arbeitet bei der Schweizer Bank, ist aber dort seit gestern krank gemeldet. Ich rief auch bei ihm zu Hause an, aber da nimmt niemand ab. Auch Andreas Heinemann konnte ich nicht erreichen. Seine Sekretärin sagte mir, er sei in einer Redaktionssitzung; er rufe zurück, sobald er frei sei. Tut mir Leid.»

«Sie tun, was Sie können», stellte die Kommissarin trocken fest.

Frau Simon schaute sie lächelnd an. Dann legte sie einen weissen Briefumschlag, den sie die ganze Zeit in der Hand gehalten hatte, vor der Kommissarin auf den Schreibtisch. «Da ist wieder so ein Brief gekommen. Wie der von heute Morgen. Jedenfalls sieht er gleich aus.»

Tina Merz schlitzte den Umschlag mit der Schere auf.

«Nehmen Sie Leclair unter die Lupe. Dann löst sich Ihr Fall», las sie laut. Der Brief war wieder handgeschrieben, in grossen Buchstaben mit einem schwarzen Filzstift. Der Schreiber hatte offensichtlich keine gute Unterlage zur Verfügung gehabt, jedenfalls standen die einzelnen Buchstaben nicht auf der Linie und wirkten etwas fahrig.

«Soll ich den Brief ins Labor schicken?» Frau Simon war nahe ans Pult herangetreten und hatte den Zettel fachmännisch gemustert. «Da sind vermutlich Fingerabdrücke und alles mögliche vorhanden.»

«Sie sitzen am falschen Pult», lachte die Kommissarin. «Ja, schicken wir den Brief ins Labor.» Sie reichte das Blatt über den Schreibtisch.

«Aber machen Sie mir vorher noch eine Kopie. Und denken Sie an den Termin mit Herrn Leclair.»

«Ich bin schon unterwegs.» Frau Simon eilte in ihr Büro, wo das Telefon klingelte. «Jetzt habe ich den Herrn Heinemann», rief sie. «Soll ich verbinden?»

«Danke», nickte die Kommissarin und nahm den Hörer ab.

«Dieses Mal bestimme ich, wo wir essen gehen», hörte sie die bekannte jungenhafte Stimme. Er war offensichtlich bei guter Laune. «Sie haben einen sehr angenehmen Beruf. Wenn Sie sich mit jemandem treffen wollen, dann laden Sie ihn einfach vor. Das möchte ich auch.» Er lachte vergnügt bei dem Gedanken, mit welch attraktiven Damen er ein Rendez-vous vereinbaren könnte.

«Möglicherweise könnte ich, wenn ich wollte», sagte die Kommissarin, ohne auf seinen leichten Ton einzugehen. «Aber leider sind die meisten Menschen, mit denen ich mich treffe, keine Wahlbekanntschaften. Herr Heinemann, dieses Mal treffen wir uns hier bei mir im Kriminalkommissariat. Ohne Nachtessen. Sie müssen sich mit einem Kaffee begnügen.»

«Frau Kommissarin, seien Sie nicht so ernst, das steht Ihnen nicht. Ohne Essen und ein Glas Wein läuft bei mir nichts. Ich schlage vor, wir treffen uns in Riehen. Da weiss ich ein hervorragendes Restaurant, das erst kürzlich eröffnet wurde.»

«Sie werden Ihren Wein ohne mich trinken müssen, Herr Heinemann. Ich erwarte Sie morgen hier im Kriko. Und wenn ich in meinen Kalender schaue, dann können Sie noch zwischen zwei Terminen wählen, nämlich zwischen zehn Uhr und vierzehn Uhr.» Tina Merz zeigte ihre beharrliche Seite.

«Gut, dann komme ich um zehn.» Heinemann war verstimmt. «Vielleicht können wir nachher doch noch essen gehen?»

«Da machen Sie sich mal keine Hoffnung», winkte die Kommissarin ab.

19

Den Rest des Nachmittags verbrachte Tina Merz damit, den angefangenen Bericht Forster für die Staatsanwaltschaft fertig zu stellen. Dann hörte sie sich die Tonbänder der Parteiversammlung an, die Martin Biasotto in der Zwischenzeit kopiert hatte. Sie war tief beeindruckt von der Kraft, mit der Heinemann sein Plädoyer vorgetragen hatte, von seiner Überzeugung, die sich in jedem Satz offenbarte, von seiner Klarheit und seiner Trauer. Ja, sie spürte Trauer in seinen Worten, als er davon sprach, dass Heinz Groll sein Freund sei, sein bester Freund. Dass er es aber dennoch, oder gerade deshalb, vor seinem Gewissen nicht verantworten könne, ihn für ein Amt zu empfehlen, dem er nicht genüge. Es herrschte Totenstille im Saal, als er das sagte. Dann kam sie zu der Stelle, an der er über Marc Leclair sprach. Eicher hatte Recht, die negative Botschaft war unüberhörbar. Heinemann sprach von den Fähigkeiten dieses Kandidaten, wobei er «dieses Kandidaten» mehrmals wiederholte und damit seine innere Distanz zum Ausdruck brachte. Er sprach den Namen Leclair nicht ein einziges Mal aus. Er formulierte alle seine Sätze so, dass man immer ein Aber erwartete. Aber er liess es weg und erreichte damit – die Kommissarin spürte es selbst –, dass sich Fragen und Aggressionen stauten. Und dann plötzlich brach er ab und begann, die Person von Sabine Manser zu beschreiben. Und das tat er so, wie wenn er sie in den Gegensatz zu Leclair stellen wollte. Und weil er immer wieder ihre integre Persönlichkeit pries, musste auch der Letzte im Saal begreifen, dass es eben diese Integrität war, die er Leclair absprach. Als Heinemann sein Plädoyer mit dem Aufruf beendete, «diese junge Frau, diese fähige und integre Person» zur Kandidatin zu wählen, brach im Saal ein Tumult aus. Sie hörte Rufe wie «Verräter», «Gemeinheit» und Ähnliches, und ihr wurde klar, dass Heinemann mit seinem Vortrag gegen seine Absicht die Wahl Leclairs gesichert hatte.

Wenn man von der Stimme auf die Person schliessen konnte, dann war Heinz Groll ein sanfter, eher scheuer Mann, wohingegen Leclair imponierend auftrat mit einer klaren und festen Stimme. Aber sie teilte die Meinung Heinemanns: Frau Manser war am überzeugendsten. Nicht nur, wie sie sprach. Ihr Votum hatte auch Inhalt. Sie äusserte sich zu allen heiklen Fragen der aktuellen Politik und schloss ihr Referat mit den Worten: «Die Verbesserung der Zusammenarbeit in der Region muss in den nächsten Jahren zur zentralen Aufgabe werden. Die Zeit der Kleinstaaten ist vorbei. Unsere Probleme sind grossräumiger geworden. Wir wollen Grenzen, insbesondere die Grenzen zum Kanton Basel-Stadt, abbauen und dort, wo es sinnvoll ist, Verwaltungsbereiche zusammenlegen und Institutionen gemeinsam tragen.»

Bei der nachfolgenden Diskussion über die drei Kandidaten sprach nur ein einziger, leiser Mann für Heinz Groll. Leclair wurde von mehreren Rednern in alle Himmel gelobt. Sabine Manser löste mit ihrem Bekenntnis zu einem engeren Zusammengehen mit dem Kanton Basel-Stadt laute Entrüstung aus. Einer rief: «Das ist Verrat; Verrat am Baselbiet, Verrat an unseren Ahnen, die um Freiheit und Unabhängigkeit kämpften.» Einer aus dem Parteivorstand protestierte mit dröhnender Stimme: «Du kandidierst im falschen Kanton, Mädchen. Geh nach Basel. Da bist du richtig.» Und eine Frau berichtete plärend, sie arbeite in der Stadt, und viele Leute dort hielten sich für etwas Besseres, und nur weil die Landschaft reich sei, wolle man sie wieder haben. «Die wollen nur unser Geld», trug sie im Brustton der Überzeugung vor.

Tina Merz hatte aufmerksam zugehört. Immer wieder schüttelte sie fassungslos den Kopf. Sie war in Binningen aufgewachsen und lebte seit mehr als zwanzig Jahren in Basel. Für sie war die Kantonsgrenze eine geistige Mauer, die die Entwicklung der Region in vielerlei Hinsicht behinderte. Sie wusste, dass viele Baselbieter die Stadtbasler als arrogant empfanden. Schon deren leichte, wendige Sprache konnte diesen Eindruck vermitteln. Sie nahm auch immer wieder belustigt zur Kenntnis, dass gewisse Basler tatsächlich glaubten, ihre Stadt sei der Nabel der

Welt. Aber eine derart feindliche Stimmung gegen den Stadtkanton und seine Einwohner hatte sie in einer im Volk breit abgestützten Baselbieter Partei nicht erwartet.

Um halb sechs rief die Kommissarin ihre Freundin Salome an, um sie daran zu erinnern, dass sie sie am Freitagabend zum Nachtessen erwarte. Salome war nicht in ihrer Kanzlei. Ihre Sekretärin teilte der Kommissarin aber mit, der morgige Termin bei der Freundin sei rot unterstrichen in der Agenda vermerkt.

Wenig später verliess Tina Merz ihr Büro. Sie schaute noch kurz bei Frau Simon hinein, die gerade ihre zahlreichen Blumen begoss. Dabei erfuhr sie, dass es noch immer nicht gelungen sei, eine Verbindung zu Heinz Groll herzustellen. Hingegen – so berichtete die Sekretärin – habe man ihr bestätigt, dass Marc Leclair in der Elektronikfirma Sommag arbeite. Seine Sekretärin habe ihr mitgeteilt, er sei bis und mit Freitag in den USA. Sie habe für Montag um elf einen Termin in seiner Agenda vormerken lassen. Zufrieden stieg die Kommissarin die Treppe hinunter und verliess den Waaghof. Am Klosterberg warf sie einen Blick in die Auslage mit dem antiken Schmuck und nahm zufrieden zur Kenntnis, dass die Granatbrosche mit den Perlen noch vorhanden war; vielleicht würde sie sich den Schmuck zum Geschenk machen, wenn der Fall Heinemann gelöst war. Wenig später bog sie in die Freie Strasse ein.

Tina Merz war guter Dinge, obwohl der Nachmittag schlecht begonnen hatte. Sie genoss es, nach der Arbeit durch die Stadt zu schlendern und noch das eine oder andere einzukaufen. Manchmal traf sie Freunde oder Bekannte, dann wechselte man ein paar Worte oder ging zusammen ein Glas Wein trinken. Heute steuerte sie die grosse Buchhandlung in der Innerstadt an. Sie wollte einen Reiseführer für die Fahrt nach Venedig kaufen, die sie für die Frühjahrsferien plante. Zudem hatte sie Sebastian versprochen, Max Frischs «Stiller» mitzubringen. Er hatte im Deutschunterricht den «Homo Faber» gelesen und war so begeistert, dass sie die Gunst der Stunde nutzen und ihn zu weiterer Lektüre animieren wollte.

Als sie die Buchhandlung wieder verliess, hatte sie mehrere Bücher im Gepäck: den geplanten «Stiller», das neueste Werk von Bernhard Schlink, ein Buch über Kommunikation und Konflikte (darüber konnte man nie genug wissen) und einen Roman von Stephen King, einem Autor, den Lukas zurzeit mit Begeisterung konsumierte. Sie ging hinunter zum Marktplatz. Als sie am Rathaus vorbeikam, warf sie wie immer einen Blick in den alten, gotischen Innenhof und winkte Munatius Plancus zu, dem steinernen Römer, der den Treppenaufgang bewachte. Dieser Munatius Plancus war ein alter Bekannter. Und sie behauptete von ihm, er habe ihr geholfen, ein Problem zu lösen, das sie durch Jahrzehnte ihres Lebens mitgeschleppt hatte.

In ihrem alten Lateinbuch gab es ein grosses Bild des jungen Oktavian und späteren Kaisers Augustus. Zusammen mit ihrer Freundin Monika hatte sie eine schwärmerische Liebe zu dem jungen Mann mit den knabenhaften Stirnfransen gefasst. Und als sie wieder einmal gemeinsam sein Bild betrachteten, stellte Monika die Frage, was er wohl unter seinem kurzen, ledernen Waffenrock getragen habe, eine Frage, auf die niemand eine Antwort wusste. Viele Jahre später fand in Basel ein Anwaltskongress statt. Vor dem grossen Galadinner besichtigte man mit den internationalen Gästen das Rathaus. Als sie im Innenhof standen und der Fremdenführer seine Geschichten erzählte, war ihr Blick an Munatius Plancus hängen geblieben. Er stand mit seinem Schwert etwas erhöht auf einem Sockel, da, wo die steinerne Treppe zum ersten Stock und in den Regierungs- und Parlamentssaal hinaufführt. Und plötzlich erinnerte sie sich an die Frage ihrer Freundin, die immer noch unbeantwortet war. Sie konnte nicht mehr zuhören, obwohl die Geschichten des Fremdenführers interessant waren. Sie musste die Gunst der Stunde nutzen. So schlich sie sich langsam immer näher an Munatius Plancus heran, bis sie einen Blick unter seinen Waffenrock werfen konnte. Und da sah sie die rote Unterhose mit der gelben Litze!

Beim Anblick der strammen Römerbeine in der roten Unterhose bekam sie einen Lachanfall. Dabei schilderte der Fremdenführer gerade in dramatischen Worten, wie die Stadt von der Pest heimgesucht wurde und ein grosser Teil der Bevölkerung der Seuche zum Opfer fiel. Und sie lachte! Sie konnte ihren Blick nicht von der roten Unterhose wenden, und sie konnte nicht aufhören zu lachen. Sie hielt sich Mund und Nase zu, aber das Lachen liess sich nicht unterdrücken. Sie bemerkte den strafenden Blick, den Stephan ihr zuwarf. Er schämte sich, weil sie unangenehm auffiel. Aber sie konnte nicht anders, sie musste weiterlachen.

Und seither liebte sie diesen bunten Römer auf seinem Sockel. Diesen Munatius Plancus, von dem man behauptete, er habe Augusta Raurica, die Römerstadt oben am Rhein, und später auch Basel gegründet.

Tina Merz überquerte jetzt die Mittlere Rheinbrücke und und bog dann rechts in die Rheingasse ein. Als ein Müllcontainer ihren Weg blockierte, wechselte sie auf das gegenüberliegende Trottoir. Sie legte die kurze Strecke bis zu ihrer Wohnung mit raschen Schritten zurück. Als sie die Strasse wieder überquerte, um zu ihrer Haustüre zu gelangen, wurde sie von einem hellen Mercedes, der in rascher Fahrt ihren Weg kreuzte, jäh gestoppt. Sie schaute dem sich entfernenden Fahrzeug konsterniert nach und erinnerte sich dann an Biasottos Bemerkung, ein heller Mercedes sei auf der Fahrt nach Liestal ständig hinter ihnen gefahren. War es dasselbe Fahrzeug? Der Fahrer hatte ein sonderbares Verhalten gezeigt; wie wenn er ihre Aufmerksamkeit auf sich ziehen wollte, war er langsam auf sie zugefahren, um dann, als sie Anstalten machte, die Fahrbahn zu überqueren, seine Fahrt plötzlich zu beschleunigen. Sie meinte auch, gesehen zu haben, wie er sein Gesicht verdeckte, um nicht erkannt zu werden.

Inzwischen hatte sie ihr Haus erreicht. Bevor sie die Haustüre öffnete, schaute sie sich um. Die Strasse war ruhig. Ein Velofahrer näherte sich, zwei Fussgänger gingen weiter vorne in Richtung Rheinbrücke. Nichts, was aussergewöhnlich war.

Oben in der Wohnung wurde sie wie üblich von Mottel empfangen. Sebastian lag auf dem Bett und las, Lukas schaute sich am Fernsehen einen Serienkrimi an, jedenfalls wurde geschossen, und im Hintergrund hörte man leise, spannungsgeladene Musik. Sie wollte in Sebastians Zimmer den Vorhang schliessen und sah dabei zufällig aus dem Fenster. Da entdeckte sie den Mann. Es musste derselbe sein, der sie gestern verfolgt hatte. Sie hatte ihn zwar etwas grösser und breiter in Erinnerung. Aber er musste es sein. Er stand im gleichen Hauseingang und schaute zu ihrer Wohnung herüber. Der Mann trug eine karierte Schildmütze, wie die Schotten sie tragen, und einen dunklen Mantel. Sein Gesicht lag im Schatten, und sie konnte es nur verschwommen wahrnehmen. Aber trotzdem kam es ihr bekannt vor. Sie hatte den Eindruck, dem Mann schon einmal begegnet zu sein.

Sie ging rasch zurück in den Korridor und suchte in ihrer Handtasche nach ihrem Polizeiausweis. Sie würde jetzt hinuntergehen und den Mann ansprechen, ihn fragen, was er von ihr wolle, warum er sie verfolge. Zu allem entschlossen nahm sie ihren Mantel, stieg die Treppe hinunter und überquerte die Strasse. Sie steuerte direkt auf den Hauseingang zu, in welchem sich der Mann mit der Mütze aufgehalten hatte. Aber der Hauseingang war leer. Enttäuscht blieb sie stehen. Als ihre Augen prüfend durch die enge nächtliche Strasse schweiften, die in einem sanften Bogen zur Rheinbrücke führte, bemerkte sie den hellen Mercedes. Er stand etwa hundertfünfzig Meter entfernt halb auf dem Trottoir. Leider war es ihr nicht möglich, die Autonummer abzulesen, weil das Fahrzeug ohne Licht war. Im Schein der nahen Strassenlampe konnte sie feststellen, dass sich im Innern etwas bewegte. Sie nahm allen Mut zusammen und lief mit grossen Schritten auf das Fahrzeug zu. Der Mann im Innern musste sie bemerkt haben; jedenfalls fuhr der Mercedes plötzlich kreischend los und raste ohne Licht in fast panisch anmutender Fahrt davon, wobei er so dicht an einer Velofahrerin vorbeifuhr, dass diese das Gleichgewicht verlor und auf die Strasse stürzte. Der Mercedes fuhr weiter und verschwand.

Tina Merz blieb verblüfft stehen und sah dem Fahrzeug nach. Dann eilte sie zu der gestürzten Velofahrerin. Die sass noch immer erschrocken auf der Strasse. Die Kommissarin half ihr auf die Beine. Es war eine junge, auffallend hübsche Frau mit langen, braunen Haaren und leuchtenden Augen. Sie trug Jeans, eine halblange Matrosenjacke aus dickem, dunkelblauem Wollstoff und einen roten Schal. Jetzt klopfte sie sich den Schmutz von der Hose und schimpfte dabei wütend: «Der spinnt. Der hätte mich fast überfahren.»

Als Tina Merz nichts sagte, klagte sie weiter. «Ich habe den nicht kommen sehen. Plötzlich war er da. Und er raste so nahe an mir vorbei, ohne Licht. Er hätte mich fast umgefahren.» Sie klopfte weiter an ihrer Kleidung herum und schaute sich dann besorgt ihr Rad an, dessen Lampe beim Sturz abgeschlagen worden war.

Die Kommissarin erkundigte sich jetzt, ob das Mädchen irgendwo Schmerzen verspüre. Erst nachdem es versichert hatte, dass es unversehrt sei, stellte sie weitere Fragen. «Hast du zufällig den Fahrer gesehen? Wie sah er aus?»

«Den Fahrer habe ich nicht erkannt; sicher bin ich nur, dass es ein Mann war, der eine Mütze trug. Aber die Autonummer habe ich mir gemerkt, jedenfalls die letzten vier Ziffern.» Das Mädchen schien sich inzwischen von seinem Schock erholt zu haben. Es betrachtete im Licht der Strassenlampe seine Jeans, die beim Sturz schmutzig geworden waren. «So ein Spinner. Ob er betrunken war? Er muss mir die Lampe bezahlen.»

Die Kommissarin suchte in ihrer Tasche nach einem Schreibstift und erkundigte sich nach der Autonummer.

«Ich mache das schon selber», winkte das Mädchen ab.

Jetzt wurde sich Tina Merz bewusst, dass sie sich nicht vorgestellt hatte. «Ich bin bei der Polizei.» Sie lächelte dem Mädchen zu. «Der Fahrer war meinetwegen auf der Flucht. – Darf ich dir etwas zu trinken anbieten? Ich wohne gleich da drüben.»

«Ich weiss, Sie sind die Mutter von Sebastian.» Das Mädchen hatte sich jetzt aufgerichtet und ihr zugewandt. «Ich habe Sie nicht gleich erkannt. Ich heisse Isabelle. Was wollte der Mann von Ihnen?»

Sie gingen zusammen zum Haus der Kommissarin zurück. Isabelle schob ihr Fahrrad und erzählte, dass sie mit Sebastian in die gleiche

Klasse gehe, und wiederholte nochmals, wie der Mercedes mit dem verrückten Lenker sie fast umgefahren habe. Dann, als Tina Merz sie erneut darum bat, nannte sie die Ziffern der Autonummer, die sie sich gemerkt hatte. Die Kommissarin hatte in ihrer Manteltasche keinen Schreibstift gefunden. Sie hörte dem Geplauder ihrer jungen Begleiterin deshalb nur mit halbem Ohr zu. Während sie die Treppe zu ihrer Wohnung hinaufstiegen, wiederholte sie im Kopf ununterbrochen die vier Zahlen, die Isabelle ihr genannt hatte. Im Korridor liess sie ihren jungen Gast stehen und eilte in die Küche, wo sie die Zahlen auf den Notizblock schrieb, der stets für Maria bereit lag. Sie wollte sich, sobald sie Zeit dafür hätte, bei der Alarmzentrale nach dem Fahrzeughalter erkundigen.

Sie bat Isabelle ins Wohnzimmer und brachte ihr ein Glas Cola. Dann erkundigte sie sich nochmals, ob sie sich beim Sturz wirklich keine Verletzung zugezogen habe. Sie spürte, dass sie zu nervös war, um mit dem jungen Gast Belanglosigkeiten auszutauschen. Darum überliess sie das Mädchen für einen kurzen Moment sich selbst und rief aus ihrem Schlafzimmer die Alarmzentrale an. Sie nannte Autotyp, Farbe und die vier von Isabelle genannten Zahlen und bat um sofortige Benachrichtigung, wenn der Halter bekannt sei. Etwas ruhiger ging sie dann zurück ins Wohnzimmer, wo Isabelle noch immer auf dem Sofa sass und Mottel den Bauch kraulte. Sie unterhielt sich jetzt mit Sebastian, der Stimmen gehört und diejenige seiner Klassenkameradin erkannt hatte. Die Kommissarin bemerkte sofort, dass die junge Frau ihrem Sohn gefiel. Sie war auch besonders hübsch mit ihrer frechen Nase und ihren grünblauen Augen, die leuchteten wie der Thunersee im Sommer und in einem eigentümlichen Kontrast standen zu ihrem dunkelbraunen, über den Rücken fallenden, lockigen Haar.

«Ich hoffe, ich konnte Ihnen helfen mit der Autonummer. Der Kerl mit seiner protzigen Kiste hatte auch falsch geparkt. Er stand auf dem Trottoir und in der Strassenbiegung. Er versperrte allen die Sicht», meinte sie etwas altklug. «Das hätte sehr gefährlich werden können.»

«Du hast Glück gehabt, dass nichts Schlimmeres passierte. Das mit der Lampe lässt sich ja wieder richten», bestätigte Tina Merz.

«Es ist toll, dass Sie eine richtige Kommissarin sind.» Isabelle betrachtete ihre Gastgeberin mit Respekt. «Auch wenn Sebastian immer behauptet, das sei ein Beruf wie jeder andere auch.» Sie warf ihrem Schulkollegen einen missbilligenden Seitenblick zu.

Die Kommissarin lächelte amüsiert in sich hinein. Das war typisch für ihren Älteren; er mochte es nicht, wenn viel Aufhebens um ihn gemacht wurde. Sie wollte seine Aussage eben bestätigen, als das Telefon klingelte. Es war der Polizist von der Alarmzentrale, der ihr mitteilte, der beige Mercedes gehöre einer Garage in Oberwil. Es sei im Moment nicht möglich, festzustellen, wer ihn heute gefahren habe; es sei Feierabend und niemand habe das Telefon abgenommen. Die Kommissarin bedankte sich für die rasche Information. Sie werde am kommenden Morgen mit der Garage Kontakt aufnehmen und sich die benötigten Informationen holen.

Als sie sich wieder Isabelle und Sebastian zuwandte, hatten die beiden soeben beschlossen, dass das Mädchen zum Nachtessen bleibe; vorher würden sie gemeinsam noch etwas Mathe machen.

«Wir haben übermorgen eine Prüfung», erklärte Sebastian, «und Mathe gehört nicht zu Isabelles Stärken.»

Beim Abendessen erfuhr Tina Merz mehr über ihren jungen Gast. Sie sei Vegetarierin aus Überzeugung, berichtete Isabelle, während sie sich ein grosses Stück Käse abschnitt, und Atheistin.

«Und das, obwohl ihr Vater Pfarrer ist», ergänzte Sebastian lachend. «Zudem ist sie Umweltschützerin. Keine zehn Pferde bringen sie in ein Auto.»

Als Tina Merz die junge Frau nach dem Essen fragte, ob sie einen Kaffee wolle, meinte Sebastian augenzwinkernd: «Unser Kaffee wird vor deinen Augen keine Gnade finden. Er ist nicht aus dem Drittweltladen. Aber vielleicht möchtest du Milch? Und wenn du die nicht magst, weil sie nicht vom Biobauern kommt, musst du dich halt mit Wasser begnügen. Ob das allerdings nicht chemisch behandelt ist, weiss nur der Kantonschemiker, und der schweigt darüber.» Er sah seine Schulkollegin lachend an.

Isabelle lachte mit. Offensichtlich war sie es gewöhnt, wegen ihrer Grundsätze gehänselt zu werden. «Milch ist o.k., auch ohne Biokontrolle.» Tina Merz zog sich in die Küche zurück, um das Geschirr aufzuräumen. Die beiden folgten ihr.

«Sebastian erzählte mir, dass Sie den Reinacher Mordfall bearbeiten.» Isabelle schaute Tina Merz bewundernd an. «Ich habe den Bericht über die Versammlung der Wählerunion Baselland in der Zeitung gelesen und mich dabei richtig geärgert.» Sie nahm Sebastian das Milchglas ab. «Da reden alle von Frauenförderung. Aber wenn die Parteien ihre Grundsatzbeschlüsse in die Praxis umsetzen sollten, dann finden sie jede Menge Ausreden. Im Prinzip sind wir dafür, heisst es dann, aber in diesem Fall müssen wir leider anders entscheiden.» Sie stand vor der Kommissarin und erwartete eine kluge Antwort. «Eigentlich müsste es doch heissen: Im Prinzip sind wir dafür, darum entscheiden wir jetzt auch entsprechend.» Isabelle hatte sich ereifert. Ihre Augen leuchteten noch mehr als gewöhnlich, und sie hatte ganz rote Wangen.

«Isa ist im Schuss», lachte Sebastian, «nur weiter so. Lass uns doch noch etwas über Umweltschutz reden», neckte er sie.

«Mach dich ruhig lustig über mich», erwiderte die junge Frau ernsthaft, «aber so ändert sich nie etwas. Ich habe die ewigen Versprechen und Ausreden satt. Ich frage mich, warum überhaupt noch jemand glaubt, was Parteien und Politiker sagen.» Sie hatte jetzt ihr Milchglas abgestellt und sich wieder der Kommissarin zugewandt. «Man müsste eine alternative Partei gründen, die sich für Ideen engagiert und nicht nur einen mittelmässigen Macho in ein Amt bringen will.»

«Mach weiter, immer drauf», heizte Sebastian das Mädchen an. Er sass auf dem Küchentisch, liess die Beine baumeln und freute sich offensichtlich, dass Isabelle so engagiert diskutierte.

«Es ist zum Verzweifeln», fuhr diese jetzt plötzlich ernsthaft fort und legte ihre Stirne besorgt in Falten. «Es ist doch unsere Zukunft, um die es geht. Aber was tun die Erwachsenen? Sie sorgen sich, wenn ihr Kind hinfällt und sich am Knie eine lächerliche Verletzung zuzieht; sie rennen mit ihren Babys zum Kinderarzt und lassen sie gegen jede mögliche und unmögliche Krankheit impfen, später korrigieren sie ihre Zähne und streiten mit ihren Lehrern um die Noten. Sie meinen, damit die Zukunft ihrer Kinder zu sichern. Dabei müssten sie sich dafür einsetzen, dass diese Kinder noch Luft zum Atmen haben, Energie zum Heizen und Kochen. Aber darum kümmern sich nur ein paar wenige, und die verspottet man als Alternative und Grüne.»

Tina Merz hatte schweigend zugehört. Sie verstand Isabelles Zweifel und Ängste. Am liebsten hätte sie die junge Frau in die Arme genommen und sie getröstet: «Quäle dich nicht, es ist alles nur halb so schlimm.» Aber sie wusste, dass das nicht der Wahrheit entsprach, und so stand sie hilflos und schweigend da.

Auch Sebastian war die Lust zum Lachen vergangen. «Komm, Isa, vergiss deinen Weltschmerz», sagte er jetzt. «Lass uns ins Kino gehen.»

«Ich will ihn nicht vergessen», entgegnete Isabelle im Ton eines trotzigen Kindes. «Ich will nicht auch so tun, als wäre alles in Ordnung. Jemand muss hin und wieder mit dem Finger auf die wahren Probleme zeigen. Auch wenn es nichts nützt.»

Tina Merz war erschrocken über die Wende, die die ursprünglich so heitere Diskussion genommen hatte. Sie suchte immer noch nach Worten. Warum nur dachten die Menschen so kurzfristig? Warum engagierten sich nur so wenige für das Überleben der Schöpfung? Der schnelle Profit war wichtiger. In ihrer Hilflosigkeit öffnete sie den Kühlschrank, um dem Mädchen etwas Milch nachzuschenken. «Du solltest dir die Lebensfreude nicht nehmen lassen», sagte sie dazu. «Ich bewundere deine Konsequenz. Aber die meisten Menschen sind schwach und bequem und sehen nicht über ihre Nasenspitze hinaus.» Es war ein hilfloser Versuch, dem Mädchen etwas Aufmunterndes zu sagen.

Aber es war nicht Isabelle, die getröstet werden musste. Sie sah die Kommissarin liebevoll an und legte ihr die Hand auf den Arm. «Ich wollte Ihnen nicht den Abend verderben, Frau Merz. Aber manchmal überkommt es mich. Ich finde das Leben und die Welt so schön. Ich kann nicht verstehen, warum wir aus kurzsichtiger Habgier alles zerstören. Ich habe kein Vertrauen mehr zu den Erwachsenen, und zur Politik schon gar nicht. Weil sie nichts ändern und auch nichts ändern wollen. Aber ich habe mich nicht damit abgefunden, dass ich am kollektiven Selbstmord der Menschheit teilnehmen soll, obwohl ich eigentlich leben und Kinder haben möchte. – Aber Schluss jetzt», sie wandte sich Sebastian zu, «gehen wir ins Kino.»

Für einen Augenblick herrschte Stille im Zimmer. Beide, Sebastian und Tina Merz, brauchten Zeit, um den Stimmungswechsel nachzuvollziehen.

Wenig später verliessen die beiden jungen Leute die Wohnung, um in die Innerstadt zu radeln. Tina Merz hörte ihr fröhliches Lachen, als sie die Treppe hinunterstiegen. «Die heutige Jugend hat es schwer. Trotz all der Möglichkeiten, die ihr offen stehen», seufzte sie, als sie sich in den Sessel vor dem Fernseher setzte. «Wenn ich nur wüsste, was ich für sie tun könnte.»

An diesem Abend stand ein Kriminalfilm auf dem Programm. Ein Kriminalfilm aus ihrer Lieblingsserie. Sie verpasste keine Folge. Sie machte sich einen Sport daraus, herauszufinden, wer der Täter war. Aber sie tippte nur selten auf den Richtigen. Und manchmal ärgerte sie sich über das Bild, das von der Polizei vermittelt wurde. Was sie niemandem gestand, war, dass sie die Spannung kaum ertragen konnte. Wenn im Film die Musik so unheimlich wurde und Opfer oder Kommissar in Gefahr waren, dann verliess sie den Raum, um zur Toilette zu gehen oder sich etwas zu trinken zu holen.

Als der Krimi begann, setzte sie sich bequem hin und nahm eine Decke über die Knie. Sie war froh, dass sie sich jetzt dem Film widmen konnte und er ihre Gedanken an das Gespräch mit den beiden jungen Leuten verdrängte. Irgendeinmal, wenn sie Zeit hätte, würde sie über alles nachdenken. Und eigentlich, beschloss sie abschliessend, sollte man tatsächlich kein Fleisch essen und noch weniger Auto fahren.

## 20

Tina Merz träumte. Sie war auf der Flucht und irrte mit ihren Kindern durch ein riesiges Gebäude auf der Suche nach dem Ausgang. Das Gebäude hatte lange, kahle Gänge mit unendlich vielen Türen. Sebastian und Lukas hingen schlaff an ihren Armen. Sie waren ganz klein, aber so schwer, dass sie fast nicht vorwärts kam. Jeder Schritt wurde zur Qual. Und sie wurde gejagt, gejagt von einer Alarmglocke, die unentwegt schrillte. Ein Ton, der ihr durch Mark und Bein ging. Sie versuchte, eine der vielen Türen zu öffnen, aber sie war geschlossen. Wieder tönte der schrille Alarm.

Halb wach realisierte Tina Merz, dass das Telefon klingelte. Sie drehte sich im Bett und tastete nach dem Hörer.

«Merz», knurrte sie mit einer vom Schlaf rauhen Stimme. Sie hörte ein Flüstern, verstand aber kein Wort. «Sie müssen lauter sprechen. Ich verstehe Sie nicht.»

«Frau Kommissarin», hörte sie jetzt deutlicher, «hier spricht Frau Lenhardt.»

Ihr Blick suchte die Leuchtziffern des Weckers. Fünfundzwanzig Minuten nach eins. «Was ist los?» Wieder hörte sie nur ein Flüstern.

«Bitte, sprechen Sie lauter. Ich kann Sie nicht verstehen.»

«Sie müssen entschuldigen, Frau Kommissarin, dass ich Sie zu so später Stunde störe», liess Frau Lenhardt sich jetzt etwas deutlicher vernehmen. «Aber im Haus von Herrn Heinemann ist ein Licht. Es irrt umher, wie wenn es etwas suchen würde.»

Tina Merz war mit einem Schlag hellwach. «Bleiben Sie ruhig. Machen Sie kein Licht an, öffnen Sie kein Fenster. Ich komme sofort.»

Mit einem Satz sprang die Kommissarin aus dem Bett. Im Telefonbuch suchte sie die Nummer des Reinacher Polizeipostens und wählte sie.

«Hartmann.» Eine harte, spröde Stimme.

«Herr Kollege Hartmann. Hier Kommissarin Merz aus Basel.» Sie sprach freundlich und setzte damit bewusst einen Gegensatz. «Ich leite die Ermittlungen im Mordfall Heinemann. Soeben hat mir eine Nachbarin berichtet, es gebe ein Licht im Haus des Ermordeten. Ich wäre Ihnen dankbar, wenn Sie nachschauen könnten.»

«Warum ruft die Nachbarin bei Ihnen und nicht bei uns an?»

«Sie kennt mich. Ich habe am Mittwoch mit ihr gesprochen. Darum.» Die Kommissarin war gereizt, bemühte sich aber weiter um einen freundlichen Ton. «Es eilt. Ein nächtlicher Besucher im Haus des Ermordeten. Wir müssen wissen, wer er ist und was er will.»

«Ich verstehe immer noch nicht, weshalb die Nachbarin Sie und nicht uns angerufen hat. Und überhaupt, wir nehmen keine Weisungen aus Basel entgegen. Wenn man Sie mit den Ermittlungen beauftragt hat, dann schicken Sie Ihre eigenen Leute.»

Jetzt wurde Tina Merz energisch. «Wenn Sie jetzt nicht augenblicklich spuren, werde ich morgen einen Riesenlärm veranstalten. Es wird Stunk geben, auf höchster Ebene.»

Es blieb still am anderen Ende der Leitung.

«Ihre Patrouille soll den nächtlichen Besucher festhalten, bis ich komme.» Damit hängte sie auf.

Sieben Minuten später stieg sie in ein Taxi. Zu dieser Stunde gab es nur wenig Verkehr, und so benötigte sie für die Fahrt nach Reinach nur eine knappe Viertelstunde. Als sie vor Heinemanns Haus vorfuhren, stellte sie mit Erleichterung fest, dass in der offenen Einfahrt ein Polizeiwagen parkte. Bereits im Vorgarten hörte sie laute, erregte Stimmen. Die Haustüre war nur angelehnt, sodass sie ungehindert eintreten konnte.

Im Wohnzimmer traf sie auf zwei Polizeileute, einen etwa vierzigjährigen Mann mit kurz geschnittenem Bart und eine jüngere Frau, die mit Andreas Heinemann diskutierten. Dieser erklärte soeben mit lautstarker Stimme, er werde sich beschweren. Niemand habe das Recht, ihn hier festzuhalten. Die Kommissarin reichte den beiden Kollegen die

Hand und bedankte sich für ihre Hilfe. Dann wandte sie sich an Heinemann.

«Niemand hält Sie hier fest, Herr Heinemann. Sie können gehen, sobald Sie uns eine plausible Erklärung dafür geliefert haben, was Sie zu dieser nächtlichen Stunde hier suchen.»

«Das ist ja lächerlich», fuhr er sie an. «Ich bin niemandem Rechenschaft schuldig, wenn ich mich in meinem eigenen Haus aufhalte.»

«Sie mögen Recht haben», kam sie ihm entgegen und setzte sich auf das kleine, antike Sofa. «Aber wir haben hier besondere Umstände. Immerhin ist der bisherige Eigentümer des Hauses einem Verbrechen zum Opfer gefallen. Und dann haben Sie für Ihren Besuch eine etwas unübliche Zeit gewählt. Sagen Sie uns, was Sie hier wollten, und die Sache ist erledigt.»

Die beiden Polizeileute hatten bisher geschwiegen. Jetzt meldete sich die Frau zu Wort. «Wir haben Grund zur Annahme, dass sich Herr Heinemann mit jemandem getroffen hat. Als wir die Strasse zum Haus hinauffuhren, kam uns ein Wagen entgegen. Wir hatten den Eindruck, er sei aus der Garageneinfahrt dieses Hauses gekommen.»

«Ich habe Ihnen bereits mehrfach gesagt, dass dieser Eindruck falsch ist», kam es gereizt von Heinemann. «Ich habe niemanden getroffen. Ich wollte hier im Haus etwas nachdenken. Über meinen Vater, meine Jugend. Das ist alles.»

«Und weshalb zu dieser nachtschlafenen Stunde?»

«Ich arbeite tagsüber, falls Sie das noch nicht wissen. Und», er schickte der Kommissarin ein werbendes Lächeln, «ich liebe die Nacht. Das ist meine Zeit. Ich brauche Dunkelheit für meine Gedanken.»

«Und deshalb machten Sie kein Licht an. Weil Sie die Dunkelheit lieben.»

«Nein. Verdammt nochmal.» Heinemann fühlte sich in die Enge getrieben. «Ich habe das Licht nicht angemacht, weil ich genau wusste, dass alle Nachbarn hinter den Gardinen stehen. Ich wollte verhindern...»

«… dass jemand merkt, dass Sie hier sind», ergänzte die Kommissarin. «Herr Heinemann, ich frage Sie nochmals: Was suchen Sie hier, und mit wem haben Sie sich getroffen?»

«Meine Antwort bleibt: nichts und niemanden.»

«O.k., dann können Sie jetzt gehen. Wir bleiben noch einen Augenblick hier.»

Heinemann stand auf, blieb dann aber unschlüssig im Raum stehen.

«Sie können gehen.» Die Stimme der Kommissarin klang entspannt und liebenswürdig. Sie beobachtete Heinemanns Gesicht. Mit dieser schnellen Verabschiedung hatte er offensichtlich nicht gerechnet. Er spürte, dass er beobachtet wurde. Seine unruhigen Augen begegneten für einen kurzen Moment ihrem Blick. Dann reichte er ihr die Hand, nickte den beiden Polizeileuten zu und verliess den Raum. Kurz darauf fiel die Haustüre ins Schloss.

«Das Haus soll nach neuen Spuren abgesucht werden», ordnete die Kommissarin mit zufriedener Miene an, «und das noch heute Nacht. Dann werden wir wissen, ob sich Heinemann mit jemandem getroffen hat.»

Die Polizistin war aufgestanden. «Ich werde den Erkennungsdienst aufbieten und hier warten, bis die Herren eingetroffen sind.»

Tina Merz nickte zustimmend. «Eine Frage noch: Das Fahrzeug, das Ihnen begegnete, war das zufällig ein heller Mercedes?»

Die Antwort kam rasch: «Nein, es war ein dunkler Wagen.» Die junge Polizistin warf ihrem Kollegen einen kurzen Blick zu, wie wenn sie sich absichern wollte. «Ein dunkler, grosser Wagen, da bin ich mir ganz sicher.»

## 21

Als die Kommissarin am Morgen ihr Büro betrat, zog sie rasch ihren Mantel aus, warf ihn über einen Stuhl und griff zum Telefon, um die Autowerkstätte in Oberwil anzurufen.

Es meldete sich ein Mann mit einer lauten, gehetzten Stimme. Auf ihre Frage, wer ihr über ein bei der Garage eingeschriebenes Auto Auskunft geben könne, erklärte er, der Chef sei im Augenblick abwesend. Was sie denn wissen wolle. Nachdem sie ihr Anliegen vorgetragen hatte, teilte er ihr abweisend mit, derartige Fragen könne er am Telefon nicht beantworten. Erst als sie ihm anbot, sie über die zentrale Nummer des Kriminalkommissariates zurückzurufen, war er zu einem Gespräch bereit.

Das von ihr genannte Fahrzeug, erklärte er umständlich, sei ein Mietwagen, der Kunden bei längeren Reparaturen zur Verfügung gestellt werde. Wenn sie wissen wolle, wer den beigen Mercedes zurzeit fahre, dann müsse er sich zuerst das blaue Buch beschaffen. Er werde sie zurückrufen.

Wenig später klingelte das Telefon, und der Mann mit der lauten Stimme meldete sich wieder. «Das Auto wird zurzeit von einem Herrn Groll gefahren.» Er schaltete eine kurze Pause ein, um zu hören, ob seine Mitteilung auf der anderen Seite der Leitung eine bestimmte Wirkung auslöse. Als die Kommissarin schwieg, fuhr er fort: «Herr Groll hatte einen grösseren Schaden an seinem Fahrzeug. Die Reparatur dauerte mehrere Tage.» Wieder machte er eine kurze Pause. Dann brummte er: «Es war eigentlich abgemacht, dass er den Mietwagen gestern Abend zurückbringe. Aber er hat noch nichts von sich hören lassen.»

Die Kommissarin bedankte sich für die rasche Auskunft und legte den Hörer auf. Sie blieb am Schreibtisch sitzen, den Kopf in die offene Hand gestützt. Heinz Groll! Der Mann wurde interessant. Sie stand auf und ging hinüber ins Büro ihrer Sekretärin.

«Haben Sie in der Zwischenzeit einen Termin mit Heinz Groll vereinbaren können?»

Frau Simon schüttelte den Kopf und zog ihre Brille aus, die sie nur trug, wenn sie am Computer arbeitete. «Ich rief vor zehn Minuten in der Bank an. Man sagte mir, er sei auch heute abwesend. Warum, und wo ich ihn erreichen könnte, wollte man mir nicht bekannt geben. Ich wollte es eben nochmals bei ihm zu Hause versuchen.»

Die Kommissarin setzte sich wieder an ihren Schreibtisch. Mit einem Kugelschreiber zeichnete sie Strichmännchen auf ihren Notizblock, ein Zeichen, dass ihr Kopf konzentriert arbeitete. Ob Groll den Mercedes selbst fuhr? Wenn er tatsächlich krank oder im Ausland war, könnte es ja sein, dass jemand das Auto gestohlen hatte. Sie legte ihren Kugelschreiber auf den Notizblock voller Strichmännchen und suchte in den Akten nach den beiden anonymen Botschaften. Ob sie von Groll stammten? Aber warum sollte er diese Briefe schreiben? Wollte er ihre Aufmerksamkeit auf Leclair lenken? Ihn unter Mordverdacht bringen? Wieder fuhr ihr Kugelschreiber über den Notizblock und produzierte Männchen. Vielleicht wusste er, dass Leclair der Mörder war. Oder er hatte Heinemann umgebracht und wollte nun den Verdacht auf Leclair lenken? Mit einem zufriedenen Kopfnicken bestätigte Tina Merz ihre Schlussfolgerungen und hielt im Zeichnen inne. Aber warum sollte Groll seinen Freund töten? Gut, er hatte einen Riesenzorn. Aber deswegen einen Mord begehen? Und doch – auch bei einer Regierungsratswahl ging es letztlich um Macht, und der Kampf um die Macht war der Spiritus Rector vieler Verbrechen. Und Leclair? Tina Merz kniff die Augen zusammen, ein Zeichen höchster Konzentration. Der Zettel fiel ihr ein, den Heinemann noch während der Versammlung vor Leclair hingelegt hatte. Wusste der Ermordete etwas aus der Privatsphäre des Regierungskandidaten, das die Öffentlichkeit nicht erfahren durfte? Etwas, das ihm bei der Wahl schaden, sie vielleicht sogar verhindern konnte? Das wäre ein gutes Motiv.

Sie stand auf und trat ans Fenster. Abwesend konstatierte sie, dass es auf der Strasse nur wenig Verkehr hatte; ein einziges Auto stand vor dem

Rotlicht, wenige Fussgänger eilten in die Innerstadt. Sie setzte sich wieder, zufrieden mit ihren Gedanken. Es gab konkrete Ansatzpunkte, an denen sie arbeiten konnte. Aber es meldeten sich auch schon wieder Zweifel. War es möglich, dass ein bis dahin unbescholtener Bürger wegen einer lächerlichen Regierungswahl einen Mord beging? Sie zuckte die Achseln, grundsätzlich gab es nichts, was es nicht gab.

Die Kommissarin wurde in ihren Gedanken gestört, als das Telefon klingelte.

«Frau Groll ist dran», meldete ihr Frau Simon. «Sie ist ziemlich durchgedreht. Ihr Mann sei seit zwei Tagen nicht nach Hause gekommen. Nehmen Sie ab?»

Die Kommissarin drückte auf den Übernahmeknopf und nannte ihren Namen. Am anderen Ende herrschte Stille. Dann vernahm sie eine erstaunte Frauenstimme. «Sind Sie der Herr Kommissar?» Dann wieder eine Pause, in der Tina Merz ein unterdrücktes Schluchzen hörte. «Vielleicht können Sie mir trotzdem helfen. Mein Mann ist seit zwei Tagen nicht nach Hause gekommen. Und im Büro war er auch nicht.»

Als die Kommissarin schwieg, klagte sie: «Ich weiss nicht mehr ein noch aus. Sie müssen ihn finden.» Jetzt weinte sie. «Wenn ihm etwas zugestossen ist oder er sich etwas antut, ist nur diese Partei schuld. Aber ich wusste es immer schon», sie verfiel jetzt in einen anklagenden Ton, «man kann heute keine Dankbarkeit mehr erwarten. Und in der Politik schon gar nicht...»

Tina Merz versuchte, den Redeschwall zu unterbrechen. «Frau Groll, wenn ich Ihnen helfen soll...»

Madeleine Groll hörte nicht zu. «Wenn ich nur wüsste, wo er ist», schluchzte sie. «Er ist noch nie so lange weggeblieben. Auch nach dem grössten Streit kam er abends immer nach Hause. – Halten Sie es für möglich, dass auch er ermordet wurde, wie der alte Hcinemann? Das war ein Mistkerl!» Jetzt war ihre Stimme voll Aggression. «Der ist an allem schuld. Wenn er nicht gewesen wäre, wäre mein Mann jetzt Regierungskandidat und zu Hause, wo er hingehört», weinte sie.

Die Kommissarin nutzte die Pause. «Frau Groll, ich helfe Ihnen gerne. Aber sie müssen mir alles der Reihe nach erzählen. – Wann haben Sie Ihren Mann zum letzten Mal gesehen?»

«Nach der Parteiversammlung», schluchzte es in die Leitung. «Ich war natürlich sehr enttäuscht. Auch in der Bank sitzt er seit Jahren auf dem gleichen Posten – ohne Gehaltserhöhung. Und nun verpasst er die Chance, in die Regierung gewählt zu werden.» Tina Merz spürte die Fassungslosigkeit ihrer Gesprächspartnerin. «Und so ein schäbiger Kerl wie Leclair wurde ihm vorgezogen.» Aus den letzten Worten klang Verachtung und Hass.

«Wann kam er nach Hause, und wie spät war es, als er wieder wegging?»

«Er kam so etwa um halb eins», erwiderte Madeleine Groll jetzt etwas gefasster. «Ich sah mir den Film mit James Stewart an, und der dauerte bis Viertel vor eins. Wir stritten uns. Nicht richtig», ergänzte sie beschwichtigend, «nur ein kleiner Wortwechsel. Aber ich konnte einfach nicht verstehen, dass er sich nicht mehr eingesetzt hat, um endlich einen Schritt vorwärts zu kommen. Ich warte jetzt schon viele Jahre darauf ...»

Als sie Atem holte, unterbrach sie die Kommissarin: «Um wie viel Uhr hat er das Haus wieder verlassen?»

«Er war nicht lange da», nahm Frau Groll bereitwillig die Frage auf. «Er kam ins Schlafzimmer und begann sich auszuziehen, als es zum Streit kam, – zum Wortwechsel», korrigierte sie rasch. «Er sagte nur: ‹Wenn du mich nicht willst, wie ich bin, dann gehe ich halt wieder.› Ich hörte noch, wie er in den Keller hinunterstieg. Ich glaube, er holte sich eine Flasche Wein.»

«Und dann?»

«Wenig später hörte ich die Haustüre und dann das Auto.»

«Nahm er etwas mit?»

Für einen kurzen Moment war es still am anderen Ende der Leitung. Frau Groll dachte nach. «Als ich die Haustüre hörte, stand ich auf und schaute aus dem Fenster», sagte sie dann. «Ich glaube, er hatte eine Decke unter dem Arm, wie wenn er im Auto übernachten wollte.»

Tina Merz hatte Mitleid mit der Frau. «Wir werden Ihren Mann suchen und Sie benachrichtigen, sobald wir etwas wissen. Falls er sich bei Ihnen meldet, rufen Sie uns sofort an!»

Dann verabschiedete sich die Kommissarin. Sie behielt den Hörer in der Hand und gab Frau Simon telefonisch den Auftrag, den beigen Mercedes zur Fahndung ausschreiben zu lassen.

Als sie aufschaute, stand Siegfried Schär in ihrem Büro. Er war wie immer eingetreten, ohne anzuklopfen. Er hatte eine zusammengefaltete Zeitung in der Hand und legte diese jetzt wortlos auf ihren Schreibtisch. Er sah sie dabei mit einem langen, traurigen Blick an, wobei er mehrmals den Kopf schüttelte, wie wenn er sagen wollte: «Warum tust du mir das an?» Dann verliess er ihr Büro, wobei er die Türe zwischen sich und der in seinen Augen unmöglichen Kollegin fest und nachdrücklich schloss.

Tina Merz ahnte Unangenehmes. Sie nahm die Zeitung – es war der Landbote – und blätterte sie rasch durch. Sie sah den Bericht sofort, denn er war gross aufgemacht. Und auch ein Bild von ihr war dabei. Ein hässliches Bild, aufgenommen an einem regnerischen und windigen Tag vor dem alten Kriko im Lohnhof.

«Einvernahme im ‹Goldenen Sternen›», lautete der Titel, der in riesigen Lettern über dem Bericht prangte. Und darunter war zu lesen:

*«Der Basler Steuerzahler hat dem Kriminalkommissariat vor noch nicht allzu langer Zeit für viele Millionen ein neues Haus mit grosszügigen Büros zur Verfügung gestellt. Trotzdem findet die Einvernahme von verdächtigen Personen neuerdings abends im Restaurant statt. Diese neue Mode, praktiziert von der Kriminalkommissarin Tina Merz, der einzigen Frau mit diesem Titel, ist höchst zweifelhaft, denn es ist nicht anzunehmen, dass bei einem guten Essen und einer Flasche Wein auch tatsächlich gearbeitet und ernsthaft nach der Wahrheit gesucht wird. Zudem ist in einem Restaurant,*

*einem öffentlichen Lokal also, die Diskretion nicht gewährleistet. Immerhin, Frau Merz hat für die Einvernahme eines wichtigen Zeugen im Mordfall Heinemann ein gediegenes und auch nicht billiges Lokal gewählt; möglicherweise, weil hier die Gäste doch so weit voneinander entfernt sitzen, dass nicht jeder versteht, was am Nachbartisch verhandelt wird. Ob das tatsächlich der Grund für ihre Wahl war, wollte Kommissarin Merz nicht bestätigen. Sie verweigerte auch die Antwort auf die Frage, warum die Einvernahme auf ihren ausdrücklichen Wunsch gerade an diesem Ort stattgefunden hat. Bei diesen neuartigen Praktiken ist es allerdings nicht verwunderlich, wenn die Kosten der Ermittlungsverfahren ständig steigen. Verwunderlich ist auch nicht, dass Frau Merz mit ihren Ermittlungen noch nicht weitergekommen ist und, was die Täterschaft anbelangt, weiter im Dunkeln tappt. Sie ist noch sehr unerfahren, und es erstaunt, dass sie diesen schwierigen Fall übernehmen durfte. Ihr Hauptverdächtiger ist offenbar G., ein Freund des Ermordeten und Kadermitarbeiter in einer Grossbank. G. stand für ein Interview nicht zur Verfügung. Er soll sich beruflich im Ausland aufhalten. Wir können davon ausgehen, dass er nach seiner Rückkehr von Frau Merz zum Essen eingeladen wird. Möglicherweise können wir danach mehr erfahren.»*

Die Kommissarin hatte den Bericht mit angehaltenem Atem zu lesen begonnen. Als sie jetzt am Ende angelangt war, liess sie die aufgestaute Luft laut aus ihren Lungen fliessen. Sie spürte einen unangenehmen Druck im Magen. Sie legte die Zeitung offen vor sich auf den Schreibtisch und blieb eine ganze Weile unbewegt in ihrem Stuhl sitzen. Sie fühlte sich verletzt, gedemütigt und hintergangen. Sie war Juristin und Kriminalkommissarin, und doch hilflos. Stücklin war ein Schuft. Aber er verstand sein Metier. Keine der in dem Bericht enthaltenen Aussagen war wirklich falsch; sie waren nur ungenau oder in einen Zusammenhang gestellt, der falsche Schlussfolgerungen suggerierte. Ein Meisterstück, das musste sie neidlos anerkennen. Das perfekte Verbrechen. Da wurden Menschen blossgestellt, in ihrer persönlichen und beruflichen

Ehre verletzt, aber es war so geschickt arrangiert, dass den Betroffenen jede Möglichkeit genommen war, sich dagegen zu wehren und den schreibenden Täter zu überführen.

Sie las den Bericht nochmals durch. Als sie zu der Stelle mit ihrem angeblichen Verdacht gegen Groll kam, wurde ihr ganz elend. Wenn Groll suizidgefährdet war, wie seine Frau hatte durchblicken lassen, könnte dieser angebliche Verdacht Grund genug sein, ihm noch den letzten Lebensmut zu nehmen. Wut überkam sie. Sie gehörte nicht zu den christlichen Menschen, die die zweite Backe hinhalten. Sie musste sich wehren. Dem schreibenden Mistkerl zeigen, dass er so mit ihr nicht umspringen konnte.

Sie hatte den Hörer bereits in der Hand, legte ihn aber wieder ab. Hans Klement! Er musste ihr helfen. Er war ihr Chef. Es war seine Pflicht, sie aus dieser Situation herauszuholen. Mit der Zeitung unter dem Arm eilte sie durch den Korridor. Als sie an Schärs Büro vorbeikam, konnte sie durch die offene Tür das schadenfreudige Gesicht ihres Kollegen sehen. Sie schüttelte sich und ging weiter zum Büro von Hans Klement. Die Türe war nur angelehnt. Sie atmete tief und trat ein.

## 22

Eine halbe Stunde später verliess Tina Merz das Büro ihres Chefs wieder. Der Druck in der Magengegend war noch immer da. Hans Klement hatte ihr in seiner liebenswürdigen Art und mit netten Worten zugeredet. «Wer liest schon den Landboten?» und «Zeitungsartikel werden heute geschrieben und morgen vergessen», hatte er mehrmals wiederholt. Dann hatte er ihr väterlich den Arm um die Schulter gelegt und ihr gebeichtet, dass er gestern noch versucht habe, den Chefredakteur zu erreichen, was ihm aber leider nicht gelungen sei. «Lass den Unrat vorbeifliessen», hatte er ihr abschliessend empfohlen. «Das ist die richtige Devise, um in unserem Beruf zu überleben.»

Ihr Gefühl, ohnmächtig und hilflos einer Presse ausgeliefert zu sein, die es mit der Wahrheit nicht genau nahm, hatte sich im Gespräch mit Hans Klement noch verstärkt. Sie hatte gehofft, er werde sich vor sie stellen, einen offiziellen Brief an die Redaktion schreiben, vielleicht sogar mit Kopie an die Regierung oder zumindest ihren Chef in der Regierung. Aber er hatte nur geredet, und sie war sicher, dass es dabei bleiben würde.

Sie betrat ihr Büro. Ein grosser Strauss aus orangenfarbenen Rosen und Gerberas lachte ihr entgegen und gab dem ganzen Raum eine fröhliche Atmosphäre. «Wir gehen mit dir, Chefin, auch durchs Feuer», stand auf dem Zettel, der neben der Vase lag. Unterschrieben war er von Martin Biasotto und Barbara Simon.

Mit dem Zettel in der Hand betrat die Kommissarin das Nachbarbüro. Ihrem Gesicht war anzusehen, wie sehr sie sich über die Geste ihrer beiden Mitarbeiter freute.

Frau Simon stand über ihren Schreibtisch gebeugt und trug einen Termin in ihre Agenda ein. Jetzt richtete sie sich auf. «Es war Martins Idee», sagte sie fast verlegen.

«Danke», sagte Tina Merz und ein kurzes Lächeln überflog ihr Gesicht. Sie blieb noch einen Augenblick schweigend stehen, dann warf sie den Kopf in den Nacken und verliess den Raum.

«Der Herr Heinemann hat sich gemeldet», hörte sie Frau Simon noch rufen. «Er kommt ein paar Minuten später. Er musste nach Reinach wegen des Einbruchs von heute Nacht.»

Die Kommissarin blieb abrupt stehen und zog die Brauen zusammen. «Einbruch? Heute Nacht? Gibt es da etwas, wovon ich nichts weiss?»

Frau Simon verwarf die Hände. «Das ist alles, was ich Ihnen sagen kann. Er gab mir keine weitere Erklärung.»

Mit zwei Schritten war die Kommissarin beim Telefon. Sie bedankte sich auch bei ihrem Assistenten für die schöne Geste mit dem Blumenstrauss und gab ihm dann den Auftrag, sich bei den Kollegen in Reinach oder Liestal nach einem allfälligen Einbruch im Haus Heinemann zu erkundigen. Dann sass sie in Gedanken an ihrem Schreibtisch. Hin und wieder nahm sie einen Schluck aus der Kaffeetasse, die Frau Simon wortlos, mit einem aufmunternden Lächeln vor sie hingestellt hatte. Plötzlich schnellte ihre Hand vor und zog aus der Post einen weissen Briefumschlag. Die dritte anonyme Botschaft!

«Die Polizei, dein Freund und Helfer», stand auf dem weissen Zettel. «Dass ich nicht lache! Für die Reichen und Mächtigen, Leute wie Leclair. Ich habe mehr von Ihnen erwartet.»

Die Kommissarin sass reglos da und starrte auf die Mitteilung. Sie war anders als die bisherigen. Spontaner. Echter. Die Schrift war flüssiger, weniger verstellt. Es musste etwas den Gemütszustand des Verfassers durcheinander gebracht haben. Sie betrachtete den Umschlag. Ihr Name stand darauf. Unterstrichen. Keine Briefmarke. Also hatte der Schreiber den Brief direkt beim Kriko eingeworfen. Was hatte ihn so aufgeregt? Der Bericht im Landboten? Sollte dies der Fall sein, dann kam nur Heinz Groll als Verfasser infrage. Sie hatte den Gedanken noch nicht zu Ende gedacht, als das Telefon läutete. Sie nahm rasch ab. Es war Biasotto.

«Das Haus von Heinemann hat heute Nacht tatsächlich nochmals Besuch erhalten», berichtete er. «Frau Lenhardt wollte heute Morgen nach den Blumen sehen und stellte dabei fest, dass die Haustüre aufgebrochen war. Mit einem Brecheisen. Sie rief die Polizei. Diesmal die richtige, die von Reinach.»

«Wurde etwas gestohlen?» Aus der Stimme der Kommissarin war die Spannung deutlich herauszuhören.

«Sie wollten mir keine detaillierten Auskünfte geben. Der Kollege, der die Spurensicherung diesmal leitete, war nicht sehr gesprächig. Er beklagte sich darüber, dass man den Mord nach Basel abgegeben habe. ‹Wie wenn wir das nicht selbst erledigen könnten›, sagte er. ‹Da gibt es endlich einen interessanten Fall, und was tun die da oben? Sie geben ihn den Städtern.›» Biasotto äffte die anklagende Stimme nach.

«Und warum hat man uns nicht benachrichtigt?»

«Das habe ich auch gefragt. Und weisst du, was er mir geantwortet hat, der freundliche Kollege?» Biasotto spannte seine Chefin wieder einmal auf die Folter.

«Natürlich nicht. Komm schon!»

«Er habe noch nie mit Basel zusammengearbeitet und deshalb nicht gewusst, an wen er die Information weitergeben müsse. Er habe gedacht, wir würden uns schon melden.»

«So?» Die Kommissarin schüttelte den Kopf über so viel Unverstand. «Ich möchte, dass du nach Reinach fährst und dir die Sache vor Ort anschaust. Und ich will den Bericht des Erkennungsdienstes auf meinem Schreibtisch haben, sobald er vorliegt.»

«Wird gemacht, Chefin. Ich hoffe nur, dass auch die Landschäftler bereit sind, dir deine Wünsche von den Lippen abzulesen.»

23

Andreas Heinemann war zornig. Er fühlte sich fremdbestimmt, und das konnte er nicht ausstehen. Missmutig betrat er kurz vor elf das Kriminalkommissariat und stieg, nachdem ihm die freundliche Dame an der Porte den Weg beschrieben hatte, die schmucklose Treppe hinauf in den zweiten Stock und klopfte, wie man ihn geheissen hatte, an die Tür Nummer 22.

«Schön, Sie zu sehen», sagte er mechanisch, als ihm die Kommissarin öffnete. Dann musterte er sie anerkennend vom Scheitel bis zur Sohle. «Eigentlich bin ich wütend. Die Polizei verfügt über meine Zeit.»

«Setzen Sie sich», forderte ihn Tina Merz auf, ohne auf seine Vorwürfe einzugehen, und wies auf einen Stuhl am runden Tisch. «Ich bin froh, dass Sie den Termin einhalten konnten», setzte sie freundlich hinzu. «Es gibt ein paar wichtige Fragen, die nur Sie uns beantworten können.»

Sie hatte Heinemann genau an der richtigen Stelle getroffen. Er fühlte sich geschmeichelt und setzte sich versöhnt auf den angebotenen Stuhl. Frau Simon stellte unaufgefordert einen Kaffee vor ihn auf den Tisch.

Die Kommissarin platzierte sich auf dem Stuhl gegenüber. «Sie waren nochmals in Reinach?»

«Es ist wieder eingebrochen worden. Der von Ihnen bestellte Erkennungsdienst», er warf ihr einen vorwurfsvollen Blick zu, «schloss seine Arbeit gegen vier Uhr ab und ging nach Hause. Die Einbrecher müssen kurz darauf gekommen sein. Und diesmal ist einiges verschwunden.» Als er ihren erschrockenen Blick sah, fügte er rasch hinzu: «Keine Angst, nichts Wertvolles. Entweder haben die nicht erkannt, was da herumhängt, oder sie wussten mit den Bildern nichts anzufangen. Es ist gar nicht so einfach, so etwas abzusetzen. Da muss man die Szene schon etwas kennen.» Er nahm einen Schluck aus der Tasse. «Soweit ich das auf die Schnelle beurteilen konnte, fehlt nur das Bargeld unten im Sekretär – ein paar hundert Franken – und der Schmuck oben im Schlafzimmer.» Er lachte amüsiert. «Der letzte Streich meiner Mutter. ‹Die Leute sind blöd, Andrea, sie wollen betrogen werden›», ahmte er unverkennbar die mütterliche Stimme und den Akzent mit dem rollenden italienischen R nach. «Die Einbrecher haben nicht erkannt, dass es sich um gute Imitationen handelt. Die werden sich noch wundern.» Seine Schadenfreude war offensichtlich.

«Gibt es Hinweise auf die Täterschaft?»

«Der Chef des Erkennungsdienstes meinte, es könnte die Einbrecherbande gewesen sein, die seit Wochen die Gemeinden rund um Basel heimsucht.» Heinemann zuckte mit der Achsel. «Jedenfalls teilte er mir mit, dass nur ein paar Strassen vom Haus meines Vaters entfernt heute Nacht ebenfalls eingebrochen worden sei. Und einiges deute darauf hin, dass es sich um die gleiche Täterschaft handle. Die hätten so eine eigene Technik, um in die Häuser zu gelangen. Mit Brecheisen. Jedenfalls finde man immer wieder die gleichen Werkzeugspuren.»

«So?» Die Kommissarin wechselte einen kurzen Blick mit ihrer Sekretärin, die mit dem Notebook zu ihnen gestossen war. «Sie wird unser Gespräch mitschreiben», sagte sie erklärend. «So haben wir Ihre Aussagen schriftlich, und Sie können sie auch sofort unterschreiben. Das vereinfacht vieles. Für Sie und für uns.»

«Ich sehe, es wird ernst», meinte Heinemann grinsend und rückte mit seinem Stuhl etwas zur Seite, um Frau Simon Platz zu machen. «Legen Sie los. Ich habe nicht Zeit bis zum Abend.»

«Du bist ein arrogantes Ekel», ging es Tina Merz durch den Kopf. Sie wandte ihren Blick rasch ab, um zu verhindern, dass er ihre Gedanken lesen konnte. Dann, nachdem sie pro forma kurz in den Akten geblättert hatte, begann sie in kühlem Ton mit der Befragung. «Ist es richtig, dass Sie sich mit Ihrem Vater zerstritten haben wegen eines Bildberichtes über den Tod Ihrer Mutter?»

«Da haben Ihre Zuträger ja mächtig getratscht.» Heinemann liess nicht erkennen, ob die Frage ihn irritierte. «Es ist richtig. Mein Vater konnte nicht verstehen, dass ich die Gelegenheit beim Schopf gepackt und meiner Mutter den letzten grossen Auftritt verschafft hatte. Ich bin überzeugt, sie hätte ihre Freude daran gehabt. Die Fotos der Toten waren gut, sehr gut sogar; jedenfalls sah sie zehn Jahre jünger aus als zu Lebzeiten.»

«Und auf die Gefühle Ihres Vaters haben Sie keine Rücksicht genommen?»

«Die Gefühle meines Vaters waren mir, ehrlich gesagt, schnuppe.» Heinemann verzog verächtlich seinen Mund. «Ich sagte Ihnen bereits, mein Vater war ein Opfertyp. Leiden war sein Lebenselixier. Genau genommen habe ich ihm einen Gefallen erwiesen.» Er lachte provozierend.

«Den grössten Gefallen haben Sie wohl sich selbst erwiesen?» Diese Bemerkung der Kommissarin kam rasch und aggressiver, als sie beabsichtigt hatte.

«Sie sind unwiderstehlich in ihrer bürgerlichen Biederkeit», gab er zurück. «Natürlich bekam ich für den schönen Bericht eine Sonderprämie. Wir konnten damit eine ganze Seite füllen. Das brachte mir zwei Riesen, und dafür habe ich immer Verwendung.»

Sie zog die Stirne kraus und schwieg.

«Tun Sie nicht so unschuldig, man nimmt es Ihnen nicht ab.» Heinemann war jetzt richtig wütend. «Ihr Informant hat Ihnen sicher auch berichtet, dass ich mit Geld nicht umgehen kann, dass ich Schulden habe.» Er verwarf die Hände. «Was solls, der Apfel fällt nicht weit vom Stamm. Ich mag schöne Frauen», er zwinkerte ihr zu, «ich fahre gerne starke Autos. Ich mag einfach alles, was das Leben attraktiv macht.»

«Wer tut das nicht, Herr Heinemann», entgegnete die Kommissarin versöhnlich. «Aber Sie haben doch eine wichtige Stellung bei einer grossen Zeitung; Sie werden sich doch auch einiges leisten können.»

Er nickte, sichtlich geschmeichelt. «Natürlich kann ich das. Selbstverständlich. Aber es reicht eben nicht für alles, was das Herz begehrt.»

Hinter seinem jungenhaften Grinsen warf er ihr einen forschenden Blick zu.

Die Kommissarin schwieg.

«Kann ich rauchen?» Heinemann war jetzt sichtlich nervös. Als sie schweigend den Kopf schüttelte, stand er auf und ging zum Fenster. «Spielen Sie die Unschuld vom Lande, oder wissen Sie es tatsächlich nicht?»

Sie mied seinen Blick, um ihre Gedanken nicht zu verraten. Eine ganze Minute lang war es still im Zimmer. Man hörte nur Frau Simon, die die Gelegenheit nutzte, um sich die Nase zu putzen. Dann brach es aus ihm heraus.

«Ja, ich habe Schulden. Ich spiele gerne. Und das kostet Geld. So what?» Er suchte ihre Augen, in der Hoffnung, dort etwas über ihre Absichten erfahren zu können.

Tina Merz sah stumm vor sich hin. Sie genoss die Stille. Man hörte nur das Flüstern des Notebooks, das von Frau Simon jetzt wieder eifrig bearbeitet wurde. «Schulden? Wie viel?», fragte sie schliesslich ungerührt.

«Wenn ich etwas nicht ausstehen kann, dann sind es Frauen, die so überlegen tun.» Heinemann stiess diese Worte mit zusammengekniffenen Augen heraus. Man sah ihm an, wie es ihn innerlich schüttelte. «Sie haben wohl keine Laster, haben sich immer unter Kontrolle?» Als sie nicht antwortete, fügte er hinzu: «Ja, ich bin ein Spieler. Ich sitze für mein Leben gerne am Roulettetisch. Ich verliere viel, gewinne aber manchmal auch ganz schön.» Und nach einer kurzen Pause: «Ich kann nicht wie andere Abend für Abend in den Pantoffeln vor dem Fernseher hocken. Ich brauche Spannung und Risiko. Ein Prickeln. Das ist mir die paar Scheine wert.»

«Wie hoch sind Ihre Schulden?»

«Ich finde es nicht fair, dass man hier nicht rauchen darf.» Heinemann war jetzt sichtlich im Stress.

«Wir haben keine Aschenbecher», freute sich die Kommissarin. «Sie hatten im Baukredit keinen Platz.» Dann, wieder ernst: «Also, Herr Heinemann, wie hoch sind Ihre Schulden?»

Er schüttelte den Kopf und sah sie nachdenklich an. «Dass es so etwas gibt? Vor zwei Tagen hätte ich das noch nicht für möglich gehalten.» Dann setzte er sich wieder auf seinen Stuhl und zwinkerte ihr schelmisch zu. «Was tun Sie, wenn ich es Ihnen nicht sage?»

«Dann sperre ich Sie ein, bis wir es herausgefunden haben.»

«So? Dann könnte ich aus eigener Anschauung einen ausführlichen Bericht über das Untersuchungsgefängnis schreiben. Das wäre gar nicht schlecht. Da wären in jedem Fall wieder zwei Riesen für mich drin.»

«Kommen Sie, lassen Sie uns wie Erwachsene miteinander reden. Wie hoch sind ihre Schulden?»

Jetzt stand er wieder auf. Nach ein paar unruhigen Schritten blieb er schweigend in der Mitte des Raumes stehen. Er gab sich den Anschein, als würde er angestrengt nachdenken. «Etwa hunderttausend Franken», sagte er dann. «Vielleicht ist es auch etwas mehr.»

«Viel mehr?»

«Ich kann Ihre Frage nicht genau beantworten. Ich bin kein Buchhalter. Und ausserdem, wenn ich gewinne, dann sind die Schulden weg wie der Schnee, wenn die Frühlingssonne scheint.»

«Oder wenn Ihr Vater stirbt und Sie erben.» Tina Merz sagte das ruhig und langsam und sah ihm dabei fest in die Augen.

«Jetzt aber halt, meine Dame.» Sein Lachen war wie weggeblasen. «Sie wollen mir doch nicht etwa unterstellen, ich hätte meinen Vater umgebracht, damit ich meine lausigen Schulden bezahlen kann? So etwas liegt bei mir nicht drin.»

«Haben Sie ihn jemals um Geld gebeten?» Die Kommissarin ignorierte seinen Ausbruch.

«Ich muss wohl annehmen, dass Sie auch das wissen. Ich werde schon herausfinden, wer getratscht hat.» Das hörte sich an wie eine Drohung. «Da hat doch irgendjemand sein Berufsgeheimnis verletzt.» Er sah sie forschend an, wie wenn er den Namen des Informanten von ihrem Gesicht ablesen könnte. «Muss ich morgen in der Zeitung lesen, ich sei ein Spieler und Schuldenmacher?» Sie hatte den Eindruck, hinter der besorgten Frage verberge sich Spott und Schadenfreude.

«Wir wissen mit Vertraulichkeiten umzugehen», entgegnete sie kühl, und plötzlich spürte sie wieder den Druck in der Magengegend. Sie stand auf und ging zu ihrem Schreibtisch. «Ruhe bewahren», schrieb sie mit grossen Buchstaben auf ein Papier. Sie betrachtete die beiden Worte, wie wenn sie sie sich unauslöschlich einprägen wollte. Dann atmete sie tief ein.

«Haben Sie Ihren Vater jemals um Geld gebeten?»

«Warum fragen Sie, wenn Sie es ohnehin wissen?», antwortete er in einem Ton, wie wenn er ein aufdringliches Kind abschütteln wollte. «Ja, ich habe ihn um ein Darlehen gebeten. Aber er hat mich abgewiesen. Auch Sicherheiten wollte er mir keine geben, die mir ermöglicht hätten, bei einer Bank Geld aufzunehmen.» Er schüttelte über das auch in der Erinnerung noch unverständliche väterliche Verhalten den Kopf. «Der alte Geizhals. Eines der Bilder hätte ja genügt. Und jetzt gehören sie ohnehin alle mir», setzte er genussvoll hinzu. «Das hat er jetzt davon. Er sass in seinem Hexenhaus, das ausstaffiert war wie die Villa von Bill Gates, und sagte nein. Dabei wäre es für ihn ein Leichtes gewesen, mir zu helfen.»

«Warum haben Sie Ihre Schulden nicht mit der Erbschaft Ihrer Mutter bezahlt?»

Heinemann winkte ab. «Meine Mutter hinterliess offiziell ja auch nur Schulden. Ich weiss heute noch nicht, wie das bewerkstelligt wurde. Die Bilder und der übrige Krempel waren ja da. Und unter dem Strich musste die Bilanz positiv sein.» Er stand auf und machte ein paar Schritte. «Es gab ohnehin einen Ehe- und Erbvertrag, der so abgefasst war, dass ich nichts bekommen konnte; das heisst, das Erbe sollte erst ausbezahlt werden, wenn auch mein Vater gestorben wäre. Darüber waren sie sich einig, die beiden, sonst nie, aber da schon.» Die letzten Worte hatte er nur gemurmelt.

«Haben Sie sich mit Ihrem Vater gestritten, weil er Ihnen kein Geld geben wollte?»

«Ja, wir stritten uns. Und er warf mich hinaus. ‹Ich will dich nicht mehr sehen›, sagte er. – Ich habe mich daran gehalten.»

Die Kommissarin liess ein paar Minuten verstreichen; sie zeichnete jetzt mit ihrem Kugelschreiber wieder Strichmännchen aufs Papier und vermied es, Heinemann anzusehen. «Ich habe Ihnen die Frage zwar schon einmal gestellt. Aber ich muss sie zuhanden des Protokolls wiederholen: Wo waren Sie am Mittwochmorgen zwischen fünf und sechs?»

«Und ich habe Ihre Frage schon einmal beantwortet, aber ich werde meine Antwort zuhanden des Protokolls wiederholen: Ich war im Bett, wie jeder Christenmensch um diese Zeit.»

«Waren Sie allein?»

«Das geht Sie einen ...» Er brach ab, und einen Augenblick lang war es still. Dann verzog er grinsend den Mund: «Wie darf ich Ihr Interesse verstehen? Ich hatte damals leider noch nicht das Vergnügen, Sie zu kennen. Vielleicht wäre ich sonst nicht allein gewesen.» Er schaute sie aus seiner stehenden Position von oben herab provozierend an.

«Ich stelle fest, Sie waren allein, haben also keine Zeugen, die bestätigen können, dass Sie zur Tatzeit zu Hause waren.» Die Kommissarin liess sich nicht anmerken, dass das männliche Gehabe ihres Gesprächspartners sie fast zur Weissglut trieb.

«Leider nein. Aber wenn alle Leute, die am Mittwochmorgen allein zu Hause im Bett lagen, als Mörder meines Vaters infrage kommen, dann laufen viele Verdächtige herum.»

«Haben Sie mir zu unserem Zusammentreffen von heute Nacht etwas Neues zu berichten?»

«Nein. Ich bleibe bei meiner Aussage. Doch, etwas möchte ich beifügen: Ich finde es eine Schweinerei, wie die freien Bürger in diesem Land behandelt werden.»

«Wenn Frau Simon alles aufgeschrieben hat, sollten Sie das Protokoll unterzeichnen», stellte die Kommissarin ungerührt fest.

«Ich hoffe, dass ich auch lesen darf, was ich unterschreibe.»

Während Heinemann die Aufzeichnungen von Frau Simon durchging und sie dann zähneknirschend unterschrieb, widmete sich die Kommissarin schweigend ihrer Post. Und als Andreas Heinemann kurz darauf das Kriminalkommissariat verliess, hatte seine Laune einen absoluten Tiefpunkt erreicht.

## 24

Tina Merz beschloss, zum Mittagessen nach Hause zu gehen. Sie wusste zwar, dass sie Sebastian und Lukas dort nicht antreffen würde – die beiden nahmen an einem ganztägigen Schulanlass teil –, aber sie hoffte, durch den Aufenthalt in ihren eigenen vier Wänden ihre Stimmung aufzubessern.

Sie nahm den gewohnten Weg und ging mit raschen, zügigen Schritten vorwärts, ohne nach links oder rechts zu schauen, während ihre Gedanken um den jungen Heinemann kreisten.

Es war nicht von der Hand zu weisen: Er hätte ein Tatmotiv. Mit dem Tod des Vaters kam er in den Besitz eines beachtlichen Vermögens, mit dem er alle seine finanziellen Sorgen ein für alle Mal los wurde. Und doch, ihre Menschenkenntnis sträubte sich gegen diesen Verdacht. Der junge Mann war ein Lebenskünstler, ein Kind, das gerne spielte. Das war nicht die Persönlichkeitsstruktur des brutalen, kaltblütigen Mörders. Gewiss, er hatte den Vater verachtet. Aber töten aus Verachtung? Sie schüttelte den Kopf. Oder trug der junge Mann noch andere, stärkere Gefühle mit sich herum, Gefühle, die sie noch nicht entdeckt hatte? Da war der Vater, der die Mutter abgöttisch liebte, alles für sie tat, alles ertrug. Und wo stand der Sohn? Er meinte, der Vater hätte sich wehren müssen, aber er habe die Opferrolle genossen. Vielleicht litt der junge Heinemann für den Vater? Vielleicht konnte er die Demütigung nicht mehr ertragen, die der Vater tagtäglich erdulden musste? Dann aber, so ging es ihr durch den Kopf, hätte er wohl früher gehandelt. Als die Mutter noch lebte. Nein, die Kommissarin war überzeugt, der junge Heinemann war ein verletzter junger Mann, der seine Wunden und Narben hinter einer zynischen Ironie zu verdecken suchte, aber niemals ein kaltblütiger Mörder.

Sie stieg von der Wettsteinbrücke hinunter zum Rhein und zog genussvoll die kühle, nach Wasser riechende Luft ein, die vom Strom aufstieg. Wenig später bog sie in die Rheingasse ein. Sie hatte nicht bemerkt, dass ihr schon seit einiger Zeit ein Mann folgte. Er ging jetzt dicht hinter ihr. Als sie vor ihrer Haustüre anlangte und in ihrer Handtasche nach dem Schlüssel suchte, trat er auf sie zu. Für einen ganz kurzen Augenblick erschrak sie. Dann erkannte sie ihn.

«Guten Tag, Herr Groll.» Sie streckte ihm die Hand entgegen. «Ich freue mich, Sie kennen zu lernen.»

Groll sah erbärmlich aus. Sein Gesicht war grau und eingefallen. Er hatte sich seit mehreren Tagen nicht rasiert, was seine fahle Hautfarbe noch betonte. Er trug einen dunkelgrauen Mantel, der unverkennbar von guter Qualität, jetzt aber völlig zerknittert war und vorne auf der Brust zwei grosse Flecken aufwies. Unter dem grauroten Seidenschal, den er unter dem Kinn zusammengebunden hatte, schaute ein schmutziger Hemdkragen hervor. Seine Haare flogen ihm wild um den Kopf und riefen nach einem Kamm.

«Ich muss mit Ihnen reden», stiess er hervor, «sonst passiert ein Unglück.» Ein wirres Leuchten stand in seinen Augen.

«Kommen Sie herein.» Die Kommissarin schloss die Tür auf und trat ins Treppenhaus. Groll folgte ihr so dicht auf den Fersen, dass sie seinen Atem im Nacken spüren konnte. Oben in der Wohnung freute sich Mottel über das unerwartete Erscheinen ihrer Herrin; dann beschnupperte sie den Gast und fing laut an zu bellen. Tina Merz hob den Hund auf und sperrte ihn in das Zimmer von Lukas. Dann nahm sie Groll den Mantel ab.

«Sie haben bestimmt Sehnsucht nach einem Badezimmer», sagte sie lächelnd und musterte ihn von oben bis unten. «Falls Sie ein neues Hemd brauchen, ich kann Ihnen eines leihen. Von meinem Mann. Auch Socken und Unterwäsche wären da. Nur wenn Sie mögen, selbstverständlich.»

Sie hatte im Korridor den Wandschrank geöffnet, in welchem sie die Dinge aufbewahrte, die Stephan gelegentlich zurückliess. Sie nahm ein paar Sachen heraus und legte sie auf den kleinen Hocker, der im Badezimmer neben der Wanne stand. Groll war im Korridor stehen geblieben und hatte ihr schweigend zugeschaut. Jetzt folgte er ihr.

«Nehmen Sie sich Zeit. Ich mache uns eine Kleinigkeit zu essen», sagte sie noch, als sie die Türe zum Badezimmer schloss. Dann ging sie zum Telefon und rief Biasotto an. Er versprach, sofort zu kommen.

Als Heinz Groll zehn Minuten später aus dem Badezimmer kam, war der Tisch gedeckt.

«Setzen Sie sich.» Die Kommissarin füllte die Suppenteller.

Groll hatte sich zurechtgemacht. Er war geduscht und gekämmt, sah aber noch immer blass und müde aus. Abgesehen von dem einen Satz bei der Begrüssung hatte er noch kein Wort gesprochen. Seine Augen folgten unruhig jeder Bewegung der Kommissarin. «Für wen ist dieser Teller», fragte er jetzt misstrauisch und deutete auf das dritte Gedeck. «Ich will mit Ihnen reden. Da soll niemand dabei sein.»

«Mein Assistent wird mit uns essen.» Der Ton der Kommissarin liess keine Widerrede zu. «Setzen Sie sich», wiederholte sie und schob einen der vier Stühle etwas zurück. «Nehmen Sie erst einmal etwas zu sich, und dann berichten Sie mir, weshalb Sie mir anonyme Briefe schreiben und mich seit Tagen verfolgen.»

Groll sass in sich zusammengesunken da. Er war todmüde und schlief fast ein. Der Geruch der Suppe, der ihm jetzt in die Nase stieg, erinnerte ihn daran, dass er auch hungrig war. Er nahm den Löffel und begann zu essen. Er spürte, wie mit jedem Schluck, der warm seinen Magen füllte, einige seiner Lebensgeister zurückkehrten.

«Weiss Ihre Frau, wo Sie sind?» Tina Merz hatte sich ebenfalls gesetzt.

Er schüttelte langsam den Kopf.

«Sie sollten sie unbedingt anrufen. Sie macht sich bestimmt grosse Sorgen.»

Wieder schüttelte er stumm den Kopf.

«Dann rufe ich sie an.»

«Was geht Sie meine Frau an?», fauchte er und schob sich einen weiteren Löffel Suppe in den Mund.

Sie assen schweigend. Wenig später klingelte es. Als Biasotto eintrat, hatte Groll bereits den zweiten Teller mit Suppe vor sich. Den Gruss des Assistenten erwiderte er mit einem unverständlichen Gemurmel.

«Warum erzählen Sie der Presse, ich hätte Heinemann getötet?» Die Frage kam unerwartet. «Heinemann war mein Freund.» Er zog seine Mundwinkel verächtlich nach unten. «Ein mieser Freund. – Er ist an allem schuld.» Er lachte, ein stimmloses, keuchendes Lachen. «Jetzt ist er tot. Er hat seine Strafe bekommen. Aber nicht von mir.» Er schob diese letzten Worte hastig nach. «Aber es geschieht ihm recht. Er soll in der Hölle braten.»

Die Kommissarin und ihr Assistent hatten schweigend zugehört.

«Was hat Sie denn so durcheinander gebracht? Warum sind Sie von zu Hause weggelaufen? Warum gehen Sie nicht zur Arbeit?» Tina Merz war aufgestanden und räumte die Suppenteller ab.

«Weil...weil...», Groll suchte nach einer Erklärung. «Ich wollte Regierungsrat werden. Musste!», stiess er hilflos hervor. «Und Heinemann hat das vermasselt. Er hat es vermasselt», wiederholte er.

«Aber Sie sind doch nicht so durcheinander, nur weil Sie nicht Kandidat geworden sind?» Biasotto schaute ihn ungläubig an.

Groll würdigte ihn keines Blickes. «Was soll ich tun? Wo soll ich hin? Und Leclair», wieder lachte er sein stimmloses, keuchendes Lachen, «ausgerechnet Leclair hat es geschafft. Mit seinen Leichen im Keller. Und er wusste, dass der Heinemann sie ausgraben würde.» Er starrte vor sich hin ins Leere. «Und Sie», ein zorniger Blick traf die Kommissarin, «und Sie behaupten jetzt auch noch, ich hätte den Frank umgebracht.»

«Herr Groll, Sie haben uns noch immer nicht gesagt, was Sie so durcheinander gebracht hat.» Tina Merz reichte ihrem Gast einen Teller, gefüllt mit duftenden Teigwaren.

«Ich sagte Ihnen doch, ich wollte Regierungsrat werden. Heinemann hat das vermasselt.»

«Hatten Sie deswegen Streit mit ihm?»

Die Antwort kam mit einiger Verzögerung. «Ja, ich hatte Streit mit ihm. Er hat meine Wahl verhindert, und die von Leclair wollte er ebenfalls verhindern. Aber das ist ihm nicht gelungen.» Er kicherte. «Und jetzt hat Leclair ihn umgebracht. Jetzt hat der noch eine Leiche im Keller. Eine richtige Leiche. Eine hässliche, stinkende Leiche.»

Die Polizeileute schwiegen.

«Was soll ich jetzt tun? Wo soll ich hin?», stiess Groll plötzlich wieder heftig hervor. «Madeleine ist enttäuscht. Ich weiss nicht, was ich jetzt tun soll.» Er wirkte hilflos und verloren.

«Ich werde jetzt Ihre Frau anrufen. Sie sollten nach Hause gehen und zuerst einmal schlafen. Dann schauen wir weiter.» Tina Merz war aufgestanden.

«Das geht Sie nichts an. Ich rufe meine Frau selber an, wenn ich will.» Groll war aufgesprungen und machte einige drohende Schritte auf die Kommissarin zu.

«Herr Groll», sagte Biasotto in väterlichem Ton, «beruhigen Sie sich. Wir unternehmen nichts ohne Ihr Einverständnis. Aber Ihre Frau macht sich Sorgen.»

«Lassen Sie das», wies Groll ihn zurecht. «Ich bin kein kleines Kind.»

Einen Augenblick lang standen sie alle drei schweigend im Raum. Dann ergriff die Kommissarin wieder das Wort.

«Lassen Sie uns vernünftig reden. Wir brauchen Ihre Hilfe, und vielleicht können wir auch etwas für Sie tun.» Sie deutete auf den Stuhl. «Ich hole den Kaffee.»

Sie ging in die Küche und überliess es Biasotto, den Gast dazu zu bringen, sich wieder an den Tisch zu setzen.

Offensichtlich hatte er den stummen Auftrag verstanden. Als Tina Merz mit den drei Espressotassen auf dem Tablett zurückkam, hatte sich die Situation jedenfalls weitgehend beruhigt. Die beiden Männer sassen am Tisch und unterhielten sich über die Versammlung der Wählerunion Baselland.

«Heinemann und Leclair waren bis vor wenigen Jahren die dicksten Freunde», erklärte Groll gerade. «Und dann, plötzlich, war alles anders.

Sie sprachen zwar noch miteinander, aber man fror geradezu ein, wenn man mit ihnen zusammen war, so eiskalt war ihre Beziehung.»

«Und Sie haben keine Ahnung, was zu dieser Eiseskälte geführt hat?»

«Man munkelt vieles. Aber nur wenige wissen etwas.» Groll sagte das sehr geheimnisvoll, so, als gehöre er zu den Wissenden. «Frank zog am Dienstag eine Show ab, die jeder verstand.» Die Erinnerung brachte ein höhnisches Grinsen auf sein müdes Gesicht. «Er nannte zwar weder Ross noch Reiter, aber jeder wusste, wovon er sprach. Ja, Frank, der Gerechte.» Einen kurzen Moment lang hing er einer frohen Erinnerung nach. «Aber sie zogen nicht den richtigen Schluss», sagte er dann trübe. «Sie haben Leclair trotzdem gewählt. Und er hat die Wahl angenommen, obwohl er wusste, dass Frank nicht zulassen konnte, dass er Mitglied der Regierung würde. Ein Gerechter kann das nicht zulassen.»

«Und das wissen Sie genau?» Die Augen der Kommissarin waren fest auf ihren Gast gerichtet.

Groll genoss die Aufmerksamkeit. Seine Antwort kam mit einiger Verzögerung. «Ich sah, wie Heinemann dem Leclair einen Zettel zusteckte. Er legte ihn vor ihm auf den Tisch. Leclair las die Botschaft und wurde dabei ganz blass. Ich beobachtete, wie er den Zettel wütend zerriss und in den Aschenbecher warf. Als er nach der Versammlung den Saal verlassen hatte, nahm ich alle Teilchen des Zettels an mich, und später fügte ich sie wieder zusammen. Wissen Sie, was darauf stand?» Triumphierend schaute er die beiden Polizeileute an, und die Kommissarin bemerkte ein boshaftes Leuchten in seinen müden Augen. Niemand gab eine Antwort auf diese ohnehin nur rhetorisch gemeinte Frage. Die Spannung knisterte im Raum.

«Verzichte auf deine Kandidatur! Jetzt! Sonst packe ich aus.» Groll hatte seine Offenbarung mit einer fahrigen Handbewegung begleitet und dabei seinen Espresso umgeworfen. Ein grosser, schwarzbrauner Fleck breitete sich auf dem hellen Tischtuch aus. Niemand reagierte. «Das stand auf dem Zettel. Und das hat mit den Leichen zu tun, die Leclair im Keller versteckt. Es war sozusagen ein Wink mit dem Zaunpfahl. Die Leichen lassen grüssen.» Wieder verzog er sein Gesicht zu einem höhnischen, fast anzüglichen Grinsen.

Die beiden Polizeileute wechselten einen stummen, viel sagenden Blick. Sie stellten sich beide dieselbe Frage: Hatte Leclair Heinemann umgebracht, um zu verhindern, dass etwas an die Öffentlichkeit gelangen würde, das ihm schaden konnte?

«Kommen wir nochmals auf das zurück, was Sie ‹Leichen im Keller› nennen.» Biasotto trank seinen Espresso mit einem Schluck leer. «Sie sagten vorhin, es gebe Gerüchte?»

Groll liess sich Zeit mit der Antwort. «Es gibt Gerüchte», sagte er dann langsam. «Man redet in der Partei allerlei.» Er nahm seine Serviette von den Knien und breitete sie sorgfältig über dem schwarzbraunen Fleck aus. «Man erzählt sich, dass Frank Leclair hasste, weil der mit seiner Frau ein Techtelmechtel gehabt hatte.»

Wieder wechselten die Kommissarin und Biasotto einen stummen Blick.

«Leclair ist ein Schürzenjäger. Er hat immer irgendwo eine junge Liebschaft. Das gehört zu seinem Lebensstil. Jeder weiss das. Nur seine Frau weiss es nicht.» Er verzog seine Mundwinkel zu einem hämischen Grinsen und nickte mehrmals. «Es ist immer dasselbe.»

«Und? Ist etwas Wahres an den Gerüchten?»

Groll schwieg, und es war so still im Raum, dass man das Surren einer frühen Fliege hören konnte, die am Fenster immer wieder gegen die Scheibe flog. Er stocherte in den Zähnen. Dann stand er auf. «Offen gesagt, ja. Ich habe die beiden nämlich zusammen gesehen.» Er schaute angestrengt zum Fenster hinaus und hinüber zum Münster. «Das heisst, nicht ich selbst habe sie gesehen, aber Madeleine – Sie wissen, meine Frau.» Jetzt kam er zum Tisch zurück und setzte sich wieder. «Sie war bei ihren Eltern in Bern und traf den Leclair und die Clelia im Hotel Schweizerhof beim Nachtessen. Wie verliebte Teenager hätten sie sich aufgeführt.» Groll machte jetzt eine Pause und beobachtete die Gesichter seiner beiden Gesprächspartner. Offensichtlich genoss er die Wirkung seiner Worte. «Clelia war eine sehr attraktive Frau. Trotzdem, ich verstand Leclair nicht, sie war doch die Frau unseres besten Freundes.»

«Und haben Sie Heinemann von den Beobachtungen Ihrer Frau erzählt?» Die Kommissarin liess keinen Blick von ihrem Gast.

«Nein. Obwohl ich damals sicher war, dass Frank nichts davon wusste, damals noch nicht. Er lebte ja in einer anderen Welt. Und Leclair, der hat vermutlich fest damit gerechnet, dass Frank nichts von dem Seitensprung seiner geliebten Clelia erfahren würde. Das Verhältnis soll ja auch nur etwa drei Monate gedauert haben.» Verachtung überzog Grolls Gesicht. «Das ist bei Leclair so üblich. Dann hat er genug und sucht sich etwas Neues.»

«Und Sie haben Heinemann wirklich nichts erzählt?» Biasotto schaute ihn ungläubig an.

«Nein. Ich habe ihm nichts verraten.» Groll senkte seine Augen. «Offen gesagt, zuerst wollte ich. Aber ich brachte es nicht übers Herz.» Er starrte mit leeren Augen in die Ferne. «Aber wie meist hat sich schliesslich ein anderer guter Freund gefunden, der ihn informierte. Frank wurde jedenfalls plötzlich ganz anders, still und verbittert. Und noch gerechter. Und Clelia fing an zu trinken.» Jetzt schaute er der Kommissarin direkt in die Augen. «Ich wasche meine Hände in Unschuld. Ich habe mit all dem Unglück, das die beiden getroffen hat, nichts zu tun.»

«Und Sie vermuten, dass Clelia Heinemann wegen Leclair zu trinken anfing?»

«Man sagt, ihr Alkoholismus habe begonnen, nachdem Leclair ihr den Laufpass gegeben hatte.»

«Hmm.» Die Kommissarin war aufgestanden und schaute nachdenklich ins Leere. «Nehmen wir einmal an, am Unfall von Clelia Heinemann war der Alkohol schuld», überlegte sie laut, «dann könnte man die Schlussfolgerung ziehen, dass es letztlich Leclair war, der ihren Tod zu verantworten hat.»

«Richtig.» Groll stimmte mit anerkennendem Nicken zu.

«Hat Heinemann diese Schlussfolgerung auch gezogen?»

«Vermutlich schon. Aber er sprach nie über seine Frau. Auch später, als Clelia tot war. – Aber an der Beerdigung hat mir Leclair anvertraut, er habe ein schlechtes Gewissen. Clelia habe gewollt, dass er sich scheiden lasse. Er selbst habe das Verhältnis mit ihr aber nie als etwas Dauerhaftes betrachtet. Sie habe ihm einfach Leid getan. Eine Scheidung komme für ihn ohnehin nicht infrage, denn er sei völlig von seiner Frau abhängig. – Sie wissen ja, er arbeitet in der Firma seines Schwiegervaters, und damit wäre es bestimmt aus, wenn er das Töchterchen sitzen liesse.» Groll war jetzt nicht mehr zu bremsen. Seine Augen glänzten, er kicherte immer wieder vor sich hin und freute sich sichtlich über die Unannehmlichkeiten seines Freundes Leclair.

«Und Sie sind sicher, dass Heinemann von dem Verhältnis wusste?»

«Da bin ich mir ganz sicher», nickte Groll. «Einmal, da war ich bei den Heinemanns, um etwas zu bringen. Clelia öffnete mir mit geröteten Augen die Tür, und als ich sie fragte, wie es ihr gehe, fing sie an zu weinen. Dann kam Frank. ‹Lass sie in Frieden›, sagte er fast drohend zu mir ‹es geht ihr nicht gut.› Auf meine Frage, was ihr denn fehle, antwortete er nur: ‹Das Schwein›, und schob mich zur Tür hinaus. Er hasste Leclair. Das spürte man immer wieder. Deshalb war ich auch so neugierig zu erfahren, was auf dem Zettel stand, den er ihm in der Parteiversammlung zugesteckt hatte.» Ein boshaftes und schadenfreudiges Grinsen huschte über Grolls Gesicht. «Ich bin sicher, Leclair hat den Mord begangen, weil er verhindern wollte, dass der Gerechte auspackt.»

Die Kommissarin schwieg. Viele Gedanken gingen ihr durch den Kopf. Dann fragte sie: «Nach der Parteiversammlung haben Sie sich vor dem Lokal noch mit Heinemann unterhalten. Gestritten, hat man uns berichtet. Ist das richtig?» Sie schaute ihrem Gast forschend ins Gesicht.

«Ja, wir sagten uns die Meinung, weil ich nicht verstehen konnte, weshalb Frank gegen mich geredet hatte. Er war doch mein Freund. Ich mochte ihn. Und er mochte mich auch. Er hat alles vermasselt. Wenn er für mich gesprochen hätte, dann hätte man mich gewählt. Aber er war halt ein Gerechter.» Plötzlich fiel er wieder in seinen weinerlichen Ton. «Was soll ich jetzt tun?»

«Wie lange dauerte der Streit? Um wie viel Uhr haben Sie sich getrennt?»

«Das weiss ich nicht mehr. Ich achtete nicht auf die Zeit.» Groll war aufgesprungen und begann, im Zimmer hin und her zu laufen.

«Beruhigen Sie sich!» Biasotto nahm ihn fast freundschaftlich am Arm. «Was haben Sie nach dem Gespräch getan?»

Groll schüttelte ihn ab. «Ich fuhr nach Hause. Aber da war Madeleine. Sie beschimpfte mich und warf mich hinaus. Aus meinem eigenen Haus!» Jetzt begann er zu schluchzen. «Ich nahm das Auto und fuhr weg. Einfach weg. Irgendwo hielt ich an. Ich trank noch etwas Wein und schlief dann ein. Aber es war kalt. Fürchterlich kalt.»

«Wann war das?», fragte Biasotto. Sein sachlicher Ton stand in krassem Gegensatz zur Verzweiflung seines Gesprächspartners.

«Habt ihr denn nichts als Uhrzeiten im Kopf? Da ist ein Mensch, der weiss nicht ein noch aus. Sein Traum ist zerbrochen, sein Leben zerstört, und ihr fragt: Wann war das? Die Polizei, dein Freund und Helfer! Wann war das? Ich weiss es nicht. Im letzten Jahrhundert!»

«Muss ich daraus schliessen», fuhr die Kommissarin unbeirrt fort, «dass Sie für die Tatzeit kein Alibi haben?»

«Schliessen Sie daraus, was Sie wollen», fauchte Groll zurück.

«Noch eine letzte Frage, Herr Groll.» Die Kommissarin war aufgestanden und ans Fenster getreten. «Was wollten Sie mit den anonymen Botschaften, die Sie mir in den letzten Tagen zugesandt haben?»

Groll senkte seinen Blick und schwieg.

«Was wollten Sie damit?»

Groll schaute noch immer zu Boden. «Ich wollte Ihnen helfen, den Mörder zu finden.»

«Und warum wollten Sie mir helfen?»

Groll zögerte; dann sagte er leise: «Wenn Leclair auf seine Kandidatur verzichten muss, dann hätte ich vielleicht noch einmal eine Chance.»

25

Groll verabschiedete sich und versprach, nach Hause zu fahren oder wenigstens seine Frau über seinen Aufenthaltsort auf dem Laufenden zu halten. Er schloss die Türe mit einem lauten Knall, der die Kaffeetassen auf dem Tisch zum Klirren brachte. Danach blieb es einige Minuten still in der Wohnung. Die Kommissarin und Martin Biasotto sassen sich schweigend gegenüber.

Der Gast hatte einen zwiespältigen Eindruck hinterlassen. Er war zornig auf Frank Heinemann, den Gerechten, wie er ihn nannte. Er hatte aber auch eine starke Abneigung gegen Marc Leclair, den Sieger. Und da war schliesslich auch seine echte oder gut gespielte Überzeugung, dass Leclair der Mörder sei.

Als es vom Münster zwei schlug, stand die Kommissarin auf. «Wir müssen dringend diesen Leclair kennen lernen. Die Geschichte mit diesem Zettel gefällt mir nicht.» Sie war ans Fenster getreten und schaute nachdenklich auf den Rhein, der wie immer gemächlich abwärts floss.

«Sie müsste dir aber eigentlich gefallen, Chefin.» Biasotto stand neben ihr. «Ein hübscheres Motiv gibt es kaum. Du solltest mehr Kriminalromane lesen.»

«Ich bin überzeugt, Groll hat uns nicht alles erzählt, was er weiss.» Die Kommissarin schaute in den wolkenverhangenen Himmel, wie wenn sie dort eine Antwort auf ihre Fragen finden könnte. «Seine Verzweiflung sitzt so tief, dass mehr dahinter stecken muss als die Enttäuschung über eine verlorene Nomination.»

Biasotto stimmte ihr zu. «Da gibt es noch einiges, was wir aus den Leuten herausklopfen müssen. Das ist ein Wettstreit nach meinem Geschmack.» Er rieb sich vergnügt die Hände. «Wer ist der Schlauere? Wer hat den längeren Schnauf? Wer macht den ersten Fehler?»

Die Kommissarin stellte die Kaffeetassen zusammen und brachte sie in die Küche. Als sie zurückkam, hatte sie einen kleinen Plastikbeutel in der Hand, in den sie mit grosser Sorgfalt, und ohne es zu berühren, das Glas verpackte, aus dem Groll sein Mineralwasser getrunken hatte. In der Zwischenzeit zog Martin Biasotto seinen Mantel an.

«Ich sehe, du brauchst keinen Küchenburschen. Ich werde Frau Groll einen Besuch abstatten. Und das», er nahm der Kommissarin das sorgfältig verpackte Glas aus den Händen, «das bringe ich ins Labor. Bis später.»

Tina Merz machte sich ans Aufräumen. Sie konnte dabei gut nachdenken. Sie war sich sicher, Grolls Wut und Verzweiflung hatte noch andere Ursachen als die, die er heute offen gelegt hatte. Er war lange genug in der Politik, um zu wissen, dass sich auch die besten Freundschaften wie eine Fata Morgana in Luft auflösen können, wenn Macht und Geld ins Spiel kommen. Warum wollte er nicht nach Hause? Sie liess das Gespräch mit Madeleine Groll Revue passieren. Wenn nicht alles täuschte, dann stand es mit der Ehe der Grolls nicht zum Besten. Sie hatte bei der Frau kaum Mitgefühl gespürt. Ehrgeiz ja. Eine ganze Menge. Karriere sollte der Ehemann machen. Tina Merz verzog den Mund. Geld und Macht! Auch bei den Grolls waren diese beiden Faktoren die zentrale Antriebsfeder des Lebens. Jedenfalls bei Madeleine Groll. Sie gehörte offensichtlich zu den Frauen, die ihren Ehrgeiz über die Stellung des Mannes befriedigten, Pläne für ihn schmiedeten, seine Karriereziele festsetzten und ihn puschten und schoben. Und jetzt war sie enttäuscht, dass sie die Chance verpasst hatte, Frau Regierungsrat zu werden. Einen Versager hatte sie ihn genannt, als er mit leeren Händen nach Hause kam. Tina Merz wusste aus eigener Erfahrung, dass man damit das männliche Selbstbewusstsein ins Herz traf.

Sie räumte die Teller in den Geschirrspüler. – Ob Groll imstande wäre, einen Mord zu begehen? Kaum. Jedenfalls nicht, weil sein Freund ihn enttäuscht hatte.

Aber so genau wollte sie das alles im Augenblick gar nicht wissen.

Sie war zufrieden und überzeugt, dass sie im gegebenen Zeitpunkt alles in Erfahrung bringen würde, was sie für die Lösung des Falles benötigte. Und das genügte ihr vorderhand.

Ihre Gedanken waren noch immer bei Heinz Groll, als sie eine halbe Stunde später ihre Wohnung verliess und dem Rhein entlang zur Mittleren Brücke bummelte. Der Himmel hatte etwas aufgeklart. Ein paar Schwäne paddelten am Ufer. Sie schaukelten mit den Wellen und tauchten hin und wieder ihre Köpfe nach etwas Fressbarem ins graugrüne Wasser. Tina Merz überquerte die Brücke und steuerte über den Marktplatz zur Freien Strasse. Sie wusste, dass Groll bei der Schweizer Bank arbeitete. Im Weitergehen rief sie Frau Simon an und bat sie, herauszufinden, in welcher Abteilung Heinz Groll tätig war. Sie hatte die Abzweigung zum Barfüsserplatz noch nicht erreicht, als die Sekretärin zurückrief und ihr mitteilte, Groll arbeite im Privat Banking, Inland. Er beschäftige sich dort vorwiegend mit Hypothekar-Anlagen. Die Kommissarin bedankte sich und informierte Frau Simon, dass sie erst gegen sechzehn Uhr ins Büro komme; sie werde jetzt dem Vorgesetzten von Heinz Groll einen spontanen Besuch abstatten. Auf dem kurzen Weg zum Bankenplatz bereitete sie sich auf das Gespräch vor; als sie das mächtige Gebäude der Schweizer Bank betrat, hatte sie im Kopf alle Fragen notiert, die sie Grolls Chef stellen wollte.

Der Mann am Auskunftsdesk wies sie freundlich an, einen kurzen Moment zu warten. Er werde sie anmelden. Er ging davon aus, dass sie eine Kundin war, die eine Beratung für ihre Geldanlage suchte. Und er war so freundlich, weil er in langen Jahren gelernt hatte, dass den Herrschaften nicht immer anzusehen war, wie viele Nullen ihr Vermögen zählte. Tina Merz setzte sich wenige Schritte vom Auskunftsdesk entfernt auf einen Stuhl. Kurz darauf winkte ihr der freundliche Mann.

«Gehen Sie zum Lift da vorne und fahren sie in den zweiten Stock», wies er sie an. «Dort wird man Ihnen weiterhelfen.» Er zeigte nochmals ein freundliches Lachen und entblösste dabei eine Reihe von mangelhaften, graugelben Zähnen. Das ist der Nachteil der Freundlichkeit, ein

Blick ins Innenleben, das nicht bei allen Zeitgenossen so tadellose Perspektiven eröffnet, ging es Tina Merz spontan durch den Kopf. Laut sagte sie: «Vielen Dank, Sie waren überaus freundlich», was den Deskmann veranlasste, ihr nochmals seine Zähne zu zeigen.

Dann begab sie sich, wie geheissen, zum Lift, der sie geräuschlos und rasch in den zweiten Stock brachte. Dort wurde sie von einer gepflegten Dame mittleren Alters empfangen. Tadellose Frisur, perfekt geschminkt, auf Figur gefertigtes graues Kostüm, abgetönte weisse Seidenbluse, über den Schultern ein Foulard von Hermès oder Yves Saint-Laurent, vielleicht auch von Dior, vermutlich im Dutyfree gekauft bei der letzten Reise auf die Seychellen. Wenn sie solch makellosen Frauen gegenüberstand, überkam Tina Merz immer ein Gefühl von Ungenügen. Sie wurde sich dann bewusst, wie wenig perfekt sie selbst angezogen, frisiert und geschminkt war. Jetzt ging sie hinter dieser zeit- und gesichtslosen Schwester im kostbaren Outfit lautlos durch einen Gang, der mit einem sanftgrünen Spannteppich und kostbaren Stichen aus dem alten Basel wie ein Hotel der Luxusklasse ausgestattet war. Man hatte Stil. Und Geld. Und weil man Stil hatte, zeigte man das Geld mit Zurückhaltung, gerade genug, um solide und wohlhabend, aber nicht protzig zu erscheinen. Eine gelungene Gratwanderung.

Tina Merz hatte sich am Auskunftsdesk nach Heinz Groll erkundigt. Noch immer hatte ihr niemand mitgeteilt, dass er nicht anwesend war.

Ihre perfekte Führerin blieb jetzt vor einer Türe stehen und steckte kurz ihren Kopf in das Büro dahinter. «Herr Dr. Obrist erwartet Sie, Frau Merz», meldete sie dann und verschwand lautlos und rasch.

Die Kommissarin trat in ein geräumiges, helles Büro. Der Boden war mit dem gleichen sanftgrünen Teppich belegt, den sie schon im den Gängen bewundert hatte. Ein paar wenige Möbel standen fast verloren in dem grossen Raum, ein Bücherregal, ein grosser runder Tisch mit acht im Teppichgrün gepolsterten Stühlen, ein gewaltiger Schreibtisch. Tina Merz schloss blitzschnell, dass der Büroinhaber dem höheren Kader angehören musste. Der Geruch von Geld und Macht war unverkennbar.

Herr Obrist war daran, einen Stapel von Dokumenten zu unterzeichnen. Jetzt stand er auf und kam ihr mit dem für Kunden reservierten Lachen und ausgestreckter Hand entgegen. «Frau Merz», klärte er sie mit viel Bedauern in der Stimme auf, «unser Herr Groll ist leider auf einer Geschäftsreise im Ausland, in Turin. Er muss den Termin mit Ihnen vergessen haben. Eine unverzeihliche Nachlässigkeit. Leider hatte auch seine Sekretärin keine Kenntnis von Ihrem Kommen, sonst hätten wir Sie rechtzeitig benachrichtigt.» Er führte sie durch das Büro zum Tisch und bot ihr einen Stuhl an. «Ich helfe Ihnen gerne. – Falls ich kann», flötete er. «Aber eigentlich würde ich Ihnen empfehlen, die Rückkehr von Herrn Groll abzuwarten. Er kennt Ihr Dossier am besten. Seine Sekretärin wird Ihnen einen neuen Termin geben. Für nächste Woche. Dann wird er bestimmt zurück sein, es sei denn, seine Besprechungen verzögern sich. Was man nie ausschliessen kann. Vor allem bei den Italienern.» Diesen letzten Satz schob er mit einem viel sagenden Lächeln nach. «Falls wir auch diesen Termin nicht einhalten können, werden wir Sie diesmal bestimmt rechtzeitig anrufen.»

Tina Merz liess ihn reden und zappeln. Es beschämte und amüsierte sie, wie er mit Charme und Ausreden den wahren Grund für Grolls Abwesenheit zu verheimlichen suchte. Schliesslich zog sie langsam ihren Ausweis hervor und legte ihn sorgfältig vor ihrem Gastgeber auf den glänzend polierten Tisch. «Es tut mir leid, Herr Dr. Obrist.» Sie betonte genussvoll den akademischen Titel. «Dürfte ich mich kurz mit dem Vorgesetzten von Herrn Groll unterhalten?»

Obrist hatte einen raschen Blick auf den Ausweis geworfen, und Tina Merz beobachtete nicht ohne Vergnügen, wie er innerlich erblasste. Äusserlich allerdings reagierte er perfekt, das heisst, er reagierte nicht oder fast nicht. Allein die Tatsache, dass er mit seinen Zähnen am Inneren seiner glatt rasierten Backe kaute, wies darauf hin, dass er konzentriert nachdachte, wie er sich geschickt auf die veränderte Situation einstellen könnte. Er benötigte nur wenige Sekunden, dann teilte er ihr gefasst und mit geübter Freundlichkeit mit, er sei der Vorgesetzte von Heinz Groll. Dieser habe sich krank gemeldet. Es sei halt in den Banken so, man wolle die Kundschaft nicht mit Negativbotschaften abschrecken. Darum gebe es keine kranken Berater; die seien nicht gut für das Geschäft. Hingegen würden wichtige Auslandreisen das Vertrauen und das Ansehen der Mitarbeiter bei der Kundschaft stärken.

Obrist hatte fast beschwörend auf sie eingeredet, und ihr war dabei sehr unbehaglich zumute. Sie wurde das unangenehme Gefühl nicht los, dass er mit diesen Firmeninternas eine vertrauliche Atmosphäre schaffen wollte, um sie von ihren Zielen und Wünschen abzulenken. Er sprach mit leiser Stimme und sah ihr immer wieder tief in die Augen.

Tina Merz wandte den Blick ab und liess die beruhigende, sanftgrüne Ambiance des Raumes auf sich wirken. Der Mann hatte Geschmack. Aber vermutlich war auch die Büroeinrichtung Teil der Firmenphilosophie. Jetzt wandte sie sich wieder ihrem Gastgeber zu. Sie beobachtete, wie er mit schrägem Blick auf seine Armbanduhr sah. «Auch seinen Zeitdruck verbirgt er perfekt», stellte sie fast eifersüchtig fest.

«Ich beanspruche Sie nur für ein paar Minuten», nahm sie das Gespräch wieder auf. «Ich möchte etwas mehr über Heinz Groll erfahren. Welche Stellung hat er in der Bank? Ist Ihnen in letzter Zeit an ihm etwas Besonderes aufgefallen?»

Obrist liess sich Zeit mit der Antwort. «Was soll ich Ihnen dazu sagen?» Er bewegte seinen Kopf hin und her. Mit seinen Augen suchte er die Zimmerdecke ab. «Es ist gar nicht so einfach. Groll arbeitet sehr selbstständig. Ich weiss, dass er von seinen Kunden ausserordentlich geschätzt wird; er ist freundlich und nimmt sich Zeit für sie. Er ist ein problemloser, unauffälliger Mitarbeiter.»

«Aber?» Die Kommissarin stellte diese Frage, weil sie zu erkennen glaubte, dass dieses Aber die Gedanken ihres Gesprächspartners dominierte, er aber alles daran setzte, dies zu verbergen.

Obrist liess sich nicht provozieren. Vielmehr zuckte er mit den Achseln und sah sie unschuldig mit den grossen Augen eines Kindes an. «Kein Aber. Groll erledigt seine Arbeit. Wir sind zufrieden mit ihm. Mehr kann ich nicht sagen. Und», wieder suchten seine Augen an der

Zimmerdecke, «in den letzten Wochen ist mir auch nichts Besonderes an ihm aufgefallen. Natürlich wussten wir, dass er politisch hoch hinaus will. Und selbstverständlich drückten wir ihm alle die Daumen.»

«Wunderte man sich über seine Ambitionen?»

«Ja und nein. Wir wussten ja schon lange, dass er in einer Partei aktiv ist. Und wir unterstützen das. Wir schätzen es, wenn sich unsere Mitarbeiter für das Gemeinwohl engagieren. Jedenfalls in gewissen Parteien.» Bei diesem Nachsatz glitt sein Blick abschätzend über ihre Jeans, ihre etwas abgewetzte blaue Umhängetasche, ihre Frisur. Dann lachte er spitzbübisch und sah sie herausfordernd an. «Linksparteien sind in dieser Firma nicht so beliebt.»

Sie schluckte ihre Erwiderung herunter und schaffte es, richtig erstaunt auszusehen. «Groll gehört doch nicht etwa einer Linkspartei an?»

«Selbstverständlich nicht.» Dann fuhr er fort: «Ob wir uns über seine Ambitionen wunderten? – Nein, wir haben sie einfach zur Kenntnis genommen.»

Als sie schwieg, fügte er hinzu: «Nun ja, in der Politik werden die Leute nach anderen Gesichtspunkten ausgewählt als bei uns in der Bank.» Er verzog den Mund, und aus seiner Mimik und dem Ton seiner Stimme war unverkennbar eine abschätzige Beurteilung abzulesen.

«Darf ich Ihrer Aussage entnehmen, dass Groll hier in der Bank nie eine derart wichtige Position erreichen wird?»

«Diese Frage kann ich mit einem klaren Ja beantworten. Und so, wie ich Groll kenne, ist er auch zufrieden mit seiner Position. Er kann sich selbst ganz gut einschätzen. Er kennt seinen Platz und seine Grenzen.»

«Und wer nicht?» Die Gegenfrage lag in der Luft.

«Ja, da gibt es eine Frau im Hintergrund...»

«Frau Groll?»

«Ja, Madeleine Groll. Kennen Sie sie? Sie ist sicher eine gute Frau. Sie bewundert ihren Mann. Aber vielleicht überschätzt sie ihn auch.» Und als die Kommissarin weiterhin schwieg, fügte er fast widerstrebend hinzu: «Ich musste mich einmal vor ihr rechtfertigen.»

Tina Merz sah ihn erwartungsvoll an.

«Sie stand vor zwei Jahren – es war kurz vor Weihnachten – plötzlich in meinem Büro. Toll aufgemacht rauschte sie hier herein.» Seine Augen glänzten, und man konnte erkennen, dass in seiner Erinnerung ein angenehmes Bild entstand. «Madeleine Groll verlangte von mir Rechenschaft darüber, warum man ihren Mann nicht zum Vizedirektor befördert hatte. Ich versuchte, ihr zu erklären, dass es dafür Qualifikationen und Fähigkeiten brauche, über die ihr Mann nicht verfüge. Aber ich hatte nach dem Gespräch den Eindruck, sie habe nichts, aber auch gar nichts begriffen. Sie stolzierte aus meinem Büro in der offensichtlichen Meinung, Groll sei ein verkanntes Genie.»

«Hatte das Gespräch irgendwelche Folgen?»

«Das hatte es.» Obrist sah grübelnd ins Leere. «Nach dem Besuch war allen bewusst, dass Groll von einer ehrgeizigen Frau gejagt wird. Und sie hatte ihn lächerlich gemacht. Denn die Kunde von ihrem Besuch verbreitete sich wie ein Lauffeuer in unserem Haus. Und Sie wissen sicher, wie erbarmungslos Kollegen und Mitarbeiter auf so etwas reagieren. Er wurde das nicht mehr los.»

«Und Sie sind absolut sicher, dass sich Groll in letzter Zeit völlig normal verhalten hat?»

Obrist dachte nochmals gründlich nach. Dann kam seine Antwort sehr entschieden: «Mir jedenfalls ist nichts aufgefallen, was darauf hingedeutet hätte, dass es ihm nicht gut gehe, wenn Sie das meinen. Im Gegenteil, wir alle hatten den Eindruck, er sei sehr aufgestellt und gehe fröhlich und zuversichtlich in diese politische Kür. – Und nach der Wahl? Ja, danach habe ich ihn nicht mehr gesehen. Niemand hier, denn am Mittwochmorgen rief seine Frau an und meldete ihn krank.» Dann etwas nachdenklicher: «Das ist seine erste Krankmeldung seit Jahren.» Und mit besorgtem Unterton fügte er bei: «Seine Situation ist nicht einfach, zugegeben. Ich hoffe, er macht uns keine Schwierigkeiten.»

## 26

Die Uhr von der nahen Elisabethenkirche schlug vier, als Tina Merz das Kriminalkommissariat betrat. Sie war müde, und die Versuchung war gross, den Lift zu nehmen und sich in den zweiten Stock hochfahren zu lassen. Aber sie dachte an all die Leckerbissen, denen sie trotz ihrer guten Vorsätze in den letzten Tagen nicht hatte widerstehen können, biss die Zähne zusammen und schlug den Weg in Richtung Treppe ein.

Das Gespräch mit Obrist hatte bei ihr ein Gefühl von Unzufriedenheit hinterlassen. Ihre Vermutungen über die Ehe der Grolls waren zwar bestätigt worden, aber sonst wusste sie eigentlich nicht mehr als vorher. Obrist hatte seine Rolle als netter und zufriedener Chef gut gespielt. Aber sie war überzeugt, dass er einiges vor ihr verborgen hielt. Deshalb trauerte sie der verpassten Chance nach. Sie hätte nicht mit ihm, sondern mit der Sekretärin sprechen sollen. Von Frau zu Frau. Sie hätte bestimmt mehr erfahren.

«Ihre Post liegt bereit. Ebenso die Unterlagen, die Sie für den Fall Sutter benötigen.» Frau Simon stand unter der Türe. «Ich kann sie auch wieder mitnehmen. Sie kommen in den nächsten Tagen ohnehin nicht dazu, daran zu arbeiten, und Schär wollte sie zuerst nicht aus den Händen geben. Er wollte auch unbedingt wissen, wo Sie sind. Er sucht etwas, um uns eins auszuwischen. ‹Frauenwirtschaft, typische Frauenwirtschaft›, meinte er frech, ‹immer unterwegs, und das nennt man dann arbeiten.› Eines Tages werfe ich ihm ein Aktenstück an den Kopf.»

Die Kommissarin lachte. Frau Simon sah aus, wie wenn sie gleich nach einem der Dossiers greifen und ihre Drohung wahr machen würde.

«Dann hat da noch ein Herr Sommer angerufen.» Jetzt war Frau Simon wieder ganz die sachlich-tüchtige Sekretärin. «Er sei der Chef von Marc Leclair. Und ob der Termin am Montag wirklich ein Must sei.»

Mit ihrer Mimik brachte Frau Simon zum Ausdruck, dass sie diese neudeutschen Wörter verabscheute. «Leclair habe nach seiner Rückkehr aus Amerika anderes zu tun, als sich mit der Frau Kommissarin zu treffen. Er sei ohnehin viel abwesend, jetzt, wo er noch einen Wahlkampf zu bestreiten habe.» Sie legte einen Zettel mit der Telefonnummer auf den Schreibtisch.

Die Kommissarin nickte ihrer Sekretärin dankend zu und wählte die Nummer.

«Sommer», tönte es am anderen Ende. Eine energische, aber nicht unangenehme Stimme, die sehr beschäftigt klang. Tina Merz stellte sich den Mann vor. Er musste älter sein, vermutlich weisshaarig und schlank, und man roch die Chefposition durchs Telefon. Sie stellte sich vor.

«Aha, die Frau Kommissarin persönlich. Nett, dass Sie zurückrufen. Es gibt Probleme mit dem Terminkalender meines Schwiegersohnes. Er ist am Montag geschäftlich in Stuttgart, und nun sagte mir die Sekretärin, er habe von Ihnen eine Vorladung erhalten. Um es kurz zu machen: Der Termin steht quer in der Landschaft und muss verschoben werden.»

«Welcher Termin? Ihrer oder meiner?», fragte sie harmlos.

«Ihrer selbstverständlich.» Sommer lachte laut; es amüsierte ihn, dass jemand auf die Idee kam, er verschiebe einen Termin wegen einer Vorladung ins Kriko. «In einem Staatsbetrieb kommt es doch auf einen Tag früher oder später nicht an. Aber hier bei uns, da ist Zeit Geld. Wir können wegen einer netten Unterhaltung nicht einfach alles stehen und liegen lassen.»

Tina Merz spürte, wie sich ihre Nackenhaare zu sträuben begannen.

«Das ist auch der Grund, weshalb mein Schwiegersohn zum Staat überlaufen will», fuhr Sommer unbekümmert fort. «Im Büro sitzen und Zeitung lesen», sagte er mit boshaftem Spott, «das passt ihm. Und das passt auch zu ihm. Jetzt können wir alle nur hoffen, dass er gewählt wird, bevor die Wählerschaft merkt, was sie an ihm hat.»

Es war nicht das erste Mal, dass sich Tina Merz solchen Unsinn über die Arbeit in der Verwaltung anhören musste. Sie steckte es weg. Was sie mehr interessierte, waren die giftigen Sticheleien gegen Leclair. «Sie wären offenbar nicht unglücklich, wenn er gewählt würde?»

Sommer lachte laut, wie wenn sie einen besonders guten Witz erzählt hätte. «Ich werde jedenfalls nicht weinen deswegen», sagte er höhnisch. «Aber die Art und Weise, wie er sich wegschleicht und alles stehen und liegen lässt, die passt mir nicht. Hier gibt es noch ein paar Zäune zu flicken.»

Sie schwieg.

«Also, auf wann können Sie den Termin verschieben?»

«Wann kommt Herr Leclair aus Stuttgart zurück? Unser Gespräch ist dringend. Es muss am Montag stattfinden. Sonst kommen wir mit unseren Ermittlungen nicht weiter.»

«Ich habe ihn für die Vieruhrmaschine buchen lassen, dann ist er um fünf hier. Reicht das?»

Als sie nicht sofort antwortete, meinte er spitz: «Es muss. Aber ich kann mir vorstellen, dass es für eine Beamtin, die sonst um fünf den Löffel fallen lässt, nicht einfach ist, ihre Gewohnheiten zu ändern.»

«Die Beamtin wird es richten, Herr Sommer.» Sie spürte den Drang, den Mann zurechtzuweisen, aber sie nahm sich zusammen. «Vielen Dank für Ihre Komplimente und ein schönes Wochenende.» Damit knallte sie den Hörer auf den Apparat und atmete tief durch. Was für ein selbstgefälliger Kerl! Sie verstand jetzt, warum Marc Leclair dieses Regime verlassen wollte. Ja, er wurde ihr direkt sympathisch. Jedenfalls musste er gute Nerven und eine grosse Frustrationstoleranz besitzen, dass er es mit diesem Tyrannen von Schwiegervater so viele Jahre ausgehalten hatte.

Sie war daran, den Computer aufzuschalten, um ihre Mails abzufragen, als Frau Simon hereinkam. «Ich will mich nicht aufdrängen», sagte sie, und man hörte deutlich, wie sehr sie hoffte, nicht abgewiesen zu werden, «aber ich könnte Ihnen einiges über die Familie Sommer erzählen, falls es Sie interessiert.» Mit den Augen suchte sie im Gesicht der Kommissarin nach einer Antwort. «Als Sie gestern den Namen Marc Leclair erwähnten, erinnerte ich mich daran, dass meine Schwägerin eine Schulfreundin von Sarah ist, der Frau von Sommers jüngerem Sohn. Ich habe sie heute Morgen angerufen, und sie hat mir ein paar recht interessante Dinge erzählt.» Ihre Mimik machte deutlich, dass es sich um Informationen handelte, die nicht aktenkundig waren.

«So?» Die Kommissarin kam hinter ihrem Schreibtisch hervor und setzte sich an den Glastisch, für Frau Simon ein Zeichen, dass sie zu einem Gespräch bereit war. «Schiessen Sie los.» Dann besann sie sich. «Nein, warten Sie, wir machen uns einen Kaffee.»

Sie nahm zwei Kaffeechips aus dem obersten Schubfach ihres Schreibtisches und verschwand nach draussen. Frau Simon blieb allein zurück. Plötzlich stand sie auf und ging hinüber in ihr Büro. Sie hatte über Mittag eingekauft, und ihre prall gefüllte Tasche stand neben ihrem Schreibtisch. Sie entnahm ihr eine Tüte mit Konfekt, leerte dieses auf einen Teller und trug es ins Büro der Kommissarin. Wenig später kam diese mit zwei vollen Kaffeetassen zurück.

«Wir geniessen das viel zu selten, so einen Afternoon-Tea. Und...» Jetzt hatte sie das Konfekt entdeckt. «Oje! Ich muss doch abnehmen», jammerte sie. «Aber dafür verschiebe ich meine Diät auf morgen. Das Wochenende ist ohnehin besser für gute Vorsätze. Da kann man sich richtig darauf konzentrieren.» Sie nahm ein Stück Konfekt und biss geniesserisch etwas davon ab. «Mmm, herrlich!» Sie schloss die Augen und liess die feine Schokolade auf der Zunge zergehen. «Also, was wollten Sie mir berichten?»

«Arthur Sommer, der Herr, mit dem Sie vorhin telefonierten», begann Frau Simon und nahm einen Schluck aus ihrer Tasse, die sie gepflegt samt Unterteller aufgenommen hatte und jetzt auf den Tisch zurückstellte, «ist Gründer und Inhaber der Sommag, die zu den führenden Elektronikfirmen der Region gehört. Die Firma hat weltweit etwa achttausend Angestellte und einen Jahresumsatz von 1,5 Milliarden Franken. Sommer selbst gehört zu den reichsten Männern der Schweiz. Er sei ein Unternehmer im besten Sinne des Wortes, sagt meine Schwägerin. Da er schon über siebzig Jahre alt ist, beschäftigt er sich seit einiger Zeit mit der Regelung seiner Nachfolge.» Wieder nahm Frau Simon genussvoll einen Schluck aus ihrer Tasse. «Der ältere Sohn stieg nach heftigen Auseinandersetzungen mit dem Vater aus der Firma aus und begann als Spätberufener ein Medizinstudium. Er arbeitet zurzeit in einem Spital in Kambodscha. Der jüngere Sohn Julius – das ist der Mann von der Freundin meiner Schwägerin –», Frau Simon musste tief Luft holen, nachdem sie diese langatmige Beziehung rekapituliert hatte, «also Julius zeigte ursprünglich keine Neigung, in die grossen Fussstapfen seines Vaters zu treten. Er wurde nach einem mehrjährigen Leidensweg in den staatlichen Schulen kurzerhand in ein Internat gesteckt, ist von dort mehrmals weggelaufen und schliesslich zum Weltenbummler geworden. Vor ein paar Jahren kehrte er, zweiunddreissigjährig, nach Basel zurück, holte die Matura nach und heiratete die Freundin meiner Schwägerin. Die beiden zogen wenig später nach London, wo Julius an der Business-School mit Bravour sein Diplom absolvierte. Vor eineinhalb Jahren kamen sie nach Basel zurück, und Julius trat in die väterliche Firma ein. Ganz wider Erwarten arrangierte er sich mit dem alten Herrn, er kommt sogar bestens mit ihm zurecht und ist nun zum Hoffnungsträger des Vaters geworden. Jedenfalls wurde er vor einiger Zeit zu dessen Stellvertreter und Nachfolger ernannt.»

«Das ist allerdings sehr interessant», Tina Merz war der Erzählung ihrer Sekretärin mit grosser Aufmerksamkeit gefolgt und hatte dabei langsam zwei weitere Konfektstücke auf der Zunge zergehen lassen. «Nehmen Sie das weg, sonst esse ich alles auf», sagte sie jetzt und deutete auf den bereits halb leeren Teller, «und dann reut es mich wieder.» Sie klopfte sich auf den Bauch. «Ich werde aufs Nachtessen verzichten müssen», sagte sie halblaut zu sich selbst, «oder nur etwas Sorbet essen, das macht schlank.»

«Marc Leclair ist der Mann von Melanie, der Tochter von Sommer.» Frau Simon war aufgestanden und hatte wie geheissen den Teller mit dem Konfekt vom Tisch auf das kleine Bücherregal verschoben, auf dem die Kommissarin ihre Gesetzbücher aufbewahrte. Jetzt setzte sie sich wieder. «Diese Melanie muss eine fantastische Frau sein, sehr klug und mit einem Flair für Kunst. Sie betätigt sich selbst als Malerin und soll schon mehrmals erfolgreich ausgestellt haben. Sie unterstützt auch arme Künstler.»

«Und sie arbeitet nicht in der väterlichen Firma?», fragte die Kommissarin dazwischen. Sie war aufgestanden und langsam um den Tisch herum zu dem kleinen Regal geschlichen. Dort nahm sie rasch ein Stück Konfekt vom Teller, setzte sich wieder auf ihren Stuhl und biss mit nach aufwärts verdrehten Augen in die Schokolade. «Morgen werde ich bestimmt Diät halten», murmelte sie mit sichtbar schlechtem Gewissen.

«Wie gesagt, der alte Sommer gehört zu den reichsten Männern der Schweiz», setzte Frau Simon ihren Bericht fort, ohne sich von ihrer Chefin beirren zu lassen. «Er mag zwar die Firmenleitung noch nicht aus den Händen geben, aber Geld bedeutet ihm wenig. Er hat vor einiger Zeit den Grossteil seines Vermögens an seine drei Kinder abgegeben. Davon können diese gut leben. Auch ohne zu arbeiten», fügte sie nicht ohne Neid hinzu.

«Eigentlich schade, dass mir keiner der beiden Söhne über den Weg gelaufen ist, als ich noch jünger und schlanker war.» Tina Merz leckte jedes Schokoladetröpfchen von ihren Fingern. «Dann müsste ich meine Tage nicht in diesem tristen Büro verbringen.»

«Geld macht nicht glücklich», wies Frau Simon ihre Chefin sanft zurecht.

«Aber kein Geld macht auch nicht glücklich», lachte diese vergnügt und schielte bereits wieder auf das kleine Regal im Rücken ihrer Sekretärin, wo ihr vom Teller noch immer ein paar Konfektstücke zulachten.

«Der junge Julius Sommer», erzählte Frau Simon mit ernsthafter Miene weiter, «ist jetzt der zweite Mann in der Firma, und vorher war das Marc Leclair.»

«Aha, jetzt wirds interessant», bemerkte die Kommissarin, und an ihren angespannten Gesichtsmuskeln sah man, dass ihre Konzentration wuchs.

«Leclair ist nach seiner Heirat mit Melanie Sommer in die Firma des Schwiegervaters eingetreten und hat dort rasch Karriere gemacht. Er war ein paar Jahre Direktor der Sommag in Amerika. Als er nach Basel zurückkehrte, wurde er innert weniger Jahre zum zweiten Mann in der Firma. Allerdings war kurz vorher Herbert, der älteste Sohn, ausgestiegen, und Julius, der jüngere, war noch nicht wieder da.»

«Er hat seine Stunde erkannt und genutzt.» Tina Merz sagte das nicht ohne Bewunderung.

«Das ist tatsächlich so», fuhr Frau Simon fort. «Er machte Karriere, obwohl der alte Sommer ihn nicht mag und daraus auch keinen Hehl macht. An einem Familienfest, das Melanie vor ein paar Jahren gab, soll er in seiner Tischrede den Schwiegersohn einen Schmarotzer genannt haben, der ein paar Stockwerke zu hoch in einer Wohnung lebe, die andere für ihn eingerichtet hätten. Melanie soll sich deswegen mit ihrem Vater fast zerstritten haben.»

«Und weiss Ihre Schwägerin auch, warum der alte Sommer seinen Schwiegersohn nicht mag und ihm jetzt eine Wohnung zugewiesen hat, die ein paar Stockwerke tiefer liegt?» Die Kommissarin hatte ihrer Tasse den letzten Schluck des inzwischen kalt gewordenen Kaffees abgerungen.

«Es gibt zwei Gründe dafür, meint meine Schwägerin. Zum einen führen die Ehegatten Leclair eine ziemlich unkonventionelle Ehe. Leclair soll sich recht ungeniert mit anderen Frauen vergnügen. In Amerika habe er sogar ein Kind, und er besuche dessen Mutter auch heute noch regelmässig.»

«Und Frau Leclair sieht dem einfach so zu?» Tina Merz konnte nicht glauben, dass eine reiche und attraktive Frau bereit war, derartige Eskapaden ihres Mannes zu akzeptieren.

«Als Künstlerin sieht sie das vielleicht nicht so eng.» Frau Simon zuckte mit der Achsel. «Oder sie hat auch einen Freund. Aber da ist noch etwas anderes, was den alten Sommer gegen seinen Schwiegersohn aufbrachte.» Sie senkte ihre Stimme, wie wenn sie ihrer Chefin ein grosses Geheimnis anvertrauen wollte. «Offenbar ging Leclair gegen die Weisung des Schwiegervaters einen Deal mit einer fernöstlichen Firma ein, der ein grosser Reinfall wurde. Der Vertrag ist zwar nie rechtsgültig unterschrieben worden, aber Sommer liess ihn trotzdem nicht platzen, sondern übernahm die Schulden, die daraus entstanden waren. Die einen behaupten, er habe das seiner Tochter zuliebe getan, andere sagen, er habe seine Firma nicht mit negativen Schlagzeilen ins Gerede bringen wollen.»

«Und wie hoch waren die Verluste, die Leclair eingefahren hat?»

«Man munkelt, es seien fast zwanzig Millionen gewesen.» Frau Simon bekam ganz runde Augen, als sie die Summe nannte. «Und seither, erzählte meine Schwägerin, sage der alte Sommer zu seinem Schwiegersohn nicht mehr als ‹guten Tag› und ‹auf Wiedersehen›.»

«Was ich ihm nicht verdenken kann», bemerkte die Kommissarin gnädig.

«Vor etwa einem Jahr», kam Frau Simon zum Ende ihrer Geschichte, «hat Sommer seinen Schwiegersohn aus allen wichtigen Gremien der Firma entfernt und für ihn einen Beraterposten geschaffen. Seither hat Leclair nichts mehr zu sagen. Die Familie hüllte den Mantel des Schweigens über das Ereignis und spielte das Ganze so herunter, dass die Öffentlichkeit die Veränderungen kaum zur Kenntnis nahm.»

«Nur so ist erklärbar, dass die Wählerunion Baselland Leclair am vergangenen Dienstag zum Regierungskandidaten machte», sinnierte die Kommissarin. «Die massgeblichen Leute in der Partei wissen offensichtlich nichts von seinem Absturz in die unteren Etagen.» Und Heinemann? Könnte er davon gewusst haben?, ging es ihr blitzschnell durch den Kopf. War hier der Hintergrund für die von ihm ausgesprochene Drohung zu suchen?

«Und damit ist klar, weshalb Leclair abspringen und in der Politik Karriere machen will», ergänzte Frau Simon triumphierend. «In der Firma steht er auf dem Abstellgleis, und wenn sein Schwager die Konzernleitung übernimmt, ist ihm nicht einmal mehr das sicher, denn Julius Sommer und Leclair sind sich gar nicht grün.»

«Was auch wieder verständlich ist, wenn man bedenkt, dass der junge Sommer ihn aus seiner Stellung verdrängt hat», bemerkte Tina Merz, die noch immer angestrengt nachdachte und dabei die Konfektschale völlig vergessen hatte. «Das war ein aufschlussreicher Bericht.»

«Ich bin froh, wenn ich Sie unterstützen und etwas zu Ihrem Erfolg beitragen kann.» Frau Simon war sehr zufrieden. «Wir Frauen müssen zusammenhalten. Vor allem gegen Männer wie diesen Schär.» Sie stand auf. «Ich wünsche Ihnen ein angenehmes Wochenende. Vielleicht können Sie endlich einmal ausschlafen.»

27

Es war Freitagabend.

Nach dem Gespräch mit Frau Simon rief die Kommissarin ihre Mails ab. Die Berichte des Erkennungsdienstes über die beiden Untersuchungen in Heinemanns Haus waren eingegangen. Sie druckte die sieben Seiten aus. Sie würde sie mit nach Hause nehmen und morgen Vormittag in aller Ruhe und mit einem Kaffee im Bett lesen. Dann räumte sie ihren Schreibtisch auf und stellte dabei fest, dass sie wieder einmal ihre Wochenziele nicht erreicht hatte.

Sie hatte sich angewöhnt, am Sonntagabend, wenn sie den Krimi im Fernsehen verfolgte, auf einem Papier die Ziele für die kommende Woche zu formulieren. Wenn sie dann am Ende der Arbeitswoche hinter alle ihre Vorhaben einen schwungvollen Haken setzen konnte, dann gönnte sie sich als Ersatz für das fehlende Schulterklopfen ihres Chefs etwas Besonderes: Sie kaufte sich einen Schal, einen hübschen Pullover oder auch nur etwas Gutes zum Essen. Heute war nichts damit. Die Arbeit war wegen des neuen Falles liegen geblieben. Andächtig las sie durch, was sie sich am vergangenen Sonntag auf den Wochenplan geschrieben hatte. Da fanden sich neben Banalitäten wie «Frau Simon einen Blumenstrauss bringen» oder «Schär einmal richtig die Meinung sagen» arbeitsintensive Vorhaben wie der Abschluss des Falles Forster oder der Schlussbericht Meltinger. Alles war liegen geblieben. Tina Merz betrachtete resigniert die Aktenberge, die sich auf ihrem Schreibtisch türmten. Sie hatte die Dossiers am Montag voll Optimismus vom Schrank zum Schreibtisch getragen, überzeugt, dass dies der letzte Transport wäre. Jetzt musste sie alles wieder zurücklegen. Den Fall Sutter hatte sie eingepackt, den wollte sie mit nach Hause nehmen und übers Wochenende fertig stellen. Laut Prognose würde es ohnehin regnen. Wenigstens hatte sie das mit den Blumen für Frau Simon erledigt. Schon am Montag in der Mittagspause hatte sie einen schönen Strauss gekauft und ihrer Sekretärin damit eine grosse Freude bereitet. Immerhin, dachte sie, trotz allem zufrieden mit sich und der Welt, eigentlich war dieser Blumenstrauss mein wichtigstes Vorhaben.

Sie war fertig mit Aufräumen und eben dabei, ihren Mantel anzuziehen, als das Telefon klingelte. Sie sah auf die Uhr und zögerte einen Augenblick, dann fiel ihr die abschätzige Bemerkung von Arthur Sommer ein. Rasch nahm sie den Hörer ab.

«Stücklin, Landbote», meldete sich die bekannte freundliche Stimme. «Haben Sie einen Augenblick Zeit?»

Sie war froh, dass er ihr Gesicht nicht sehen konnte. «Sie haben Mut, junger Mann.» Ihre Wochenendstimmung war wie weggeblasen. «Sie versauen mir den Tag mit Ihren schön formulierten Halbwahrheiten, und jetzt rufen Sie an wie die Unschuld vom Lande.»

«Aber, Frau Kommissarin, die Leute lesen eben gerne Kriminalgeschichten. Und wenn die Würze fehlt, dann müssen wir etwas nachpfeffern. Sie nehmen das viel zu persönlich.» Er lachte. «Ich mache Sie zu einer berühmten Frau, Sie werden sehen. Ganz nach dem Motto von Curd Jürgens: Was die Zeitungen schreiben, ist egal, Hauptsache, sie schreiben.»

«Curd Jürgens mag sagen und denken, was er will. Mir ist trotzdem nicht egal, was Sie schreiben.» Sie ärgerte sich, dass sie schon wieder all ihre Vorsätze vergessen hatte und sich mit diesem Journalisten in eine Diskussion einliess. «Und überhaupt, es ist Feierabend. Ich wünsche Ihnen ein schönes Wochenende.»

«Nicht so stürmisch. Ich habe nur eine ganz kleine Frage.»

«Herr Stücklin …» Schon wieder drängte sich die Bemerkung von Arthur Sommer in ihr Bewusstsein.

«Der Artikel von heute Morgen ist bei unserer Leserschaft auf grosses Interesse gestossen. Dieser zweite Mord an einem Zeitungsverträger beschäftigt die Leute, und wir möchten in der Wochenendausgabe einen Bericht über den aktuellen Stand der Ermittlungen bringen. Ihr Kollege

Schär hat mir über den Fall Masagni eingehend Auskunft gegeben. Und er sprach auch über Ihren Fall. Er sagte mir, dass es sich bei Heinemann um einen klassischen Raubmord handle. Sind Sie auch dieser Ansicht?»

«Herr Schär soll sich bei seinen Auskünften auf seine eigenen Fälle beschränken», meinte sie schnippisch.

«Das tönt, wie wenn Sie sich nicht einig wären? Gibt es irgendwelche Schwierigkeiten zwischen Ihnen und Ihrem Kollegen?»

«Wie kommen Sie darauf?»

«Herr Schär deutete so etwas an.»

«Was deutete er an?» Sie hätte sich die Zunge abbeissen können.

«Er meinte, Sie hätten noch zu wenig Erfahrung für einen so heiklen Fall.»

«Da muss er sich mit unserem Chef auseinander setzen. Er teilt die Fälle zu.»

Jetzt wechselte Stücklin das Thema. «Sind Sie in Ihrem Mordfall heute weitergekommen?»

Alles in Tina Merz mahnte zur Vorsicht. «Ich darf Ihnen zu den Ermittlungen keine Auskunft geben. Rufen Sie doch Mitte nächster Woche nochmals an, dann wissen wir mehr.»

«Eine Frage, nur noch eine Frage.» Stücklin war hartnäckig. «Ist Ihnen bekannt, dass sich Groll ins Ausland abgesetzt hat? Hätten Sie ihn, bei all den Verdachtsmomenten, die gegen ihn vorliegen, nicht verhaften müssen?»

«Sie sollten Kriminalromane schreiben, junger Mann.» Wie konnte sie diesen lästigen Menschen loswerden?

«Groll soll ein gewalttätiger Mann sein. Wissen Sie etwas darüber?»

«So?», knurrte sie. «Ich denke, es ist Zeit fürs Wochenende. Ich wünsche Ihnen gute Erholung.»

Damit legte sie endgültig auf. Sie atmete tief durch. Dieser Mann war eine Plage. «Wegelagerer» hatte der deutsche Bundeskanzler Helmut Schmidt solche Journalisten einmal genannt. Wie Recht er doch hatte!

Als sie die Treppe hinunterstieg, war Stücklin vergessen, und sie fühlte sich in bester Wochenendstimmung. «Du hast trotz allem einen guten Job gemacht diese Woche. Chapeau!», sagte sie in Geberlaune anerkennend zu sich selbst. Mit einem von Herzen kommenden «Thanks God it's Fryday» trat sie aus dem grossen Tor auf die Strasse. Sie ging mit raschen Schritten durch die Steinentorstrasse zum Theaterplatz. Das war einer ihrer Lieblingsorte. Und sie teilte diese Liebe mit vielen anderen, denn trotz kühler Temperatur tummelte sich eine bunte Schar von Leuten jeden Alters auf dem Platz und den Stufen, die hinauf zur Elisabethenkirche führten. Sie blieb vor dem Fasnachtsbrunnen von Jean Tinguely stehen und beobachtete das fröhliche Treiben. Sie entdeckte einen Hund, der vom Brunnenrand aus versuchte, eine im bewegten Wasser schwimmende Pommes-frites-Tüte zu erhaschen. Immer, wenn er glaubte, ihrer habhaft zu werden, wurde sie vom Wasser wieder weggetrieben, um dann wieder zu ihm zurückzukehren.

Wenn sie auf diesem Platz stand, erinnerte sich Tina Merz immer an eine Bemerkung Stephans. Als man ihn vor Jahren gefragt hatte, ob er für den Grossen Rat kandidieren wolle, hatte er der Partei in einem kurzen Brief mitgeteilt, er eigne sich nicht zum Politiker, denn er sei gewohnt, etwas zu sagen, wenn er rede, und etwas zu leisten, wenn er arbeite. Die Parlamentsarbeit sei für ihn wie der Tinguelybrunnen; auch dieser schaufle von früh bis spät eifrig Wasser, und doch habe er abends nie mehr von dem köstlichen Nass im Becken als am Morgen.

Eine Viertelstunde später betrat sie ihre Wohnung. Sie traf Sebastian und Lukas in der Küche, wo sie sich über ihre Schulerlebnisse unterhielten.

«Was gibts?», fragte der Jüngere. Diese Frage stellte er vor jedem Essen, und je nachdem, wie die Antwort ausfiel, stand er später selbst am Herd, um sich etwas nach seinem Geschmack zu kochen.

«Salome kommt zum Essen.»

«Und? Was gibts?», insistierte Lukas.

«Chili con carne, Reis und Salat. Vorher eine Fischterrine und nachher ein bisschen Käse und etwas Früchtesorbet.» Sie schaute prüfend in den Eisschrank, ob Maria alles Nötige eingekauft hatte.

«Und dann behauptest du ständig, du wollest abnehmen», maulte Sebastian. «Mütterchen, wenn du es weiter so treibst, dann wachsen deine Pirellis wie die Blumen im Frühling.»

«So, so, junger Mann, etwas mehr Respekt», ermahnte sie ihren Älteren.

«Dein Gejammer, wenn du dich im Spiegel betrachtest, ist langweilig, vor allem für die, die es sich täglich anhören müssen.» Sebastian leerte ein riesiges Glas Cola in sich hinein.

«Du solltest dir ein Rennrad kaufen. Dann hättest du keine Pirellis», mischte sich der Jüngere ernsthaft ein. «Schau, alles Muskeln.» Er krempelte seinen Ärmel hoch und machte mit der rechten Hand eine Faust, um seinen Bizeps anschwellen zu lassen.

«Ich mag Salome nicht besonders. Sie macht so auf Lehrerin.» Sebastian hatte sich auf den Küchentisch gesetzt. «Ich werde nicht mit euch essen. Sie schaut immer so missbilligend, wenn wir Cola trinken und keinen Salat mögen. Und euer Gequatsche interessiert mich auch nicht.»

«Und es kommt ein guter Film.» Lukas war begeistert von der Idee, das Nachtessen mit Fernsehen zu verbinden.

«Lass uns alleine essen. Dann könnt ihr ungestört quatschen, und wir haben unseren Frieden.»

«Macht, was ihr wollt.» Tina Merz hatte Verständnis für das Anliegen ihrer Söhne. Salome hatte keine Kinder, wusste aber sehr genau, wie sie sie erziehen würde, wenn sie welche hätte. Sie verstand auch, dass Sebastian und Lukas für Salome wenig Zuneigung empfanden. Ihre Freundin war kühl und intellektuell und machte es einem schwer, sie zu mögen. Aber sie kannte sie seit der Studentenzeit, und ihre Ehen waren fast gleichzeitig geschieden worden. Salome war eine sehr erfolgreiche Anwältin. Möglicherweise war ihre Ehe deshalb zerbrochen, denn Beat, ihr «Ex», wie sie ihn nannte, war ein emotionaler, gemütlicher Mann, ein richtiger Softy, jedenfalls nach

Salomes Urteil. Er hatte immer von einer Familie geträumt. Während Jahren hatte er versucht, seine Frau, die ihre ganze Energie darauf verwendete, ein eigenes Anwaltsbüro aufzubauen, für Kinder, Haus und Garten zu begeistern. Als er erkannte, dass ihm dies nicht gelingen würde, verliess er sie. Er war in der Zwischenzeit mit einer anderen Juristin verheiratet, hatte drei Kinder, einen Hund, zwei Katzen sowie vier Meerschweinchen... und etwa zehn Kilo zugenommen. Aber er strahlte vor Lebensfreude. Salome dagegen war eine kühle Intellektuelle, eine Businesswoman, geworden, die sich kaum für etwas anderes als ihren Beruf interessierte. Sie war immer perfekt gekleidet – sie kaufte ihre Garderobe meist an der Theatinerstrasse in München – und ging jeden Montag zum Coiffeur, um ihre braunen, kurzen Haare in die gewünschte Form bringen zu lassen. Dann war sie die ganze Woche unterwegs für ihre Klienten mit einem Attachécase aus Krokoleder, das ihr einer ihrer reichen Verehrer geschenkt hatte.

Tina Merz hatte sich nie gefragt, ob sie ihre Freundin mochte. Sie dachte zum ersten Mal darüber nach, während sie das Essen vorbereitete. Salome war eine Person, die man bewundern konnte; aber lieben? Sie war in jeder Beziehung kontrolliert. Sie sagte nie etwas Unpassendes und lachte nie im falschen Moment. Sie stammte aus einer angesehenen Basler Familie. Ihr Vater war einer jener puritanisch-protestantischen Pfarrer gewesen, die ausschliesslich dem Geist huldigten und Emotionen und Lustgefühle für minderwertig hielten. Salome wusste immer genau, was gut und schlecht, richtig und falsch war. Da Tina Merz zu den Suchenden gehörte, fühlte sie sich durch die Freundin oft verunsichert oder sogar disqualifiziert. Sie nahm in sich all die Gefühle und Bedürfnisse wahr, die in Salomes Urteil niedrig und verfehlt waren: Sie war neidisch, tratschte über andere und zog auch gerne einmal einen Einkaufsbummel einem Museumsbesuch vor. Salome vermittelte ihr ein Gefühl von Ungenügen. Heute hatte sie erfahren, dass es ihren beiden Söhnen ähnlich erging.

Nach dieser Erkenntnis fühlte sie sich erleichtert. Sie war zwar alles andere als vollkommen, aber es gab Menschen, die sie mochten; trotzdem oder vielleicht gerade deswegen.

Das Essen war so weit vorbereitet. Jetzt ging sie ins Wohnzimmer, um den Tisch zu decken. Wenn Salome kam, durfte kein Fleck auf dem Tischtuch sein. Und auch die Gläser mussten noch ausgerieben werden …

28

Es war auf die Minute genau acht Uhr, als es läutete und Salome mit einer Brise kühler Nachtluft die Wohnung betrat. Sie stellte ihre Aktentasche, die zwar gebraucht war, aber immer noch einen Hauch von Luxus ausstrahlte, auf den kleinen Tisch im Korridor, warf einen kurzen, prüfenden Blick in den Spiegel und drehte sich dann zur Freundin. Die beiden Frauen hauchten sich einen Kuss auf beide Wangen. Dann trat Tina Merz einen Schritt zurück und musterte ihren Gast. Alles perfekt. Das in Blau und sanften Pinktönen gehaltene Foulard passte genau zum dunkelblauen, eng sitzenden Jackenkleid; mit der assortierten graublauen Seidenbluse war Salome eine tolle Erscheinung. Und wie immer kam sich Tina Merz daneben vor wie der Trampel vom Lande, in ihren Jeans und dem viel zu langen grünen Pullover, den sie im letzten Ausverkauf günstig erstanden hatte und den sie so gerne trug, obwohl sie wusste, dass er ihre Figur keineswegs vorteilhaft zur Geltung brachte.

«Ich habe mich den ganzen Tag auf den heutigen Abend gefreut.» Salome hängte ihren Mantel an den Kleiderbügel, den die Kommissarin ihr gerichtet hatte, nicht ohne vorher den Kragen fein säuberlich zurechtzulegen. «Entschuldige meine geschäftsmässige Kleidung.» Sie musterte die Freundin nicht ohne Wohlwollen. «Eigentlich wollte ich mich noch umziehen. Aber dann ging die Verhandlung viel länger, als ich erwartet hatte, und so blieb mir keine Zeit, nochmals nach Hause zu fahren. Jetzt musst du mich halt nehmen, wie ich bin.»

«Du bist perfekt wie immer.» Tina Merz warf der Freundin einen bewundernden Blick zu. «Ich wollte, ich würde aussehen wie du.»

Salome hatte sich im Wohnzimmer auf das Sofa gesetzt und schaute zu, wie ihre Gastgeberin den Weisswein, einen Malvoisie, aus dem Eisschrank nahm und öffnete.

«Wo ist die Jungmannschaft?» Sie entnahm ihrer Aktentasche zwei Computerzeitschriften. «Und das ist für dich.» Sie reichte Tina Merz eine Flasche ihres Lieblingsparfums. «Ich hoffe, du hast deinen Geschmack nicht gewechselt.»

«Nein, was mein Parfum angeht, bin ich sehr beständig.»

Tina Merz stellte die Geschenke auf die Bar, die die Küche vom Essteil des Wohnzimmers trennte. «Wie geht es dir?»

«Ich will nicht jammern», antwortete die Freundin, «aber ich fühle mich nicht besonders. Irgendwie leer. Vielleicht habe ich auch einfach zu viel zu tun, komme zu wenig zum Nachdenken.» Sie lachte etwas gequält. «Nachdenken ist zwar auch nicht gut, weil ich dann erkennen muss, dass meinem Leben der Inhalt fehlt.»

«Das sagst du, ausgerechnet du?» Tina Merz stellte die Teller mit der Fischterrine auf den Tisch. «Du mit deiner Kanzlei, deinem Erfolg, deinem Einkommen, mit allem, was du erreicht hast?»

«Und du meinst, das sei Inhalt? Die Kanzlei? Das Einkommen?» Salome hatte sich an den Tisch gesetzt und sah ihre Freundin forschend an. «Möchtest du leben wie ich?»

Tina Merz setzte sich gegenüber. Sie zögerte mit der Antwort.

«Möchtest du mit mir tauschen?», insistierte Salome.

Das Gespräch hatte plötzlich eine ernsthafte Wendung genommen. Tina Merz schwieg und dachte nach, während sie in der Fischterrine stocherte.

«Du würdest doch nie mit mir tauschen wollen. Denn meinem Leben fehlt doch das Wichtigste: ein Mensch, für den ich sorgen kann, um den mein Dasein sich dreht, der an mich denkt, wenn ich weg bin, der abends müde zu mir nach Hause kommt.» Sie nahm einen Schluck Wein. «Manchmal beneide ich meine Sekretärin.» Sie war jetzt sehr nachdenklich. «Sie trägt zwar einen Sack voller Sorgen auf den Schultern. Ihre Tochter hat einen Freund, der so alt ist wie ihr Vater, und der Sohn ist im Herbst durch die Matura gefallen. Ihr Einkommen ist knapp, und ihr geschiedener Mann zahlt die Alimente nur, wenn es ihm gerade passt. Trotzdem beneide ich sie, weil sie das Leben spürt. Sie hat die Chance, für ihre Kinder zu kämpfen, mit ihnen durch Krisen zu gehen und daran zu wachsen. Ich verdiene zwar dreihunderttausend im Jahr, habe eine renommierte Anwaltskanzlei, bin sehr gefragt, kann mir kaufen, was immer ich mir wünsche. Und doch fühle ich mich leer. Vielleicht fehlen mir auch nur die Sorgen.» Und mit einem Anflug von Ironie fügte sie bei: «Wie soll ich die Weisheit des Alters erreichen, wenn das Leben an mir vorbeigeht?»

Tina Merz hatte die Freundin noch nie so gehört. «Du hast dich vor fünfzehn Jahren doch sehr bewusst gegen die Familie und für deine Karriere entschieden», erinnerte sie sich. «Es war dein innigster Wunsch, eine gefragte Anwältin zu werden.»

«Das war ein Jugendtraum.» Salome reichte Tina Merz ihren leeren Teller über den Tisch. «Ich bewunderte meinen Onkel, einen Anwalt und Grossrat, wenn er seine Agenda hervornahm und zeigte, dass er keine freie Minute hatte. Ich war damals überzeugt: je voller der Terminkalender, desto wichtiger und glücklicher der Inhaber.» Sie lachte. «Ich weiss noch, dass ich am Anfang meiner Praxistätigkeit jedem, der mich im Büro aufsuchte, meine Agenda unter die Nase hielt. Sie bestand damals noch vorwiegend aus Lücken, und ich füllte diese mit Fantasienamen auf, um zu beweisen, wie beschäftigt und gefragt ich sei. Und jeder fiel darauf herein. Es sprach sich rasch herum, ich sei eine begehrte Anwältin, und jeder wollte mich haben.» Sie schmunzelte. «Aus dem gleichen Grund klagen doch alle Ärzte, wie hoffnungslos überlaufen sie seien. Und auch bei Frauen läuft das so. Wer will schon ein sitzen gebliebenes Mauerblümchen. Je mehr Verehrer einer Frau nachgesagt werden, desto begehrenswerter wird sie. Jedenfalls für gewisse Männer. So spielt der Markt. Und wir lassen uns diesen Terror aufzwingen. Freiwillig.»

«Ich war manchmal richtig wütend auf dich», erinnerte sich Tina Merz. «Wenn ich anrief, teiltest du mir als Erstes mit, du hättest eigentlich keine Zeit.» Auch jetzt noch war ihr das Gefühl, zu stören und abgewiesen zu werden, gegenwärtig. «Ich erlebte unsere damaligen Kontakte immer in der Schieflage: Du warst die Begehrte, die sich trotz grosser Beanspruchung gnädig zu mir herabliess; ich war die bittende Empfängerin deiner kostbaren Zeit. Darum habe ich irgendeinmal aufgehört, dich anzurufen. Ich war mir zu gut, um auf die Lücken in deinem Terminkalender zu warten.

«Leider warst du nicht die Einzige, die diese Konsequenz zog.» Salomes Gesicht überflog ein trauriges Lächeln. «Ich war mir damals nicht bewusst, dass der angespannte Terminkalender mein Leben so negativ beeinflusste, und wie fremdbestimmt ich war. Erst heute weiss ich, was ich versäume: Ich finde keine Zeit zum Lesen, zum Nachdenken, und ich habe längst keine Freunde mehr, jedenfalls keine, die man mit gutem Gewissen so nennen kann.»

«Und warum reduzierst du dein Arbeitspensum nicht und gönnst dir mehr Freizeit?»

«Vielleicht sollte ich das? Und vielleicht tu ich es auch einmal. Zuerst müsste ich allerdings darüber nachdenken, was ich wirklich will. Und dafür habe ich keine Zeit.» Sie schüttelte resigniert den Kopf. «Du magst es glauben oder nicht, aber wer so auf Achse ist wie ich und dabei zwangsläufig so auf der Oberfläche des Lebens schwimmt, hat sich das Nachdenken längst abgewöhnt. Natürlich kann ich mir immer noch ein paar kluge Gedanken machen, aber in emotionale Tiefen hinabzusteigen, wage ich längst nicht mehr. Denn wenn ich nach dem Sinn des Lebens frage, kommt die grosse Leere und damit die Depression.»

Tina Merz richtete an der Küchenbar das Essen an und suchte dabei nach einem anderen Thema, um dem Gespräch eine etwas fröhlichere Wendung zu geben. Jetzt kam sie mit zwei gefüllten Tellern zum Tisch zurück.

«Herrlich, für einmal nicht im Restaurant essen zu müssen», stellte Salome fest, während sie sich eine volle Gabel in den Mund schob. «Mm, sehr gut ist das.» Sie nickte ihrer Freundin anerkennend zu.

«Und wie steht es mit deinen Verehrern?», nahm Tina Merz den Gesprächsfaden wieder auf.

«Ich werde älter, und das wird von der Männerwelt registriert», lachte Salome kauend. «Das ist aber nichts, was mich ernsthaft beschäftig», versicherte sie rasch. «Ich habe meine Verehrer nach wie vor. Aber es ist anders als früher. Entweder sind sie verheiratet, und ich bin mir zu schade, nur Lückenbüsserin zu sein; oder sie sind geschieden oder gerade in Scheidung, und dann jammern sie über die Habgier ihrer Ehefrauen oder, was noch schlimmer ist, sie suchen meinen juristischen Rat.» Sie nahm einen grossen Schluck Wein. «Einen guten Tropfen hast du da. Von Stephan? Davon versteht er etwas.» Sie nahm einen weiteren Schluck. «Was soll ich mit einem Mann?», fragte sie nachdenklich, ohne eine Antwort zu erwarten. «Früher war das anders. Da waren meine Männer noch wie junge Götter. Aber seit sie wie ich älter geworden sind, haben meine Beziehungen viel von ihrem Charme, von ihrer Leichtigkeit verloren. Schlaf mit Männern um die fünfzig, und du wirst schon nach der ersten gemeinsamen Nacht mit grosser Ernüchterung feststellen: schütteres Haar, runder Bauch und dünne Beine.» Sie schob sich genussvoll eine volle Gabel in den Mund.

«Na, na, es gibt doch kleinere Unterschiede.»

«Übrigens», Salome wurde lebhaft, «ich kann mich jetzt bald damit brüsten, mit einem Regierungsrat ausgegangen zu sein.»

«Doch nicht mit Leclair?», fragte Tina Merz verblüfft.

«Doch, mit Leclair. Ein alternder Dressman, der die Wahl garantiert gewinnen wird, denn die Stimmen der Frauen ab fünfunddreissig sind ihm sicher. Die Wählerunion Baselland schickt genau das richtige Pferd ins Rennen.»

«Keine schütteren Haare, kein runder Bauch, keine dünnen Beine?» Tina Merz füllte die Gläser nach.

«Nein. Die löbliche Ausnahme. Gross, schlank und im Vollornat, was die Haare anbetrifft. Aber sonst nur warme Luft. Nichts Fassbares, keine Substanz.»

«Ein hartes Urteil.»

«Ein zutreffendes. Aber er sieht tatsächlich toll aus, kann gut reden und ist sehr anpassungsfähig. Ein typischer Homo politicus.»

«Und er war dein Liebhaber?» Tina Merz hatte vor Neugier ganz runde Augen.

«Es ist schon einige Zeit her und dauerte auch nur fünf Monate. Anfangs allerdings war ich überzeugt, er sei der Mann meines Lebens, bis ich dahinterkam, dass er verheiratet ist und nicht daran denkt, sich scheiden zu lassen. Oder sagen wir besser: nicht daran denken darf, weil alles, was er ist und hat, an seiner Heiratsurkunde klebt und mit ihr steht und fällt. Darf ich?» Salome zündete sich eine Zigarette an. «Ja, der gute, alte Leclair», meinte sie verträumt, während sie dem Rauch nachblickte, der ihrer Nase entströmte. «Jetzt macht er doch noch die grosse Karriere.» Sie schmunzelte und nahm einen tiefen Zug. «Aber wie immer marschiert er in fremden und viel zu grossen Pantoffeln.»

Tina Merz hatte einen Aschenbecher geholt und stellte ihn jetzt vor Salome auf den Tisch. «Erzähl mir von ihm. Der Mann interessiert mich.»

«Seit wann interessierst du dich für meine abgelegten Gigolos?»

«Weil es mit diesem Gigolo eine ganz besondere Bewandtnis hat. Er war ein guter Freund von Frank Heinemann, der am vergangenen Mittwoch in Reinach ermordet wurde. Und Heinemann hatte verhindern wollen, dass Leclair ins Rennen um den frei gewordenen Regierungssitz geschickt würde. Er soll ihm nach der Nomination gedroht haben, er werde seine tiefsten Geheimnisse an die Öffentlichkeit bringen, wenn er seine Kandidatur nicht zurückziehe.»

«Eine nette kleine Nötigung, oder zumindest der Versuch.» Salome meinte das durchaus anerkennend. «Und jetzt hast du unseren smarten Leclair im Verdacht, er habe seinen Freund umgebracht, um seine Karriere zu retten. Sicher hast du ihn nach seinem Alibi gefragt», sie lachte laut und genussvoll, «und der Gute konnte dir keines nennen.» Sie freute sich richtig. «Ich bin sicher, er hat ein Alibi. Aber er kann es nicht verwenden, weil er irgendwo mit einem süssen Weibchen im Bettchen lag und das Weibchen verheiratet ist und nicht für ihn aussagen kann, ohne sein ganzes Familienleben durcheinander zu bringen.»

Sie rieb sich vergnügt die Hände. «Das ist Freund Leclair, wie er leibt und lebt.»

Tina Merz beobachtete die Freundin erstaunt.

«Ich wusste immer, eines Tages passiert ihm etwas, kommt er in Schwierigkeiten. Aber dass es gerade ein Mord sein muss. Nein, das hätte ich ihm nicht gewünscht.» Salome drückte ihre Zigarette aus. «Und eigentlich passt das auch nicht zu ihm.»

«Und warum nicht?»

«Weil Leclair stets die Schokoladenseiten des Lebens herauspflückt. Ein Mord ist zu blutig, zu dramatisch, nicht sein Stil.» Sie schüttelte energisch den Kopf. «Eine geradezu komische Vorstellung», sie sah lachend auf ihre Hände, «wie er sich mit seinem seidenen Taschentuch das Blut seines Freundes von den Fingern tupft.» Sie machte die Handlung spielerisch nach.

Tina Merz amüsierte sich über die Geste, fragte dann aber ernst: «Du könntest dir unter keinen Umständen vorstellen, dass er jemanden tötet, auch wenn es um seine Karriere geht?»

Salome zuckte mit der Achsel. «Eigentlich nicht.» Dann stutzte sie. «Wie ist der Mord begangen worden? Mit Gift? Als Giftmörder könnte ich mir Leclair gut vorstellen.» Sie bekam ganz glänzende Augen. «Da müsste er sich die Hände nicht schmutzig machen.»

«Nein, nicht mit Gift. Heinemann wurde erschlagen. Mit einem langen, harten Gegenstand. Von hinten.»

Jetzt schüttelte Salome energisch den Kopf. «Das ist unmöglich. Das liegt nicht auf Leclairs Linie, passt überhaupt nicht zu ihm. Das Motiv wäre schon gut.» Sie nahm nachdenklich einen Schluck aus ihrem Glas. «Leclair hat einen immensen Frust. Das kann ich bezeugen. Der alte Sommer hat ihn durchschaut und ihn auf einem Abstellgleis geparkt. Und auch das hat er nur der Intervention seiner Frau zu verdanken. Sonst wäre der Zug direkt ins Pfefferland gefahren.» Jetzt wurde ihre Stimme kühl und sachlich. «Das war übrigens der Grund für unsere Trennung. Er jammerte damals, er verdanke seiner Frau so viel, dass er sie künftig mit gutem Gewissen», sie schmunzelte über ihre eigene Formulierung, «nicht mehr betrügen könne. Er wolle ihr wieder in die Augen sehen. So ein Schmarren.» Salome verzog ihr Gesicht und zeigte damit unmissverständlich, was sie von Leclairs Worten hielt. «Unsere Beziehung war damals ohnehin am Ende. Und so waren wir beide dankbar, dass uns das Schicksal einen guten Vorwand für die Trennung zuspielte. Sein Blick in Melanies Augen war allerdings nur von kurzer Dauer. Schon wenige Monate später flüsterte man mir, er habe jetzt ein Verhältnis mit seiner Masseuse. – Ja, so ist er, unser Leclair.» Sie schmunzelte. «Ein Luftibus und Spieler. Jedenfalls, was Frauen und Geschäfte anbelangt.»

«Da kann sich das Baselbieter Volk ja freuen», stellte Tina Merz sarkastisch fest. Sie stand auf, um die Teller abzuräumen.

«Das will ich wohl meinen.» Salome sah gleichmütig auf ihre sorgfältig lackierten Fingernägel. «In jeder Beziehung nichts als warme Luft.» Dann nahm sie sich eine neue Zigarette und füllte ihre Lungen genüsslich mit Rauch. «Die Politik bietet sich als Tummelplatz für solche Leute geradezu an. Wenn man die richtigen Knöpfe drückt, kann man mit dem politischen Lift direkt in die oberste Etage fahren. Da werden Leute zu Superchefs, die bei sorgfältiger Personalauswahl Mühe hätten, den Status eines kleinen Abteilungsleiters zu erreichen.»

«Nun ja, es gibt auch Glücksfälle.»

«Da will ich nicht widersprechen, zumal die seltenen Glücksfälle meine Regel bestätigen. Auch kann ich grosszügig zugestehen, dass es einigen wenigen gelingt, verborgenes Potenzial zu aktivieren und zu wachsen. Vor allem bei Frauen ist das immer wieder zu beobachten.» Tina Merz nickte bestätigend. «Aber die meisten bleiben, was sie waren: kleine Würstchen. Umso mehr ärgere ich mich über die Presse, die aus jedem Hänschen, ist es erst einmal oben, völlig unkritisch einen grossen Hans werden lässt. Ich möchte einmal erleben, ein einziges Mal, dass man auf einen unserer Mächtigen mit dem Finger zeigt und wie das unschuldige Kind in Andersens Märchen mutig und laut die Frage stellt:

Sieht denn niemand, dass der Kaiser keine Kleider anhat?»

Tina Merz hatte den Tisch abgeräumt und die Käseplatte aufgestellt. «Journalisten sind auch nur Menschen», wandte sie jetzt ein. «Sie tummeln sich gern im Schatten der Macht, in der Hoffnung, etwas von ihrem Glanz abzubekommen.» Jetzt wurde sie sarkastisch. «Im Übrigen tust du der Presse unrecht. Sie greift auch Mächtige an, jedenfalls, wenn es sich um Frauen handelt.»

«Frauen und Macht, ein abendfüllendes Thema», winkte Salome ab.

«Eine unbereinigte Beziehung», stimmte Tina Merz zu.

«Schliessen wir unsere Diskussion ab mit dem alten, aber leider immer noch gültigen Satz, dass jedes Volk die Regierung hat, die es verdient», schlug Salome vor.

«Und verdienen die Einwohner des Kantons Baselland den guten Leclair?»

«Wenn sie ihn wählen, ja», erklärte Salome überzeugt. «Er ist im Übrigen die beste Bestätigung für unsere These. Bis zum vergangenen Dienstag war er ein Niemand. Jetzt steht er auf der Treppe zur Macht, und die Presse hofiert ihm und die Leute begegnen ihm mit Respekt und Achtung, auch die, die vor kurzem noch in ein Schaufenster schauten, wenn sie ihn auf der Strasse trafen.»

«Und wenn das Volk ihn wählt», führte Tina Merz den Gedanken weiter, «dann wird er über kurz oder lang eine der angesehensten Persönlichkeiten der Region sein. Angesehen und darum mächtig. Aber tatsächlich», kicherte sie wie ein Teenager, «bleibt er, was er war: dein abgelegter Gigolo.»

«Wenn er gewählt wird, nehme ich hin und wieder an einer Parlamentssitzung teil», nahm sich Salome vor. «Ich möchte sehen, wie er sich schlägt, wenn er in die Zange genommen wird. Das Parlament ist nicht so unterwürfig wie das Volk. Da bröckelt die Macht», schmunzelte sie, «und dann steht manches Regierungsmitglied mit abgesägten Hosen da, und man sieht auf einen Blick, wer auf strammen und festen Beinen steht und wer nicht.»

«Ein herrliches Bild. Man müsste es auf Postkarten festhalten», lachte Tina Merz. «Ich bin überzeugt, die Besuchertribünen in den Parlamentssälen wären immer voll besetzt.»

«Es sind nicht alle so süchtig auf Männerbeine wie du», stimmte Salome in ihr Lachen ein. «Aber Leclairs Beine sind sehenswert. Dafür stehe ich ein.»

Jetzt wechselten sie das Thema, sprachen über gemeinsame Freunde, über ein Buch, das sie beide kürzlich gelesen hatten, und tranken Kaffee. So gegen halb elf, Salome erzählte gerade von ihrer Ecuadorreise, hörte Tina Merz die Wohnungstür. Sie vernahm ein Flüstern, dann öffnete sich eine Zimmertür und fiel wieder ins Schloss. Offenbar war Sebastian nach Hause gekommen und hatte Freunde mitgebracht. Sie wunderte sich, denn er wollte im Sommercasino ein Konzert besuchen, und sie hatte ihm erlaubt, bis um elf zu bleiben.

Salome berichtete von der Besteigung des Cotopaxi, ihren Schwierigkeiten mit der dünnen Luft und einem hilfreichen Reiseleiter. Tina Merz horchte auf den Korridor hinaus. Sie hörte Musik. Sie erkannte Freddie Mercurys «The show must go on». Sie wurde unruhig, denn sie wusste, wenn Sebastian diese Musik spielte, dann gab es Probleme.

«Darf ich rasch?» Sie stand auf und ging hinaus. Sie klopfte an die Türe zu Sebastians Zimmer. Als keine Reaktion kam, trat sie ein.

Im Raum hielten sich sechs Jugendliche auf, vier Jungen und zwei Mädchen. Tina Merz kannte die Gesichter, es waren Mitschüler von Sebastian, die regelmässig bei ihm ein und aus gingen. Das eine Mädchen, Maja, sass auf dem Bett, hielt den Kopf in beiden Händen und starrte mit verschleierten Augen vor sich hin. Sebastian sass neben ihr, hatte den Arm um ihre Schultern gelegt und redete leise auf sie ein. Die anderen sassen herum und dösten. Die Musik war wie immer zu laut und erfüllte jeden Winkel des Raumes.

Als Tina Merz eintrat, schauten ausser Maja alle kurz auf, wandten ihren Blick dann aber wieder ab. Sie wirkten niedergeschlagen und teilnahmslos. Etwas schien ihre Gedanken voll in Anspruch zu nehmen.

«Kann ich irgendwie helfen?» Tina Merz schaute vom einen zum anderen. Ihr Blick blieb an Sebastian hängen, der seine Zwiesprache mit Maja unterbrochen hatte und abwesend zu ihr aufschaute.

«Nein.» Die Antwort kam rasch und abweisend von einem Jungen, der ausgestreckt auf dem Teppich lag und Löcher in die Zimmerdecke starrte.

«Komm, Robi, meine Mutter ist o.k.», wies Sebastian seinen Freund zurecht.

«Ich bin nebenan, falls ihr mich braucht.» Tina Merz hatte verstanden: Die Runde wollte kein Gespräch mit ihr. «Es hat Cola und Chips in der Küche. Falls ihr Hunger habt.» Damit schloss sie die Tür. Im Gang blieb sie stehen und sammelte ihre Gedanken. Da stimmte etwas nicht. Diese Maja, erinnerte sie sich, war regelmässig bei Sebastian zu Besuch. Sie war offensichtlich schwer getroffen. Tina Merz ging zurück ins Wohnzimmer. Sebastian würde ihr erzählen, was geschehen war. Sie musste Geduld aufbringen und warten.

«Nimmst du noch einen Kaffee?», fragte sie die Freundin, die immer noch am Esstisch sass und sich eine weitere Zigarette angezündet hatte.

## 29

Es war kurz nach Mitternacht, als Salome aufstand, ihren vollen Aschenbecher in die Küche trug und dort sorgfältig in den Abfalleimer leerte; ein Ritual, das sie bei jedem ihrer Besuche vollzog und das Tina Merz stets mit grosser Sorge beobachtete. Dann zog sie ihren Mantel an, bedankte sich und verschwand in die kühle, regnerische Nacht.

Die Kommissarin versicherte sich, dass im Abfall kein Brand ausbrechen konnte. Dann trat sie an die geschlossene Türe von Sebastians Zimmer und horchte. Ausser der Musik – es war jetzt Bob Dylans rauchige Stimme – war nichts zu hören. Sie ging in die Küche, räumte langsam das Geschirr zusammen und überlegte, wie sie mit den Jugendlichen ins Gespräch kommen könnte. Dann nahm sie zwei volle Flaschen Cola unter den Arm, klopfte an Sebastians Zimmertür und trat ein.

Ausser ihrem Sohn waren noch zwei junge Leute anwesend. Das Mädchen Maja und der junge Mann, den Sebastian vorhin mit Robi angesprochen hatte. Alle drei schauten schweigend auf, als Tina Merz hereinkam, das Cola auf den Schreibtisch stellte und sich an das Fussende des Bettes setzte. Eine ganze Weile schwieg sie mit. Dann, als Bob Dylan eine Pause machte, schaute sie aufmunternd in die Runde.

«Ich denke, wir sollten zusammen reden.»

Nach diesen Worten blieb es still. Dann stand Robi auf, nickte Sebastian und Maja zu und verschwand lautlos.

«Was ist geschehen?»

Maja brach in Tränen aus und Sebastian legte ihr beruhigend den Arm um die Achseln.

«Ich erzähle es dir, wenn du versprichst, dass du nichts unternimmst ohne unsere Einwilligung.»

«Versprochen.»

«Bist du einverstanden?» Sebastian schaute fragend zu Maja, die unter Tränen nickte.

«Also...» Sebastian überlegte, wie er anfangen sollte. «Wir waren mit Kollegen im Sommercasino. Da war eine Musikgruppe, die wir kannten. Wir sassen da und hörten zu. So um halb zehn gingen Maja und Isabelle hinaus. Wir achteten kaum darauf. Es war ziemlich voll und eine Bombenstimmung. Die beiden gingen auf die Toilette. – Maja», wandte er sich an das Mädchen, «erzähl du weiter. Ich war ja nicht dabei.»

Maja wischte sich mit einem nassen und völlig zerknüllten Taschentuch die Tränen ab. Ohne Tina Merz anzuschauen, immer wieder unterbrochen von einem erschütternden Schluchzen, berichtete sie über ihre Erlebnisse. «Isa und ich, wir gingen in die Toilette, die sich im Untergeschoss befindet. Sie war leer, als wir eintraten. Wir unterhielten uns und lachten, waren guter Dinge. Es war ja wirklich eine Bombenstimmung. Als wir uns wenige Minuten später zum Händewaschen vor dem Spiegel wieder trafen, war noch ein anderes Mädchen da. Zuerst achteten wir nicht auf sie und setzten unsere Unterhaltung fort. Dann plötzlich gab sie Isa mit dem Ellbogen einen Stoss. Ich sah, dass sie das absichtlich getan hatte. Aber noch bevor ich etwas sagen konnte, war Isa einen Schritt zur Seite getreten und hatte sich entschuldigt. Sie glaubte, versehentlich mit dem Mädchen zusammengestossen zu sein. Es gibt mehrere Lavabos mit einem breiten Spiegel in dem Toilettenraum, und wir hätten alle genug Platz gehabt. Isa wusch sich die Hände, als das Mädchen sie nochmals von der Seite anrempelte. ‹Was willst du?›, sagte Isa daraufhin. ‹Lass das.› Noch bevor sie ausgeredet hatte, gab ihr das Mädchen eine schallende Ohrfeige. Für einen Moment waren wir beide fassungslos. Dann packte Isa die Angreiferin – sie geht ja regelmässig ins Judotraining – und legte sie mit einem Griff auf den Boden. ‹Mach das nicht nochmals›, sagte sie zu ihr, ‹sonst erlebst du deine blauen Wunder.› Dann liess sie sie wieder los.

Das Mädchen stand schweigend auf und verliess den Toilettenraum. Das alles ereignete sich innerhalb kurzer Zeit. Ich selbst war an dem

Vorfall nicht beteiligt, ich schaute nur sprachlos zu. Erst, als das fremde Mädchen verschwunden war, erfasste ich, was sich abgespielt hatte. Wir fragten uns, was die gewollt hatte. Wir kannten das Mädchen nicht, hatten sie nie gesehen und konnten uns deshalb nicht erklären, warum sie sich gegen Isa so aggressiv verhalten hatte. Wir machten uns noch etwas zurecht, obwohl wir ziemlich aufgeregt waren, und ein paar Minuten später verliessen auch wir den Toilettenraum. Ich ging voraus. Als ich die Türe öffnete und hinaustrat, sah ich das Mädchen mit vier jungen Männern im Vorraum stehen. Ich erfasste sofort, dass das nichts Gutes bedeuten konnte, aber ich war nicht in der Lage, richtig und schnell zu reagieren.»

Jetzt wurde Maja von heftigem Schluchzen überwältigt. «Ich hätte Isa zurückdrängen müssen.» Die Tränen liefen ihr in breiten Bächen die Backen herab. «Wenn ich sie nur gewarnt hätte. Aber alles kam so schnell.»

«Was geschah weiter?»

Majas ganzer Körper wurde vom Weinen geschüttelt. Erst als Sebastian ihr wieder den Arm um die Schultern legte und leise und beruhigend auf sie einsprach, gelang es ihr, den Faden wieder aufzunehmen und weiterzuerzählen.

«Ich wurde von den vier Männern weggedrängt. Sie stürzten sich auf Isa, rissen sie an den Haaren und warfen sie zu Boden. Sie lag auf dem Rücken und einer setzte sich auf sie. Ein dicker, grosser Kerl. Und dann schlugen die anderen auf sie ein. Immer wieder. Und mit ihren grossen, schwarzen Schuhen traten sie sie, in die Seite und gegen die Beine. Und einer riss immer wieder ihren Kopf an den Haaren hoch und liess ihn auf den Boden fallen.»

«Wurde Isa verletzt?»

Maja sah die Kommissarin aus leeren Augen abwesend an. «Isa hat sich am Anfang gewehrt. Sie versuchte, den dicken Kerl auf ihrem Bauch loszuwerden. Sie wollte ihre Beine befreien. Aber die Männer waren viel stärker als sie und hielten sie am Boden fest. Sie konnte sich nicht bewegen. Und sie schlugen auf sie ein, als sie sich schon lange nicht mehr wehrte, sich auch nicht mehr bewegte. Immer wieder haben sie sie getreten und ihren Kopf auf den Boden fallen lassen. Und ich, ich stand einfach da und habe ihr nicht geholfen.» Majas Stimme wurde leiser. «Warum habe ich nicht Hilfe geholt? Warum habe ich nicht früher geschrien?»

«Aber du hast geschrien?»

Maja wandte ihre verweinten Augen der Fragerin zu. «Plötzlich konnte ich schreien», stellte sie wie erwachend fest. «Als ich das Blut sah, musste ich schreien. Isas Blut war überall auf dem Boden. Auch an den schwarzen Schuhen ihrer Peiniger war ihr Blut. Da musste ich schreien. Isas Blut auf diesen schrecklichen schwarzen Schuhen.»

«Und dann?»

«Sie hörten auf. Plötzlich war alles vorbei und sie waren weg. Einfach weg. Einer hat mich noch angestossen und etwas gesagt, wie ‹So geht es denen, die nicht nett mit uns sind›, und dann war auch er weg. Und ich stand da vor Isa, die bewegungslos am Boden lag, und schrie.»

Die Erinnerung an das schreckliche Erlebnis hatte Maja überwältigt. Sie weinte laut und liess sich auch von Sebastian nicht mehr trösten.

«Und wie ging es weiter?», wandte sich die Kommissarin an ihren Sohn.

«Der Rest ist schnell erzählt. Wir anderen sassen oben und hörten Musik. Und plötzlich stand einer an unserm Tisch und fragte, ob die beiden Mädchen unten in der Toilette zu uns gehörten. Robi und ich standen auf und gingen hinunter. Da fanden wir Isa, so wie Maja es beschrieben hat. Der Krankenwagen war bereits auf dem Weg. Man packte Isa ein und fuhr mit ihr davon. Mit Blaulicht und Horn. Ein Polizist war noch da, dem gaben wir Namen und Adresse an, und Maja erzählte ihm, was vorgefallen war. Dann sind wir hierher gekommen.»

«Und Isabelle, ist sie schwer verletzt?» Tina Merz dachte an das strahlende Mädchen, das sie gestern kennen gelernt hatte.

«Das ist es ja. Wir wissen nichts. Maja meint, sie könnte sogar tot gewesen sein.»

«Da werden wir uns jetzt rasch erkundigen. So schnell stirbt man, Gott sei Dank, nicht.» Die Kommissarin stand auf und ging ins Wohnzimmer, wo sie die Nummer der Alarmzentrale wählte. Der Vorgang war dort zwar gemeldet worden, aber man hatte keine aktuellen Informationen über den Zustand des Opfers. Sie rief deshalb kurzerhand die Notfallstation des Kantonsspitals an. Nachdem sie der Dienst habenden Schwester ihre Funktion mitgeteilt hatte, erfuhr sie, dass Isabelle zwar schwer verletzt sei, nach einer Operation aber keine akute Lebensgefahr mehr bestehe. Sie befinde sich zurzeit auf der Intensivstation und werde in ein paar Tagen wieder so weit hergestellt sein, dass sie Besuch empfangen könne.

Erleichtert kehrte Tina Merz zu den beiden jungen Leuten zurück und brachte ihnen die gute Botschaft. Maja fiel ihr um den Hals und lachte völlig überdreht. Sebastian erklärte, er habe Hunger und brauche dringend etwas zu essen.

Sie riefen den Pizzakurier an. Und während sie auf ihre Bestellung warteten, diskutierten Sebastian und Maja, womit man Isa den Spitalaufenthalt verkürzen könnte. Sie beschlossen, ihr einen CD-Player mit Kopfhörer zu bringen und dazu ihre Lieblingsmusik. Tina Merz war sich zwar nicht sicher, ob das bei den Kopfverletzungen des Mädchens der richtige Zeitvertreib sei; aber sie war zufrieden, dass Sebastian und Maja Pläne schmiedeten und die Erinnerung an die schrecklichen Ereignisse des Abends ihre Dominanz verloren hatte.

Es war nach zwei Uhr, als Maja aufstand, um nach Hause zu gehen. Ihre Eltern hatten in Zürich das Theater besucht, und sie meinte, sie müssten inzwischen heimgekommen sein. Sebastian begleitete sie. Nachdem die beiden die Wohnung verlassen hatten, blieb Tina Merz noch ein ganze Weile in Sebastians Zimmer sitzen. Dann stand sie auf, räumte die Reste der Pizzamahlzeit auf und ging ins Badezimmer. Später stellte sie eine ihrer Lieblings-CDs an, löschte das Licht und schlüpfte unter die Decke.

Die Musik war schon lange verklungen. Sie lag immer noch wach und die Gedanken jagten sich in ihrem Kopf. Es schlug drei vom Münster, als sie im Halbschlaf hörte, dass Sebastian nach Hause kam. Er steckte seinen Kopf in ihr Schlafzimmer, und sie gab ihm mit einem kurzen «Ist alles o.k.?» zu vestehen, dass sie noch wach war.

«Du warst super», flüsterte er ihr zu.

In diesem Bewusstsein schlief sie wenig später ein.

## 30

Als Tina Merz am anderen Morgen erwachte, war es bereits hell. Samstag. Sie drehte sich genussvoll unter der Decke und blinzelte zum Radiowecker, der auf dem kleinen Tisch neben ihrem Bett stand. Neun Uhr fünfzig! Ein Schrecken durchfuhr sie. Mit einem Satz verliess sie die wohlige Bettwärme und eilte zum Zimmer von Lukas. Beim raschen Hineinblicken stellte sie fest, dass es leer war. Nur Mottel schnarchte, verdreht, halb auf dem Rücken liegend, auf der zurückgeschlagenen Bettdecke. Auch Sebastian war weg. Sie lächelte zufrieden, und es wurde ihr warm ums Herz. Ihre Buben waren toll. Weil es gestern so spät geworden war, waren sie leise aufgestanden und hatten sich fortgeschlichen. Auch der Kleine, der so etwas gar nicht mochte. Sie beschloss, die Rücksichtnahme zu honorieren und ihre beiden Söhne am Abend ins Kino einzuladen.

Sie ging in die Küche und schaltete die Espressomaschine ein, wärmte etwas fettfreie Milch im Mikrowellenofen, öffnete die Wohnungstür und stieg die Treppe hinunter, um die Zeitung zu holen. Zurück in der Küche, liess sie einen Kaffee aus der Maschine, füllte die Tasse mit der warmen Milch auf und kehrte in ihr Zimmer zurück, wo sie das Radio einschaltete und vergnügt wieder ins Bett stieg. Sie stopfte sich ein Kissen in den Rücken, nahm einen tiefen Schluck aus ihrer Tasse und griff nach dem Mäppchen mit den Berichten des Erkennungsdienstes, das sie gestern neben ihrem Bett abgelegt hatte.

Der Bericht, der sich mit dem Einbruch vom Mittwochabend befasste, war nur kurz. Die Täterschaft, las sie, habe im ganzen Haus Spuren und insbesondere Fingerabdrücke hinterlassen. Sie sei vom Garten durch die Hintertür in die Küche eingedrungen, nachdem sie mit einem Stein das in die Tür eingelassene Glasfenster eingeschlagen habe. Beim Gang durch den Garten habe sie sich schmutzige Schuhe geholt, jedenfalls seien im ganzen Haus Schuhabdrücke und sonstige Dreckspuren gefunden worden.

Der Bericht beschrieb ausführlich die Spuren im ersten Stock und stellte dann fest, es deute alles darauf hin, dass der Einbrecher sich ins grosse Ehebett gelegt habe und dann vom Angestellten des Schlüsselservice gestört worden sei. Er habe sich danach die Treppe hinuntergeschlichen und das Haus fluchtartig auf dem gleichen Weg verlassen, auf dem er es betreten habe. Beute habe er keine mitgenommen.

Tina Merz blätterte zur nächsten Seite. Sie enthielt die Analyse des Fingerabdruckes auf dem Glas, das Biasotto nach dem Mittagessen mit Groll ins Labor gebracht hatte. Der Fingerabdruck, so hiess es in der Schlussfolgerung, sei identisch mit den Abdrücken, die man im Haus des Ermordeten gefunden habe. Der Einbrecher vom Mittwochabend und der Besucher der Kommissarin seien unzweifelhaft ein und dieselbe Person.

Tina Merz war verblüfft. Das hatte sie nicht erwartet. Heinz Groll in Heinemanns Haus! Natürlich, er hatte gewusst, dass es leer stand. Aber was hatte er dort gesucht? Und warum hatte er sich nachts wie ein Einbrecher eingeschlichen? Warum hatte er nicht den jungen Heinemann oder sie gebeten, ihm das, was er suchte, herauszugeben?

Sie nahm einen Schluck Kaffee und las weiter.

Die nächsten beiden Seiten enthielten den Bericht über den zweiten Besuch des Erkennungsdienstes in Heinemanns Haus. Zuerst wurde festgehalten, man habe von der Polizeipatrouille den Auftrag erhalten, abzuklären, ob sich seit der kurz vorher vorgenommenen Spurensicherung neue, unbekannte Personen im Haus aufgehalten hätten. Die Frage wurde klar bejaht und die sichergestellten Spuren beschrieben und analysiert. Insbesondere im Erdgeschoss, hiess es, seien überall neue Fingerabdrücke gefunden worden, die von ein und derselben Person stammten. Vermutlich sei das der Sohn des ermordeten Hausbesitzers, der sich im Hause aufgehalten habe. Im Wohnzimmer, im vorderen, hölzernen Bereich der Armlehne des einen Sessels, seien zudem die frischen Fingerabdrücke einer zweiten Person gefunden worden. Die gleichen Abdrücke habe man auf einem Glas im Küchenschrank sichergestellt. Dieses Glas müsse kurz vor dem Eintreffen der Polizei noch benutzt und ungewaschen unter die sauberen Gläser eingeordnet worden sein. Vermutlich habe Andreas Heinemann es dort versorgt, um zu verhindern, dass die Anwesenheit der zweiten Person entdeckt würde. Sein eigenes Glas habe er in das Spülbecken gestellt. Die Fingerabdrücke auf dem Glas im Küchenschrank seien unzweifelhaft identisch mit den Fingerabdrücken auf den Armlehnen des Sessels. Schliesslich habe man auf der Sitzfläche des gleichen Sessels auch Textilspuren gefunden; danach habe der Gast einen dunkelblauen Mantel aus einer Wolle-Kaschmir-Mischung getragen.

Tina Merz liess die Blätter auf die Bettdecke sinken. Also doch! Sie hatte es geahnt. Heinemann hatte gelogen. Es gab einen Besucher. Warum bestritt er dies so vehement? Wer war dieser nächtliche Gast? Warum empfing er ihn zu so später Stunde im Hause seines Vaters? Sie las den letzten Abschnitt des Berichtes nochmals durch, und dabei erinnerte sie sich, dass die beiden Polizeileute von einem dunklen Wagen gesprochen hatten, der ihnen entgegengekommen sei, als sie die Strasse zu Heinemanns Haus hinauffuhren. Ein grosser Wagen sei es gewesen, hatte die Polizistin betont. «Das Fahrzeug passt zum Kaschmirmantel», kombinierte die Kommissarin. «Heinemanns Gast muss ein wohlhabender Mann sein, der gute Qualität zu schätzen weiss.» Viele Fragen und Gedanken gingen ihr durch den Kopf, als das Telefon klingelte.

Noch bevor sie ihren Namen nennen konnte, hörte sie die vorwurfsvolle Stimme von Madeleine Groll. «Frau Merz, Sie haben versprochen, mich anzurufen. Mein Mann hat sich noch immer nicht gemeldet. Ich will jetzt endlich wissen, wo er sich aufhält.»

Tina Merz hatte Mühe, ihren aufkommenden Missmut im Griff zu halten. Sie fühlte sich gestört und belästigt. Es war Samstag, ihr freier Tag. Sie atmete tief durch und vergegenwärtigte sich die unglückliche Situation, in der ihre Gesprächspartnerin steckte. «Frau Groll», sagte sie dann ruhig, «Ihr Mann versprach mir, sich mit Ihnen in Verbindung zu setzen. Das war gestern Nachmittag. Ich weiss nicht, warum er sich noch nicht gemeldet hat, aber ich bin sicher, Sie werden bald von ihm hören.»

«Dass Sie sicher sind, bringt mir gar nichts.» Madeleine Groll klang jetzt ziemlich aggressiv. «Tatsache ist, dass er sich noch immer nicht gemeldet hat.»

Die Kommissarin atmete nochmals tief durch, bevor sie antwortete: «Vielleicht waren Sie nicht zu Hause, als er anrief.»

«Ich war nur einmal kurz weg. Ich kann doch nicht den ganzen Tag in der Stube sitzen und auf ihn warten.» Jetzt verfiel Madeleine Groll in einen weinerlichen Ton. «Er läuft einfach weg und lässt mich im Ungewissen. Und jetzt kommen auch noch die Zeitungsleute. Was soll ich ihnen sagen?»

«Zeitungsleute?» Tina Merz wurde plötzlich sehr aufmerksam.

«Schon gestern hat einer angerufen, aber da war ich nicht zu Hause. Er sprach auf den Telefonbeantworter. Ein Herr Stücklin, wenn ich den Namen richtig verstanden habe. Ich habe nicht zurückgerufen», erklärte sie trotzig. «Ich will diesen Leuten nichts sagen. Aber heute sollen ganz schlimme Dinge in der Zeitung stehen. Jedenfalls sagt das meine Nachbarin, die den Landboten abonniert hat. Heinz soll den Heinemann umgebracht haben. Sie selbst hätten das gesagt. Stimmt das?» Ihre Stimme wurde ganz hoch und überschlug sich.

«Beruhigen Sie sich. Niemand sagte so etwas, und schon gar nicht zu einem Journalisten. Es besteht vorläufig kein Verdacht gegen Ihren Mann.» Während sie Madeleine Groll beruhigte und ihr nochmals versicherte, man werde ihren Mann bald finden, überlegte Tina Merz, wo sie sich rasch einen Landboten besorgen könnte.

«Wir haben das Auto Ihres Mannes zur Fahndung ausgeschrieben», informierte sie ihre Gesprächspartnerin. «Ich werde Sie benachrichtigen, sobald man es gefunden hat.»

Aber Madeleine Groll hörte ihr nicht zu. «Sie haben doch alle Möglichkeiten», weinte sie. «Tun Sie doch endlich etwas.»

«Ihr Mann ist kein Schwerverbrecher, auf den ich eine Grossfahndung ansetzen kann», erklärte die Kommissarin geduldig. «Alles, was wir im Augenblick tun können, haben wir getan. Alle Polizeileute kennen die Nummer seines Wagens, und sie sind angewiesen worden, uns sofort zu benachrichtigen, wenn das Fahrzeug irgendwo gesehen wird. Eine Ausschreibung im Radio und Fernsehen wäre unverhältnismässig.»

Aber Madeleine Groll liess sich nicht trösten. Sie war am Ende ihrer Kräfte. Sie schluchzte immer wieder. «Ich habe meinen Mann mit hässlichen Vorwürfen aus dem Haus getrieben. Ich habe ihn erniedrigt. Ich dachte nur an mich. Ich habe Angst, er könnte sich etwas antun.» Ihre Stimme war immer leiser geworden.

«Es wird schon nicht so schlimm kommen», beschwichtigte Tina Merz. Vor ihren Augen erschien das Bild des blassen und verzweifelten Groll. «Denken Sie nach», sagte sie dann, «wo könnte Ihr Mann sich aufhalten? Wo geht er hin, wenn er Probleme hat? Gibt es Freunde, Bekannte, bei denen er sein könnte?»

«Ich habe in dieser Nacht über nichts anderes nachgedacht», antwortete Madeleine Groll etwas gefasster. «Bisher ging er entweder ins Geschäft oder zu Heinemann. Im Geschäft ist er nicht, da habe ich schon mehrmals angerufen. Seine Sekretärin hat seit Mittwoch nichts mehr von ihm gehört. Sie meinte allerdings, er sei in der Nacht vom Mittwoch auf den Donnerstag in seinem Büro gewesen. Jedenfalls habe sie am Morgen auf seinem Pult eine schmutzige Kaffeetasse gefunden, und sie sei sicher, dass diese am Vortag noch nicht dort gewesen sei. In der letzten Nacht, so meinte sie, sei er aber nicht ins Büro gekommen, jedenfalls gäbe es nichts, was auf einen Besuch hindeute. Und heute Morgen konnte ich sie nicht fragen; es ist ja Samstag.» Sie schwieg einen Augenblick und fügte dann mit leiser Stimme hinzu: «Und bei Heinemann kann er nicht sein, der ist tot.»

Während Madeleine Groll sprach, hatte die Kommissarin ständig das unglückliche Gesicht ihres Besuchers vor Augen. «Welcher Art sind denn die Probleme, die Ihren Mann beschäftigten?», fragte sie jetzt.

«Meistens hatte er Ärger im Geschäft. Seine Leistungen werden nicht angemessen gewürdigt und honoriert. Er hatte deshalb schon mehrfach Auseinandersetzungen mit seinen Vorgesetzten.»

Tina Merz zögerte kurz, dann stellte sie die Frage, die sie seit einiger Zeit beschäftigte: «Halten Sie es für möglich, dass Ihr Mann etwas mit dem Mord an Frank Heinemann zu tun hat?» Einen kurzen Augenblick lang war es still am anderen Ende der Leitung. Nur an den lauten Atemzügen erkannte die Kommissarin, dass Madeleine Groll noch anwesend war. Dann kam die Antwort, langsam und leise: «Hätten Sie mich gestern gefragt, hätte ich sicher mit einem klaren Nein geantwortet. Aber der Gedanke ist mir heute Nacht auch immer wieder durch den Kopf gegangen. Heinz war so durcheinander nach der Parteiversammlung. Ich habe ihn noch nie so erlebt. Sicher, er wollte Regierungsrat werden und war enttäuscht. Und er fühlte sich von Heinemann verlassen und verraten. Aber ihn deswegen umbringen?» Und fast ängstlich stellte sie die Gegenfrage: «Halten Sie es denn für möglich, dass ein Mann, der fünfzig Jahre lang still und nett war, plötzlich ausrastet und seinen besten Freund tötet?»

«Ich weiss nur, dass es nichts gibt, was es nicht gibt», erwiderte Tina Merz ausweichend, «deshalb halte ich grundsätzlich alles für möglich. Aber kommen wir zurück zu seinen Gewohnheiten. Gibt es noch andere Orte, an denen wir ihn suchen könnten?»

Madeleine Groll suchte in ihren Erinnerungen. «Er hat mit Heinemann manchmal lange Spaziergänge gemacht», antwortete sie, in Gedanken versunken. «Wenn er danach nach Hause kam, ging es ihm immer besser.»

«Erinnern Sie sich, wo die beiden spazieren gingen?»

«Ich glaube, in Hochwald und auf der Gempenfluh. Aber – vielleicht war er auch nur ein einziges Mal dort. Ich weiss es nicht.»

«Gut.» Tina Merz wollte das Gespräch jetzt beenden. «Ich werde Sie gegen sechzehn Uhr wieder anrufen. Bis dahin müssen Sie sich gedulden.»

Sie duschte und zog sich rasch an, um am nahe gelegenen Kiosk den Landboten zu holen. Sie war schon im Treppenhaus, als sie entrüstetes Bellen hörte. Es bestand die stille Vereinbarung, dass sie am Samstag nicht ohne Mottel ausging, und der Hund forderte nun lautstark sein Recht. Also machte sie rechtsumkehr, holte die Leine, packte Mottel unter den Arm und eilte die Treppe hinunter. So schnell es die kurzen Beine und das Schnüffelbedürfnis ihrer Begleiterin zuliessen, lief sie zum Kiosk an der Ecke. Auf dem Weg zurück machte sie eine kleine Schlaufe. Sie redete sich ein, es sei gut, wenn Mottel etwas zum Laufen komme. Der wirkliche Grund war aber die Bäckerei in der Seitenstrasse, in der sie mit schlechtem Gewissen zwei frische Gipfel und einen herrlichen Schokoladekuchen kaufte.

Zurück in der Wohnung machte sie sich einen zweiten Kaffee, setzte sich behaglich in einen grossen Sessel und schob sich lustvoll ein Stück Gipfel in den Mund. Dann blätterte sie rasch die Zeitung durch, bis sie auf Seite fünf fand, wonach sie suchte. Was sie las, verdarb ihr fast den Appetit. Unter dem Titel «Polizei lässt Verdächtigen ins Ausland entkommen», fand sich folgender Text:

*«Im Falle des ermordeten Frank Heinemann gibt es immer mehr Verdachtsmomente, die auf eine Täterschaft von G. hinweisen. G. war Heinemanns Freund und gehörte zu den aussichtsreichsten Anwärtern auf den frei gewordenen Regierungssitz. An der Parteiversammlung vom vergangenen Dienstag hat sich Heinemann in einem engagierten Referat gegen diese Kandidatur ausgesprochen und damit G.s Nominationschancen ganz wesentlich geschmälert. Augenzeugen berichten, dass es nach der Versammlung deswegen zwischen den beiden zu einem heftigen Streit gekommen sei. G. gilt als leicht erregbar und soll auch bei anderer Gelegenheit schon handgreiflich geworden sein. Tina Merz, die ermittelnde Kommissarin, erklärte gegenüber dem Landboten, dass eine Täterschaft G.s nicht ausgeschlossen werden könne, und sie bestritt auch nicht, dass wichtige Verdachtsmomente gegen ihn vorliegen. G. selbst war nicht erreichbar.*

*Vom Arbeitgeber ist zu hören, er sei geschäftlich im Ausland, was aber niemand so recht glauben will. Vielmehr deutet vieles darauf hin, dass der Verdächtige sich ins Ausland abgesetzt hat. Dies wiederum war nur möglich, weil Frau Merz es versäumte, ihn rechtzeitig zu verhaften. Sie wirkte ganz im Sinne von ‹die Polizei, dein Freund und Helfer›, Freund und Helfer allerdings für einen möglichen Mörder.»*

Tina Merz schäumte. So ein Unsinn. Jetzt verstand sie die Aufregung von Madeleine Groll. Und wie würde Groll selbst reagieren, wenn er diesen frei erfundenen Bericht zu Gesicht bekäme? Sie brauchte einige Zeit und beide Gipfel, bis der schlimmste Zorn verraucht war. Nach einem dritten Kaffee rief sie die Alarmzentrale in Liestal an und bat den Kollegen, trotz Personalknappheit einen Streifenwagen in das Gebiet Gempen/Hochwald zu schicken, um nach dem beigefarbenen Mercedes zu suchen.

Sie war am Aufräumen, als wiederum das Telefon klingelte. Marc Leclair erkundigte sich über den Grund der Vorladung für den kommenden Montag. Sie war zuerst angenehm berührt von seiner männlich tiefen Stimme, realisierte dann aber rasch, wie sehr er sich bemühte, ihr zu gefallen und sie für sich einzunehmen.

«Frau Kommissarin – oder darf ich Sie Frau Merz nennen? –, es tut mir leid, dass ich Sie an Ihrem freien Samstag belästigen muss.» Er sprach leicht und gewandt, in jovialem Ton. «Aber nachdem ich heute Morgen in meiner Agenda unseren Termin für den kommenden Montag entdeckt hatte, wollte ich mich doch erkundigen, was Sie von mir wollen. Ich tue dies nicht aus Neugier, sondern um mich gebührend auf das Gespräch vorbereiten zu können.»

*Er hält mich für blöder, als ich bin,* ging es ihr spontan durch den Kopf, und sie beschloss, diesen Irrtum für ihre Zwecke zu nutzen. «Ich weiss das zu schätzen», sagte sie mit artiger Stimme. «Es geht um den schrecklichen Mord an Ihrem Freund. Wir glauben, dass Sie uns bei der Aufklärung helfen können.»

«Liebe Frau Merz!» Leclair sprach jetzt wie ein guter Onkel. «Ich helfe Ihnen natürlich gerne. Aber Sie müssen mich verstehen, ich gehöre nicht mehr mir selbst. Ich stehe mitten in einer wichtigen politischen Wahl und werde bald Mitglied der Regierung sein. Ich muss mich zurückhalten. Im Übrigen», er räusperte sich lange und umständlich, «würde es Ihnen meine Partei sehr übel nehmen, wenn ich Ihretwegen in Schwierigkeiten käme.»

Tina Merz spürte die verdeckte Drohung.

«Zudem sehe ich nicht ein, warum ich bei einer städtischen Behörde antanzen soll. Sie sind für den Fall doch gar nicht zuständig.»

«Grundsätzlich haben Sie selbstverständlich Recht.» Tina Merz behielt ihren sanften, fast devoten Ton bei und bestätigte damit bewusst seine Vorstellung, sie sei eine nette, aber nicht sehr intelligente Frau. «Weil vor wenigen Wochen in der Stadt ein Zeitungsverträger ermordet wurde und nicht auszuschliessen ist, dass er und Ihr Freund Heinemann dem gleichen Mörder zum Opfer fielen, haben unsere Regierungen beschlossen, auch den Fall Heinemann von der städtischen Ermittlungsbehörde bearbeiten zu lassen. Ich denke, das war ein weiser Entscheid Ihrer Regierung, – der Sie ja bald selbst angehören werden», ergänzte sie rasch.

«Die werden schon wissen, was sie tun», stimmte Leclair zu. «Aber Sie werden es mir bestimmt nicht übel nehmen, wenn ich mir das von meinen Freunden in der Regierung bestätigen lasse. Bis jetzt hatte ich immer den Eindruck, Liestal lege sehr viel Wert auf Selbstständigkeit.» Und nach einer kurzen Pause: «Trotzdem, als künftiges Regierungsmitglied kann ich mich nicht von einer städtischen Kommissarin vorladen lassen. Ich bin bereit, Ihnen zu helfen, bestehe aber darauf, dass unser Gespräch auf basellandschaftlichem Boden stattfindet.»

«Dann unterhalten wir uns im Statthalteramt in Arlesheim», kam sie ihm entgegen. «Ich werde die dortigen Kollegen informieren.»

«Mir wäre es lieber, Sie kämen zu mir nach Hause. Es ist nicht gut für meine Wahl, wenn bekannt wird, dass ich beim Statthalteramt vortraben musste. Wenn Sie zu mir nach Hause kommen, wird niemand von dieser

Einvernahme erfahren. – Ich kann mich auf Ihre Diskretion doch verlassen?», fügte er rasch und leise hinzu.

«Selbstverständlich, Herr Leclair. Ich will es doch mit einem künftigen Regierungsmitglied nicht verscherzen.» Sie spielte gekonnt etwas Unterwürfigkeit in ihre Stimme ein. «Ich bin bereit, in Ihrem besonderen Fall eine kleine Ausnahme zu machen und die Einvernahme in Ihrem Privathaus durchzuführen. – Ich bringe meinen Assistenten mit – wegen des Protokolls.»

«Tun Sie, was Sie nicht lassen können», antwortete er etwas unwirsch, und nach kurzem Überlegen meinte er: «Wir müssen uns auch über den Zeitpunkt unterhalten. Mein Terminkalender für Montag ist voll. Eigentlich habe ich in den nächsten beiden Wochen überhaupt keine freie Minute. Unser Gespräch kann doch sicher warten. Am besten, wir verschieben es auf einen Zeitpunkt nach der Wahl.» Jetzt hatte seine Stimme einen barschen Chefton angenommen, der keinen Widerspruch duldete.

«Ich habe Verständnis für Ihre heikle Situation.» Tina Merz gab sich alle Mühe, ihre wachsende Ungeduld zu verbergen. «Und ich bin bereit, Ihnen entgegenzukommen, wo immer ich kann. Aber ich habe einen Mord aufzuklären. Wenn Sie Polizeidirektor werden – was ja durchaus im Bereich des Möglichen liegt – wäre es Ihnen doch bestimmt nicht recht, wenn man eine so wichtige Einvernahme um Wochen hinausschieben würde.» Und mit besorgter Stimme setzte sie noch hinzu: «Und wenn Ihr Gegenkandidat hört, dass sich Ihretwegen unsere polizeilichen Ermittlungen verzögern, könnte er das im Wahlkampf zu Ihrem Nachteil verwenden. Man würde Ihnen vorwerfen, sie hätten Ihre Stellung ausgenützt. Das können Sie doch bestimmt nicht wollen.»

Jetzt war Leclair hörbar gereizt. «Nein, selbstverständlich nicht», sagte er schnell. Dann murmelte er missmutig: «Ich sehe ohnehin nicht ein, was ich mit Ihrem Mord zu tun haben soll. Wenn es überhaupt ein Mord war. Der alte Heinemann könnte sich auch selbst umgebracht haben. Grund genug hatte er.»

«Selbstverständlich, Herr Leclair. Aber wir müssen unsere Arbeit tun. Ich hoffe, Sie verstehen mich richtig, aber für uns sind alle Leute gleich. Niemand ist gleicher.»

«Ich habe doch nichts Ungesetzliches verlangt. Nur etwas Rücksicht auf meinen Terminkalender.»

«Dann werde ich am kommenden Montag um siebzehn Uhr an Ihrer Privatadresse vorsprechen», fasste Tina Merz das Gespräch zusammen. «Und jetzt wünsche ich Ihnen ein angenehmes Wochenende.» Damit legte sie den Hörer auf.

«Gigolo, abgelegter», murmelte sie, während sie in die Küche ging, um das Mittagessen vorzubereiten.

Den Nachmittag verbrachte die Kommissarin mit Lesen und Musikhören. Sie hatte bei einem ihrer Gänge durch die Stadt eine Messe von Michael Haydn entdeckt, die sie noch nicht kannte. Jetzt lag sie im Wohnzimmer bäuchlings auf dem dicken Teppich und genoss die kraftvollen Chöre und kunstvollen Arien. Gelegentlich schaute sie auf ihre Uhr; sie war sich bewusst, dass Madeleine Groll ihren Anruf erwartete. Kurz vor halb vier wurde sie vom Klingeln des Telefons aus ihren Träumen geweckt. Es war Groll.

«Frau Merz», stammelte er schluchzend, «ich bin am Ende. Ich kann nicht mehr.» Er klang hoffnungslos.

«Wo sind Sie?» Die Kommissarin sprach eindringlich, fast bittend. «Lassen Sie sich helfen. Rufen Sie Ihre Frau an. Oder besser noch, gehen Sie nach Hause.» Aber sie realisierte, dass sie Groll nicht erreichte. Er hörte ihr gar nicht zu, war gefangen in seinen Vorstellungen und Ängsten.

«Sie will mich nicht», meinte er traurig. «Sie wollte immer nur Stellung und Geld. In ihren Augen bin ich ein Versager, weil ich ihr das Leben nicht bieten kann, das sie sich wünscht.» Er schluckte. «Nein, nach Hause gehe ich nicht. Was soll ich dort?» Den letzten Satz wiederholte er mehrmals, und mit jeder Wiederholung wurde sein Ton bestimmter.

«Dann kommen Sie hierher, wir reden miteinander. Vielleicht kann ich Ihnen helfen.»

«Sie mir helfen? Ausgerechnet Sie? Wie gut Sie lügen.» Er lachte sein heiseres, keuchendes Lachen. «Sie wollen mir den Mord an Heinemann anhängen. Das ist es, was Sie wollen.» Er sprach mit Abneigung und Verachtung. «Ich bin nicht so blöd, dass ich Ihnen nochmals vertraue. Ich habe es gelesen, Sie wollen mich verhaften.» Er lachte bitter. «An sich wäre das mit dem Gefängnis ja gar nicht so schlimm», überlegte er laut, «da wäre ich wenigstens sicher. Da könnte mir niemand und nichts etwas antun. Da wäre die Jagd zu Ende. Fini.» Jetzt kicherte er hysterisch. Danach war es für einen Augenblick still. «Aber so leicht mache ich es Ihnen nicht, Frau Kommissarin.» Es tönte jetzt sehr trotzig und aggressiv zugleich. «Ich laufe Ihnen nicht in die Falle. Ich nicht. Da müssen Sie sich einen Dümmeren suchen.»

«Was kann ich denn für Sie tun?», fragte Tina Merz, während sie konzentriert in den Hörer hineinhorchte, um aus allfälligen Hintergrundgeräuschen etwas über Grolls Aufenthaltsort zu erfahren.

«Sie fragen mich das? Sie sind doch schuld an allem. Die haben schon Recht, Sie sind unfähig und vermasseln alles.»

Die Kommissarin hatte gar nicht zugehört. Ihr Gehirn arbeitete intensiv. Groll telefonierte aus einem Restaurant, denn im Hintergrund waren Stimmen zu hören. Das Rufen einer Servierin, die Bestellungen in die Küche weitergab, war klar identifizierbar. Wo war das Restaurant? Sie musste Zeit gewinnen.

«Herr Groll, rufen Sie wenigstens zu Hause an. Denken Sie doch an Ihre Frau. Sie macht sich Sorgen.»

«Soll Sie doch! Geschieht ihr recht. Ich habe mir lange genug Sorgen gemacht.» Grolls Antwort kam rasch und hart. Dann wurde er wieder weinerlich. «Ich kann ja nicht nach Hause. Die wollen mein Leben zerstören. Alles, was ich erreicht und aufgebaut habe, soll kaputtgemacht werden.» Jetzt weinte er wieder. «Warum verhaften Sie Leclair nicht endlich? Er ist der Mörder. Wenn Sie ihn nicht verhaften, wird etwas

Schreckliches passieren. Noch ein Mensch wird sterben.» Seine Stimme wurde zum keuchenden Flüstern. «Einen schrecklichen Tod wird er erleiden. Und Sie sind schuld. Sie! Weil Sie unfähig sind und den Mörder nicht verhaften, sondern zulassen, dass Unschuldige verfolgt werden. Sie...»

Das Gespräch brach ab.

Tina Merz blieb auf dem Sofa sitzen. Das «Sie sind schuld. Sie...» hallte in ihren Ohren nach. Was wollte Groll? Warum hatte er sie angerufen? Was war das Schreckliche, das er angekündigt hatte? Ein weiterer Mord? Ein Selbstmord? Sie wählte die Nummer der Alarmzentrale in Liestal und fragte nach, ob inzwischen die Suche nach dem beigen Mercedes aufgenommen worden sei.

«Bis vor wenigen Minuten waren wir mit zwei Verkehrsunfällen beschäftigt. Es war uns nicht möglich, eine Patrouille für Ihre Wünsche freizustellen.» Der Kollege sagte das, wie wenn sie ihn um einen persönlichen Gefallen gebeten hätte. «Wenn nichts dazwischen kommt, werden wir uns in einer Viertelstunde mit Ihrem Anliegen beschäftigen können. Aber ich muss den Kollegen, die seit Stunden im Dauereinsatz stehen, eine kurze Pause gönnen, sonst sind sie nicht zufrieden.»

«Gut, brühen Sie Ihren Kaffee auf. Aber dann erwarte ich, dass mein Auftrag zuoberst auf der Liste steht. Ein Menschenleben ist in Gefahr, Herr Kollege. Und da sollten wir nichts unversucht lassen. Pause hin oder her.» Ihre Stimme brachte klar zum Ausdruck, dass sie nicht bereit war, einen weiteren Aufschub zu akzeptieren.

«Ich habe verstanden. Aber so schnell schiessen die Preussen nicht, und die Baselbieter schon gar nicht. Wir gehen die Probleme gemächlich an, und schon manches hat sich dabei von selbst erledigt. A propos Menschenleben», er schmunzelte, «wir sind hier nicht in der Stadt, Frau Kollegin. Wir hatten jetzt unseren Mord im Baselbiet, und damit ist die Statistik für das laufende Jahr erfüllt. Einen zweiten wird es schon nicht geben. Zwei Morde in einem Jahr, das hatten wir noch nie.» Er sagte das sehr selbstgefällig, wie wenn es sein Verdienst wäre. «Zumindest bis zum nächsten Jahr lassen wir uns damit Zeit.»

«Ich hoffe, Sie haben Recht.» Tina Merz konnte sich diese Bemerkung nicht verkneifen. Während sie die Nummer von Madeleine Groll wählte, legte sie sich im Kopf die Worte zurecht, die sie der Frau sagen wollte, ohne die Polizei in Misskredit zu bringen. Sie wusste aus eigener Erfahrung: Man hat kein Verständnis für Argumente wie andere Prioritäten oder Kaffeepausen, wenn man sich um Angehörige sorgt.

Es meldete sich ein junges Mädchen. «Barbara Groll.»

«Ist deine Mutter da?»

«Nein», tönte es abweisend vom anderen Ende der Leitung. «Meine Mutter ist in der Stadt. Sie sagte, sie komme um fünf zurück. Aber rufen Sie erst um sechs wieder an, sie hält sich nie an ihre Versprechen.» Dann, nach einer kurzen Pause: «Oder kann ich etwas ausrichten?»

«Danke, ich melde mich wieder.»

Tina Merz war schockiert, in welch abschätzigem Ton die Tochter über die Mutter gesprochen hatte. Mit einem wildfremden Menschen. «Eine liebenswürdige Familie», ging es ihr durch den Kopf. Aber eigentlich war sie erleichtert, dass sie Madeleine Groll nicht angetroffen hatte. Jetzt blieben ihr wenigstens die Vorwürfe erspart, sie hätte nichts unternommen; und vielleicht konnte die Polizeipatrouille, wenn sie sich nach ihrer Erholungspause auf die Suche machte, Grolls Spur doch noch aufnehmen. Dass er sich selbst bei seiner Frau melden würde, diese Hoffnung hatte sie in der Zwischenzeit aufgegeben.

## 31

Tina Merz sah auf die Uhr. Es war bereits zwanzig Minuten nach sechs, und Lukas war noch immer nicht zu Hause. Er wollte mit Stephan den Flohmarkt auf dem Petersplatz besuchen, hatte aber versichert, für den gemeinsamen Kinobesuch rechtzeitig zurück zu sein.

Sie war froh, dass sich Lukas mit seinem Vater so gut verstand. Sie waren bestimmt wieder irgendwo hängen geblieben. Sie waren auf der Suche nach einem Ersatzteil für ein altes Grammofon, das Lukas von einem Freund erhalten hatte und das seit Wochen auf dem Schrank in seinem Zimmer vor sich hindämmerte. Sie hatte ihm beim Mittagessen das Versprechen abgenommen, dass er sonst nichts, aber auch gar nichts mit nach Hause bringen würde, denn sein Zimmer war bereits voll von Gegenständen, die er auf Flohmärkten und in Trödlergeschäften ergattert hatte. Auch die Werkhöfe der stadtnahen Gemeinden waren beliebte Tummelplätze, von denen er jeweils glücklich zurückkehrte, beladen mit altem Ramsch, der sein Zimmer immer mehr anfüllte. «Vielleicht kann ich das einmal verwenden», pflegte er zu sagen. Und wenn sie ihn dann darauf hinwies, dass bereits zwei Liegestühle im Keller stünden und nie gebraucht würden und sie nicht noch einen alten Fotoapparat benötige, sondern lieber einen neuen, vollautomatischen hätte, lachte er. «Das verstehst du nicht, Tina. Diesmal ist es ganz was anderes. Das brauche ich wirklich.»

Kürzlich hatten sie eine Vereinbarung getroffen: Für jedes zusätzliche Stück, das er nach Hause trug, würde er ein anderes wegbringen. Ob er sich daran hielt? Sie hatte den Eindruck, sein Lager wachse noch immer kontinuierlich an.

Heute würde er bestimmt beladen nach Hause kommen. Wenn Lukas mit seinem Vater auf Tour ging, dann war er immer besonders erfolgreich. Denn auch Stephan gehörte zur Gattung der Jäger und Sammler.

Auch er konnte nichts wegwerfen. Als er damals aus dem gemeinsamen Haus auszog, waren Keller und Estrich voll von Dingen, die er bei Trödlern und auf Flohmärkten erworben hatte und die ihrer Meinung nach nur dazu dienen konnten, irgendeinmal wieder einen Flohmarkt oder eine Tombola zu bereichern. Stephan hatte sich bei seinem Auszug von vielem trennen müssen, da seine neue Wohnung das ganze Sammelsurium von alten Akten, Mineralien, Briefmarken, Büchern, Landkarten, Eisenbahnen und Uhrenbestandteilen nicht aufnehmen konnte. Tina Merz war überzeugt, dass die Trennung von seinen Jagdtrophäen, wie sie den Plunder bezeichnete, ihm bei der Scheidung am meisten zu schaffen gemacht hatte.

Wieder schaute sie auf die Uhr. Lukas hatte ihr versprochen, so rechtzeitig nach Hause zu kommen, dass sie noch in Ruhe essen könnten. Der Film fing um halb acht an. Wenn sie nicht zu spät kommen wollten, mussten sie sich kurz nach sieben auf den Weg machen.

Sie ging in ihr Zimmer und zog sich um. Als sie in die Küche zurückkam, war es zehn Minuten vor sieben. Sebastian sass an der Küchenbar und las die Zeitung. Er hatte ihr zu Ehren seinen neuen Pullover angezogen. Es war eine Freude, ihn anzuschauen, denn er sah gut aus, ihr Ältester, mit seinem dunkelblonden Schopf und seinen graublauen Augen. Sie verkniff sich das Kompliment, denn sie wusste, dass er es nicht mochte, wenn sie Nettes zu ihm sagte. Er schwieg zwar ihr zuliebe, aber seine Augen sprachen Bände, «Muss das sein?», war deutlich darin zu lesen.

«Der Kleine ist vor ein paar Minuten nach Hause gekommen», sagte er jetzt, ohne seinen Blick von der Zeitung zu heben», beladen wie immer. Ich rate dir dringend davon ab, in sein Zimmer zu schauen. Vater hatte offenbar die Spendierhose an.»

Tina Merz konnte ihre Neugier nicht bezähmen. Sie öffnete die Türe zu Lukas' Zimmer und fand ihren jüngeren Sohn dabei, wie er ein riesiges Plakat von Marilyn Monroe an die Wand klebte. Eine ebenso grosse Darstellung von Sylvester Stallone, schweisstriefend, mit Stirnband, grimmigem Gesicht und einer Maschinenpistole im Anschlag, hing bereits. Sie schaute einen Augenblick entsetzt auf die aus der Sicht Hollywoods imposante Männlichkeit, schluckte die Bemerkung herunter, die sich ihr auf die Lippen drängte, und sagte nur: «Falls du noch etwas essen möchtest, musst du es jetzt tun. Wir gehen in einer Viertelstunde.»

«Ich habe bereits gegessen», antwortete Lukas, ohne aufzusehen.

«Es ist schief», stellte sie fest. «Mach das morgen, wenn du mehr Zeit hast.»

«Gefällt es dir?» Er schaute sie erwartungsvoll an.

«Das von Marilyn Monroe schon. Den», und dabei zeigte sie auf Stallone, «den finde ich grässlich. Aber es ist dein Zimmer», setzte sie rasch hinzu.

«Ich habe noch eines von James Dean und eines von Humphrey Bogart», rief er ihr strahlend nach. Aber sie hatte die Türe bereits geschlossen.

«Nun, wie findest du seine Ausbeute?», fragte Sebastian, als sie in die Küche zurückkam, wo er noch immer an der Bar hockte.

«Besser als auch schon», erwiderte sie kurz. «Komm, wir essen.»

Pünktlich um halb acht sassen sie nebeneinander in der hintersten Reihe und warteten auf den Beginn des Films. Lukas hatte ihn ausgewählt, Sciencefiction und hirnverrückt geil, hatte er ihn viel sagend beschrieben, jedenfalls sei das Olivers Urteil, und auf das könne man sich verlassen. Sebastian hatte dem Vorschlag gutmütig zugestimmt. Ihm sei egal, was man anschaue, meinte er, Hauptsache, der Streifen sei spannend und keine blöde Liebesgeschichte.

Beim Hinaufsteigen in den Kinosaal hatte Lukas doch noch Hunger bekommen, und so hatte ihm Tina Merz an der Bar Popcorn gekauft, eine Riesentüte, weil es keine kleineren gab. Als jetzt der Film begann, reichte er ihr die kaum angebrochene Packung zur Aufbewahrung.

«Ich esse es nachher, auf dem Heimweg», flüsterte er ihr zu. Dann legte er seine Füsse auf die Rücklehne des vorderen Sitzes und versank für die nächsten Stunden tief in seinem Sessel.

Der hirnverrückt geile Streifen begann damit, dass ein leicht irrer Professor in Südkalifornien in einem benachbarten Sonnensystem einen neuen Planeten entdeckte. Und weil es auf diesem Planeten angeblich ein besonderes chemisches Element gab, das die Sicherheit der Menschheit gefährden könnte, beschloss der amerikanische Präsident weise, ein Raumschiff dorthin zu schicken mit einer Mannschaft aus vier eisernen Männern, die Tina Merz nicht auseinander halten konnte, sowie einer goldlockigen, süssen und einer schwarzhaarigen, hinterhältigen Frau. Sie sollten den chemischen Stoff holen und die Menschheit retten. Das Raumschiff sah aus, wie der blaue Staubsauger, den sich Tina Merz im vergangenen Monat gekauft hatte, und wenn damit geschossen wurde – und das tat man reichlich –, tönte das wie das Jaulen eines liebestollen Katers. Leider hatte auch ein kahlköpfiger Professor in einem bösen asiatischen Land den Planeten mit dem gefährlichen Stoff entdeckt, und weil der böse Präsident dieses Landes genauso klug war wie der liebe Präsident Amerikas, schickte auch er ein Raumschiff, und zwangsläufig kamen sich die beiden in die Quere.

Tina Merz langweilte sich. Sie sah auf die Uhr; sie hatte erst einen Drittel des Films geschafft. Sie gähnte und schaute zu ihren Söhnen, die beide mit starrem Blick das Geschehen auf der Leinwand verfolgten. Und da Langeweile, Stress und Spannung ihr auf den Magen schlugen, begann sie, Popcorn zu knabbern, und irgendeinmal döste sie ein. Sie wachte erst wieder auf, als Lukas sie unsanft in die Seite stiess und entsetzt ausrief: «Gemein, sie hat mein ganzes Popcorn aufgegessen.»

## 32

Sonntagmorgen. Die beschaulichsten Stunden der Woche. Tina Merz erwachte, als Mottel mit nasser Zunge ihr Gesicht leckte. «Hör auf», fauchte sie und schob die Hündin vom Bett. Sie hatte deren Hartnäckigkeit aber unterschätzt. Mottel stand jetzt auf ihren kurzen, krummen Beine mitten im Zimmer und bellte wütend. Tina Merz sah auf den Wecker. Halb zehn. Herrlich, der ganze Tag war unverplant, gehörte ihr. Sie hatte ausgiebig Zeit zum Nichtstun. Mottel intensivierte ihr Bellen; es wurde heller und giftiger. Es war immer wieder verblüffend, wie laut und eindringlich der kleine Hund seinen Ärger ausdrücken konnte. Jetzt zitterte er am ganzen Körper vor Ungeduld und Wut. Und das alles wegen ein paar Hundekuchen.

«Bringen wir es hinter uns, dann hat die arme Hundeseele Ruhe.» Tina Merz stand auf und schaute durch das halb geöffnete Fenster über den Rhein zum Münster. Der Tag war grau und verhangen. Es regnete fein, fast unsichtbar.

«Heute bleibe ich im Bett; den ganzen Tag.» Mit diesem Vorsatz ging sie in die Küche. Mottel war ihr vorausgeeilt und wartete bereits ungeduldig. Tina Merz füllte etwas Milch in den roten Napf und legte ein paar Biskuits dazu. Die Hündin lappte zufrieden, und die Kommissarin ging zurück in ihr Schlafzimmer. Im Vorbeigehen drückte sie die Taste des Anrufbeantworters. Als sie Biasottos Stimme hörte, blieb sie stehen. Er fragte, wo in aller Welt sie stecke, und teilte ihr dann mit, man habe den beigen Mercedes gefunden.

Sie ging zum Telefon und wählte die Nummer ihres Assistenten.

«Tag Chefin, gut, dass du anrufst», hörte sie ihn sagen. «Man hat Grolls Wagen in Gempen gefunden. Er stand gestern den ganzen Tag vor einem Bauernhof. Und als er nachts um elf immer noch da war, informierte der Bauer die Polizei. Von Groll selbst fehlt jede Spur. Der

Garagist in Oberwil wird den Mercedes morgen abholen. Ich habe den Bauern angewiesen, das Fahrzeug bis dahin im Auge zu behalten und uns sofort zu benachrichtigen, wenn jemand auftaucht und sich daran zu schaffen macht. Er hat von seinem Küchenfenster einen guten Überblick. Ich denke, wenn Groll nicht bald aufkreuzt, sollten wir die Gegend absuchen lassen...»

«Ja, das sollten wir», unterbrach die Kommissarin zerstreut den Redefluss ihres Assistenten. Sie überlegte gerade, was sie zum Frühstück essen wollte, und sie hatte keine Lust, sich ihren freien Tag verderben zu lassen. Weder von Groll noch von sonst jemandem.

«Warten wirs doch ab. Er wird schon auftauchen», sagte sie leichthin. «Alles Weitere können wir morgen besprechen. Heute ist Sonntag. Ruhetag. So steht es geschrieben. Und auf der Sonntagsarbeit ruht kein Segen, das wusste schon meine Grossmutter.»

Damit legte sie den Hörer auf und ging ins Bad.

## 33

Am Montag war Tina Merz voller Tatendrang. Beschwingt stieg sie die Treppe zu ihrem Büro hinauf. Sie hatte einen ruhigen Sonntag verbracht, genau so, wie sie es sich gewünscht hatte. Bis in den frühen Nachmittag hatte sie sich der Lektüre einer ergreifend schönen englischen Liebesgeschichte hingegeben und dazu romantische Musik gehört. Mit feuchten Augen – der Liebesroman endete unglücklich – hatte sie dann gut gegessen und sich am Abend noch den Fernsehkrimi zu Gemüte geführt.

Trotz Ruhe, Liebesgeschichte und Fernsehkrimi hatte der Fall Heinemann sie nicht losgelassen. Immer wieder hatte sie an Groll denken müssen. Sie hatte das «Sie sind schuld. Sie ...» nicht aus ihrem Kopf gebracht. Den ganzen Tag hatte sie darauf gewartet, dass er sich wieder melden würde, aber das Telefon war stumm geblieben, und ihre innere Unruhe war gewachsen. Wo war er? Warum rief er nicht an? Was hatte er vor?

Nach einer unruhigen Nacht war sie erwacht, froh darüber, dass es Montagmorgen war und sie aktiv werden konnte. Wie üblich hatte sie vor dem Einschlafen noch ihre Wochenziele formuliert; sie hatte sich vorgenommen, den Fall Heinemann bis Freitag abzuschliessen und mit Siegfried Schär wegen Frau Simon ein ernsthaftes Gespräch zu führen. Darüber hinaus wollte sie die Sommerferien in Frankreich planen und endlich zwei Kilo abnehmen.

Sie betrat ihr Büro, hängte ihren Mantel in den Wandschrank, warf einen Blick in den Spiegel, der diskret auf der Innenseite der Schranktüre hing, nickte sich aufmunternd zu und trat mit einem zufriedenen «So, jetzt kanns losgehen» an ihren Schreibtisch. Sie wollte eben ihren Assistenten anrufen, um ihn zu fragen, ob er etwas von Groll gehört habe, als die Türe zum Büro von Frau Simon mit einem Stoss aufging und die Sekretärin hereinstürmte. Sie hatte einen roten Kopf und war sichtlich aufgebracht.

Ohne darauf zu achten, dass die Kommissarin den Hörer in der Hand hielt und telefonieren wollte, machte sie sich Luft. «Ich kündige. Der soll seine alten Tassen gefälligst selbst abwaschen. Vier Stück hat er in seinem Wandschrank stehen. Vier!» Sie hob ihre Hand und zeigte vier ihrer Finger. «Alle mit eingetrockneten Kaffeerändern. Ich solle sie abwaschen. Und der Ton, mit dem er mir dies aufgetragen hat! Ich lasse mir das nicht mehr gefallen.»

«Jetzt beruhigen Sie sich doch, Frau Simon.» Die Kommissarin legte ihrer aufgeregten Sekretärin den Arm um die Schulter und führte sie zu einem Stuhl.

«Er hat mich richtig angepfiffen. Ich hätte meine Pflichten nicht erfüllt. Das passe zu meiner übrigen Arbeit. Schämen müsse er sich vor seinen Besuchern über die Zustände hier.» Frau Simon nahm ein säuberlich zusammengelegtes Taschentuch aus ihrem Ärmel und wischte sich die Augen. «Er stellt die Tassen immer schmutzig in seinen Schrank. Einmal, ein einziges Mal, habe ich gewagt, sie herauszunehmen, und prompt erteilte er mir anderntags den Verweis, ich hätte an seinem Schrank nichts zu suchen.» Sie schnäuzte sich. «Und dann hat er mich noch gefragt, ob Sie mich angestiftet hätten, nachzuschauen, wie weit er mit seinen Fällen sei.»

Tina Merz war fest entschlossen, sich die gute Montagslaune durch Schär nicht verderben zu lassen. «Vermutlich hatte er ein schlechtes Wochenende», erklärte sie tröstend; dann vergewisserte sie sich: «Das mit der Kündigung ist doch wohl nicht Ihr Ernst?» Sie betrachtete prüfend das Gesicht ihrer Sekretärin.

«Natürlich nicht», heulte diese, «aber ich bin nicht mehr bereit, für dieses Ekel zu arbeiten. Diesen Menschenschinder und Schwerenöter. Für Sie schon, aber ...»

In diesem Augenblick öffnete sich die Türe zum Korridor und für einen kurzen Augenblick erschien Schärs Kopf im offenen Spalt. «Sie haben offenbar nichts anderes zu tun, als mit der Sekretärin Konversation zu machen», bemerkte er giftig und schloss die Türe mit einem lauten Knall wieder.

Jetzt hatte die Kommissarin genug. Sie klopfte Frau Simon nochmals beruhigend auf die Schulter, riss die zugeschlagene Türe wieder auf und rief in den Korridor: «Kollege Schär, ich will mit Ihnen reden.»

Schär stand nur wenige Schritte entfernt. Er hatte noch einen Augenblick an der Tür gelauscht, um sich über die Wirkung seiner Worte zu vergewissern. Jetzt drehte er sich langsam um. «So? Wollen Sie? Und wenn ich nicht will?»

«Dann gibt es Ärger. Das schwör ich Ihnen.» Sie war dankbar, dass sie sich am Morgen für die Schuhe mit den hohen Absätzen entschieden hatte. Sie richtete sich auf, stellte den Brustkorb und schaute ihrem Gegenüber herausfordernd in die Augen.

«Sie drohen mir? Als Kriminalkommissarin müssten Sie eigentlich wissen, dass daraus nur Unannehmlichkeiten entstehen», gab er zur Antwort und verzog seinen schmalen Mund zu einem hämischen Grinsen. Dann drehte er sich um und machte ein paar Schritte auf sein Büro zu.

«Herr Kollege!» Sie sprach bewusst langsam und war froh, dass ihre Stimme nicht zitterte. «Lassen Sie uns vernünftig sein. Wir haben ein Problem. Bitte, geben Sie uns die paar Minuten.»

Er war jetzt stehen geblieben und hatte sich wieder ihr zugewandt. «Wenn Sie mich so freundlich bitten. Aber in meinem Büro. Frau Simon soll uns einen Kaffee bringen.»

«Ich besorge uns den Kaffee», anerbot sie sich rasch.

Als sie wenige Minuten später mit zwei vollen Kaffeetassen in sein Büro trat, thronte er hinter seinem Schreibtisch und grinste ihr selbstzufrieden entgegen. «Eigentlich schade, dass Sie nicht öfters so wütend sind. Es stimuliert mich.»

Die Tassen zitterten in ihrer Hand und eine hässliche Erwiderung drängte sich auf ihre Lippen. Sie schaffte es jedoch, sie herunterzuschlucken.

«Ja, ich bin zornig.» Sie näherte sich dem Tisch, der ein paar Meter von seinem Schreibtisch entfernt in der Büroecke stand. Er war belegt mit Akten und Büchern. Die vier schmutzigen Kaffeetassen, der Stein des Anstosses, standen noch immer da und schauten sie mit ihren eingetrockneten braunen Kaffeerändern herausfordernd an. Sie wusste, dass er den Tisch kaum benutzte. Er zog es vor, auf seinem grossen, schwarzen Stuhl hinter seinem Schreibtisch zu sitzen. Auch bei Besprechungen mit seinen Arbeitskollegen hielt er an dieser Sitzordnung fest.

«Nicht mit mir. Heute nicht», knurrte sie innerlich.

«Und, was verschafft mir die Ehre», eröffnete er das Gespräch. Mit seiner rechten Hand wies er auf den Stuhl vor seinem Schreibtisch und forderte sie zum Sitzen auf.

Sie setzte sich unter seinen missbilligenden Blicken demonstrativ an den Tisch und schob das vor ihr liegende Aktenbündel zur Seite, um die Kaffeetassen abstellen zu können. Dann wandte sie ihm das Gesicht zu und sagte ernst: «Wir haben einen Sack voller Probleme. Sie und ich. So viele, dass wir mehr als einen Morgen brauchen, um sie zu besprechen. Heute will ich mich mit Ihnen über diese Kaffeetassen unterhalten.» Sie hatte eine der Tassen hochgehoben und stellte sie jetzt mit einem lauten Klirren zurück auf den Unterteller.

«Was haben diese Tassen mit uns zu tun?», fragte er ungeduldig und begann, mit gelangweilter Miene in einem vor ihm liegenden Dossier zu blättern. «Ich habe keine Lust, mich über schmutziges Geschirr zu unterhalten, es sei denn, Sie anerbieten sich, es zu waschen.»

Seine Arroganz brachte sie zur Weissglut. «Was bist du doch für ein mieses Arschloch», ging es ihr durch den Kopf, und sie spürte, wie sich ihre Aggression entspannte, während sie die letzten Worte stumm wiederholte. Aber sie musste sich doch mit allen Kräften zurückhalten, dass sie ihm die Tasse, die sie noch immer am Henkel festhielt, nicht an den Kopf warf. Dann atmete sie tief ein und sagte ruhig und scheinbar emotionslos: «Ich will mich mit Ihnen über Frau Simon unterhalten.»

«Gut», stimmte er zu, «da gibt es tatsächlich ein Problem. Aber setzen Sie sich doch näher. Frau Simon lauscht bestimmt an der Türe.»

«Einverstanden.» Sie schob lächelnd einen weiteren Aktenstapel zur Seite. «Freie Stühle gibt es hier genug.»

«Sie wissen, dass ich diese Stühle hasse.» Eine strenge Falte erschien in seinem Gesicht. «Sie sind anatomisch falsch konstruiert. Und immer, wenn ich länger darauf sitze, bekomme ich unerträgliche Rückenschmerzen.»

Er erhob sich und baute sich in voller Grösse vor ihr auf.

Für einen Augenblick war sie unschlüssig. Sollte sie sitzen bleiben oder ebenfalls aufstehen? Wenn sie beide standen, machte sie Zweite, jedenfalls was die Körpergrösse betraf. Und das war ja nicht ganz unerheblich für den Verlauf des Gesprächs. «Ich kann nicht reden, wenn Sie stehen. Bitte setzen Sie sich doch.»

Widerwillig folgte er ihrer Aufforderung und nahm Platz.

«Frau Simon will kündigen. Das hat sie mir soeben mitgeteilt.»

«So? Und warum, wenn ich fragen darf?» Es tönte nicht sonderlich interessiert.

«Weil sie sich von Ihnen schlecht behandelt fühlt.»

«Da schau mal an! Die Petzliese. Rennt zur Kollegin und beklagt sich.»

«Das ist nicht das Problem.» Tina Merz war entschlossen, sich nicht auf diese Art von Konversation einzulassen. «Ich möchte sie behalten. Ich mag sie. Und ich bin mit ihrer Arbeit zufrieden. Zudem habe ich diese ständigen Personalwechsel satt. Ich möchte mich meiner kriminalistischen Arbeit widmen und nicht immer wieder Vorstellungsgespräche führen.»

«Interessant. Ich dachte, Sie hätten ein Flair fürs Personelle.»

Sie hoffte, er könne nicht wahrnehmen, wie es in ihrem Inneren brodelte. Sie setzte sich mit hohlem Kreuz aufrecht auf ihren Stuhl. «Ich erwarte, dass Sie mit Frau Simon reden. Und dann», sie lächelte viel sagend, «sollten Sie einmal über Ihre Beziehung zu Ihren Kolleginnen und

Mitarbeiterinnen nachdenken. Innerhalb von nur zwei Jahren ist Frau Simon unsere dritte gemeinsame Sekretärin. Und sie ist bestimmt die letzte», fügte sie drohend bei.

«Wollen Sie damit sagen, ich sei schuld an unserer Sekretariatsmisere? Das weise ich entschieden zurück.» Er zog seine linke Braue hoch und lachte süffisant. «Sie sind es doch, die unsere Vorzimmerdamen anstellt und offensichtlich nichts davon versteht. Immer wieder bringen Sie so genannte Wiedereinsteigerinnen, denen Sie eine Chance geben wollen und die dann mit ihren Wechseljahren nicht zurechtkommen. Stellen Sie eine jüngere Kraft ein, eine Fünfundzwanzigjährige, und Sie werden sehen: No problem.» Er machte eine Pause und genoss seine amerikanische Aussprache, die er von einem dreimonatigen Kurs beim FBI mitgebracht hatte. «Aber vielleicht fürchten Sie die Konkurrenz? Wenn so was Junges hier herumläuft, wird niemand mehr auf Ihre hübschen Beine achten.»

Tina Merz spürte ein inneres Zittern. Sie hasste selten. Aber im Augenblick wäre sie imstande gewesen, diesen lächerlichen Macho zu erwürgen. Nur die Erkenntnis, dass er keine mehrjährige Gefängnisstrafe wert war, hielt sie zurück. Nach einigen tiefen Atemzügen hatte sie sich wieder gefasst. «Sie haben anscheinend vergessen, dass Frau Sidler, unsere erste gemeinsame Mitarbeiterin, erst achtundzwanzig Jahre alt war.»

«Ja, richtig, das Fräulein Sidler», stimmte er zu, und in seine Augen trat ein sinnliches Leuchten, als er sich an die hübsche Brünette erinnerte, «und sie verliess uns, weil sie heiraten wollte.»

«Das reden Sie sich ein», fuhr sie ihn an. «Frau Sidler machte in ihrem Austrittsgespräch keinen Hehl daraus, dass Sie ihretwegen kündigte. Sie hat nachher noch ein volles Jahr, bis zur Geburt ihres Sohnes, für den Chef gearbeitet.»

«Wem soll sie das gesagt haben?» Einen kurzen Moment lang war Schär tatsächlich verunsichert. Dann hatte er sich wieder gefasst. «Sie ging, weil sie Chefsekretärin wurde. Das ist besser bezahlt. Und die jungen Dinger brauchen Geld für ihre Aufmachung.»

«Erkundigen Sie sich beim Chef, wenn Sie die Wahrheit wissen wollen. Aber das wollen Sie ja gar nicht.» Tina Merz stand auf. «Und dann teilen Sie ihm auch mit, dass ich nicht mehr bereit bin, mit Ihnen die Sekretärin zu teilen. Oder nein, vergessen Sie es. Ich mache das selbst.»

Sie ging ein paar Schritte zur Türe, die Schärs Büro von dem der Sekretärin trennte, dann blieb sie stehen und drehte sich nochmals um. «Es sei denn ...» Sie schaute ihn herausfordernd an.

«Machen Sie sich keine falschen Hoffnungen», lachte er selbstgefällig, «ich bin, wie ich bin, und sehe keinen Grund, mich zu ändern.»

«Gut, dann mache ich einen Termin mit dem Chef. Am besten, wir gehen gemeinsam und nehmen Frau Simon mit.» Sie öffnete die Tür, die zum Sekretariat führte. Auf der Schwelle stehend wies sie Frau Simon an, ein Gespräch mit Klement zu vereinbaren. Thema: die gemeinsame Mitarbeiterin. Dann warf sie die Türe mit dem Fuss wieder zu, ging hoch erhobenen Hauptes an Schär vorbei, der rat- und sprachlos vor seinem Schreibtisch stand, und verliess den Raum.

Im Korridor blieb sie einen Augenblick stehen. «Wochenziel Nummer eins erledigt», stellte sie zufrieden fest.

Auf dem Weg zu ihrem Büro kam ihr Balmer, der Leiter des Wirtschaftsdezernates entgegen. «Haben Sie im Lotto gewonnen, Frau Kollegin? Sie strahlen so.»

«Nein», gab sie lachend zur Antwort, «nur einem Pfau eine Schwanzfeder gerupft, die ich für meinen Fasnachtshut brauche.»

«Und der Hut, der Hut, er steht Ihnen gut», dichtete er lachend und nickte ihr anerkennend zu.

Sie ging direkt ins Büro ihres Assistenten und liess sich von ihm über den neusten Stand der Dinge informieren. Sie erfuhr, dass Groll sich noch immer nicht gemeldet habe. Seine Frau hingegen habe schon um halb acht angerufen. Sie sei enttäuscht und zornig, weil die Polizei zu wenig unternehme.

«Ich denke, es ist jetzt an der Zeit, dass wir eine intensive Suche starten», stimmte die Kommissarin zu. «Es ist tatsächlich sonderbar, dass er sich nicht mehr meldet, nachdem er mich bis Samstag immer wieder angerufen hat. Ich hoffe, er hat sich nichts angetan.»

«Also, was tun wir?» Biasotto war voller Tatendrang.

Die Kommissarin überlegte kurz. «Ruf die Polizeikommandanten in Basel und Liestal an und bitte sie, den Wald rund um Gempen von Rekruten und Hundeführern absuchen zu lassen.»

«O.k., Chefin, wird erledigt. Ich melde mich, wenn es etwas Neues gibt.»

Während Biasotto seine Aufträge erfüllte, erstellte die Kommissarin eine kurze Aktennotiz über Salomes Aussagen zur Person von Marc Leclair. Danach erledigte sie verschiedene Telefonate. Kurz vor Mittag rief sie Schär an und bat ihn, ihr für ein paar Stunden nochmals das Dossier Masagni zu überlassen. Ohne die Vorkommnisse des Morgens zu erwähnen, willigte er ein, wobei er nicht darauf verzichten konnte, ihr im Tone eines Oberlehrers darzulegen, warum er nicht an eine Verbindung der beiden Fälle glaube. Er könne es zwar noch nicht beweisen, sei aber überzeugt, dass es sich im Fall Masagni um ein Beziehungsdelikt, im Fall Heinemann um einen Raubmord handle.

«Warum ist der so sicher?», fragte sich die Kommissarin, nachdem sie den Hörer aufgelegt hatte. In einem hat er vermutlich Recht, ging es ihr durch den Kopf, wenn es sich bei Masagni um ein Beziehungsdelikt handelt, dann kann Heinemann nicht vom gleichen Täter umgebracht worden sein, denn bis jetzt gibt es keine Anzeichen dafür, dass die Ermordeten sich kannten, gemeinsame Freunde oder Bekannte hatten oder auch nur im gleichen Milieu verkehrten. Trotzdem, entschloss sie sich, werde ich Schärs Dossier gründlich durchgehen; wer weiss, vielleicht finde ich doch noch etwas, das er übersehen hat.

## 34

Es war kurz vor fünf, als der weisse Opel mit der Kommissarin und ihrem Assistenten dem Birsig entlang und am zoologischen Garten vorbei Richtung Binningen fuhr. Sie bogen links zum Bruderholz ab, dem Hügel über der Stadt Basel, auf dem sich die Villen der Reichen ein Stelldichein gaben. Sie unterhielten sich über ihre Ermittlungen. Biasotto suchte nach Erklärungen dafür, dass Groll sich nicht mehr gemeldet hatte und auch trotz der gross angelegten Suchaktion bisher nicht gefunden worden war.

«Vielleicht hat er sich tatsächlich ins Ausland abgesetzt.»

«Das wäre nicht das Dümmste, was er tun könnte.» Die Kommissarin war damit beschäftigt, sich auf einem Zettel die Fragen zu notieren, die sie Leclair stellen wollte.

«Jedenfalls bestätigt mir dieser Fall, wie dumm es ist, sich auf eine Ehe einzulassen», sinnierte Biasotto. «Die Grolls sind seit mehr als zwanzig Jahren verheiratet, leben miteinander im gleichen Haus, haben gemeinsame Kinder. Und dann erleidet der eine Partner eine Niederlage, und was tut der andere? Er haut noch eins oben drauf.»

«Ich sehe nicht, was das mit der Ehe zu tun hat. So etwas kommt in jeder Form von Partnerschaft vor.»

«Mag sein. Aber bei der Eheschliessung verspricht man sich doch allerhand, wohingegen man ein Konkubinat ganz ohne Verpflichtungen eingeht.»

Sie hatten inzwischen die Höhe erreicht und bogen in die kleine Seitenstrasse ein, in der Marc Leclair wohnte.

«So einfach verschwinden und den anderen mit den Problemen sitzen lassen», überlegte Biasotto weiter, «das ist nicht die Art des feinen Mannes. Ob mit oder ohne Trauschein.»

«Ich sehe, du hast heute deinen philosophischen Tag», lachte die Kommissarin und schob ihren Notizzettel in die Handtasche.

Biasotto fuhr jetzt langsamer; er suchte die Hausnummer. Wenig später hielt er kurz an und lenkte den Wagen dann durch ein offenes, kunstvoll geschmiedetes und mit Messing verziertes Tor auf einen hofartigen Platz.

«Wow», entfuhr es der Kommissarin, «so stelle ich mir Hollywood vor.»

Biasotto parkte vor der offenen Dreifachgarage. Er stieg aus und schaute sich interessiert die darin abgestellten Autos an. «Die scheinen Grossaktionäre bei BMW zu sein. Und wenn sie bezahlt sind», er deutete auf die drei dunkelblau funkelnden Fahrzeuge, «dann haben sie damit einen guten Beitrag zum Firmengewinn geleistet.»

Auch die Kommissarin war ausgestiegen und betrachtete mit offensichtlichem Wohlgefallen ihre Umgebung. In der Mitte des ovalen Platzes plätscherte ein steinerner Brunnen mit einer lebensgrossen, nackten Mädchenfigur. Der ganze Platz war mit graurosa Kopfsteinpflaster ausgelegt.

«Für Rollstuhlfahrer ungeeignet», beanstandete sie und wandte sich dem Haus zu, wobei sie sich alle Mühe gab, mit ihren hohen Absätzen nicht zwischen die Kopfsteine zu geraten.

«Ein stattliches Heim. In der Tat.» Auch Biasotto hatte sich jetzt dem Haus zugewandt; sein Gesicht drückte unverhohlene Bewunderung aus. «Von unserem Lohn, könnten wir uns das jedenfalls nicht leisten, selbst wenn wir unsere beiden Einkommen zusammenlegen.

Die Villa war aus rotem Sandstein und im englischen Landhausstil gebaut. Die grossen Fenster waren kassettenartig unterteilt und im Erdgeschoss mit Gittern aus Schmiedeeisen gesichert. Über dem Obergeschoss wölbte sich ein ausladendes, mit alten Ziegeln gedecktes Dach.

«Vielleicht sollten wir dort eintreten?», fragte Biasotto grinsend, als sie auf die in glänzendem Moosgrün bemalte und mit einem dicken Messingknauf verzierte Eingangstüre zugingen, und wies mit ausgestrecktem Arm auf den Dienstboteneingang am unteren Ende des Hauses.

«Eintreten nicht», entgegnete sie mit schelmischem Lachen, «aber vielleicht werfen sie uns dort hinaus.»

«Du hast offenbar einiges vor, Chefin», schmunzelte Biasotto und betätigte die Klingel.

Eine etwa fünfunddreissigjährige, schlanke Frau in einer weissen Schürze öffnete. Ihr langes, blondes Haar war im Nacken zu einem Pferdeschwanz zusammengebunden. Unter der Schürze trug sie einen perlgrauen Pullover und eine dunkelgraue Hose. Die ganze Erscheinung wirkte gepflegt und entsprach nicht dem Bild, das man sich üblicherweise von Dienstboten macht.

«Sie kommen wegen des Interviews», stellte sie mit ernstem Gesicht fest und forderte sie mit einer Geste zum Eintreten auf.

«Interview ist gut, Chefin», flüsterte Biasotto kichernd.

Sie traten in eine geräumige Halle. Rechts an der Wand befand sich eine grosse, kunstvoll renovierte Louis-quinze-Kommode. Darauf stand eine gotische Schutzmantelmadonna, die sie mit einem freundlich-hölzernen Lächeln willkommen hiess.

«Wenn ich eine Frau finde mit der Mitgift, Chefin, dann werde auch ich heiraten», flüsterte Biasotto, nachdem er der blonden Hausangestellten mit einem freundlichen «Danke» seinen Mantel gereicht hatte.

In diesem Augenblick öffnete sich die dem Hauseingang gegenüberliegende Türe und Leclair trat mit einem strahlenden Lächeln auf sie zu, wobei zwei Reihen makellos weisser Zähne sichtbar wurden.

«Die sind so falsch wie sein Lachen», ging es der Kommissarin durch den Kopf. Aber sie lächelte freundlich zurück.

«Sie müssen Frau Merz sein.» Leclair reichte ihr die Hand. Dann begrüsste er auch Martin Biasotto und bat die Besucher, ihm zu folgen.

Der Salon, in den er sie führte, wies saalähnliche Dimensionen auf. Durch fünf breite, vom Boden bis zur Decke reichende Fenster konnte man in den gepflegten Garten hinaussehen. Zwischen den beiden mittleren Fenstern stand hinter einem zierlichen, ovalen Tisch ein Pompadour. Vor dem grossen Cheminée an der unteren Wand luden drei ausladende, helle Sofas zum Sitzen ein. Daneben führte eine offene Schiebetüre in ein etwas kleineres Esszimmer. Tina Merz folgte Leclair durch den Raum. Vor einem rot leuchtenden Teppich blieb sie stehen.

«Gefällt er Ihnen?» Leclair war neben sie getreten. «Mein Schwiegervater hatte früher gute Beziehungen nach Persien. Dieser Teppich war das Weihnachtsgeschenk eines Geschäftspartners. Aber er mag ihn nicht, und so ist er bei uns gelandet. Er ist mit einer unglücklichen Geschichte verbunden. Einer Liebesgeschichte.» Er sah sie viel sagend an.

«Jedenfalls ein schönes Stück», murmelte die Kommissarin, peinlich berührt durch die Anspielung und noch mehr durch den leicht anzüglichen Blick.

«Und ein kostbares Unikat. Hier sehen Sie die Jahreszahl und hier die Signatur des Künstlers.» Leclair wies auf das untere Ende des Teppichs.

«Bitte entschuldigen Sie mein Outfit», sagte er dann, während er sich umdrehte und auf die hellen Sofas am unteren Ende des Raumes zuging. «Aber Sie wissen ja, ich komme direkt vom Flughafen. Ich habe mich nur geduscht und etwas Bequemes angezogen. Meine Frau kommt auch gleich.» Er zögerte. «Sie wollen doch, dass meine Frau am Gespräch teilnimmt?» Und ohne die Antwort abzuwarten, fuhr er fort: «Sie ist noch an einer Sitzung. Sie ist Präsidentin des Komitees, das den Bazar im Altersheim vorbereitet, der am kommenden Wochenende stattfindet. – Ja, wenn wir unsere Frauen nicht hätten», seufzte er verklärt.

Er trat jetzt zu einem gläsernen Barwagen, der sich an der Wand direkt neben dem Cheminée befand und auf dem wohl assortiert eine ganze Menge Flaschen standen. «Darf ich Ihnen etwas zu trinken anbieten?»

Die Kommissarin hatte auf einem der Sofas Platz genommen. Sie fühlte sich unbehaglich, obwohl sie sehr bequem sass. Sie bat um einen Tomatensaft.

«Mit oder ohne Wodka?», fragte Leclair lächelnd.

«Ohne», antwortete sie schnell.

Martin Biasotto entschied sich für einen Orangensaft. Ohne Gin.

Während Leclair die Getränke zubereitete, sah sich Tina Merz den Mann in Ruhe an. Salome hatte ihn zutreffend beschrieben. Er sah tatsächlich gut aus. Er war, wie sie inzwischen erfahren hatte, achtundvierzig Jahre alt, wirkte aber einiges jünger, ja, wenn er lachte, sah er aus wie ein unbeschwerter grosser Junge. Er war etwa einsfünfundachtzig gross, sportlich und schlank. Sein Gesicht war braun gebrannt wie nach Ferien in der Karibik, was das helle Blau seiner Augen besonders hervorhob. Er bewegte sich leicht, fast tänzelnd in seinen Armanijeans und seinem weissen Pullover, auf dem unverkennbar das Markenzeichen von Ralph Lauren prangte.

Leclair drehte sich jetzt zur Kommissarin und reichte ihr den gewünschten Tomatensaft, perfekt serviert mit Eis, Zitrone und verschiedenen Gewürzen. «Wie kann ich Ihnen helfen, Frau Merz?», fragte er, während er auf dem Sofa gegenüber Platz nahm und seinen Gin Tonic vor sich auf den kleinen, gläsernen Tisch stellte. Er sprach sanft, wie das Mitglied eines Wohltätigkeitsvereins.

«Wir möchten uns mit Ihnen über Frank Heinemann unterhalten», mischte sich Biasotto ins Gespräch. Er hatte sein Notebook ausgepackt und war bereit für das Protokoll.

«Erzählen Sie uns, wie Sie sich kennen lernten», schlug die Kommissarin vor, «und von Ihren gemeinsamen Unternehmungen, Erfolgen und Misserfolgen.»

«Der gute Frank», sinnierte Leclair jetzt mit von Trauer belegter Stimme. «Schrecklich, dass er so enden musste.» Er schüttelte kummervoll seinen gepflegten Kopf. «Wir kannten uns seit langem. Wir waren sozusagen politische Weggefährten, obwohl er einiges älter war als ich. Aber das wissen Sie wahrscheinlich schon alles.»

«Erzählen Sie weiter», ermunterte ihn die Kommissarin.

«Uns verband eine echte und tiefe Freundschaft.» Jetzt verstärkte sich das emotionale Timbre seiner Stimme. «Eine Freundschaft ohne Wenn und Aber. Wir konnten uns aufeinander verlassen, in der Poltik, am Jasstisch, überall. Es war eine richtige Männerfreundschaft.» Dann schwieg er und schaute gedankenverloren in die Ferne. Auch die Kommissarin und ihr Assistent sagten eine Weile nichts, weil die Stimmung es so verlangte, und weil sie beide wussten, dass dies das beste Mittel war, den anderen zum Reden zu bringen.

Leclair hielt die Stille nicht lange aus. «Und dann kam die dumme Geschichte mit Clelia, seiner Frau. Aber die kennen Sie bestimmt schon.»

«Man hat uns darüber berichtet. Wir würden aber ganz gerne Ihre Version hören», nickte Biasotto.

Leclair sass in sich zusammengesunken auf dem Sofa, wie wenn schmerzliche Trauer ihn niedergeschlagen hätte. Sein Glas war leer und seine Stimme leise. «Clelia war eine unglückliche Frau. Sie besass eine eigenartigen Schönheit, mit ihrem roten Haar, ihren seltsamen, grauen Augen und ihrem italienischen Temperament. Und sie liebte die Schönheit über alles.» Er versank jetzt ganz in seinen schwermütigen Erinnerungen. «Sie war mit neunzehn voll Erwartungen in die Schweiz gekommen, im Glauben, in Frank die grosse Liebe gefunden zu haben. Aber die Ehe hat nie richtig funktioniert. Er liebte sie und trug sie auf Händen, aber verstanden hat er sie nie.» Leclair lehnte seufzend zurück. Seine Augen suchten in der Ferne nach Erinnerungsbildern. Sein Mund lächelte. «Und dann eines Tages, hat es zwischen uns gefunkt.»

Wieder machte er eine Pause. «Wir hatten uns immer schon gemocht. Aber nicht so. Erst als ich sah, wie unglücklich sie war. Sie war schön in ihrem Kummer.»

«Er glaubt, was er sagt», ging es Tina Merz durch den Kopf. Sie wollte eben fragen, wann das gewesen sei, als sich die Türe neben dem Cheminée öffnete und eine schlanke, sportliche Frau hereinkam. Sie musste um die vierzig sein, wirkte aber mit ihrem zierlichen Körper und ihrem dunklen Bubikopf viel jünger. Sie trug eine anliegende, schwarze Hose und dazu einen kurzen, schwarzen Pullover, was ihre tadellose Figur noch betonte. Am schmalen Handgelenk blitzte eine weissgoldene, mit Brillanten besetzte Uhr, um den Hals trug sie eine leuchtende Perlenkette. Sie war ungeschminkt, wirkte sehr natürlich und ausgesprochen attraktiv. Sie begrüsste die Gäste und setzte sich aufs Sofa.

Leclair war aufgestanden. Er trat zur Bar, füllte Whisky in ein Glas, tat etwas Eis dazu und reichte den Drink seiner Frau. Dann füllte er auch sein eigenes Glas auf. Mit einem kurzen Blick versicherte er sich, dass seine Gäste noch zu trinken hatten, dann setzte er sich wieder.

«Wo sind wir stehen geblieben?», fragte er und dachte kurz nach. Die Kommissarin und Biasotto wollten beide spontan «bei Clelia» sagen, hielten aber inne und blickten verlegen zu Melanie Leclair.

Sie sass mit übereinander geschlagenen Beinen auf dem Sofa, nahm einen Schluck aus ihrem Glas und lächelte ihnen zu, ein unbeteiligtes, mechanisches, aber durchaus freundliches Lächeln. «Lassen Sie sich nicht stören. Ich kenne die Geschichte», beruhigte sie ihre Gäste und genoss sichtlich die Verwirrung, die ihre Bemerkung auslöste. «Mein Mann hat keine Geheimnisse vor mir.»

«Das ist richtig», versicherte Leclair eilig. «In unserer Ehe gibt es keine Geheimnisse. Nicht wahr, Liebling?» Er suchte die Augen seiner Frau. Dann, nach einer kurzen Pause: «Anfänglich begleitete ich Clelia nur hin und wieder an eine Auktion oder eine Antiquitätenmesse. Erst später ist mehr daraus geworden.»

Tina Merz fühlte sich noch unbehaglicher als zuvor. Es gibt tatsächlich nichts, was es nicht gibt, dachte sie einmal mehr. Da sitze ich und rede mit einem Mann über seinen Seitensprung, und die Ehefrau hört strahlend zu. Sie wurde den Eindruck nicht los, dass sie hier an einer Show teilnahm, einer perfekt inszenierten Show allerdings. Im Gegensatz dazu genoss Biasotto die Situation. So etwas hatte er noch nie erlebt. Die Umgebung, die Akteure, die Story: Das war endlich einmal etwas anderes als die Schlägereien im Kleinbasel.

«Die Frau brauchte jemanden», liess sich Melanie Leclair jetzt vernehmen. Sie zündete sich langsam und umständlich eine Zigarette an, während sie weitersprach. «Jemanden, der sie als Frau ernst nahm und verstand.»

«Und da haben Sie ihr Ihren Mann ausgeliehen?» Tina Merz schluckte die Bemerkung rasch herunter. Stattdessen fragte sie: «Und wie lange hat das Verhältnis gedauert?»

«Ein paar Monate, alles in allem», gab Leclair zur Antwort. «Wir trafen uns einmal pro Woche in unserem Wochenendhaus im Jura und verbrachten dort zusammen den Nachmittag. Danach haben wir jeweils hier in der Gegend gegessen. Das wars.» Er lächelte verträumt. Offenbar war die Erinnerung nicht unangenehm. «Für mich war die Beziehung allerdings von Anfang an eine Belastung. Ich lebte in der ständigen Angst, Frank könnte dahinter kommen.»

«Die Freundschaft mit Frank Heinemann bedeutete meinem Mann sehr viel.»

Tina Merz fühlte sich erleichtert. Im Zwischenruf von Melanie Leclair hatte endlich etwas wie Eifersucht mitgeklungen.

«Die Männerfreundschaft», stellte sie jetzt trocken fest. «Und Clelia Heinemann bedeutete Ihnen nicht viel?»

«Doch, doch», beeilte sich Leclair, einen allfällig falschen Eindruck zu korrigieren. «Ich mochte sie. Sie war eine tolle Frau. Aber eine Beziehung, wie sie sie suchte, das war nichts für mich.» Er schaute die Kommissarin mit seinen blauen Augen treuherzig an. Sein Blick suchte Zustimmung oder doch wenigstens Verständnis.

Tina Merz wandte ihre Augen ab. Sie war etwas durcheinander; sie hatte das Bedürfnis nachzudenken, ihre Eindrücke zu ordnen. Dafür brauchte sie Abstand und Zeit.

«Mein Mann ist ein sehr sensibler Mensch», mischte sich Melanie Leclair jetzt wieder ein, «und seine Freundschaft mit Frank Heinemann war etwas Grossartiges. Er wusste, dass Heinemann nie verkraften könnte, dass Clelia ihn betrog. Deshalb war es vernünftig, die Sache baldmöglichst wieder zu beenden.»

Martin Biasotto hatte alles eifrig mitgeschrieben. Jetzt schüttelte er zweifelnd den Kopf. «Und Sie? Hatten Sie nichts gegen diese Beziehung einzuwenden?»

«Junger Mann», erhob Melanie Leclair ihre Stimme im Ton einer dozierenden Lehrerin, «eine Ehe besteht nicht nur aus körperlicher Treue. Mein Mann und ich, wir lieben uns sehr, und deshalb sind wir bereit, dem anderen die Freiheit zu gewähren. Jeder soll sich sein Leben nach dem eigenen Bedürfnis einrichten.» Als niemand widersprach, fuhr sie in ihrem Vortrag fort. «Unsere Ehe bringt uns beiden jede Erfüllung. Wir sind füreinander bestimmt. Was bedeutet da schon ein kleines Liebesabenteuer.» Sie lachte abschätzig und selbstgefällig. «Ist es nicht so, Liebling?»

Leclair antwortete nicht. Er war dabei, sich einen neuen – den dritten – Gin mit etwas Tonicwasser einzugiessen.

«Wie ging es weiter?»

Marc Leclair setzte sich wieder und seufzte. «Dann überstürzten sich die Ereignisse. Als ich Clelia mitteilte, dass unsere Beziehung zu Ende sei, war sie verzweifelt. Sie brauche mich, weinte sie, und sie könne mit Frank nur weiterleben, wenn ich ihr Liebhaber bleibe.»

«Und weil Marc darauf bestand, die Beziehung zu beenden, begann sie zu trinken.» Melanie Leclair nahm einen gepflegten Schluck aus ihrem Glas. «Wenn sie betrunken war, rief sie jeweils hier an und beschimpfte mich. Es gab Wochen, da hat sie fast jeden Abend angerufen. Eines Tages hatte ich genug und drohte ihr, wenn das so weitergehe, würde ich die Polizei benachrichtigen.» Melanie Leclair sprach in einem völlig unbeteiligten Ton, wie wenn sie über die morgige Wetterlage berichten würde. «Später erfuhren wir, dass sie sich nach diesem Telefongespräch in ihren Wagen setzte und nach Gempen fuhr. Dort, so hat man uns berichtet, habe sie in der Dorfkneipe einen halben Liter Wein getrunken. Ich verstehe heute noch nicht, dass der Wirt ihr so viel gab.» Melanie Leclair schüttelte kummervoll ihren hübschen Kopf. «Sie hatte zu Hause schon einiges geschluckt, und es muss doch für jedermann erkennbar gewesen sein, dass sie betrunken war. Bereits bei ihrem Anruf hier hatte sie gelallt.» Sie verzog missbilligend den Mund. «Aber es ist überall dasselbe. Es gibt kein Verantwortungsgefühl mehr.» Jetzt blickte sie bekümmert zur Kommissarin. Als diese keine Zustimmung verlauten liess, brachte sie ihren Bericht mit einem Achselzucken zu Ende. «Es kam, wie es kommen musste: Auf der Heimfahrt verlor Clelia in einer Kurve die Herrschaft über ihren Wagen und prallte gegen einen Baum.»

«War es Selbstmord? Was denken Sie?»

«Ich glaube nicht», antwortete Leclair nachdenklich. «Clelia war gläubige Katholikin.»

«Das hält kaum jemanden ab, wenn die Verzweiflung gross genug ist», konstatierte Biasotto weise.

Die Kommissarin hing anderen Gedanken nach. «Und Heinemann?»

«Es war leider nicht zu verhindern, dass Frank von unserer kleinen Beziehung erfuhr», seufzte Leclair. «Und von da an war alles anders zwischen uns. Deswegen wollte er doch meine Kandidatur verhindern.»

«Nur deswegen?»

«Was meinen Sie damit? Natürlich nur deswegen.» Melanie Leclair wirkte gereizt und ihr Gesichtsausdruck machte deutlich, dass sie nicht bereit war, auch nur den geringsten Zweifel aufkommen zu lassen. Dann setzte sie etwas versöhnlicher hinzu: «Er war ja wirklich komisch, der alte Heinemann. Einmal rief er an. Das war wenige Wochen nach Clelias Tod. Er verlangte meinen Mann, aber der war nicht da. Und dann sagte er mir, er verstehe nicht, weshalb Marc das Verhältnis mit Clelia beendet habe. ‹Ich hätte ja nichts dagegen gehabt›, meinte er, ‹und wenn Marc sie nicht im Stich gelassen hätte, dann würde sie noch leben.› Genau so hat er es gesagt.»

«Das war schon sehr komisch», wiederholte Leclair. «Er wollte tatsächlich, dass ich mit seiner Frau ein Verhältnis habe, nur, damit sie nicht unglücklich sei. Wie im Schundroman.» Er schüttelte ungläubig den Kopf.

Die Kommissarin spürte Widerwillen und Scham in sich aufsteigen. Sie verscheuchte ihre Gefühle rasch wieder im Wissen, dass Sympathie und Ressentiments bei der Untersuchung von Straffällen gefährliche Begleiter waren.

«Es gibt noch etwas anderes, was wir von Ihnen wissen möchten», wandte sie sich an Leclair, der sich inzwischen einen weiteren Gin Tonic eingeschenkt hatte. Sie wog ihre Worte sorgfältig ab. «Man sagte uns, Sie hätten Schwierigkeiten in der Firma, Differenzen mit dem Schwiegervater?»

«Wer sagt denn so etwas?», stiess Melanie Leclair empört aus. «Mein Vater und mein Mann verstehen sich sehr gut.» Nach kurzem Schweigen setzte sie zögernd hinzu: «Ich will ja nicht bestreiten, dass es gelegentlich zu Diskussionen kommt. Mein Vater hat immer noch nicht ganz verwunden, dass ich ausgezogen und verheiratet bin. Sie kennen doch die Gefühle der alternden Väter.»

Marc Leclair hatte die ganze Zeit geschwiegen und zugehört. «Ich frage mich, wie jemand so etwas erzählen kann», sagte er jetzt mit einem Anflug von Traurigkeit. «Das ist frei erfundenes Geschwätz. Wir sind eine intakte Familie. Und wir lassen uns nicht in den Dreck ziehen. Wir wissen uns zu wehren.» Im letzten Satz schwang unüberhörbar ein drohender Unterton mit.

Tina Merz schwieg. Sie sass einfach da, ihre Augen fest auf Leclair gerichtet.

«Natürlich haben mein Schwiegervater und ich hin und wieder Meinungsverschiedenheiten», schob dieser jetzt nach. Ihr Blick verwirrte ihn. «Aber nie ernsthaft. Nie persönlich. Es geht immer nur um unwichtige Fragen. Fragen ohne Bedeutung. Um Geschäfte ...» Er suchte gedanklich nach weiteren Streitpunkten.

«Und weshalb hat er Ihnen die Stellvertretung weggenommen und Ihrem Schwager Julius übergeben?», insistierte Biasotto.

«Nichts hat er mir weggenommen. Das war immer so geplant, so abgemacht. Als Julius aus dem Ausland zurückkam, habe ich meinen Platz geräumt. Freiwillig. Das war für mich selbstverständlich.»

«Das hätte jeder getan. Julius ist schliesslich mein Bruder und der Sohn des Chefs», pflichtete Melanie Leclair bei.

Die Kommissarin schwieg. Sie glaubte den beiden kein Wort. Aber die Vorstellung war perfekt, das musste sie neidlos anerkennen. «Noch eine Frage, Herr Leclair», sagte sie langsam und suchte seinen Blick. «Was stand auf dem Zettel, den Frank Heinemann Ihnen in der Parteiversammlung zusteckte?»

«Zettel? Ich kann mich an keinen Zettel erinnern.» Leclair hielt ihrem Blick jetzt ohne Schwierigkeiten stand.

«Heinemann ging nach Ihrer Nomination kurz aus dem Saal. Im Vorbeigehen legte er einen Zettel vor Sie hin. Sie haben diesen Zettel gelesen, ihn dann zerrissen und in den Aschenbecher geworfen.»

«Natürlich, jetzt erinnere ich mich.» Leclair schlug sich gekonnt mit der Hand an die Stirne, wie wenn ihm der geschilderte Vorfall erst in diesem Augenblick wieder eingefallen wäre. «Er schrieb etwas von einer Erklärung, aber ich verstand nicht, was er damit meinte. Ich konnte auch nicht alles lesen. Frank hatte eine fürchterliche Handschrift.» Er sah Hilfe suchend zu seiner Frau. «Ist es nicht so, Melanie? Wir konnten auch seine Postkarten nie entziffern.»

Melanie Leclair nickte eifrig.

«Noch eine letzte Frage.» Die Kommissarin nahm ihr Glas vom Tisch und trank es aus. «Wo waren Sie am Mittwochmorgen zwischen fünf und sechs Uhr?»

Melanie Leclair sah sie strafend an. «Das musste ja kommen», bemerkte sie spitz. «Mein Mann war zu Hause im Bett. Wie jeder Mensch, der einer geregelten Arbeit nachgeht, schläft er um diese Zeit. Ich bin bereit, das unter Eid zu bezeugen.»

Martin Biasotto klappte laut sein Notebook zu und brachte damit zum Ausdruck, dass die Einvernahme für ihn damit beendet sei. «Ich komme morgen kurz vorbei mit meinen Aufzeichnungen. Sie können sie dann lesen und unterschreiben.» Sein Ton war geschäftsmässig, aber sehr freundlich. Dann zögerte er. «Vielleicht doch noch eine letzte Frage, wenn es die Chefin erlaubt.» Biasotto sagte das mit einem gespielt schüchternen Seitenblick auf die Kommissarin. «Schlafen Sie getrennt?»

Melanie Leclair gab sich schockiert. «Ich denke, das ist unsere Angelegenheit, junger Mann», sagte sie abweisend.

Die Kommissarin liess es dabei bewenden. Wenn das tatsächlich von Belang ist, sagte sie sich, dann wird die freundliche Hausangestellte die Sache klären. Sie wollte aufstehen, um sich zu verabschieden, als Biasotto sich nochmals zu Wort meldete. Ob er noch rasch ein Örtchen aufsuchen dürfe? «Selbstverständlich», war die Antwort der Hausherrin, Lore werde ihm den Weg zeigen. Der Assistent verschwand, während die Kommissarin den Leclairs nochmals Komplimente für den schönen Teppich und das Ambiente ihres Hauses machte. Als man sich dann in der Halle verabschiedete, stiess Biasotto mit sehr zufriedenem Gesicht wieder zu ihnen. Das Notebook hielt er eingepackt unter dem Arm. Er reichte den Leclairs mit ein paar unverbindlichen Worten die Hand und verliess hinter der Kommissarin das Haus.

«Die lügen, dass sich die Scheite biegen», stellte er fest, als sie im Auto sassen und zurück in die Stadt fuhren. «Kein Wort glaube ich denen. Und die Geschichte mit dem Alibi ist auch höchst zweifelhaft. Jedenfalls hat mir die nette Lore bestätigt: Die beiden schlafen schon seit Jahren getrennt.»

«Deshalb hast du dich auf die Toilette geschlichen», lachte die Kommissarin.

«Ich bin bei dir in die Schule gegangen, Chefin.»

«Die Tatsache allein, dass sie getrennt schlafen, beweist aber noch nicht, dass das Alibi falsch ist. Vielleicht musste Frau Leclair aufstehen in der Nacht – an ein bestimmtes Örtchen gehen, wie du vorhin –», sie lachte verschmitzt, «und dabei hatte sie den unwiderstehlichen Drang, einen liebenden Blick auf ihren schlafenden Ehemann zu werfen.»

«Das glaubst du doch selber nicht», hielt Biasotto dagegen, während er das Dienstfahrzeug über die Wettsteinbrücke steuerte. «Ich bringe dich nach Hause, ist das o.k.?»

Sie war in Gedanken und nickte abwesend. «Mit den beiden stimmt etwas nicht», überlegte sie laut. «Es ist doch ziemlich eigenartig, wie sie seine Liebschaften akzeptiert. Mir geht da ein Gedanke durch den Kopf: Könnte sie lesbisch sein?»

Biasotto schüttelte den Kopf. «Das kann ich mir nicht vorstellen», erklärte er, ohne zu zögern. «Die Frau ist attraktiv und sehr feminin. – Das ist keine Lesbe, das sagt mir mein männliches Gefühl. Und das täuscht mich nie.»

Die Kommissarin lachte. «Ein sehr überzeugendes Argument. Dabei kannst du einfach nicht verstehen, dass es Frauen gibt, für die Männer Luft sind. Aber vergiss es», winkte sie ab, «es war nur so eine Idee.»

«Eine eigenartige Beziehung haben die beiden schon», nahm Biasotto jetzt den Gedanken auf. «Aber wenn man sich einmal so eingerichtet hat, ist das ganz bequem. Die leben zusammen wie Bruder und Schwester und befriedigen ihre körperlichen Bedürfnisse auswärts.» Er kicherte. «Eine ideale Verbindung von häuslicher Stabilität und erotischer Spannung. Der Traum jedes Mannes», setzte er provozierend hinzu.

Sie strafte ihn mit einem verächtlichen Seitenblick. «Des Mannes vielleicht schon. Aber ich kann nicht glauben, dass auch Frauen sich so einrichten wollen.» Und dann nachdenklich: «Sie könnte ihn ja zum Teufel jagen, den Schürzenjäger. Alles, was die beiden sind und besitzen, gehört ihr! Weshalb tut sie es nicht?»

In der Zwischenzeit waren sie in die Rheingasse eingefahren. «Wir wollen morgen den Bruder aufsuchen», schlug die Kommissarin vor, als sie ausstieg. «Könntest du das arrangieren? Wir besuchen ihn in der Firma. Um halb neun, o.k.?»

«Alles klar, Chefin», antwortete Biasotto.

Sie stand schon vor der Haustüre, als er das Autofenster hinunterkurbelte und ihr zurief: «Ich muss dir noch etwas beichten.»

«Ja?»

Er zog langsam und vorsichtig ein in ein Papiertaschentuch eingewickeltes Glas aus der Tasche und streckte es triumphierend zum Fenster hinaus.

«Ein schönes Glas», meinte sie anerkennend.

«Versteh mich nicht falsch. Dieses Glas ist mir rein zufällig über den Weg gelaufen, als ich nach der Toilette mein Notebook im Salon holte. Und ich dachte, es wäre doch schade, es einfach stehen zu lassen.»

«Lass mich raten, um wessen Glas es sich handelt», grinste sie kopfschüttelnd. «Es riecht bestimmt nach Gin.»

«Wie klug du bist, Chefin», bestätigte er anerkennend. «Als ich die vielen BMWs in der Garage sah, erinnerte ich mich, bei unseren Ermittlungen von geheimnisvollen, grossen und dunklen Autos gehört zu haben, und da dachte ich mir, es wäre nicht schlecht, wenn wir einen Blick auf die Handschrift des Herrn Leclair werfen könnten. Und als mir dann dieses Glas über den Weg lief...»

«Und wie kommt es wieder zurück?», unterbrach die Kommissarin seinen Redefluss. «Ich habe keine Zeit, dich im Gefängnis zu besuchen.»

«Mach dir keine Sorgen, Chefin. Dein Assistent hat alles im Griff», zerstreute Biasotto ihre Bedenken. «Wenn ich morgen den Leclairs unser Protokoll zur Unterschrift bringe, werde ich zufällig ein Glas bei ihnen vergessen.» Er sah seine Beute liebevoll an. «Bis dahin hat unser Labor die Handschrift des smarten Herrn Leclair gelesen und archiviert.» Damit packte er das Glas wieder sorgfältig ein, schloss sein Fenster und fuhr davon.

Tina Merz blieb noch einen kurzen Moment auf dem Trottoir stehen und schaute ihm nach. Sie war dabei, in ihrer Handtasche nach dem Schlüssel zu suchen, als sich ihr Handy meldete. Der Kommandant der Polizeirekrutenschule in Liestal teilte ihr mit, die Suche nach Groll sei um siebzehn Uhr eingestellt worden. Sie sei ergebnislos verlaufen. Man werde sie morgen wieder aufnehmen. Die Ehefrau des Vermissten sei informiert.

Sie bedankte sich, öffnete die Haustüre und stieg langsam die Treppe zu ihrer Wohnung hinauf.

35

Am darauf folgenden Morgen, pünktlich um halb neun, stiegen die Kommissarin und ihr Assistent in den Lift, der sie in die Chefetage der Firma Sommag hinauffuhr. Sie waren unten am zentralen Empfang von einer freundlichen Dame abgeholt worden, die sie nun mit unverbindlichem Smalltalk über den Frühlingsanfang und die kommenden Ostertage unterhielt. Sie führte sie in ein helles, freundliches Sitzungszimmer, welches von einem achteckigen, hellgrauen Tisch mit zehn ebenfalls hellgrauen Stühle fast ausgefüllt wurde. Darauf standen verschiedene kalte Getränke bereit. Im Hintergrund tönte beruhigend leise Barockmusik.

«Falls Sie Kaffee möchten, bedienen Sie sich. Herr Sommer junior wird jeden Augenblick kommen.» Die freundliche Dame wies auf zwei Thermoskrüge, die samt Tassen, Rahm, Zucker und künstlichem Süssstoff auf einem schmalen Nebentisch an der Wand bereitstanden. Dann zog sie sich geräuschlos ins Nebenzimmer zurück.

Die beiden Polizeileute taten wie geheissen. Sie schenkten sich Kaffee ein, und trotz der Bemerkung Biasottos, dieser Fall arte mehr und mehr in Kunstbetrachtung aus, ging die Kommissarin anschliessend mit der Tasse in der Hand den Wänden entlang, um sich die Bilder anzusehen.

«Interessieren Sie sich für japanische Kunst?»

Julius Sommer war unbemerkt ins Zimmer gekommen. Jetzt trat er neben die Kommissarin, die vor einem der Bilder stehen geblieben war. «Ich liebe diese Holzschnitte. Sie stammen aus einer anderen Welt.» Er sprach mit einem fast träumerischen Unterton. «Sie sind ein Geschenk unseres Handelspartners in Tokio. Diese Kunst bringt wunderbar zum Ausdruck, wie sehr sich die Japaner im Denken und Fühlen von uns Europäern unterscheiden.» Er reichte den beiden Polizeileuten die Hand und bat sie, Platz zu nehmen. «In meinem Büro hängen noch mehr

Bilder. Es sind die Originale des Kalenders, den unser japanischer Handelspartner zum letzten Neujahr verschenkte. Vielleicht haben Sie nach unserem Gespräch noch Zeit, einen Blick darauf zu werfen. Ich freue mich immer, wenn ich jemanden treffe, der meinen Geschmack teilt.»

Die Kommissarin und ihr Assistent setzten sich nebeneinander an den grossen Tisch.

«Ich sehe, Sie haben sich bereits bedient», stellte Sommer zufrieden fest und nahm einen der Thermoskrüge, um sich ebenfalls einen Kaffee einzuschenken. Dann setzte er sich der Kommissarin gegenüber. «Was kann ich für Sie tun?»

«Ein sympathischer Mann», dachte Tina Merz, während sie ihren Gastgeber musterte. Er war etwa vierzig Jahre alt, eher klein gewachsen und schlank. In seinem leicht lockigen, braunen Haar, das aussah, wie wenn es nur schwer zu bändigen wäre, machten sich erste graue Strähnen bemerkbar. Den breiten Mund zierte ein riesiger, hellbrauner Schnurrbart der ihm etwas Wildes, Abenteuerliches gab. Er trug einen gepflegten, grauen Anzug mit passendem Hemd und Krawatte, vermittelte aber den Eindruck eines Mannes, der sich in Jeans und Pullover wohler fühlt.

Ziemlich das Gegenteil von seinem Schwager, ging es der Kommissarin spontan durch den Kopf. Ihr gefiel das Blitzen und Funkeln in den haselnussbraunen Augen ihres Gastgebers. Der Mann hat Witz und Humor, überlegte sie, während sie nach Worten suchte, um das Gespräch zu eröffnen.

«Wir kommen in einer etwas delikaten Angelegenheit.»

«Sie kommen wegen des Mordes an Frank Heinemann», unterbrach Sommer, «und Sie fragen sich, ob mein Schwager in das Verbrechen verwickelt ist. So ist es doch?» Er schmunzelte über ihr Staunen. «Lassen Sie uns offen reden! Wir haben alle nicht viel Zeit.»

«An uns soll es nicht liegen», stimmte die Kommissarin zu. «Ich hoffe, Sie haben nichts dagegen, wenn mein Assistent das Gespräch mitschreibt, auch wenn es offen geführt wird?»

Sommer schüttelte den Kopf. «Herr Biasotto hat mir am Telefon mitgeteilt, Sie seien gestern bei meiner Schwester gewesen.»

«Wir werden Ihnen auch persönliche Fragen stellen», setzte die Kommissarin ihren Gedankengang fort. «Falls Sie die eine oder andere nicht beantworten möchten...»

«Ich habe verstanden. Dann sage ich es und tische Ihnen keinen faulen Zauber auf. Richtig? Ich werde mich daran halten.»

Wenn nur alle unsere Gesprächspartner so unkompliziert wären, dachte Tina Merz erfreut und nickte, wir kämen in der halben Zeit zum Ziel. «Ihr Schwager», setzte sie jetzt nochmals an, «Ihr Schwager war mit Heinemann befreundet. Vor einiger Zeit wurde die Beziehung getrübt, weil...» Sie zögerte einen Augenblick.

«...weil Leclair sich mit Heinemanns Frau herumtrieb», beendete Sommer den Satz, «und diese starb, nachdem er ihr den Laufpass gegeben hatte.» Als er ihr verdutztes Gesicht sah, schmunzelte er: «Ich sagte doch, wir wollen offen miteinander reden.»

«Ich war mir nicht sicher, ob Sie Bescheid wissen.»

«Ich weiss Bescheid. Über fast alles. Wirklich alles weiss man nie», fügte er altklug bei. «Mein Schwager ist ein Schürzenjäger. Er wechselt seine Freundinnen wie andere Leute ihren Anzug. Ich habe früher gehofft, er bessere sich mit den Jahren, werde ruhiger und beständiger; aber es ist immer nur schlimmer geworden.»

«Und Ihre Schwester», fragte die Kommissarin, «warum akzeptiert sie das?»

Einen kurzen Augenblick lang herrschte Stille im Raum. Sommer nahm einen Schluck aus seiner Tasse, und die beiden Polizeileute warteten gespannt auf die Antwort. «Meine Schwester ist eine Lesbe», sagte Sommer dann etwas leiser, aber mit fester Stimme. «Sie hat seit Jahren eine Beziehung mit ihrer Hausangestellten. Vielleicht haben Sie Lore kennen gelernt. Sie studiert Kunstgeschichte, und ihre Anstellung ist eine Tarnung, mehr nicht. Die Beziehung dauert schon mehr als acht Jahre. Vorher gab es andere Frauen.» Er lachte spöttisch. «Sie sehen,

Melanie und Marc verbindet eine gemeinsame Vorliebe: Frauen. Nur ist Melanie in den letzten Jahren beständiger geworden, während Marc nach wie vor die Abwechslung liebt.»

Die Kommissarin warf ihrem Assistenten einen triumphierenden Blick zu. Sie hatte doch Recht gehabt! Jetzt war alles klar. Die Distanz, die Gleichgültigkeit, mit der Melanie Leclair über die Liebesabenteuer ihres Mannes gesprochen hatte. Die ganze Ehe war nicht mehr als ein Arrangement, welches beiden Partnern ermöglichte, ihren Neigungen nachzugehen.

«Mein Schwager wusste von Anfang an Bescheid», hörte sie Sommer sagen. «Er ging die Verbindung mit Melanie ein im Wissen, dass daraus nie eine richtige, oder sagen wir, eine normale Ehe werden kann. Es war ein Geschäft. Er bekam die Stellung in der Firma und natürlich Geld, viel Geld, und Melanie die Möglichkeit, bürgerlich getarnt ihre lesbische Neigung auszuleben. Und bis jetzt», er zuckte mit der Achsel, «bis jetzt hat das alles auch grossartig geklappt.»

«Jetzt wird vieles klar», meldete sich Biasotto zu Wort. «Darum war die Hausangestellte so entrüstet, als ich sie fragte, ob die Leclairs im gleichen Zimmer schlafen. – Ich habe sie damit direkt ins Herz getroffen. Im wahrsten Sinn des Wortes.» Er kicherte amüsiert.

«Das erklärt tatsächlich vieles», stimmte die Kommissarin zu. Dann wandte sie sich wieder an Julius Sommer. «Weiss Ihr Vater davon?»

«Was mein Vater wirklich weiss, ist mir nicht bekannt», gab Sommer nachdenklich zur Antwort. «Ich denke, er ahnt vieles, will es aber gar nicht so genau wissen, um sich die Konsequenzen zu ersparen. Ihm ist ohne Zweifel auch zu Ohren gekommen, dass es Marc mit der ehelichen Treue nicht so genau nimmt. Es gibt immer gute Freunde, die einem unliebsame Wahrheiten ins Ohr flüstern. Aber über das Ausmass der Eskapaden und insbesondere über die Hintergründe, da ist er vermutlich nicht informiert.» Sommer war aufgestanden und hatte am Nebentisch seine Tasse aufgefüllt. «Nehmen Sie noch Kaffee?», fragte er nun, den offenen Thermoskrug in der Hand.

«Gerne», antwortete die Kommissarin, und während sie zuschaute, wie er ihre Tasse füllte und Rahm und Zucker auf den Unterteller legte, nahm sie den Gesprächsfaden wieder auf. «Es wurde uns zugetragen, Ihr Vater und Leclair hätten sich zerstritten? Hat das mit den – Liebschaften Ihres Schwagers zu tun?»

«Auch. Gewiss auch», gab Sommer zur Antwort, während er sich wieder setzte. «Aber nicht nur. Mein Vater ist ein sehr gewissenhafter Mann. Das ist das Rezept seines Erfolges. Er ist zwar durchaus bereit, Risiken einzugehen, aber nur, wenn er vorher genau geprüft hat, welche Risiken das sind und welche Vor- und Nachteile ihm daraus erwachsen könnten.» Aus seiner Stimme klang unverkennbar der Stolz des Sohnes. «Wenn mein Vater etwas nicht ausstehen kann, dann ist es Oberflächlichkeit und Schaumschlägerei. Und Marc», er lächelte nachsichtig, «Marc lebt in erster Linie für den Schein. Darum, so meint mein Vater, sei er in der Politik am rechten Ort. Da könne er scheinen und reden. Wie der Mond, ohne eigenes Licht, ohne eigene Wärme, ohne eigene Kraft, nur mit der Energie der anderen.» Er verzog sein Gesicht zu einem selbstgefälligen Lachen. «Ist das nicht ein treffender Vergleich? Mein Vater hält nicht viel von Politik. Er ist überzeugt, dass es in der Politik keine echte Verantwortung gibt. Dass es da immer die anderen sind, die die Rechnungen bezahlen müssen. So sei es ein Leichtes, sich unvorbereitet in dubiose Abenteuer zu stürzen. Und darum sei die Politik genau das richtige Wirkungsfeld für Marc.»

«Ein harter Mann, Ihr Vater», warf Biasotto ein.

«Möglich. Aber in jedem Fall ein guter Menschenkenner.» Er schmunzelte. «Auch ein Geheimnis seines Erfolges.»

Sommer lehnte sich entspannt in seinem Stuhl zurück und betrachtete nachdenklich die Bilder an der Wand. «Mein Vater hat seinen Schwiegersohn von allem Anfang an durchschaut. Deshalb mag er ihn nicht. Als er kürzlich erfuhr, dass Marc eine neunzehnjährige Lehrtochter auf eine Geschäftsreise nach Belgien mitgenommen und dort in aller Öffentlichkeit mit ihr Händchen gehalten hatte, sagte er ihm bei offener

Tür laut die Meinung: Ein Lump sei er, ein lausiger Lump, ein Lump ohne Ehrgefühl und Moral. Wir konnten es alle mithören.» Die Erinnerung an den Auftritt schien Sommer noch immer zu amüsieren. «Der alte Herr hoffte lange, Melanie würde sich scheiden lassen. Heute hat er sich damit abgefunden, dass die beiden ihre Ehe trotz allem weiterführen wollen.»

«Ist der Streit mit Ihrem Vater der Grund, weshalb Leclair in die Politik wechseln will?»

«Letztlich wohl schon», meinte Sommer. «Mein Vater war empört über die Nachlässigkeit, mit der Leclair seine Geschäfte führt.»

«Darum hat er Sie zu seinem Stellvertreter und Nachfolger ernannt, als Sie aus dem Ausland zurückkamen?»

«Ja, und er hat Leclair alle Kompetenzen weggenommen. Das war hart, sehr hart. Ich denke, das ist der wahre Grund, weshalb Marc sich entschieden hat, in die Politik zu wechseln. Er will unabhängig sein. Er will beweisen, dass er es auch ohne die Familie Sommer zu etwas bringen kann.»

Die Kommissarin schaute kurz zu ihrem Assistenten, welcher eifrig sein Notebook bearbeitete. «Noch eine letzte Frage, Herr Sommer. Halten Sie Marc Leclair für fähig, einen Mord zu begehen?»

«Diese Frage habe ich mir in den letzten Tagen immer wieder gestellt, und ich diskutierte sie auch mit meinem Vater. Wir meinen, er komme als Mörder nicht infrage. Ein Motiv gäbe es schon. Heinemann war über vieles informiert, was Marc so trieb. Er wusste auch, dass Melanie in lesbischer Liebe mit ihrer Hausangestellten lebt. Und er hasste Marc, seit dieser seine Frau in den Tod getrieben hatte. Es wäre für Frank Heinemann ein Leichtes gewesen, Marc zu erpressen oder ihn vor der Öffentlichkeit so blosszustellen, dass an einen Wahlerfolg nicht mehr zu denken wäre. Und Marc will die Wahl gewinnen. Unbedingt. Nur dann kann er von uns freikommen. Aber», fügte er im Ton absoluter Gewissheit hinzu, «es ist für meinen Vater und mich undenkbar, dass mein Schwager sich morgens um fünf in den Wald begibt, um seinen Freund totzuschlagen. Ausgeschlossen. Völlig undenkbar.» Offensichtlich war die Vorstellung für ihn erheiternd. Jedenfalls lachte er laut, während er diese Worte sprach.

Die Kommissarin bemerkte, wie Sommer bei seinen letzten Worten verstohlen auf seine Uhr schielte. «Sie haben uns sehr geholfen, Herr Sommer», beendete sie jetzt das Gespräch und stand auf. «Wir sind mit Ihrer Hilfe einen wesentlichen Schritt weiter gekommen.»

## 36

«Jetzt hat soeben ein Oberleutnant Mayer aus Liestal angerufen», rief ihr Frau Simon durch die offene Tür zu, als Tina Merz ihr Büro betrat. «Er sagte, er versuche, Sie über Ihre Handynummer zu erreichen. Sie haben den Herrn Groll gefunden, irgendwo da oben im Wald.»

«Tot oder lebendig?», wollte sie fragen, aber da meldete sich bereits ihr Handy. Oberleutnant Mayer von der Kantonspolizei Baselland teilte ihr mit, man habe Grolls Leiche gefunden. Während sie ihm zuhörte, wurde ihr bewusst, wie sehr sie gehofft hatte, der Vermisste sei noch am Leben.

«Und Sie sind sicher, dass es sich um Groll handelt?»

«Eigentlich schon. Es sei denn, jemand anders trage seine Ausweispapiere bei sich», antwortete Mayer. «Es ist uns nur noch nicht klar, ob er durch einen Unglücksfall, einen Selbstmord oder ein Verbrechen zu Tode gekommen ist. Die Leiche sieht ziemlich hässlich aus. Es hat gestern hier stark geregnet, und zudem haben ihn die Füchse angeknabbert. Kein schöner Anblick. Trotzdem, Frau Kollegin, meinen wir, es sei notwendig, dass Sie sich den Toten und den Fundort kurz anschauen.»

«Ich werde in einer guten halben Stunde bei Ihnen sein.»

Ihren Mantel hatte sie noch nicht ausgezogen, und so nahm sie nur ihre Umhängetasche wieder vom Schreibtisch und ging zur Tür. Unterdessen beschrieb ihr Mayer, wo genau man sie erwarte. Vor der Türe stiess sie mit Martin Biasotto zusammen, der ihr einen Ausdruck seiner Gesprächsprotokolle bringen wollte.

«Ich lege dir das auf den Schreibtisch», rief er ihr zu, «und dann ab durch die Mitte.»

Er holte sie auf der Treppe ein. Über die Autobahn gelangten sie nach Dornach; dort nahmen sie die kurvenreiche Waldstrasse nach Gempen. An einer scharfen Rechtsbiegung hielt Martin Biasotto das Fahrzeug an.

«Das muss die Stelle sein, wo Clelia Heinemann verunfallte. Hier, an diesem Baum muss ihr Fahrzeug aufgeprallt sein.» Er zeigte auf eine grosse Buche, die direkt neben der Strasse stand.

Sie schauten sich kurz um und setzten dann ihre Fahrt in Richtung Gempen fort. Sie stellten den Wagen am Dorfeingang neben der Strasse ab und gingen zu Fuss auf einem Waldweg weiter. Mayer hatte die Örtlichkeiten gut beschrieben. Nach etwa zehn Minuten trafen sie auf die ersten Polizeileute, die das Terrain abschirmten.

«Sie sind sicher Frau Merz», sprach ein junger Rekrut sie an, «Oberleutnant Mayer erwartet Sie. Ich soll Sie zu ihm bringen.»

Er führte sie zuerst auf das Plateau, das hoch über den Felsen der Gempenfluh lag. Dann kletterten sie auf einem schmalen Pfad durch die Felsen hinunter, bis sie das Waldstück unterhalb der Fluh erreichten, wo sie auf eine Gruppe von Polizeileuten trafen.

Oberleutnant Mayer, ein sportlicher Mitfünfziger, begrüsste die beiden Kollegen aus der Stadt. Er führte sie zu der Leiche, die direkt unterhalb eines Felsvorsprunges im feuchten Laub lag.

Groll befand sich noch in der Stellung, in der man ihn gefunden hatte. Er lag halb auf der Seite, halb auf dem Bauch. Der Kopf war leicht abgedreht, sodass die Kommissarin sein Gesicht erkennen konnte. Er hatte zahlreiche Wunden, aus denen Blut ausgetreten war. Dieses war inzwischen eingetrocknet und überzog nun als braunrote Kruste die sichtbare Gesichtshälfte bis in die Haare hinein. Bei genauerem Hinschauen sah man, dass Teile der Nase fehlten.

«Er sieht übel aus», bestätigte Mayer, der ihr Schaudern beobachtet hatte. «Kein schönes Ende, zumal wir nicht wissen, ob er tot war, als er hier unten anlangte. Soweit wir es jetzt beurteilen können, fiel er von da oben herunter.» Er zeigte auf die etwa fünfzehn Meter hohe Felswand, die direkt über ihnen in den grauen Himmel ragte. «Was wir im Augenblick noch nicht wissen: War es ein Versehen, stürzte er sich selbst hinunter, oder wurde er gestossen? Aber das sagte ich bereits am Telefon.»

«Wurde die Ehefrau schon benachrichtigt?»

«Bis jetzt noch nicht. Nur Sie hatten bisher Kontakt zu ihr, und so dachten wir, es wäre gut, wenn Sie die traurige Nachricht überbringen.» Mayer zeigte mit einer Handbewegung auf den Toten.

«Eine sehr angenehme Aufgabe», stellte die Kommissarin sarkastisch fest. «Wo bringen Sie ihn hin?»

«In die Gerichtsmedizin nach Basel, wie üblich. Dort kann ihn die Ehefrau nochmals sehen, wenn sie will. Auf eine offizielle Identifikation können wir verzichten, wenn Sie mir bestätigen, dass es sich bei diesem Toten um Heinz Groll handelt.»

«Das kann ich», nickte die Kommissarin und warf nochmals einen kurzen Blick auf den am Boden liegenden Körper. Der Anblick erschütterte sie, und sie spürte auch, wie sich in ihrem Kopf die unangenehme Frage formulierte: Hättest du das nicht verhindern können? Rasch drehte sie sich weg und stieg mit Biasotto und Mayer über den schmalen Felsweg wieder hinauf zum Plateau.

«Es gibt nichts, was auf einen Kampf hindeutet», meldete sich einer der Männer zu Wort, die dort den Wald abgesucht hatten. «Mit den Spuren ist es im Übrigen recht schwierig. Der Boden ist feucht und aufgeweicht, und zudem sind in den letzten zwei Tagen hier einige Wanderer und Spaziergänger vorbeigekommen. Aber wir tun, was wir können.»

«Und Sie schicken mir Ihren Bericht so schnell wie möglich?»

«Selbstverständlich, Frau Merz, sobald wir alles beieinander haben.»

Die Kommissarin und ihr Assistent sahen sich das Waldstück oberhalb und unterhalb der Felsen nochmals gründlich an. Sie sprachen mit den Polizeileuten, die mit der Spurensicherung beschäftigt waren, und beobachteten dann stumm, wie die Leiche von Heinz Groll abtransportiert wurde. Sie gingen langsam durch den feuchten Wald zum Wagen zurück. Die Kommissarin war in trüber Stimmung; sie sah Groll vor sich in seinem erbärmlichen Zustand. Er hatte Hilfe bei ihr gesucht, und sie hatte ihn allein gelassen.

«Ich bin schuld an seinem Tod», klagte sie sich an. «Ich hätte ihn verhindern können.»

«Vergiss es», widersprach Biasotto energisch. «Du hast den Mann kaum gekannt. Da gibt es andere, die sich mehr vorwerfen müssen.»

«Sicher. Und trotzdem, er hat bei mir Hilfe gesucht. Aber ich habe nicht verstanden, was er wollte. – Und jetzt werden wir es wohl nie erfahren.»

Sie schauten zu, wie sich die Träger mit dem toten Groll, der jetzt in einem schwarzen Kunststoffsack lag, auf dem feuchten Waldweg entfernten und schliesslich hinter einer Wegbiegung verschwanden.

«Komm, wir essen etwas, bevor wir Madeleine Groll aufsuchen. Ich bin ausserstande, diesen Auftrag mit leerem Magen zu erledigen», schlug die Kommissarin vor. «Vielleicht können wir auch noch mit dem Bauern sprechen, auf dessen Hof der beige Mercedes gefunden wurde.»

«Eine gute Idee», stimmte Biasotto zu. «Aber nur, wenn du kein Wort von Abnehmen oder schlechtem Gewissen sagst.»

«Abgemacht.»

Sie erreichten den Hof, bei dem Groll seinen Wagen geparkt hatte, nach wenigen Minuten. Als sie den Vorplatz überquerten, kam eine ältere Frau mit einem Korb voller Eier aus dem Stall.

Tina Merz sprach sie an.

«Wir sind von der Polizei und suchen den Bauern. Wo können wir ihn finden?»

«Im ‹Ochsen› da drüben», antwortete die Frau freundlich und zeigte mit dem freien Arm in Richtung Dorf. «Er hat heute morgen zwei Schweine verkauft und sitzt jetzt mit dem Metzger bei einem Schoppen.» Sie lachte. «So etwas muss begossen werden.»

Sie bedankten sich und gingen zurück auf die Strasse und von da in die Richtung, in die die Frau sie gewiesen hatte. Nach wenigen Minuten standen sie vor dem «Ochsen», einem stattlichen Gasthof im Zentrum des Dorfes.

Durch die schwere, hölzerne Tür traten sie ein. Der übliche Geruch schlug ihnen entgegen, eine Mischung aus Bier, billigem Wein, Pommes frites und abgestandenem Rauch. Sie schauten sich um. Die Gaststube war voller Menschen. Erst jetzt realisierten sie, dass sie weder den Namen des Bauern kannten noch wussten, wie er aussah. Etwas ratlos setzten sie sich an den einzigen freien Tisch.

«Wollen Sie essen?» Ohne die Antwort abzuwarten, legte die Serviererin zwei Speisekarten auf das braunkarierte Tischtuch.

«Danke, ja», bestätigte die Kommissarin, «aber nur etwas Kleines.»

Die Bemerkung trug ihr einen strafenden Blick ihres Assistenten ein. «Denk an unsere Abmachung», flüsterte er.

Sie studierten die Karte und bestellten Kalbshaxe mit Risotto, dazu einen Süssmost. Während sie auf das Essen warteten, trat der Wirt an ihren Tisch. Er war ein älterer, freundlicher Mann mit einer grossen Knollennase und vielen rotvioletten Äderchen auf den Wangen. Über seinem rundlichen Bauch trug er eine weisse Schürze, auf der man die Speisekarte der vergangenen Woche ablesen konnte. «Sie sind nicht von hier», stellte er fest, während er sie eingehend musterte. «Sind Sie von der Zeitung? Oder von der Polizei?»

«Das sind wir. Von der Polizei, meine ich», bestätigte Biasotto.

«Da hinten hat es noch andere.» Der Wirt wies auf den Nebenraum, wo eine Gruppe von Polizeirekruten dabei war, ihr Mittagessen einzunehmen. «Auch die Zeitungsleute sind wieder da. Es ist ganz wie damals.»

«Wie damals?», fragte die Kommissarin und schaute mit gerunzelter Stirne zu ihm auf.

«Ja, wie damals, als die Frau verunglückte. Sie wissen schon, da unten in der Waldkurve.» Er machte eine Kopfbewegung in Richtung Tal. «Damals waren auch so viele Leute hier. Und jeder stellte Fragen. Zuerst die von der Zeitung und dann die von der Polizei.»

«Sie reden von dem Unfall, der sich vor fünf Jahren hier zugetragen hat?»

«Genau, davon rede ich», bestätigte er. «Damals ging es hier zu wie in einem Bienenhaus. Genau wie jetzt. Die haben uns mit Fragen gelöchert. Aber geschrieben haben sie dann ganz was anderes. Dichtung und Wahrheit. Mehr Dichtung war das.» Er machte mit der Hand eine abschätzige Bewegung, wie wenn er sagen wollte: Was solls, man kann von denen ja nicht mehr erwarten. «Die Leiche, die jetzt da unten liegt, die habe ich nicht gekannt. Der war nie hier. Nicht ein einziges Mal. Aber die damals, die waren öfters hier. Jede Woche mindestens einmal.» Er überlegte. «Manchmal sogar zweimal. Da hinten, an dem Tisch in der Ecke, da sassen sie wie zwei verliebte Teenager.» Beim letzten Satz verzog er seinen Mund zu einem anzüglichen Grinsen.

Die Servierin brachte das Essen. Der Wirt wünschte ihnen guten Appetit und begab sich zum nächsten Tisch, wo er sich mit einem älteren Herrn in eine hitzige Debatte über die bevorstehenden Wahlen stürzte.

Sie assen, beide in Gedanken. Dann, plötzlich, erkundigte sich die Kommissarin zwischen zwei Bissen: «Habe ich das richtig gehört? Sprach der Wirt in der Mehrzahl?»

«Du hast richtig gehört», bestätigte Biasotto. «Er sprach in der Mehrzahl. Von einem Paar, das sich regelmässig hier getroffen habe.» Er schob sich ein Stück Kalbshaxe in den Mund. «Wenn nicht alles täuscht», meinte er kauend, «dann handelte es sich bei der Frau um die verunglückte Clelia Heinemann.»

«Genau so habe ich es auch verstanden.» Die Kommissarin war jetzt plötzlich an ihrem Essen nicht mehr interessiert. «Wir müssen ihn nochmals dazu befragen. Er weiss offensichtlich einiges, was nicht aktenkundig ist. Wer war der Mann? Leclair? Das Verhältnis der beiden war doch zu Ende, als der Unfall sich ereignete? Oder doch nicht?» Sie schob den Teller zurück, nahm einen Schluck aus ihrem Glas und winkte der Servierin. «Bringen Sie Kaffee und sagen Sie dem Wirt, wir möchten nochmals mit ihm reden.»

Sie sah zu, wie die Angestellte dem Wirt, der sich noch immer angeregt mit dem älteren Herrn am Nebentisch unterhielt, etwas ins Ohr flüsterte. Jetzt schaute er zu ihnen, klopfte seinem Gast freundschaftlich auf die Schulter und kam herüber. Er nahm vom Nebentisch einen Stuhl, stellte ihn an ihren Tisch und setzte sich.

«Ich stehe ganz zu Ihren Diensten.» Er lachte und zeigte dabei oben rechts einen leuchtenden Goldzahn.

«Erzählen Sie uns von dem Paar, das regelmässig bei Ihnen zu Gast war, und von der Frau, die da unten verunglückte», forderte Tina Merz ihn auf.

«Tja, das ist alles schon lange her, und ich habe die Geschichte schon hundert Mal erzählt.» Er kratzte sich am Kopf. «Auch den Journalisten habe ich alles erzählt. Allerdings nicht das, was nachher in der Zeitung stand.»

Die Servirerin brachte den Kaffee.

«Darf ich Ihnen einen Schnaps offerieren? Wir haben einen guten Träsch.» Er nickte seiner Angestellten zu.

«Nein danke», mischte sich die Kommissarin in das stumme Zwiegespräch. «Wir sind im Dienst, und unser Fahrzeug steht vor der Tür.» Sie zwinkerte ihm zu. «Kein Alkohol am Steuer. Das gilt auch für die Polizei.»

«Dann halt nicht», meinte der Wirt leicht verunsichert. «Also, was wollen Sie wissen? Wo soll ich anfangen?»

«Alles wollen wir wissen», antwortete die Kommissarin, «und anfangen? Am besten ganz vorne, da wo der Anfang ist.»

Wieder kratzte der Wirt sich am Kopf. «Das war so. Die Dame mit den roten Haaren und der gepflegte Herr, die standen eines Tages einfach hier in unserer Gaststube. Es war am späten Nachmittag, so gegen fünf und kurz vor Ostern. Das weiss ich noch genau. Wir waren nämlich dabei, die Osternester auszulegen.» Er zeigte mit dem ausgestreckten Arm in die Gaststube. «Und von da an sind sie immer wieder gekommen. Wie ich schon sagte, mindestens einmal, manchmal auch zweimal die Woche. Immer um die gleiche Zeit kamen sie angefahren. Entweder mit dem grossen BMW oder mit dem kleinen Cabrio. Aber immer in Dunkelblau.» Er lachte dröhnend über seinen Witz. «Sie sassen da an dem Tisch da drüben», wieder zeigte er nach hinten, «hielten Händchen und küssten sich.» Jetzt setzte er eine geheimnisvolle Miene auf. «Ich wusste natürlich sofort Bescheid. ‹Das ist ein heimliches Liebespaar›, sagte ich gleich beim ersten Mal zu meiner Alten, ‹die verkriechen sich hier, wo niemand sie kennt.› Und dann, plötzlich, kamen sie eine ganze Weile nicht mehr. Mehrere Wochen, vielleicht sogar Monate waren das. Wir haben sie richtig vermisst. Sie tranken ja immer den teuren Wein», fügte er erklärend hinzu, «und auch das Trinkgeld war grosszügig. Dann, am Abend des Unglücks, waren sie auf einmal wieder da. Allerdings etwas später als sonst. Sie sassen am gleichen Tisch und tranken den üblichen Wein. Die Frau wirkte sehr unglücklich. Sie trug eine grosse, dunkle Brille, aber ich sah gleich, dass sie ganz verweinte Augen hatte. Sie trank auch ziemlich viel. Ich musste im Keller eine zweite Flasche holen. Ich hätte das nicht getan, wenn er nicht dabei gewesen wäre», setzte er, sich rechtfertigend, dazu. «Er trank nur wenig, und ich dachte doch, er fährt den Wagen da hinunter.» Er zeigte mit dem Kinn in Richtung Strasse und Tal.

«Und dann?» Tina Merz liess sich kein Wort entgehen.

«Gegen zehn Uhr verschwanden die beiden. Sie weinte noch immer. Ich sah noch, wie sie ins Auto stiegen. In den dunkelblauen Sportwagen. Kein Auto für die Jahreszeit, dachte ich.»

«Beide stiegen sie in den blauen Sportwagen?» Biasotto konnte nicht glauben, was er gehört hatte.

«Das sagte ich doch. Beide stiegen sie ein. Und dann fuhren sie davon. Er am Steuer, sie auf dem Nebensitz.»

«Aber in der Zeitung stand doch etwas anderes?»

«Das sagte ich doch. In der Zeitung stand etwas anderes. Dabei habe ich allen immer erzählt, wie es war. Auch dem Polizisten aus Arlesheim, der immer wieder kam und die gleiche Frage stellte: ‹Ist tatsächlich er gefahren? War nicht doch sie am Steuer?› Und er hat alles aufgeschrieben. – Auch dem jungen Mann, der vorgab, der Sohn der Verunglückten zu sein, habe ich alles genau so erzählt. Auch ihm sagte ich, dass die Frau mit dem Mann zusammen war und dass er am Steuer sass, als die beiden von hier wegfuhren.»

«Der Sohn der Verunglückten?»

«Ja, ein junger Mann. Er sagte mir, die rothaarige Frau wäre seine Mutter. Aber ich glaubte ihm kein Wort. Der dachte, ich würde ihm mehr erzählen, wenn er mir ein Märchen auftische.»

«Und warum glaubten Sie ihm nicht?»

Der Wirt dachte nach. «Er wirkte überhaupt nicht betroffen. Er sprach von der Toten, wie man nur von jemandem spricht, der einen nichts angeht. Er stellte mir viele Fragen, vor allem über den Mann, ihren Begleiter.»

Jetzt stand der Wirt auf und verabschiedete sich mit einem langen Händedruck von einem jüngeren Gast. Dann kam er zurück zu den beiden Polizeileuten. Während er sich wieder auf seinen Stuhl setzte, meinte er selbstgefällig: «Mir macht so leicht keiner etwas vor. Als Wirt kennt man seine Pappenheimer. Da hört man viel und lernt die Menschen kennen.»

«Und wenn der junge Mann doch der Sohn der rothaarigen Frau gewesen wäre?»

«War er aber nicht. Ich habe seinen Bericht in der Zeitung gelesen. Er war ein Journalist. Er wollte mich für dumm verkaufen.» Er lachte zufrieden. «Konnte er aber nicht. Wir sind nicht so dumm, wie wir aussehen.» Jetzt kratzte er sich wieder am Kopf. «Was ich allerdings nicht verstehe, auch heute noch nicht: Warum schrieb auch der junge Mann nichts darüber, dass die Rothaarige einen Begleiter hatte? Nichts davon stand in der Zeitung. Kein Wort. Die müssen alle unter einer Decke gesteckt haben. Wahrscheinlich war er ein hohes Tier...» Er lachte viel sagend.

Tina Merz schüttelte ungläubig den Kopf. Hier stimmte etwas nicht. Da ging etwas nicht auf. Entweder war der Begleiter von Clelia Heinemann, bei dem es sich unzweifelhaft um Leclair handelte, vor dem Unfall noch aus dem Cabrio ausgestiegen oder ... Nein, das konnte nicht sein. Ein Blick auf Biasotto zeigte ihr, dass dieser sich mit den gleichen Gedanken beschäftigte.

«Fahren wir zurück. Zuerst zu Madeleine Groll und dann müssen wir nachdenken – und den Unfallbericht nochmals lesen.»

37

Als die Kommissarin mit ihrem Assistenten in den Waaghof zurückkehrte, hatten sie das Gespräch mit Madeleine Groll hinter sich.

Die Witwe war zu Hause gewesen, als sie bei ihr geklingelt hatten. Sie hatte sofort erfasst, dass die Kommissarin eine schlechte Nachricht brachte. Jedenfalls empfing sie sie mit den Worten «Er ist tot!» Sie blieb gefasst; auch als Tina Merz ihr schilderte, wo und wie Groll zu Tode gekommen war. Sie vergoss keine Träne, rief ihre Tochter und unterrichtete sie über das Ableben des Vaters, wie wenn sie sie über seine Abwesenheit beim Mittagessen informieren würde. Kein Wort des Bedauerns, kein Wort der Trauer.

Tina Merz wurde nicht schlau aus dieser Frau. Als Madeleine Groll sich erkundigte, ob sie ihren Mann noch einmal sehen könne, gab sie ihr die Telefonnummer und die Adresse der Gerichtsmedizin, riet ihr aber, auf einen Besuch zu verzichten; der Tote sei arg entstellt und kein schöner Anblick. Madeleine Groll hörte ihr schweigend zu und falzte dabei den Zettel mit der Adresse der Gerichtsmedizin in immer kleinere Stücke, bis nur noch ein ganz winziger Rest übrig blieb. Schliesslich fragte sie, ob sie sich um die Beerdigung kümmern könne. Ihre Schwiegereltern hätten vor ein paar Jahren in Burgdorf ein Familiengrab gekauft, und ihr Mann habe sich gewünscht, dort bestattet zu werden. Die Kommissarin eröffnete ihr daraufhin, dass das Begräbnis wegen der Untersuchungen des Gerichtsmediziners frühestens am kommenden Montag stattfinden könne. Madeleine Groll nickte stumm und starrte dann eine ganze Weile teilnahmslos ins Leere. Dann begann sie plötzlich zu sprechen.

Sie sei überzeugt, sagte sie, dass ihr Mann sich selbst getötet habe. Er habe immer wieder gedroht, er werde sich eines Tages umbringen, und in letzter Zeit sei er öfters sehr deprimiert gewesen. Die Niederlage bei der Parteinomination und die Enttäuschung über Heinemanns Verrat hätten ihm vermutlich den Rest gegeben. Dann schwieg sie wieder und starrte ins Leere, während sie immer wieder nervös ihren Rock über den Oberschenkeln gerade strich. Und plötzlich sagte sie mit leiser Stimme in die Stille hinein: «Und wenn er es war, der Frank Heinemann getötet hat? Vielleicht hat er sich umgebracht, weil er mit dieser Schuld nicht leben konnte?»

Tina Merz antwortete nicht. Es war schwer, sich vorzustellen, was in der Frau vorging, die ihr scheinbar so gefasst gegenübersass. Sie musste aufgewühlt und voll quälender Fragen sein. Schliesslich, nach weiteren Minuten des Schweigens, erkundigte sie sich, ob Groll Feinde gehabt habe, Feinde, die ihm nach dem Leben trachteten. Die Witwe antwortete, ohne nachzudenken. Ihr Mann sei ein Versager gewesen. Ihm habe die Härte für das Leben gefehlt, und solche Leute hätten keine Todfeinde.

«Ich bin mir eigentlich ziemlich sicher», meinte Biasotto, als sie in die Stadt zurückfuhren, «dass hier kein Verbrechen vorliegt. Entweder war es ein Unglücksfall oder ein Selbstmord. Ich tippe auf das Letztere. Groll war sensibel und völlig aus dem Geleise geraten. Und der Artikel im Landboten, der ihn immer mehr zum Mörder stempelte, war seinem Gemütszustand sicher auch nicht zuträglich. Er muss sich von Gott und der Welt missverstanden und verlassen gefühlt haben.»

«Wobei nach wie vor die Möglichkeit besteht, dass er Heinemann umgebracht hat», wandte die Kommissarin ein. «Bis jetzt jedenfalls können wir ihn als Mörder nicht definitiv ausschliessen. Er hatte ein Motiv, und er besitzt kein Alibi.»

«Dann muss er die Tat im Affekt begangen haben. Ein Mann wie Groll begeht keinen heimtückischen Mord.»

Die Kommissarin nickte stumm.

«Nehmen wir an, Groll habe Heinemann im Affekt getötet», setzte Biasotto seine Überlegungen fort. «Dann erwachte er nach der Tat aus seinem Zorn und realisierte, was er angerichtet hatte. Das wäre doch eine Erklärung für seinen erbärmlichen Zustand. Und aufgrund des Zeitungsartikels vom Samstag musste er annehmen, dass man ihm auf der Spur war.»

«Aber falls er nicht der Mörder ist, muss es noch einen anderen Grund für seine Verzweiflung geben. Man stürzt sich nicht von der Gempenfluh, nur wegen einer verlorenen Wahl. Davon bin ich überzeugt», schloss Tina Merz im Ton absoluter Gewissheit die Diskussion ab.

Am Nachmittag teilte die Kommissarin Frau Simon mit, sie wolle nicht gestört werden. Sie schloss die Verbindungstür zum Sekretariat, leitete das Telefon um und stellte ihr Handy ab. Dann setzte sie sich an ihren Schreibtisch und sah die Post durch.

Oben auf dem Stapel lag das Dossier mit den Nachlassakten Clelia Heinemann. Tina Merz suchte sich das Inventar heraus. Ein Blick auf die letzte Seite bestätigte die Aussage von Dr. Voellmin. Die Gesamtsumme der Passiven belief sich auf 3 657 219.20 Franken. Bei den Aktiven waren ein Postscheckkonto sowie zwei Bankkonten aufgeführt. Hier betrug die Gesamtsumme 311.75 Franken. Der Wert des Hausrates wurde auf 2 000 000 geschätzt. Dieser Betrag war mit einem Vermerk versehen: «Im Inventar befinden sich einige Bilder von namhaften Künstlern (siehe beiliegende Liste).» Das Verzeichnis der Bilder war mit einer Büroklammer angeheftet. Die Kommissarin überflog die Liste. Da waren sie alle aufgeführt, die Kunstwerke, die sie gesehen hatte: Léger, Lichtenstein, Picasso, Matisse, van Gogh, Vasarely etc. – Van Gogh? Tina Merz stutzte. Sie konnte sich nicht erinnern, einen Van Gogh gesehen zu haben. Ein Bild dieses Malers wäre ihr bestimmt aufgefallen. Eigenartig! Sie schüttelte den Kopf. Wo war dieser Van Gogh? Sie musste unbedingt den jungen Heinemann danach fragen. Plötzlich erinnerte sie sich an Dr. Voellmin und an das Bankkonto in Liechtenstein, auf das jemand drei Millionen einbezahlt hatte. Das wäre eine

Erklärung. Heinemann hat den Van Gogh verkauft und mit dem Erlös die Nachlassschulden bezahlt! Aber drei Millionen für einen Van Gogh? Das wäre ein absolut lächerlicher Preis.

Sie legte das Inventar zur Seite und nahm den Bericht des Labors zu dem Glas, das Biasotto bei den Leclairs hatte mitlaufen lassen. Sie überflog die Einleitung sowie die Beschreibung des gefundenen Abdruckes und kam zu den Schlussfolgerungen. «Der Abdruck auf dem von Martin Biasotto beigebrachten Glas wurde mit allen im Mordfall Heinemann bisher gefundenen Fingerabdrücken verglichen. Dabei ergab sich eine Übereinstimmung mit zwei Abdrücken, die am vergangenen Freitagmorgen im Hause des Ermordeten gesichert werden konnten, nämlich mit dem Abdruck auf der vorderen Armlehne des antiken Sessels im Wohnzimmer sowie mit dem Abdruck auf dem im Küchenschrank abgestellten Glas. Nach den Aussagen des Kollegen Biasotto stammt der Fingerabdruck auf dem von ihm beigebrachten Glas von einem gewissen Marc Leclair. Es kann kein Zweifel darüber bestehen, dass die beiden erwähnten, im Hause des Opfers sichergestellten Fingerabdrücke ebenfalls diesem Marc Leclair zuzuschreiben sind.»

Tina Merz legte den Laborbericht auf den Schreibtisch und lehnte sich in ihrem Sessel zurück. Auf ihrem Gesicht zeigte sich ein zufriedener Ausdruck. Dann nahm sie das Telefon und rief ihren Assistenten zu sich.

Biasotto betrat das Zimmer mit einem breiten Grinsen. «Die Repatriierung des Glases ist erfolgreich abgeschlossen», teilte er ihr stolz mit.

«So?» Sie war in Gedanken ganz woanders. Sie informierte ihn über die neuesten Erkenntnisse. «Es gibt jetzt drei Fragen, die sich stellen», meinte sie dann. «Zum einen müssen wir herausfinden, warum in keinem Bericht auch nur erwähnt wird, dass Leclair und Clelia Heinemann zusammen vom Gasthof Ochsen weggefahren sind.»

«Ich hoffe, du erwartest von mir jetzt keine Antwort», erwiderte Biasotto.

Sie ignorierte seine Bemerkung. «Dann müssen wir der Frage nachgehen, was mit dem Van Gogh geschehen ist. Hat Heinemann ihn verkauft und mit dem Erlös einen Teil der Nachlassschulden getilgt? Und als Drittes müssen wir herausfinden, warum sich der junge Heinemann spät nachts im Hause seines Vaters mit Leclair getroffen hat.»

Biasotto war in den Bericht des Erkennungsdienstes vertieft. Jetzt unterbrach er seine Lektüre. «Ich schlage vor, wir gehen mit unserem jetzigen Wissensstand den ganzen Fall nochmals sorgfältig durch.»

Wenig später sassen die beiden umgeben von Akten am runden Tisch. Sie studierten eingehend die Gesprächsprotokolle, die Berichte der Spurensicherung sowie die übrigen Unterlagen; auch das Dossier Masagni liessen sie nicht aus. Sie notierten sich Aussagen und Feststellungen, die sie bisher nicht oder nur wenig beachtet hatten. Sie waren mitten in einer Diskussion über die Frage, was Groll wohl zu nächtlicher Stunde im Hause seines ermordeten Freundes gesucht haben könnte, als Frau Simon hereinkam und Tina Merz mitteilte, ein Herr Obrist sei am Telefon und wolle sie dringend sprechen.

«Obrist», fragte die Kommissarin zurück, «der Obrist von der Schweizer Bank?»

«Er sagte etwas von einer Information zum Tod von Heinz Groll», ergänzte Frau Simon ihre Mitteilung, worauf die Kommissarin sie aufforderte, den Anruf durchzustellen.

Obrist meldete sich zwar mit der üblichen, sehr freundlichen Stimme; aber da war ein Unterton, der Tina Merz aufhorchen liess.

«Ich muss Ihnen, Frau Kommissarin, etwas mitteilen, was ich beim letzten Mal... em... vergessen habe», brachte er mühsam hervor. «Ich dachte damals, es sei nicht so wichtig.»

«So? Und jetzt meinen Sie, dass ich es doch wissen sollte?», fragte sie, ohne eine Antwort zu erwarten.

«Frau Groll hat mich über das tragische Unglück informiert, das unseren armen Groll getroffen hat», setzte Obrist seine Erklärung fort, und die Kommissarin glaubte, in seiner Stimme so etwas wie echte Betroffenheit zu hören.

«Schrecklich ist das», fuhr Obrist fort. Und als sie schwieg, fragte er:

«Es ist doch ein Unglücksfall? Vielleicht hatte er zu viel getrunken», ergänzte er hoffnungsvoll.

Es war offenkundig: Obrist wollte von ihr mehr über die Umstände erfahren, die zu Grolls Tod geführt hatten. Er hoffte, diese Umstände könnten eine plausible Erklärung für das Unglück enthalten, eine Erklärung, die ihn von jeder Schuld freisprechen würde.

Tina Merz verspürte wenig Lust, auf dieses Anliegen einzugehen. «Sie wollten mir etwas mitteilen, Herr Obrist?»

Es folgte ein kurzes Schweigen. «Also...», hörte sie ihn dann sagen. Doch dann schien er sich anders zu besinnen. «Ich mache mir Sorgen um das Ansehen unserer Bank. Sie wissen, die Öffentlichkeit reagiert sehr sensibel, was Banken angeht, vor allem die schweizerische Öffentlichkeit. Und es wäre sehr unangenehm, wenn unsere Firma mit dem Tod von Groll in Zusammenhang gebracht würde.»

«So?», liess sich die Kommissarin mechanisch vernehmen, während sie sich überlegte, was Obrist ihr wohl mitteilen wollte und nicht über die Lippen brachte. Hatte sich Groll verspekuliert? Kundengelder falsch angelegt? Oder gar veruntreut? Sie wurde jetzt langsam ungeduldig. «Und warum sollte die Öffentlichkeit diesen Tod mit ihrer Bank zusammenbringen?»

«Ich...» Obrist nahm einen neuen Anlauf. «Es bleibt doch unter uns, was ich Ihnen jetzt sage?» Die Frage kam schnell und leise, fast flüsternd.

«Selbstverständlich, Herr Obrist. Ich stehe unter Schweigepflicht.» Die Kommissarin wurde zunehmend ungeduldiger.

«Also», fing Obrist noch einmal an. «Ich muss Ihnen mitteilen, dass Groll nur noch bis Ende April bei uns gearbeitet hätte.» Für einen kurzen Augenblick war es still in der Leitung. «Die Witwe hat selbstverständlich Anspruch auf eine Rente», schob er rasch nach, wie wenn er nochmals Zeit gewinnen wollte. «Bis Ende April ist Groll rechtlich gesehen unser Mitarbeiter.»

Die Kommissarin versuchte, aus der Information die richtigen

Schlussfolgerungen zu ziehen. «Hat Groll sein Arbeitsverhältnis mit Ihrer Bank gekündigt?»

«Nein, nicht genau», erklärte Obrist. «Es ist anders. Umgekehrt. Wir haben ihm gekündigt.» Jetzt war er hörbar erleichtert. «Wir haben ihn alle gemocht, menschlich gesehen, verstehen Sie? Aber er war ein mittelmässiger Mitarbeiter. Sehr mittelmässig. Und durch die Fusion ist seine Stellung weggefallen. Die Fusion mit der Zürcher Bank», fügte er erklärend hinzu. «Ich weiss nicht, ob Sie verstehen, was ich meine. Aber durch diese Fusion ist Groll einfach überflüssig geworden.» Er schwieg, wie wenn er einen entrüsteten Kommentar der Kommissarin erwartete. Als keine Reaktion kam, fuhr er fort: «Wir waren alle glücklich, als wir hörten, dass er Regierungsrat werden solle. Die Banken sind seit langem in der Regierung nicht mehr vertreten. Und», jetzt klang echtes Mitgefühl aus seiner Stimme, «wir waren auch froh für ihn. Er würde nicht arbeitslos werden.» Er seufzte. «Das mit der Regierung wäre wirklich eine gute Lösung gewesen.»

«Offenbar war die Wählerunion Baselland nicht dieser Ansicht», stellte die Kommissarin trocken fest. Ihr war jetzt klar, weshalb Groll so verzweifelt gewesen war. Nach der Niederlage in der Partei hatte er beruflich und persönlich vor dem Nichts gestanden. Sie hörte noch, wie Obrist ihr entgegnete, dass man dafür aber doch nicht seine Bank verantwortlich machen könne, dann verabschiedete sie sich rasch.

Während sie Biasotto informierte und von dem Gespräch eine kurze Aktennotiz erstellte, sprachen sie über Groll. Sie verstanden jetzt einiges mehr. Der Mann hatte sich auf die Nomination fixiert, weil sie für ihn die einzige Chance war, dem sozialen Absturz zu entgehen. Wenn er Regierungsrat geworden wäre, hätte man vermutlich nie etwas von der Kündigung erfahren. Die Bank hätte sich mit ihrem Mitarbeiter gebrüstet, der den Sprung in die Regierung geschafft hatte. Nachdem es nun aber nicht gelungen war, den netten, aber mittelmässigen Groll in die Politik abzuschieben, und er zudem noch auf zweifelhafte Art und Weise zu Tode gekommen war, fürchtete man, ins Gerede zu kommen. Sie waren sich einig: Groll hatte ausreichend Grund zur Verzweiflung gehabt. Und wenn er ohnehin zu Depressionen neigte, dann erst recht. Es blieb die Frage, ob er so ausser Rand und Band geraten war, dass er Frank Heinemann ermordete, den Freund, der ihm – in seinen Augen jedenfalls – den Rettungsanker des Regierungsamtes weggezogen hatte.

«Vielleicht war Groll wegen seiner Depression bei einem Arzt oder Psychiater in Behandlung», überlegte Biasotto. «Der könnte uns möglicherweise weiterhelfen. Uns mitteilen, ob sein Psychogramm einen Mord zulässt.»

«Keine schlechte Idee», stimmte die Kommissarin zu. «Und auch seine Sekretärin müssen wir befragen. Vielleicht weiss sie mehr.» Ihre Augen spiegelten einen wissenden Ausdruck. «Männer, die mit ihren Ehefrauen nicht über ihre Sorgen reden können, vertrauen sich oft ihrer Sekretärin an.»

Noch bevor Biasotto antworten konnte, steckte Frau Simon ihren Kopf ins Zimmer. «Stücklin ist am Telefon», teilte sie mit.

«Der hat mir gerade noch gefehlt!» Die Kommissarin schüttelte den Kopf. «Nein. Ich bin beschäftigt. Der Herr hat wohl ein schlechtes Gewissen? Er muss sich wegen seiner Schuldgefühle anderswo trösten lassen.»

«Er lässt sich nicht abweisen. Er sagte, es gehe um Leben und Tod.»

Die Kommissarin blieb kühl. «Sagen Sie ihm, ich komme gerne zu seiner Beerdigung.»

Als sie realisierte, dass Frau Simon verunsichert in ihrer Stellung verharrte, korrigierte sie sich rasch: «Um Himmels willen, sagen Sie das nicht. Bleiben Sie dabei: Ich habe keine Zeit.»


Es war dunkel, als sie ihre Arbeit beendeten. Sie hatten die nächsten Schritte geplant. Biasotto hatte sich alles notiert. Tina Merz warf ihren Mantel über und nahm ihre Handtasche. Sie fühlte sich gut, denn sie war überzeugt, dass sie dem Mörder Heinemanns jetzt auf der Spur waren.

«Bringst du mich nach Hause?»

«Selbstverständlich, Chefin.» Biasotto stand an der Türe. Nur selten bat ihn die Kommissarin, sie im Auto mitzunehmen. Und wenn, dann hatte sie immer einen besonderen Grund.

«Ich bin immer noch verunsichert. Wegen des Mannes, der mich neulich nachts verfolgte.» Sie lachte gezwungen. «Wenn ich sicher wäre, dass es Groll war, dann wäre ich mein Unbehagen jetzt los. Definitiv.»

Biasotto schwieg und wich ihrem Blick aus. Er kämpfte mit sich. «Tina», fing er jetzt an, «eigentlich wollte ich dich schon am Donnerstag informieren. Aber Klement war dagegen. Und so habe ich geschwiegen.»

«Worüber informieren?»

«Über deinen Verfolger.»

«Also hast du ihn doch getroffen? Ich wunderte mich schon, dass er plötzlich wie vom Erdboden verschluckt sein sollte.»

«Ja, ich traf ihn und sprach auch mit ihm.» Er senkte seinen Blick zu Boden. «Es war Schär.»

«Was? Schär? Das kann doch nicht...» Sie brach ab. Natürlich! Die Gestalt im Hauseingang tauchte wieder vor ihr auf. Klar. Es war Schär gewesen.

«Aber warum um Himmels Willen verfolgte er mich?»

«Ja, warum? Er hatte gehört, dass du dich abends mit dem jungen Heinemann im ‹Goldenen Sternen› treffen würdest. Er stand im Zimmer von Frau Simon, als wir darüber sprachen. Er war überzeugt, du würdest mit diesem Heinemann etwas anfangen – eine Beziehung, du weisst schon –, was dir das Genick brechen könnte – beruflich, selbstverständlich. Und er wollte Zeuge deiner Entgleisung sein, um dann das Nötige für den Genickbruch in die Wege zu leiten.»

«Und woher weisst du das alles?»

«Ich sprach mit ihm am Mittwochabend, das heisst am frühen Donnerstagmorgen. Ich traf ihn in dem Hauseingang, wo du ihn vermutet hattest. Er stand dort im Dunkeln und wartete darauf, dass dein Kava-

lier angebraust käme, um mit dir eine lustvolle Nacht zu verbringen.»
Biasotto lachte. «Und dann kam ich. Er war ziemlich überrascht.»

«Und weiter?»

«Am Donnerstagmorgen informierte ich den Chef. Er kanzelte Schär zwar ziemlich herunter, bat mich dann aber, über die Vorkommnisse zu schweigen und vor allem dir nichts zu sagen. Er meinte, Schär und du, ihr wärt euch ohnehin nicht besonders grün. Und so etwas würde die Zusammenarbeit nur noch erschweren.»

«So, meinte er.» Sie erinnerte sich an das Gespräch, das sie am Vortag mit Hans Klement geführt hatte. Nun wurde ihr einiges klar: sein Lachen, sein Besänftigen – und Schärs Bereitschaft, mit ihr über Frau Simon zu sprechen.

«Na, schön. Dann kann ich ja wieder zu Fuss nach Hause gehen.»

Ohne ihn eines Blickes zu würdigen, rauschte sie an ihrem Assistenten vorbei und eilte die Treppe hinunter.

38

Nach dem Nachtessen legte sie sich müde aufs Bett. Sie genoss den ruhigen Abend ohne Verpflichtungen und Arbeit. Sie wollte nur liegen und nichts tun, vielleicht ein wenig nachdenken und dabei fernsehen. Zumindest die Nachrichten wollte sie sich anschauen. Ein Krimi stand leider nirgends auf dem Programm.

Auf der Suche nach der Fernbedienung, die wie üblich nicht an dem Ort war, wo sie sein sollte, entdeckte sie auf ihrem Nachttisch den Bericht des Erkennungsdienstes, den sie am Wochenende dort abgelegt und später vergessen hatte. Es war der Bericht über den zweiten Einbruch im Haus Heinemann, der am Donnerstag in den frühen Morgenstunden, nur kurz nach ihrem Weggang, stattgefunden hatte. Sie nahm ihn auf und blätterte ohne grosses Interesse darin. Er enthielt das Übliche: eine Beschreibung, wie die Täterschaft ins Haus gekommen war – sie hatte die Haustüre mit einem Brecheisen aufgewuchtet – sowie die Aufzählung, Beschreibung und Auswertung der Spuren, die man sichergestellt hatte. Bei den Einbrechern, so nahm sie zur Kenntnis, habe es sich offensichtlich um Profis gehandelt. Sie hätten das ganze Haus nach Geld und Schmuck durchsucht, aber kaum verwertbare Spuren hinterlassen. Zurückgeblieben sei eine gewaltige Unordnung. Alle Schränke seien geöffnet und der Inhalt herausgerissen, alle Betten durchwühlt worden. Da die gleiche Erkennungsdienstgruppe wie am Vortag die Spurensicherung vorgenommen habe, habe man die gestohlenen Gegenstände leicht identifizieren können. Verschwunden seien der Schmuck aus dem Wandschrank im ersten Stock sowie das Bargeld aus dem Sekretär im Wohnzimmer. Schliesslich wies der Berichtschreiber auf einen in seinen Augen besonders glücklichen Umstand hin: Obwohl Profis, hätten die Einbrecher nicht realisiert, welche Schätze das Haus barg. Insbesondere hätten sie nicht bemerkt, dass sich in der roten Plastiktasche im Wohnzimmersekretär ein wertvolles Bild befand. Es handle sich um eine Zeichnung des bekannten Malers Vincent van Gogh, für die auf dem Kunstmarkt – so die Aussagen des Eigentümers – ohne weiteres mehrere Millionen gelöst werden könnten.

Tina Merz atmete hörbar aus. Der Van Gogh! Da war er. Sie versuchte, ein Erinnerungsbild zu rekonstruieren. Sie sah den offenen Sekretär vor sich. Doch sie konnte nichts Rotes erkennen. Sie war sich absolut sicher. Die Tasche musste später hineingestellt worden sein. Wann? Von wem? Wo kam dieser Van Gogh auf einmal her? Der junge Heinemann? Er konnte kein Interesse daran haben, mit dieser Zeichnung den Wert des Nachlasses und damit auch die Erbschaftssteuer zu erhöhen. Leclair? Hatte Leclair diesen Van Gogh bei seinem nächtlichen Besuch mitgebracht? Und hatte Heinemann die Zeichnung im Sekretär verschwinden lassen, als überraschend die Polizei auftauchte, und sie später wegen ihrer Anwesenheit dort zurückgelassen?

Zufrieden griff Tina Merz nach der Fernbedienung ihres Fernsehgerätes, die wie so oft unter das Bett gerutscht war. Die Tagesschau war vorbei. Sie drückte auf einen beliebigen Sender und liess sich in die Kissen zurückfallen.

## 39

Als die Kommissarin am folgenden Morgen im Büro ihren Computer aufschaltete, erschien der gerichtsärztliche Bericht über die Sektion von Grolls Leiche auf dem Bildschirm. Sie druckte ihn aus, lehnte sich in ihrem Stuhl zurück und begann zu lesen.

Der tote Groll, berichtete der Gerichtsarzt, habe multiple Verletzungen am ganzen Körper. Unter anderem mehrere Rippenbrüche, einen Bruch des rechten Oberschenkels, des linken Wadenbeins sowie beider Unterarme. Zum Tode geführt habe ein schwerer Schädelbasisbruch mit akuter Gehirnblutung. Groll sei bei seinem Sturz über die an dieser Absturzstelle mehr als fünfzehn Meter hohe Fluh an verschiedenen Felsvorsprüngen aufgeprallt, bis er schliesslich am Fundort liegen geblieben sei. Gestorben sei er in der Nacht vom Samstag auf den Sonntag, zwischen dreiundzwanzig und vier Uhr. Es sei anzunehmen, dass die Verletzungen nicht sofort zum Tode geführt hätten, sondern dass er nach dem Sturz noch einige Zeit gelebt habe. Das Fehlen der Nase sei darauf zurückzuführen, dass ein Fuchs oder allenfalls ein Marder sich an der Leiche gütlich getan habe. Schliesslich stellte der Gerichtsarzt fest, dass nichts auf einen Kampf hinweise. Wenn der Sturz über die Felsen durch Fremdeinwirkung erfolgt sein sollte, dann könne man davon ausgehen, dass Groll davon völlig überrascht worden sei und sich deshalb auch nicht dagegen gewehrt habe.

Sie legte den Bericht auf den Tisch zurück. Viel gab er nicht her. Ihr Gefühl sagte ihr ohnehin, dass Groll nicht umgebracht worden war. Aber sie musste dennoch eine Akte anlegen und ein Verfahren einleiten. Sie würde in den nächsten Tagen nochmals nach Gempen fahren, um dort die Leute zu befragen. Sie stand auf, um Frau Simon die nötigen Anweisungen zu erteilen. Im Zimmer der Sekretärin sah sie den Landboten auf dem Schreibtisch liegen. Sie schnappte ihn und zog sich in ihr Büro zurück. Frau Simon kam ihr nach mit einem Kaffee.

«Damit Sie sich nicht aufregen», meinte sie und stellte die Tasse vor ihrer Chefin auf den Tisch. «Der Bericht ist wieder typisch Stücklin: Giftmülljournalismus!»

Die Kommissarin hatte die einschlägige Seite rasch gefunden.

*«Im Fall Heinemann», las sie, «hat sich der Hauptverdächtige G. am vergangenen Wochenende umgebracht. Er stürzte sich über die Felsen der Gempenfluh und war sofort tot. Wie der Landbote schon am Samstag berichtete, spricht alles dafür, dass es G. war, der Frank Heinemann umbrachte, weil dieser seine Nomination zum Regierungskandidaten verhindert hatte. Offenbar konnte er mit der Schuld nicht leben und zog für sich die Konsequenz. Aus gewöhnlich unterrichteten Kreisen ist zu hören, dass er einen Brief hinterliess, in dem er seine Tat eingesteht. Mit seinem Selbstmord hat sich G. der Strafuntersuchung entzogen und seiner Familie die Schande erspart. Die schwer getroffene Witwe liess sich gegenüber dem Landboten allerdings vernehmen, ihr Mann könnte noch leben, wenn die zuständige Kommissarin Tina Merz ihn rechtzeitig verhaftet und so vor sich selbst geschützt hätte. Frau Merz verweigerte jede Stellungnahme. Für sie hat sich der Fall mit dem Tod des Hauptverdächtigen auf einfache Art erledigt.»*

Tina Merz war entsetzt. Dieser Stücklin! Nur um Zeilen zu füllen und die Blutgier seiner Leserschaft zu stillen, hatte er Groll leichtfertig zum Hauptverdächtigen gestempelt, und nun schob er ihr auch noch die Schuld an seinem Tod in die Schuhe. Eine Gemeinheit! Sie trank ihren Espresso, spürte aber nichts von seiner angeblich beruhigenden Wirkung. Sie wollte aufstehen, um sich einen zweiten Kaffee zu holen, als das Telefon klingelte. Es war Martin Biasotto, der sie bat, in sein Büro zu kommen. Ein Nachbar Heinemanns sei bei ihm und berichte Interessantes.

Im Büro ihres Assistenten traf sie auf einen gross gewachsenen Mitvierziger. Er roch nach ihrem Geschmack etwas zu sehr nach Giorgio Armani, war aber sonst eine angenehme und unauffällige Erscheinung in grauem Anzug mit weissem Hemd und roter Krawatte. Als er ihr die Hand reichte, fiel ihr an seinem rechten Handgelenk ein breites Armband aus rötlichem Gold auf.

«Vermutlich im Ausland gekauft», ging es ihr spontan durch den Kopf. «Wahrscheinlich im Fernen Osten. Rotes Gold wird in Europa nur noch selten verarbeitet.» Sie schloss haarscharf, dass es sich bei dem Gast um einen Vielreiser handeln müsse.

«Das ist René Gassmann», stellte Biasotto den Mann vor. «Er ist ein Nachbar Heinemanns.»

«Richtig», pflichtete Gassmann bei, «und ich bin hier, weil ich am letzten Mittwoch eine eigenartige Beobachtung gemacht habe. Ich dachte, sie könnte für Sie von Nutzen sein.»

«Da haben Sie gut gedacht, Herr Gassman.» Die Kommissarin setzte sich zu den beiden an den Tisch und lächelte dem Gast aufmunternd zu. «Dann schiessen Sie los.»

«Am letzten Mittwoch war ich schon sehr früh zum Flughafen unterwegs. Ich wollte die Sechsuhrmaschine nach Zürich nehmen, um dort den Anschluss nach Kapstadt zu erreichen.»

Biasotto hatte sein Notebook geöffnet und schrieb mit.

«Ich hatte ein Taxi bestellt. Wir fuhren kurz nach fünf Uhr los. Als wir an Heinemanns Haus vorbeikamen, bemerkte ich einen Mann, der sich am Gartentor zu schaffen machte. Es hatte ja geschneit, und die dunkle Gestalt hob sich deutlich von der weissen Umgebung ab.»

«Was tat der Mann?»

«Ich hatte den Eindruck, er wolle in den Garten hinein.»

«Erzählen Sie weiter.»

«Ich fand das recht merkwürdig. Sie wissen sicher, dass in letzter Zeit in unserer Gegend mehrmals eingebrochen wurde, und die Polizei sagte uns, wir sollten besonders aufmerksam sein und sie sofort benachrichtigen, wenn uns etwas Verdächtiges auffalle. ‹Hier wacht der Nachbar, und der bellt und beisst›, das soll die Devise sein.» Er lachte. – «Wo bin ich stehen geblieben?» Er dachte kurz nach und nahm dann den Gesprächsfaden wieder auf. «Ich sagte dem Taxichauffeur, dass er anhalten solle. Ich wollte aussteigen, um nachzusehen, was der Mann um fünf Uhr morgens bei Heinemann suchte. Wir wissen ja alle, dass sich in dem Haus wertvolle Kunstgegenstände befinden. Der Mann musste gemerkt haben, dass das Taxi angehalten hatte. Jedenfalls tauchte er plötzlich auf dem Trottoir auf, rannte zu einem Auto, dass schräg gegenüber abgestellt war, und stieg ein. Das Auto stand mit der Vorderseite in unsere Richtung. Um nicht an uns vorbeifahren zu müssen, fuhr der Mann in die Einfahrt zu Heinemanns Garage, wendete sein Fahrzeug und fuhr in der anderen Richtung davon. Alles ging ziemlich schnell, trotz der verschneiten Strasse. Der Mann schaltete das Licht an seinem Fahrzeug erst ein, als er schon um die Ecke war. Ich denke, er wollte verhindern, dass wir das Nummernschild lesen könnten. Aber», Gassmann lachte schadenfroh, «beim Wenden passierte ihm ein Missgeschick. Er übersah den grossen Stein, der neben der Garageneinfahrt von Heinemann liegt, und touchierte diesen beim Rückwärtsfahren. Ich habe es deutlich gehört. Es krachte laut. Er kümmerte sich aber nicht darum, sondern fuhr einfach davon. Ich überlegte einen Augenblick, ob ich ihn mit dem Taxi verfolgen sollte. Aber ich musste ja mein Flugzeug erreichen, und so stieg ich wieder ein, und wir fuhren zum Flughafen. Ich dachte nicht weiter über die Geschichte nach. Erst, als ich gestern zurückkam, und meine...», er zögerte, «meine Lebenspartnerin mir erzählte, Heinemann sei ermordet worden, dachte ich, meine Beobachtungen könnten für Sie interessant sein.»

«Sehr interessant sogar», bestätigte die Kommissarin. «Können Sie uns genauere Angaben über den Mann machen? Wie sah er aus?»

«Viel kann ich dazu nicht sagen. Es war ja noch dunkel.» Man sah, wie Gassmann in seiner Erinnerung suchte. «Er war gross», sagte er zögernd, «und schlank. Und er bewegte sich sehr geschmeidig. Ja, das fiel mir auf. Denn als er über die Strasse zu seinem Wagen eilte, rutschte er aus und fiel fast hin. Er fing sich aber geschickt auf.»

«Erinnern Sie sich an seine Kleidung?»

Wieder suchte Gassmann in seinen Erinnerungen. «Nein. Es war zu dunkel», er zögerte, «und seine Kleidung war ebenfalls dunkel. Blau vielleicht, oder schwarz. Auch dunkles Grau käme infrage. Er trug einen langen Mantel. Einen eleganten, langen Mantel, der über die Knie reichte. Ja, jetzt sehe ich ihn wieder vor mir. Und einen Schal hatte er um den Hals. Heller als der Mantel.»

Die Kommissarin und ihr Assistent wechselten einen stummen Blick.

«Können Sie uns noch etwas zum Fahrzeug des Unbekannten sagen?»

«Es war ein grosser, dunkler Wagen. Blau oder schwarz muss er gewesen sein. Das Fabrikat ...» Er dachte nochmals nach, bevor er antwortete: «Ich vermute, es war ein grosser Audi oder Fiat, vielleicht auch ein BMW, also, genau kann ich das nicht sagen. Es ging alles so schnell», entschuldigte er sich. «Es könnte auch ein Mercedes gewesen sein. Es tut mir leid, dass ich Ihnen nichts Genaueres sagen kann.»

«Sie haben uns sehr geholfen, Herr Gassmann», beruhigte ihn die Kommissarin, «sehr geholfen.»

«Halten Sie es für möglich, dass der Mann mit dem Mord zu tun hat? Oder mit den Einbrüchen?», wollte Gassmann wissen.

«Dazu können wir im Augenblick noch nichts sagen. Aber möglich ist es schon.» Ein spontaner Gedanke ging Tina Merz durch den Kopf. «Noch eine Frage: Können Sie sich erinnern, ob im Haus Heinemanns Licht brannte, als Sie vorbeifuhren?»

«Ich glaube nicht», erwiderte Gassmann, ohne nachzudenken. «Es wäre mir bestimmt aufgefallen, wenn die Fenster hell gewesen wären, denn um diese Zeit war noch alles dunkel.»

Damit war das Gespräch beendet. Biasotto druckte sein Protokoll aus, Gassmann unterschrieb und verabschiedete sich. Er stand bereits auf der Schwelle, als er sich nochmals umdrehte. «Es gibt da noch etwas, was mir an jenem Morgen auffiel ...»

«Ja?»

«Als ich vor dem Haus auf mein Taxi wartete, sah ich oben an der Waldecke drei Männer stehen. Vielleicht waren es auch vier, so genau kann ich das nicht sagen. Es war ja noch ziemlich dunkel.»

«Und was taten die Männer?» Die Aufmerksamkeit der Kommissarin war auf das Protokoll gerichtet, das Biasotto ihr gereicht hatte.

Gassmann zögerte einen Moment, bevor er antwortete. «Es sah aus, wie wenn sie mit Aufräumarbeiten beschäftigt wären. Es hatte ja jede Menge Schnee. Ich hatte auch keine Zeit für lange Beobachtungen. Ich wollte zum Flughafen. Und dann kam auch mein Taxi.»

«Ja, natürlich.»

«Vermutlich waren es Mitarbeiter der Gemeinde, die den Schnee wegräumten.» Gassmann sagte das mehr zu sich selbst als zu den beiden Polizeileuten. Er nickte der Kommissarin und ihrem Assistenten nochmals kurz zu und verliess den Raum.

## 40

«So, jetzt haben wir ihn, den falschen Fünfziger», liess sich Biasotto vernehmen, als Gassmann den Raum verlassen hatte, und in seiner Stimme schwang unverhohlene Schadenfreude mit. «Und sie dazu, die Madame.» Er sprach das «Madame» mit einem höhnischen Unterton aus.

«Keine voreiligen Schlüsse», dämpfte Tina Merz seine Freude, «und vor allem keine sexistischen Bemerkungen.» Sie warf ihm einen missbilligenden Blick zu, liess aber an ihren leicht heraufgezogenen Mundwinkeln erkennen, dass sie ihm keineswegs böse war. «Lass uns nachdenken», sagte sie dann und griff nach einem Notizblock.

«Was tun wir jetzt?» Biasotto reichte ihr einen Kugelschreiber.

«Zuerst prüfen wir nach, ob eine der Renommierkarossen in Leclairs Garage auf der rechten Seite einen Schaden aufweist. Wenn dies nicht der Fall ist, fragen wir sämtliche BMW-Garagen der Region an, ob in der vergangenen Woche eines der Fahrzeuge repariert wurde.» Sie notierte die Vorgehensschritte auf dem Notizblock.

«Wir sollten unbedingt auch Groll überprüfen», ergänzte Biasotto. «Er hatte seinen Mercedes in der Werkstatt, das wissen wir.»

«Richtig.» Sie nickte ihm anerkennend zu. «War sein eigenes Fahrzeug dunkel? Wir kennen ja nur den Leihwagen. – Aber unser Freund in der Mercedes-Garage in Oberwil wird dir weiterhelfen.»

«Dann, Chefin, dann laden wir Leclair vor.» Biasotto rieb sich vergnügt die Hände. «Hierher soll er kommen. Und ich freue mich schon jetzt auf sein Gesicht, wenn wir ihm eröffnen, dass sein Alibi falsch ist.»

«Nicht so stürmisch, junger Freund. Zuerst müssen Beweise her. Wenn wir so weit sind, dann, ja dann muss er hier antraben. Dann ist er dran.» Sie zwinkerte ihrem Assistenten zufrieden zu. «Lass uns überlegen, wie sich das Ganze zugetragen haben könnte.»

«Leclair hat in der Nacht nach der Parteiversammlung schlecht geschlafen», begann Biasotto. «Er ist zwar nominiert worden, aber seine Kandidatur steht auf wackligen Beinen. Wenn Heinemann auspackt, und damit hat er ihm gedroht, dann ist der Skandal perfekt...»

«...und seine Wahl im Eimer!»

«Richtig. Also beschliesst er, den Freund zu beseitigen.»

«Er weiss», nahm die Kommissarin den Faden auf, «dass Heinemann früh aufsteht. Also steht er ebenfalls früh auf, um ihm abzupassen.»

«Was sehr gut in seinen Tagesplan passt, denn er fliegt an diesem Mittwoch in die USA, und er will sein Vorhaben noch vor seiner Abreise erledigen.»

«Wissen wir, um wie viel Uhr sein Flugzeug startete?»

«Nein, wissen wir nicht. Aber die USA-Flüge gehen in der Regel in den Mittagsstunden. Er hatte also genug Zeit.»

«Er fährt in aller Frühe zu Heinemanns Haus. Als er am Gartentor steht, wird er von Gassmann gesehen. Er flieht. – Und was tut er dann?»

«Er hat festgestellt, dass Heinemann bereits auf seiner Zeitungstour ist. Also geht er ihm nach. Er trifft ihn bei der Villa am Waldrand und haut ihm eins über den Kopf.» Biasotto hatte vor Eifer ganz rote Backen. «So muss es gewesen sein, Chefin. Genau so.»

Die Kommissarin zeichnete Quadrate auf ihren Notizblock, grosse und kleine Quadrate. «Irgendetwas stimmt nicht», sagte sie nachdenklich und zeichnete weiter. «Ich kann mir den Leclair beim besten Willen nicht vorstellen, wie er mit seinen feinen Schuhen und seinem eleganten, langen Mantel durch den Schnee schleicht, bewaffnet mit einer Eisenstange oder einem Baseballschläger, und diesen dann seinem Freund über den Kopf haut. Das passt nicht ins Bild.»

«Komm, Chefin, lass uns erst die Geschichte mit dem Wagen überprüfen. Dann schauen wir uns das Bild nochmals an.»

«Da ist noch etwas», überlegte die Kommissarin. «Gassmann sprach von Mitarbeitern der Gemeinde, die an der Waldecke mit Aufräumarbeiten beschäftigt waren. Die müssten doch etwas beobachtet haben.»

«Richtig», stimmte Biasotto zu. «Lass uns das morgen abklären. Heute wollen wir uns an Leclairs Spuren heften.»

Sie einigten sich darauf, dass Biasotto die geplanten Überprüfungen vernehmen sollte, während die Kommissarin endlich ihre dringlichsten Pendenzen aufarbeiten wollte. Er versprach, ihr Bericht zu erstatten, sobald er seine Ermittlungen abgeschlossen hätte. Dann würden sie gemeinsam das weitere Vorgehen besprechen und insbesondere den Termin für Leclairs Einvernahme festsetzen.

## 41

Es war kurz vor vier. Die Kommissarin sass noch immer am Computer. Sie war gut vorangekommen. Die Ereignisse des Vormittags hatten sie beflügelt. Sie war jetzt überzeugt, dass es ihr noch vor Ende der Woche gelingen würde, den Fall Heinemann zu lösen. Sie unterbrach ihre Arbeit immer wieder und schaute auf die Uhr. Allein in der letzten halben Stunde etwa vier Mal. Wo blieb Biasotto? Warum meldete er sich nicht?

Als es wenig später klopfte, sprang sie in freudiger Erwartung auf. Sie setzte sich enttäuscht wieder hin, als Hans Klement hereinkam und ihr eine Einladung der Baselbieter Polizeidirektion auf den Schreibtisch legte.

«Ich finde, du solltest an diesem Anlass teilnehmen», sagte er mit seinem gewinnenden Lächeln. «Eigentlich wollte ich selbst hingehen, aber es ist mir etwas Dringendes dazwischengekommen. Und so ernenne ich dich kurzfristig zu meiner Stellvertreterin. Du bist ja zurzeit so etwas wie eine freie Mitarbeiterin von denen da drüben.» Er lachte spitzbübisch. «Und die Brevetierungsfeier im Dom von Arlesheim ist ein wichtiges Ereignis für unsere Nachbarn. Sie soll sehr stilvoll sein.»

Sie nickte ohne grosse Begeisterung. Sie würde hingehen, weil sie überzeugt war, dass derartige Kontakte sich auf die Zusammenarbeit positiv auswirken konnten.

«Und wann findet dieses stilvolle Ereignis statt?»

«Heute, um sechs. Also in zwei Stunden.»

«Das ist allerdings kurzfristig. Da bleibt mit nicht einmal Zeit, mich umzuziehen.»

«Das ist auch nicht nötig. Unter den anwesenden Landpomeranzen wirst du in jedem Fall eine gute Figur machen.» Er betrachtete sie wohlwollend. «Was macht unser Mord? Gibt es was Neues?»

«Vielleicht», meinte sie ausweichend und vermied es, ihn anzusehen. «Ich werde dich informieren, sobald es sich bestätigt hat.»

Sie ärgerte sich über die kurzfristige Abordnung. Sie kam ihr höchst ungelegen. Auf der anderen Seite war es reizvoll, an der Brevetierung in Arlesheim teilzunehmen. Vor allem der anschliessende Empfang würde Gelegenheit bieten, Leute kennen zu lernen und vielleicht auch an wichtige Informationen heranzukommen.

«Gut, ich gehe. Aber ich nehme Martin mit.»

Endlich, eine halbe Stunde später, kam ihr Assistent atemlos in ihr Büro. Er strahlte. «Chefin, wir haben ihn. Ich bringe ihn dir auf dem Servierbrett.»

«Wen, Groll oder Leclair?», fragte sie ungeduldig.

«Wer spricht von Groll? Den Leclair selbstverständlich.» Er lachte vergnügt und berichtete: «Ich nahm zuerst Kontakt mit der Werkstatt in Oberwil auf. Dort erfuhr ich, dass Groll zwar einen blauen Mercedes besass und dass er ihn auch tatsächlich wegen einer Beule zur Reparatur gebracht hatte. Die Beule befand sich aber am linken vorderen Kotflügel und war älteren Datums; jedenfalls bestätigte man mir, dass Groll sein Fahrzeug bereits vor vierzehn Tagen, also rund eine Woche vor dem Mord, zur Reparatur angemeldet hatte.» Er deutete auf den Block, auf dem die Kommissarin am Vormittag ihre Notizen niedergeschrieben und ihre Quadrate gezeichnet hatte. «Du kannst den Groll streichen. Definitiv. Er kommt als Täter nicht infrage.»

«Bist du nicht etwas voreilig?»

«Warte mit deinem Urteil, bist du weisst, was ich weiss.» Er lachte geheimnisvoll und suchte in seiner Tasche sorgfältig nach einem Notizzettel. «Gut», stellte er dann betont langsam fest, um seine Chefin auf die Folter zu spannen, und schmunzelte, als er sah, wie ungeduldig sie war. «Nach dem Gespräch mit der Garage in Oberwil wollte ich die Karossen in Leclairs Garage überprüfen. Leider war diese geschlossen, und so musste ich läuten und Madame stören. Sie bestritt aufgebracht, dass eines der Fahrzeuge eine Beule aufweise oder deswegen hätte repariert werden müssen. Sie gab mir sogar die Adresse und die Telefonnummer ihrer Werkstatt. Dann hielt sie mir noch einen langen Vortrag über unfallfreies Fahren.»

«Tönte sie glaubwürdig?»

«Dieses Mal, ja. Trotzdem habe ich die Werkstatt angerufen. Man hat mir dort alles bestätigt, was sie gesagt hatte.»

«Erzähle weiter.»

«Dann schaltete ich eine lange Denkpause ein.» Biasotto amüsierte sich wieder über die Ungeduld seiner Chefin. «Und weil ich den Eindruck hatte, Madame habe die Wahrheit gesagt oder zumindest das, was sie für die Wahrheit hielt, kam mir die Idee, Leclair könnte seinen Wagen heimlich repariert haben.»

«Kluges Köpfchen!» Die Kommissarin war beeindruckt.

Biasotto sonnte sich in ihrem Lob. «Und die Gelegenheit war ja günstig, geradezu fantastisch. Er konnte den Wagen in Kloten, beim Flughafen, reparieren lassen, während er in den USA weilte.»

«Natürlich!»

«Also beschloss ich, sämtliche BMW-Werkstätten in der Gegend von Kloten anzurufen. Bereits bei der zweiten wurde ich fündig.»

«Du bist ein Superkerl.»

«Nicht wahr?» Biasotto platzte fast vor Stolz. «Man bestätigte mir, dass Leclair seinen BMW am Mittwochmorgen wegen einer Beschädigung auf der rechten Seite zur Reparatur gebracht habe. Er holte das Fahrzeug am Freitagnachmittag wieder ab und zahlte bar. Sechstausendfünfhundert Franken soll der Spass gekostet haben.»

«Bekommen wir eine Bestätigung?»

«Sie liegt schon vor. Der Chefmechaniker hat mir per Fax eine Rechnungskopie geschickt. Allerdings hat Leclair einen falschen Namen angegeben. Die Rechnung wurde auf einen Bertram Matter ausgestellt; aber das Kennzeichen stimmt.»

Er legte das Papier vor der Kommissarin auf den Tisch. Sie warf nur einen kurzen Blick darauf und schob die Rechnung dann in das Heinemann-Dossier, das offen auf ihrem Schreibtisch lag.

«Gut.» Sie sah ihren Assistenten zufrieden an. «Dann würden wir unseren Aktionsplan, zweite Phase, jetzt anlaufen lassen. Bestelle Leclair auf morgen um neun Uhr hierher. Dann habe ich genügend Zeit, den Haftbefehl zu besorgen. Und jetzt fahren wir nach Arlesheim.»

## 42

Kurz nach halb sechs fuhren Tina Merz und Martin Biasotto in Arlesheim ein. Sie stellten ihr Dienstfahrzeug auf dem zugewiesenen Parkplatz ab und schlenderten gemächlich durch die verschlafene Seitenstrasse zum Dom. Sie bewunderten die alten Häuser, die den weiten Platz vor der ehrwürdigen Kirche säumten, und blieben beim grossen Brunnen einen Augenblick stehen.

«Ich bin immer wieder beeindruckt von diesem Ort.» Die Kommissarin machte mit beiden Armen eine Bewegung, wie wenn sie alles umfassen wollte. «Dieser verträumte Platz und dieser Dom.» Ihrer Stimme war die Ergriffenheit deutlich anzuhören.

Biasotto war weniger empfänglich für die Schönheiten der barocken Architektur. Er tauchte seine Hand in den Brunnentrog, um seine Chefin mit etwas kaltem Wasser aus ihrer Verzückung herauszuholen.

«Du stehst vor einer der schönsten Barockkirchen der Schweiz und hast nichts als Schabernack im Kopf, du Banause», lachte sie, während sie sich schleunigst entfernte, um dem kühlen Nass zu entgehen.

Sie betraten den Dom durch das linke Seitentor. Es waren erst wenige Plätze besetzt, und so liessen sie sich auf einem der hölzernen Sitzbänke direkt am Mittelgang nieder. Tina Merz schaute sich um. Der mit rosafarbenen und hellgelben Stuckaturen geschmückte Innenraum wirkte überaus harmonisch und festlich. Sie betrachtete die pastellfarbenen Fresken aus dem achtzehnten Jahrhundert, die das niedrige Gewölbe zierten. Sie mochte den Rokoko, die Lebensfreude, die er ausstrahlte.

«Eigentlich ein unpassender Ort für eine Brevetierung», bemerkte Biasotto. «Oder soll der Allerhöchste unseren jungen Kollegen seinen Segen für die Ausstellung von Parkbussen erteilen?» Er grinste spitzbübisch, während die Kommissarin freundlich den Leiter des Erkennungsdienstes grüsste, der soeben mit andächtig gesenktem Haupt durch das Kirchenschiff nach vorne schritt.

Den Ablauf der anschliessenden Feier nahm Tina Merz nur undeutlich wahr. Während die Redner in ihren eigenen Worten schwelgten, der Eid abgenommen wurde und die Musik spielte, liess sie ihre Augen über die spätbarocke Pracht schweifen. Sie freute sich über die wohl genährten kleinen Engel und tauchte in die Fresken ein, die Josef Appiani 1760 gemalt hatte. Sie schreckte auf, als Biasotto neben ihr flüsterte: «Endlich. Auf zum Apéro! Ich hoffe nur, ihr Fusel ist besser als ihr Gefasel.»

Der Arlesheimer aus dem Leuthardt'schen Keller war gut, und auch das dazu servierte Gebäck schmeckte vorzüglich. Die Kommissarin gesellte sich zu einer Gruppe von Kollegen, die sich angeregt über ihre Arbeit unterhielten. Sie hörte teilnahmslos zu und beobachtete abwesend die Leute, die kamen und gingen: die Auffälligen und die Diskreten, die Schwätzer und die Schweiger. Ein älterer Kollege mit Bauch und Glatze erzählte gerade mit dröhnender Stimme eine Episode aus einer Einvernahme. Jetzt machte er einen Witz, jedenfalls lachte er laut, und das war das Zeichen für die anderen, ebenfalls schallend zu lachen.

Sie war offensichtlich eine der wenigen, die sich langweilten. Sie kannte niemanden und hatte bisher noch keinen Anschluss gefunden. «Hier werde ich nicht alt», ging es ihr durch den Kopf. Sie nahm einen Schluck und sah zu Biasotto hinüber, der mit einer jüngeren Untersuchungsbeamtin flirtete. Auch sie sprachen über die Arbeit. «Komisches Volk», dachte die Kommissarin und wandte sich dem Buffet zu, um sich das Weinglas auffüllen zu lassen. «Jetzt hätten sie Gelegenheit, sich über Ferien, Familie, Kunst, Fussball, über was weiss ich zu unterhalten. Und was tun sie? Sie reden nur über ihre Fälle.»

Am Buffet stand ein jüngerer Mann. Gross, blond, mit kurz geschnittenem Bart. «Hallo, Frau Kollegin, was macht Ihr Mord?»

Sie sah ihn erstaunt an.

«Entschuldigen Sie, Sie kennen mich noch nicht.» Er machte eine kleine Verbeugung. «Darf ich mich vorstellen? Christian Troller. Ich bin der Stellvertreter des Statthalterstellvertreters von Arlesheim; der arme Hund, dem Sie eine Atempause verschafften, indem Sie den Heinemann-Fall übernahmen.»

Sie musterte den sympathischen jungen Mann und nickte ihm zu. «Es wäre übertrieben, wenn ich Ihnen jetzt versicherte, ich hätte das mit Begeisterung getan. Auch auf meinem Schreibtisch träumen die Pendenzen im langen Winterschlaf.»

«Dafür haben Sie die Chance, sich mit dem Mordfall ein paar schmucke Lorbeeren zu holen.»

«Bis jetzt hatte ich nicht den Eindruck, dieser Fall bringe mir ein Engagement in Hollywood.» Sie lachte. «Ich hoffe, Sie konnten von der Entlastung profitieren.»

Er nickte zufrieden. «Das kann man wohl sagen. Es ist uns gelungen, die Einbruchsserie aufzuklären, die die ganze Region während Wochen in Atem gehalten hat. Am Samstag haben wir die Einbrecher auf frischer Tat ertappt und festgenommen.» Er strahlte. «Das verdanken wir auch Ihnen. Wenn Sie uns den Mord in Reinach nicht abgenommen hätten, wären wir mit den Einbrüchen nicht so rasch vorangekommen.»

«Darauf müssen wir anstossen.» Sie hob ihr Glas und nickte ihm zu. «Ein wunderbares Gefühl, ein Dossier erfolgreich schliessen zu können, insbesondere, wenn der Fall einen über Wochen und Monate begleitet hat.»

«Und wie steht es mit Ihren Ermittlungen? Kommen Sie voran?»

«Im Augenblick stehen wir an einem wichtigen Punkt. Morgen wissen wir mehr.» Sie schob sich ein Stück Blätterteiggebäck in den Mund. «Und Ihre Einbrecher, sind sie geständig?»

«Teils, teils. Es handelt sich um eine rumänische Gruppe, die bei uns auf Beutezug ging, um ihre misslichen Lebensverhältnisse aufzubessern. Zwei Brüder, der Schwager und die Söhne des einen. Arme Teufel, die Jungen noch halbe Kinder, vierzehn und siebzehn Jahre alt.»

«Ein Zeichen der Zeit.»

«Tatsächlich. Jedenfalls, solange es uns nicht gelingt, das soziale

Gefälle zwischen Westeuropa und den Staaten des ehemaligen Warschauer Paktes zu beseitigen oder wenigstens massiv zu reduzieren.»

«Und die Beute? Haben Sie die Beute gefunden?»

«Auch das ist uns gelungen. Wir hatten über vierzig gemeldete Einbrüche. Wir konnten über dreissigtausend Franken, mehr als hundert Schmuckstücke und viele elektronische Geräte sicherstellen. Es wird aufwändig sein, das Gefundene an die Eigentümer zurückzugeben.»

«Wie haben Sie das geschafft? Ich meine, wie ist es Ihnen gelungen, an das Diebesgut heranzukommen? Normalerweise ist unsere Kundschaft nicht sehr gesprächig, wenn es um den Verbleib der Beute geht.»

«Wir waren schlau!» Man sah, wie stolz er war. «Und wir hatten Glück. Wir haben die Kerle mehrmals aufgefordert, ihren Angehörigen in Rumänien Mitteilung zu machen, dass man sie verhaftet hätte. Vom Dolmetscher erfuhren wir, dass es keine Möglichkeit gebe, diese Information erfolgreich nach Rumänien zu übermitteln. Die fünf könnten selbst kaum lesen und schreiben, und ihre Frauen könnten es schon gar nicht. Ein Telefon gebe es im Heimatdorf auch keines. Das brachte uns auf die Idee, die beiden Jungen für unsere Zwecke einzuspannen. Wir beschlossen, sie zum Schein zu entlassen, damit sie der Familie die schlechte Nachricht überbringen könnten. Vor der Entlassung liessen wir sie ausgiebig vom Vater und den Onkeln Abschied nehmen. Wir hofften, dass man ihnen den Auftrag geben würde, die Beute zu holen und mit nach Hause zu nehmen. Und es lief ab, wie geplant. Die Jungen unternahmen zuerst diverse Versuche, unsere Leute abzuschütteln. Dann aber liefen sie plötzlich schnurstracks zur Beute, die unter einem Baum im Hardwald vergraben war. Als sie alles in ihren Säcken verstaut hatten, machten sie sich, beladen mit Gold und Edelsteinen, zum Bahnhof auf, um mit ihrer Beute gemütlich nach Hause zu fahren. Da sind wir wieder aufgetaucht und haben sie geschnappt.» Er lachte zufrieden. «Zu ihrer grossen Verwunderung. Ich sehe die kugelrunden Augen des Vierzehnjährigen noch vor mir. Die müssen sich für sehr gerissen und uns für unwahrscheinlich blöd gehalten haben.»

«Hin und wieder sind wir das ja auch», lächelte die Kommissarin. «Gute Arbeit haben Sie da geleistet; das muss der Neid Ihnen lassen.» Sie nickte anerkennend.

«Ich bin richtig stolz. Das ist mein erster grosser Fall. Und die Bande war geschickt. Es waren Profis.»

«Man muss nicht unbedingt lesen und schreiben können, um ein guter Einbrecher zu sein.»

«Das waren sie, diese fünf. Die kamen in jedes Haus.»

«Und wie?»

«Sie waren mit Werkzeugen bestens ausgestattet. Mit Nadeln, Bohrern und Zangen. Und wenn alles nichts half, dann hatten sie auch ein Brecheisen dabei.»

«Und das alles, ohne die Gebrauchsanweisung studieren zu können.»

Sie lachten.

«Übrigens gab es auch in Reinach einige Einbrüche. Aber die meisten fanden in anderen Dörfern statt.»

«Hallo, Frau Kollegin!» Gerber, der Chef des Erkennungsdienstes trat mit einem freundlichen Lachen auf Tina Merz zu und reichte ihr die Hand. «Stossen Sie auf unsere Zusammenarbeit an? Da will ich mithalten.»

«Ich wusste gar nicht, dass es da was anzustossen gibt», bemerkte eine junge Frau, die sich mit Gerber zu Tina Merz und Christian Troller gesellt hatte. «Darf ich mich vorstellen? Sandra Holliger, Untersuchungsbeamtin in Arlesheim.»

«In diesem Fall haben wir Grund anzustossen», bemerkte Gerber, «Frau Merz ist nicht wie die anderen. Sie ist uns willkommen.»

Tina Merz lachte. Sie wusste, dass Polizeileute und Untersuchungsrichter aus Basel im Prinzip auf basellandschaftlichem Boden nichts zu suchen hatten. Die kantonale Souveränität war ein heiliges Tabu, das von der Polizei trotz Abkommen immer noch respektiert werden musste. Nur schade, dass sich ihre Kundschaft nicht an die abgesteckten Grenzen hielt.

«Ich fühle mich hier sehr wohl», bemerkte sie jetzt freundlich, «und wenn auch ich gelegentlich einen Fall über die Kantonsgrenze schieben darf, kommen wir vielleicht noch zu einer ganz vernünftigen Zusammenarbeit.»

«An uns soll es nicht liegen», knurrte Troller. «Wir ärgern uns schon lange über ihre Hoheit, die Kantonsgrenze.»

«Du verstehst das nicht. Bist halt ein Zugezogener», lachte Gerber.

«Ich sehe das anders.» Sandra Holliger gab dem Gespräch jetzt eine ernsthafte Note. «Wer will sie überhaupt noch, diese Grenze? Doch nur die Politiker und ein paar Ewiggestrige, die nicht vergessen können, dass die Städter vor zweihundert Jahren hier die Herren spielten. Aber die Verhältnisse haben sich doch völlig geändert. Ich bin überzeugt, dass eine Fusion der beiden Kantone, ob in Teilbereichen oder als Ganzes, mittel- bis langfristig unumgänglich ist. Schon aus Kostengründen.»

«Eine hoffnungslose Optimistin, die das Gewicht der historischen Realitäten verkennt, unsere Sandra», mokierte sich Gerber.

«Aber Recht hat sie trotzdem», unterstützte Tina Merz die Kollegin. «Wir leisten uns auf einem Gebiet, das in etwa der Grösse einer texanischen Farm entspricht, zwei vollständige Polizeileitungen, Polizeischulen und kriminaltechnische Labors.»

«Ein betriebswirtschaftlicher Unsinn», stimmte Troller zu. «Und erst kürzlich hat man in beiden Kantonen ein neues Polizeigesetz und eine neue Strafprozessordnung geschaffen. Beides, ohne über die Kantonsgrenze zu schauen. Und wen wunderts, dass fundamentale Systemunterschiede darin enthalten sind!»

«Das ist aber nicht nur hier bei uns so», wandte Gerber ein, «da müsste man auch anderswo einhaken. Aber es ist schon richtig, die polizeiliche Effizienz wird durch den Kantönligeist nicht gerade gefördert.»

«Aber ihre Hoheit, die Kantonsgrenze, gilt halt mehr als die Sicherheit der Bevölkerung», meinte Sandra Holliger sarkastisch. «Ich habe kürzlich in einer Diplomarbeit gelesen, dass der Anteil an Koordination und Rechtshilfe am Gesamtaufwand der Polizei ständig zunimmt. Dafür nehmen Produktivität und Sicherheit entsprechend ab. Das Schlimmste ist, dass die Kantone unterschiedliche Datensysteme, ungleiche Kompetenzen und verschiedene Behördenorganisationen aufweisen. Der Kooperationswille der Mannschaft ist nicht imstande, das zu überwinden.»

«Jedenfalls nicht ohne grosse Verluste an Manpower und Finanzen.»

«Gerber hat Recht.» Sandra Holliger nickte dem Kollegen zu. «Wir sind ein eigenartiges Volk, wir Schweizer. Wir sind sparsam, ohne Sinn für Schnickschnack und beschränken uns gerne auf das Wesentliche. Aber wir leisten uns auf einer Fläche von rund 40 000 Quadratkilometern sechsundzwanzig Parlamente, Regierungen, Justizapparate, Verwaltungen und Gesetzgebungen. Ein Luxus, der uns jedes Jahr eine zweistellige Milliardensumme kostet.»

Troller und Gerber lachten laut und zogen damit die Aufmerksamkeit der umstehenden Kolleginnen und Kollegen auf sich, die nun zu der Gruppe herüberblickten in der Meinung, man habe dort einen guten Witz erzählt.

«Jedenfalls sind das teure Gartenzäune. Und die Milliarden fehlen uns anderswo, zum Beispiel beim Mutterschutz, an den Universitäten und auch bei der Polizei», ergänzte Tina Merz.

«Warum unternehmen wir nichts?» Es war wieder Sandra Holliger, die diese Frage stellte und unternehmungslustig in die Runde blickte. Sie löste mit ihrer Aufforderung betretenes Schweigen aus.

«Als Bauern im Schachspiel haben wir zu wenig Einfluss», wandte Troller entschuldigend ein. «Da müsste man schon Dame sein.»

«Ich hasse Resignation, denn sie führt unweigerlich zu Frust.» Sandra Holliger schaute ihre Kollegen voller Kampfgeist an. «Lasst uns doch etwas Mutiges tun!»

«Ich wäre dabei», unterstützte Tina Merz eifrig die Kollegin.

«Chefin, wenn du mit mir fahren willst, dann musst du deinen geistigen Höhenflug jetzt beenden.» Martin Biasotto war zu der Gruppe gestossen.

«Ja, es ist Zeit, nach Hause zu fahren.» Sie reichte Troller die Hand. «Es war sehr nett, Sie kennen zu lernen.» Sie nickte den anderen zu und verliess mit Biasotto den Saal. Im Vorraum liess sie sich von ihrem Assistenten in den Mantel helfen.

Sie waren bereits einige Schritte in Richtung Parkplatz gegangen, als die Kommissarin plötzlich stehen blieb. «Geh du voraus», forderte sie Biasotto auf, «ich komme gleich nach.»

Sie ging zurück in den grossen Saal und fand Christian Troller noch immer im Gespräch mit Kurt Gerber und Sandra Holliger. «Lassen Sie sich nicht stören», sagte sie zu ihm. «Ich wollte nur fragen, ob ich morgen Ihre Einbruchsakten kurz durchsehen dürfte. Am vergangenen Donnerstag wurde auch bei Heinemann eingebrochen, und mir ist soeben der Gedanke gekommen, dass es zwischen Ihren Einbrüchen und meinem Mord eine Verbindung geben könnte.»

«Sie machen das schon richtig, man soll immer auf dem Erfolg mitreiten», lachte Troller fröhlich. «Selbstverständlich können Sie in die Akten Einsicht nehmen. Kommen Sie zwischen acht Uhr dreissig und zehn Uhr, dann stehen sie zu Ihrer Verfügung.»

Sie dankte mit einem kurzen Kopfnicken und verliess den Saal; diesmal endgültig.

43

Am anderen Morgen, kurz vor neun, war Tina Merz wieder auf dem Weg nach Arlesheim. Sie war allein. Biasotto würde mit der Einvernahme Leclairs beginnen; sie wollte später dazu stossen. Sie hatten alles vorbereitet. Der Haftbefehl lag auf ihrem Schreibtisch bereit.

Aber sie wurde ihre Zweifel nicht los. Leclair ein Mörder? Sie war gestern Abend nicht zur Ruhe gekommen und hatte noch lange über den Mann nachgedacht. Und schliesslich hatte sie Moritz Harrer angerufen, einen Bekannten, der sich als Psychiater auf die Persönlichkeitsstruktur von Kriminellen spezialisiert hatte und auch als Experte in Strafprozessen auftrat. Das Gespräch hatte über eine Stunde gedauert und im Ergebnis nicht viel gebracht. Sie war «still confused, but on a higher level», wie die Amerikaner sagen. Harrer hatte ihr bestätigt, dass ein Mann wie Leclair seine Probleme nicht in erster Linie durch einen Mord lösen würde. Und wenn, dann würde er sein Opfer kaum mit einer Eisenstange erschlagen. Aber Harrer hatte leider jede seiner Aussagen wieder relativiert, wie sie das von Ärzten, Psychologen und Juristen gewohnt war, indem er immer beifügte: «Wahrscheinlich ist es nicht, aber möglich ist alles.»

Sie parkte ihren Dienstwagen, überquerte den Domplatz und blieb, wie schon am Abend zuvor, einen Augenblick beim Brunnen stehen, um einen bewundernden Blick auf den Dom zu werfen. Ein herrliches Bauwerk! Dann ging sie die paar Schritte an der Kirche vorbei zum Statthalteramt und klingelte an der grossen, hölzernen Tür. Eine ältere, kurz angebundene Dame öffnete, fragte nach ihrem Begehren und führte sie in einen Empfangsraum. Wenige Minuten später kam Christian Troller. Er reichte ihr die Hand und begrüsste sie herzlich wie eine alte Bekannte.

«Guten Morgen, Frau Kollegin. Sind Sie gestern gut nach Hause gekommen?» Er wartete ihre Antwort nicht ab, sondern forderte sie mit einer Handbewegung auf, ihm zu folgen. Er führte sie die Treppe hinauf in den ersten Stock. «Es ist alles bereit. Sie können die Akten im Büro meiner Sekretärin durchsehen. Sie weilt zurzeit in den Ferien.»

Tina Merz dankte ihm mit einem Lächeln. Dieser Troller gefiel ihr immer besser. Sie sah sich im Zimmer um. Trotz des grossen Fensters wirkte es düster und unfreundlich. Auf einem Tisch an der Wand waren zahlreiche Aktendossiers aufgereiht.

«Das sind alle Fälle, die zur Anzeige gelangten», bemerkte Troller. «Und diese sechs Dossiers», er zeigte auf den ersten Stapel, «enthalten die Reinacher Einbrüche. Ich habe sie separieren lassen, weil ich dachte, sie seien für Sie von besonderem Interesse.»

Tina Merz bedankte sich. Dann setzte sie sich an den Tisch und schlug das erste Dossier auf. Sie war beim vierten Fall, als sich die Türe zum Nebenzimmer öffnete, und eine junge Frau hereinkam.

«Hallo», sagte sie mit einem strahlenden Lächeln, das das ganze Zimmer erhellte. «Ich will Sie nicht stören. Aber Christian meint, Sie würden vielleicht gerne einen Blick auf das Diebesgut werfen. Wir haben es im Nebenzimmer ausgelegt, damit die Bestohlenen ihr Eigentum identifizieren können.»

Tina Merz legte ihr Dossier offen mit der Innenfläche auf den Tisch, um nachher in ihrer Lektüre fortfahren zu können, und folgte der jungen Frau ins Nebenzimmer. Dort befanden sich in der Mitte des Raumes zwei grosse Tische. Auf dem einen, dem grösseren, war, fein säuberlich geordnet, eine beträchtliche Menge von Schmuckstücken ausgelegt: Uhren, Ketten, Armbänder, Ohr- und Fingerringe, Broschen. Auf dem zweiten befanden sich verschiedene elektronische Geräte. Sie stiess ein lang gezogenes «Wow» aus und trat an den Tisch mit dem Schmuck. «Damit könnte man ein Bijouteriegeschäft eröffnen.»

«Gewiss, und es gibt einiges, was ich mir gerne kaufen würde.» Die strahlende junge Frau stand neben ihr und griff nach einer Halskette.

«Die zum Beispiel würde gut zu einem Kleid passen, das ich mir letzte Woche erstanden habe.»

Tina Merz hatte beim zweiten Teil des Satzes nicht mehr zugehört. Ihre Augen waren an einem einzelnen Ohrring hängen geblieben. Sie nahm ihn auf, um ihn näher anzusehen. Es war eine einfache, aber handwerklich schöne Arbeit. In den glänzenden, festen Ring aus gelbem Gold waren mehrere Brillanten eingelassen.

«Gefällt er Ihnen?» Christian Troller war unbemerkt hereingekommen. «Schade, dass es nur ein Einzelstück ist.»

«Ich glaube, ich weiss, wo sein Partner zu finden ist», sagte sie langsam, während sie den Ohrring in der Hand drehte. «Jedenfalls habe ich vor einer Woche ein sehr ähnliches Stück in Reinach bei der Polizei abgegeben. Ein Kind hat es gefunden, ziemlich nahe bei der Stelle, wo Heinemann ermordet wurde.» Sie schaute den Ohrring nachdenklich an. «Ich bin sicher, es war das Gegenstück.»

«Das werden wir gleich wissen.»

Troller machte ein paar Schritte zum Fenstersims, wo ein Telefon stand. Er bat die Sekretärin, ihn mit dem Polizeiposten in Reinach zu verbinden. Dann ersuchte er den dortigen Postenchef, den Ohrring, den Frau Kommissarin Merz vor einer Woche abgegeben habe, sofort nach Arlesheim bringen zu lassen. Sofort! Man warte darauf.

Die Kommissarin hatte den Ohrring an seinen Platz zurückgelegt und betrachtete nun sorgfältig, Stück für Stück, den vor ihr ausgebreiteten Schmuck. Da gab es Halsketten aus Gold und Silber, mit und ohne Anhänger, mit Steinen und Perlen. Auch zahlreiche Armbänder in allen möglichen Ausführungen lagen da. Und dann die Uhren; viele der so genannten Renommiermarken waren vertreten. Unter den Damenuhren gab es zwei besonders wertvolle, mit Brillanten besetzte Exemplare. Auch die Herrenuhren weckten ihr Interesse. Sie schaute sie genauer an. Und dann griff sie sich plötzlich eine heraus.

Christian Troller trat neben sie, neugierig zu erfahren, was denn die Kollegin jetzt wieder entdeckt hatte. Sie hielt eine alte Rolex in den

Händen. Aus rotem Gold. Das Stahlband leicht defekt. Eine nicht ganz alltägliche Uhr, das sah man auf den ersten Blick. Sie drehte sie um.

«Unserem Mitarbeiter Georg Heinemann für seine Treue zum 30. Dienstjubiläum», war auf der Rückseite zu lesen.

Das war die vermisste Uhr. Heinemanns alte Rolex.

«Meine Ahnung erweist sich als richtig. Es muss eine Verbindung geben zwischen Ihren Einbrüchen und meinem Mord», sagte sie nachdenklich und langsam. «Der Ohrring und vor allem diese Uhr beweisen es.»

Troller hatte ihr mit gerunzelter Stirne zugehört.

«Diese Uhr gehörte Frank Heinemann», erklärte ihm die Kommissarin. «Nach dem Bericht des Gerichtsarztes trug er sie am Handgelenk, als er umgebracht wurde.»

«Sie glauben, meine Einbrecher haben Ihren Heinemann getötet?»

«Ich glaube gar nichts.» Sie war in Gedanken. «Ich stelle nur fest, dass Heinemanns Uhr sich in Ihrer Beute befindet.»

«Das heisst, wir können davon ausgehen, dass meine Rumänen entweder den Mord selbst begangen oder den Toten gefunden und ihm die Uhr abgenommen haben.»

«Richtig.»

Troller griff nach dem Telefon. «Sind die beiden Jungen noch hier? ... Dann bringt sie herauf. Und den Dolmetscher auch.» Dann wandte er sich wieder der Kommissarin zu. «Jetzt wird es spannend.» Er rieb sich vergnügt die Hände. «Kommen Sie, Frau Kollegin, wir trinken noch einen Kaffee, bevor es losgeht. Es wird eine gute halbe Stunde dauern, bis wir hier alle versammelt haben.»

Tina Merz nahm ihm das Telefon aus der Hand und rief ihren Assistenten an. Kaum hatte Biasotto ihren Namen gehört, legte er los: Die Einvernahme Leclairs sei höchst dramatisch verlaufen. Er sei überzeugt, dass nur noch wenig fehle bis zur definitiven Aufklärung des Falles. Sie müsse dringend ins Büro zurückkommen.

«Eigentlich rufe ich dich an, weil ich möchte, dass du nach Arlesheim kommst. Hier wird in einer halben Stunde der Hauptakt unseres Dramas in Szene gesetzt.»

«Das kann nicht sein, Chefin. Den habe ich soeben hinter mir. Den Hauptakt, meine ich. Das übrige Drama ist noch voll im Gang. Leclair ist mit seinem Anwalt erschienen und...»

«Martin, es ist mir ernst. Der Fall hat eine völlig neue Wendung genommen. Wenn du die Aufklärung nicht versäumen willst, dann musst du jetzt in dein Auto steigen und hierher fahren.»

«Ich weiss nicht, ob wir noch vom gleichen Fall sprechen! Ich...»

«Martin», mahnte die Kommissarin leise.

«Gut, ich komme. Der Boss hat ja immer Recht», seufzte Biasotto resigniert. «Aber was mache ich mit Leclair? Er sitzt protestierend in seiner Zelle.»

«Lass ihn laufen.»

«Ich glaube, ich suche mir einen Job beim Landboten!»

«Aber erst morgen. Heute brauche ich dich noch.» Damit beendete sie das Gespräch.

Eine knappe halbe Stunde später versammelten sich alle in Trollers Büro.

Tina Merz betrachtete die beiden rumänischen Jungen, die bleich und verhärmt neben dem Dolmetscher sassen. Sie verglich sie mit Sebastian und Lukas, und sie taten ihr Leid. Welch ein Unterschied zu ihren Söhnen! Die Rumänen hielten sich dicht aneinander, den Blick gesenkt, die Hände ineinander verschlungen. Der ältere schaute hin und wieder trotzig zum Dolmetscher, wie wenn er ihm etwas mitteilen wollte. Der jüngere, so jedenfalls schien es der Kommissarin, war den Tränen nahe. Sie hätte ihn gerne in den Arm genommen und ihn getröstet. Bestimmt war ihm kalt, denn er trug nur einen dünnen, verzogenen Pullover, dessen rechter Ärmel oben am Ansatz abgerissen war. Sie haben ihn bei der Verhaftung bestimmt grob angefasst, dachte sie mitleidig. Was für ein trostloses Leben mochten die beiden in ihrer Heimat führen? Welche

Zukunft erwartete sie? Wie dürftig müssen die Lebensumstände in Rumänien sein, dass sie die Menschen dazu bringen, ihr Glück auf Raubzügen in Mitteleuropa zu suchen!

Während die Kommissarin ihren traurigen Gedanken nachhing, eröffnete Christian Troller die Befragung. Er bat den Dolmetscher, den beiden Jungen mitzuteilen, dass man in der Beute Schmuckstücke gefunden habe, die bewiesen, dass sie in Reinach einen Mann umgebracht und beraubt hätten.

Während der Dolmetscher übersetzte, sah Tina Merz nur auf die beiden Jungen. Sie schwiegen und hörten aufmerksam zu. Der ältere kniff seine Gesichtszüge immer trotziger zusammen, während sich die Augen des jüngeren langsam mit Tränen füllten. Er wischte mit dem Handrücken immer wieder darüber und rückte noch näher an den Bruder, der ihm behutsam den Arm um die Schulter legte, eine Geste, die Tina Merz selbst gerne gemacht hätte.

Jetzt nahm Troller das Wort wieder an sich. «Teilen Sie den Jungen mit», forderte er den Dolmetscher auf, «dass wir annehmen müssen, ihr Vater habe den Mord begangen und sie selbst hätten ihm dabei geholfen.» Und nach einer kurzen Pause fügte er bei: «Auf Mord steht lebenslänglich. Sagen Sie ihnen, dass sie ihre Heimat und ihre Familie nie mehr sehen werden.»

Tina Merz spürte einen Druck in der Brust. Die Kaltblütigkeit, mit der der liebenswürdige junge Kollege sein Ziel verfolgte, erschreckte sie. Aber er erreichte, was er beabsichtigt hatte. Als der Dolmetscher Trollers Aussage übersetzt hatte, liefen dem Vierzehnjährigen die Tränen über, und er fing an zu schreien. Er weinte und schrie sein Elend heraus. Seine ungelebte Jugend, sein Heimweh, seine Angst. Der ältere schwieg, während der jüngere schrie, und schaute finster zum Fenster hinaus.

«Er sagt, nicht sein Vater habe den alten Mann umgebracht. Sein Onkel sei es gewesen», übersetzte der Dolmetscher. «Und der Vater habe den Onkel auch ausgeschimpft. Der Vater habe niemanden getötet. Er sei unschuldig, habe mit dem Mord nichts zu tun.»

«Fragen Sie den Bruder, ob das stimmt.»

Als der Dolmetscher übersetzte, nickte der ältere. Und dann begann auch er zu sprechen. Stockend zuerst, dann immer rascher. Tina Merz hatte den Eindruck, er rede sich einen Alptraum von der Seele.

Sie hätten ihre Beute vergraben wollen und dafür den Ort da drüben im Wald ausgesucht, weil er gut zu erreichen und leicht zu erkennen sei. Ihr Vater habe mit dem einen Onkel ein Loch ausgehoben, und der zweite Onkel habe oben am Weg Wache gehalten. Plötzlich habe er leise gepfiffen, und sie hätten den alten Mann entdeckt. Er habe schweigend dagestanden und sie beobachtet. Auf einmal habe er sich umgedreht und sei den Weg hinuntergelaufen. Der Onkel sei ihm nachgerannt und habe ihm von hinten mit dem Brecheisen eins über den Kopf gehauen. Der Mann sei sofort umgefallen. Sie hätten ihn in den Wald geschleppt, damit man ihn nicht so bald finden würde.

Ganz am Schluss sagte der Junge, er wolle nach Hause. Auch sein Vater könne nicht hier im Gefängnis bleiben. Die Mutter warte auf sie. Und sie sei krank. Sie seien nur noch hier, weil sie noch Medikamente besorgen müssten. Dann schwieg der ältere Junge wieder, während der jüngere noch immer weinte. Jetzt lautlos, aber mit vielen Tränen.

Und auch die anderen sagten nichts mehr.

44

Sie sassen sich im «Domstübli» gegenüber, immer noch schweigend und in Gedanken. Das Elend der beiden rumänischen Jungen hatte sie aufgewühlt.

«Das war ein Morgen», sinnierte Biasotto düster. «Manchmal verabscheue ich diesen Scheissjob.»

«Zeit, dass du zum Landboten wechselst.»

Er schaute sie liebevoll an. «Du weisst, dass ich mich von dir nie trennen könnte.»

«Wusste ich nicht.»

«Dann weisst du es jetzt.»

Sie lächelte ihm zu. «Aber erzähl endlich von deiner Szene mit Leclair.»

Nach einer kurzen Denkpause begann er mit seinem Bericht. «Freund Leclair erschien pünktlich in meinem Büro. Selbstverständlich mit Anwalt, wie es sich gehört. Er war schwer gekränkt, als er vernahm, dass du an der Einvernahme nicht teilnehmen würdest. Zuerst wollte er wieder gehen. Einvernahme durch den Assistenten! Das war für ihn nicht standesgemäss. Erst nach einigem Zureden war er bereit, sich auf das Gespräch einzulassen. Ich ging sorgfältig an die Sache heran. Zuerst konfrontierte ich ihn mit seinen Fingerabdrücken aus Heinemanns Haus und fragte ihn, weshalb er sich mit dem jungen Heinemann dort getroffen habe. Zu meinem grossen Erstaunen gab er den Besuch ohne weiteres zu. Auf meine Frage, warum dieses Treffen so spät in der Nacht stattgefunden habe, gab er zur Antwort, Heinemann habe es so gewollt.»

«Und warum?»

«Das habe ich auch gefragt. Er erklärte mir, Heinemann sei nicht früher von Zürich weggekommen. Ursprünglich habe man sich bereits um zweiundzwanzig Uhr treffen wollen. Dann habe Heinemann aber wegen einer Sitzung erst nach dreiundzwanzig Uhr von Zürich wegfahren können.»

«Und was war der Grund für das Treffen?»

«Meine ungeduldige Chefin!» Biasotto tat, wie wenn er lange überlegen müsste. «Er sagte mir, er habe dem jungen Heinemann ein Bild gebracht, das ihm der alte Heinemann gegeben habe.»

«Ein Bild? Den Van Gogh?»

«An den Van Gogh habe ich auch sofort gedacht. Als ich ihn darauf ansprach, antwortete er zuerst nicht. Er schaute zu seinem Anwalt, wie wenn er von ihm Hilfe erwarten könnte, und dann meinte er, er wolle offen mit mir reden.» Biasotto schmunzelte bei der Erinnerung. «Auf meine Bemerkung, dass man das von einem künftigen Regierungsrat wohl auch erwarten dürfe, wurde er ziemlich unangenehm. Aber lassen wir das.»

«Ja, lassen wir das», stimmte sie zu. «Erzähl weiter.»

«Er meinte, es sei eine ziemlich unglückliche Geschichte. Und ich hatte nicht den Eindruck, er würde sie gerne erzählen. Jedenfalls kam alles nur zögernd, und ich musste immer wieder nachfragen. In etwa berichtete er Folgendes: Frank Heinemann sei kurz nach dem Tod seiner Frau zu ihm gekommen und habe ihm geklagt, der Nachlass sei überschuldet und er werde sein Haus verkaufen müssen, um die Schulden zu bezahlen. Er, Leclair, habe daraufhin seinem Freund ein Darlehen von drei Millionen angeboten, damit er seinen Verpflichtungen nachkommen könne. Heinemann habe ihm als Sicherheit den Van Gogh übergeben. Und diesen Van Gogh habe er jetzt zurückgebracht.»

«Und warum hat er ihn zurückgebracht? Wurde das Darlehen zurückbezahlt?»

«Genau die Frage habe ich auch gestellt. Und sie hat unseren falschen Fünfziger ziemlich in Verlegenheit gebracht. Nach einer längeren Denkpause stammelte er etwas von Drohungen. Auch das Wort ‹Wahl› kam in seinem Vortrag mehrmals vor, und schliesslich erklärte er, er habe aus

Rücksicht auf seine Partei kein Risiko eingehen wollen und das Bild deshalb zurückgebracht.»

«Mit anderen Worten, der junge Heinemann hat die Idee seines Vaters aufgenommen und Leclair gedroht, wenn er den Van Gogh nicht zurückgebe, werde er Informationen an die Öffentlichkeit bringen, die seine Wahl verhindern würden.»

«Das hat er zwar nicht erzählt. Aber so muss es gewesen sein.» Biasottos Gesicht zeigte deutlich, was er von Leclair hielt. «Ich bin dann noch einen Schritt weitergegangen und habe ihn mit der Aussage Gassmanns konfrontiert. Er bestritt natürlich alles. Ich könne das nie beweisen. Er habe zur Tatzeit zu Hause im Bett geschlafen – seine Frau würde das unter Eid bezeugen – und sei direkt von da zum Flughafen nach Zürich gefahren. Sein Auto habe nie einen Schaden gehabt, und sei deshalb auch nicht in einer Werkstatt gewesen. Die Geschichte sei ein Auswuchs meiner Fantasie.»

«Und? Tönte es glaubwürdig?»

Biasotto lachte verächtlich. «So glaubwürdig wie die Beteuerungen einer Katze, sie werde sich für den Schutz der Mäuse engagieren. Kein Wort habe ich ihm geglaubt.»

«Erzähl weiter?»

«Schliesslich habe ich ihm die Rechnung der Autowerkstätte in Kloten gezeigt und ihm deinen Haftbefehl unter die Nase gehalten. Er protestierte ziemlich laut, und sein Anwalt half ihm dabei. Aber ich blieb hart und liess ihn abführen.»

Biasotto lehnte sich mit dem Ausdruck höchster Zufriedenheit in seinem Sessel zurück, und die Kommissarin bemerkte ein Leuchten in seinen Augen, das sie vorher nie wahrgenommen hatte. Sie sah ihm forschend ins Gesicht und suchte seinen Blick. «Ein persönlicher Triumph? Du bist doch nicht etwa der Versuchung erlegen, einem Mächtigen eins auszuwischen?»

Er sah sie unschuldig an. «Wir vertreten Recht und Ordnung.»

«Das schon. Aber nicht unser eigenes Recht, unsere eigene Ordnung.

Du spielst mit dem Feuer.»

«Komm schon, Chefin, er ist wieder draussen. Und wegen der paar Minuten im Knast hat der bestimmt keinen Schaden genommen. Und verdient hat er sie auch.»

«Da möchte ich nicht widersprechen.» Sie nickte beifällig. «Aber du lebst gefährlich.»

«Das macht Spass.»

«Und wenn er sich beschwert, dich anzeigt wegen Amtsmissbrauchs?»

«Das wird er nicht. Da bin ich mir sicher. Er wird doch seine Wahlchancen nicht leichtfertig verspielen. Er wird ganz schön ruhig sein und den Brocken schlucken.»

«Ich hoffe, du hast Recht.»

Am Nachmittag informierte sie Hans Klement über den letzten Stand der Dinge. Sie berichtete über alles, was aktenkundig und nachgewiesen war und stellte schliesslich fest: «Es gibt zwei Punkte, in denen wir nur Vermutungen anstellen können. So müssen wir annehmen, dass die Rumänen den Ohrring, den der kleine Junge vor der Villa Savary gefunden hat, verloren haben, als sie den Tatort nach dem Mord an Heinemann mehr oder weniger fluchtartig verliessen.» Sie lachte. «Also auch diesmal hat Kommissar Zufall massgeblich bei der Aufklärung des Verbrechens mitgeholfen. – Und dann», fuhr sie fort, «gibt es noch einen zweiten Punkt, wo wir nur Vermutungen anstellen können. Was wollte Groll im Hause Heinemanns? Nach eingehender Diskussion sind wir zur Überzeugung gelangt, dass er dort schlafen wollte. Deshalb legte er sich ins Bett, deshalb fanden wir keine Spuren, die darauf hindeuteten, dass er etwas gesucht hat. Er war müde, und es war kalt, und er wusste, dass in Heinemanns Haus ein leeres und warmes Bett stand.»

Klement war stolz auf seine Lieblingsmitarbeiterin. Er gratulierte ihr zu ihrem Erfolg und klopfte ihr mehrmals anerkennend auf die Schulter. Dann teilte Tina Merz ihm mit, sie wisse zwar jetzt, wer den alten Heinemann umgebracht habe, aber sie wolle den Fall trotzdem noch nicht abschliessen, denn er berge noch einige düstere Geheimnisse, denen sie auf den Grund gehen wolle. Während sie sprach, bemerkte sie, dass Klement ihr gar nicht mehr zuhörte, sondern mit seinen Gedanken ganz woanders weilte. Sie sah das an seinem gläsernen Blick. In der Annahme, er sei sehr beschäftigt, verabschiedete sie sich rasch.

Später sass sie in ihrem Büro und genoss ihren Erfolg. Frau Simon hatte ihr einen Kaffee hingestellt und ein herrliches, grosses Tortenstück dazu gelegt. «Zur Feier des Tages», meinte sie. «Fasten können Sie morgen wieder.» (Wie wenn sie je damit begonnen hätte!)

Mit einem Gefühl satter Zufriedenheit, wie man es nur nach einer erfolgreich abgeschlossenen Arbeit und einem guten Tortenstück verspürt, lag sie in ihrem bequemen Drehsessel, die Schuhe unter dem Schreibtisch, die Füsse darauf, und las amüsiert das Protokoll von der Einvernahme Leclairs. Dann plötzlich richtete sie sich auf und wählte die Nummer von Andreas Heinemann. Sie hatte Glück. Sie erreichte ihn zwischen zwei Sitzungen. Er war allerdings ziemlich kurz angebunden.

«Was wollen Sie?»

«Mit Ihnen reden.»

«Also, reden Sie.»

Sie informierte ihn über das Gespräch mit Leclair.

«Und Sie glauben das?» Sie hörte den Spott in seiner Stimme.

«Ob ich es glauben soll, weiss ich erst, wenn Sie mir sagen, weshalb Leclair Ihnen so spät in der Nacht einen Van Gogh brachte.»

«Nichts einfacher als das», sagte er leichthin. «Leclair fuhr meine Mutter in den Tod. Er sass am Steuer, als das Cabrio gegen den Baum raste. Seine Geschichte, er sei nur ein paar Meter in ihrem Auto gefahren und dann in seinen BMW umgestiegen, ist frei erfunden. Er wollte umsteigen. Aber sein Wagen stand in Dornach, also unterhalb der Kurve, in der der Unfall stattfand. Im Gegensatz zu meiner Mutter trug er einen Sicherheitsgurt, weshalb er unverletzt blieb. So konnte er sich unbemerkt davonschleichen.»

«Mmm.» Mehr fiel Tina Merz nicht ein.

«Ich ahnte, wie sich der Unfall zugetragen haben könnte, und andere ahnten es auch. Vom Ochsenwirt konnte jeder erfahren, dass Leclair am Steuer des Cabrios sass, als er mit meiner Mutter vom Gasthof wegfuhr. Es war nicht zu vermeiden, dass auch mein Vater davon hörte, und er war sehr unglücklich darüber, dass das Andenken meiner Mutter mit dieser unseligen Liebesgeschichte beschmutzt werden sollte. Als Leclair kurz darauf bei ihm erschien und erklärte, er werde dafür sorgen, dass niemand von seiner Anwesenheit im Unglücksauto erfahren würde, war er ihm dankbar. Und als der noble Freund ihm darüber hinaus noch drei Millionen anbot, damit er die Schulden der lieben Verstorbenen begleichen könne, kannte seine Dankbarkeit keine Grenzen. – Sie sehen, wie naiv mein Vater war.» Heinemann sprach mit einem herablassenden Unterton. «Er realisierte nicht, dass Leclair nur aus Eigennutz handelte und die drei Millionen in Tat und Wahrheit ein Schweigegeld waren. Das Schweigegeld dafür, dass er mit dem Tod meiner Mutter nicht in Verbindung gebracht wurde. Ich nehme an, die drei Millionen waren nur ein Teil. Da gingen vermutlich noch andere Beträge über den Tisch oder», er lachte spöttisch, «auf Bankkonten in Liechtenstein.»

«Und wie kam der Van Gogh in Leclairs Besitz?»

«Ganz einfach. Leclair wollte Sicherheiten für sein angebliches Darlehen. Er verlangte den Van Gogh, und mein Vater übergab ihm das Bild. That's it! Natürlich wusste Leclair, dass mein Vater das Darlehen nie würde zurückzahlen können. Er hatte den Van Gogh somit auf sicher. Ein bemerkenswerter Besitz, wenn man bedenkt, dass dafür ohne weiteres ein zweistelliger Millionenbetrag gelöst werden kann. Leclair hat meinen naiven Vater mit diesem Handel so richtig übers Ohr gehauen.» Seine Stimme war jetzt voll Hass.

«Und warum brachte er Ihnen das Bild zurück?»

«Ich wollte es wieder haben.»

«So einfach ist das?» Die Stimme der Kommissarin brachte ihre Ungläubigkeit zum Ausdruck. «Sie haben da nicht ein bisschen nachgeholfen? Mit einer kleinen Drohung oder so?»

«So etwas würde ich nie tun.»

«So? Würden Sie nie?», mokierte sich die Kommissarin; dann teilte sie Andreas Heinemann mit, dass er in dieser Sache noch von ihr hören werde, und verabschiedete sich.

Nachdem sie den Hörer aufgelegt hatte, blieb sie eine Weile in ihrem Sessel sitzen. Dann erhob sie sich, um einen neuen Kaffee zu holen. Sie war noch nicht bei der Türe, als das Telefon klingelte. Es war Hans Klement.

«Ich wollte dir nochmals gratulieren zu deinem Erfolg», sagte er im Ton eines typischen Einleitungssatzes. Und als sie nichts darauf erwiderte, fuhr er fort: «Und dann wollte ich dir noch sagen, dass du den Fall abschliessen kannst.»

«Ich verstehe nicht. Ich habe dich doch darüber informiert, dass es noch offene Fragen gibt, die ich klären möchte.» Tina Merz war völlig überrascht.

«Offenbar habe ich mich nicht klar genug ausgedrückt. Der Fall ist für uns erledigt. O.k.?»

«Ich will nur...»

«O.k.?»

Die Kommissarin hatte verstanden. «Dann schicke ich die Akten weiter an die zuständigen Untersuchungsbehörden in Arlesheim oder Dornach, damit die offenen Fragen dort geklärt werden können.» Sie sagte das im Ton eines trotzigen Kindes.

«Nein. Schicke die Akten nur, wenn man dich darum bittet. Sonst lass sie ruhen. Geschlossen. O.k.?»

«Ich nehme an, das ist ein Befehl. Ich füge mich, aber o.k. ist das nicht.»

Er legte auf. Sie war wie gelähmt. Ein heiliger Zorn tobte in ihr. Sie konnte nicht glauben, was sie da eben gehört hatte. Wie erstarrt sass sie in ihrem Sessel, und sie schaute auch nicht auf, als sich die Türe öffnete und Biasotto gut gelaunt und beschwingt in ihr Büro kam. Er blieb vor ihr stehen und betrachtete sie. «Was ist los, Chefin? Heute ist dein Glückstag, und du machst ein Gesicht wie nach einer Beerdigung.»

«Beerdigung?» Sie lachte bitter. «Eigentlich sehr treffend. Ich habe soeben eine Illusion begraben.»

«Eine mehr oder weniger.» Biasotto machte eine abwinkende Handbewegung. «Komm, lass uns an die Arbeit gehen. Ich brenne darauf, dem jungen Heinemann die Aussagen unseres Freundes Leclair unter die Nase zu reiben.»

«Nein.»

«Was heisst nein?»

«Befehl von oben.»

«Und warum?»

In ihren Augen lag ein bitterer Ausdruck, als sie sagte: «Weil die Mächtigen es so wollen.»

Nach dieser Antwort blieb Biasotto für einen Moment unschlüssig im Raum stehen; er betrachtete kummervoll die Kommissarin, die in einer Haltung von Hoffnungslosigkeit und Resignation in ihrem Sessel sass, den Blick abgewandt zum Fenster. Nach einer Weile zuckte er mit der Achsel und verliess mit einem lauten Seufzen das Büro seiner Chefin.

Tina Merz blieb allein zurück, versunken in ihrer düsteren Gedankenwelt. Plötzlich ging ein Ruck durch ihren Körper. Sie sah auf die Uhr, sprang auf und verliess mit raschen Schritten ihr Büro. Wenig später stürmte sie wieder herein, packte das Dossier Heinemann, das noch immer auf ihrem Pult lag, klemmte es unter den Arm und ging wieder hinaus.

Mit energischen Schritten eilte sie zum Büro von Hans Klement. Er sass am Schreibtisch und las leicht gelangweilt in einer Computerzeitschrift.

«Ich hätte jede Wette abgeschlossen, dass du hier aufmarschierst», bemerkte er schmunzelnd und legte seine Lektüre beiseite.

«Ich kann das nicht akzeptieren», erklärte sie atemlos. «Ich bin dem Gesetz verpflichtet, und es verlangt, dass ich handle.»

«Das Gesetz verlangt gar nichts», entgegnete er und strich sich mit der flachen Hand liebevoll über den kahlen Kopf. «Aber die gute Nachbarschaft stellt ihre Forderungen. Deshalb mischen wir uns nicht in die Angelegenheiten unserer Nachbarkantone ein, und schon gar nicht, wenn wir nur einen sehr vagen Verdacht gegen einen künftigen Mandatsträger haben.»

«Aber ich...»

«Kein Aber, liebe Tina. Der Fall ist abgeschlossen. Der Unfall hat sich nicht auf unserem Staatsgebiet zugetragen. Wir sind also weder zuständig noch verpflichtet, deine in keiner Art und Weise nachgewiesenen Verdachtsmomente weiterzuleiten.» Er lächelte milde. «Komm, Tina, lass die Sache auf sich beruhen. Sei etwas grosszügiger. Nimm nicht alles so ernst. Das beeinträchtigt die Lebensqualität, macht alt und hässlich.»

Als sie nochmals zu einer Entgegnung ansetzen wollte, liess er sie gar nicht zu Wort kommen. «Ich will kein Wort mehr hören. Der Fall bleibt abgeschlossen!» Er sah auf die Uhr. «Ich erwarte noch einen neuen Mitarbeiter zum Vorstellungsgespräch. Falls es nicht noch etwas Wichtiges zu besprechen gibt...»

## 45

Als sie am folgenden Morgen erwachte, beschloss sie, heute etwas später zur Arbeit zu gehen. Sie holte sich einen Kaffee, informierte Frau Simon und stieg wieder ins Bett. Auf ihrem Nachttisch lag noch die Zeitung vom Montag. Sie schlug sie auf und blätterte lustlos darin. Unter den Lokalnachrichten bemerkte sie drei Todesanzeigen für Frank Heinemann. Die erste war von Andreas Heinemann, mit dem üblichen Text: «Wir bedauern, Ihnen mitteilen zu müssen...»; für die zweite, gut formuliert, aber ohne persönliche Anteilnahme, zeichneten Lehrerschaft und Schulbehörde von Reinach; die dritte Anzeige, voller Kraft und Wärme, hatte David Eicher für die Wählerunion Baselland verfasst. Tina Merz nahm zur Kenntnis, dass die Abdankung am Freitag um fünfzehn Uhr in der Friedhofkapelle in Reinach stattfinden würde. Und obwohl sie Beerdigungen sonst mied und nur hinging, wenn es absolut unumgänglich war, beschloss sie, an dieser Feier teilzunehmen.

Sie hatte sich vorgenommen, pünktlich zu sein, kam aber wie üblich zehn Minuten zu spät. Sie hatte den Friedhof nicht gefunden und war zuerst zur Kirche gefahren. Dort hatte sie von einer alten Frau, die die Blumen auf einem der Gräber begoss, erfahren, dass die meisten Begräbnisse auf dem anderen Friedhof, dem neuen Friedhof im Fiechten, stattfänden.

Als sie die Kapelle betrat, war sie erstaunt über die vielen Menschen. Bis auf den letzten Platz waren die Holzbänke besetzt, und so musste sie sich zu ein paar anderen zu spät Gekommenen hinten an die seitliche Wand stellen.

Sie sah sich um. Was mochte all diese Leute hergeführt haben? Trauer? Sie schaute in die Gesichter. Die meisten schienen völlig teilnahmslos. Neugier? Ein schlechtes Gewissen, weil man diesen Mann, diesen

Nachbarn und Mitbürger, allein gelassen hatte? Im Leben und im Tod? Der Pfarrer hatte soeben sein Gebet beendet und zitierte nun ein paar Worte aus der Bibel. Zu salbungsvoll nach ihrem Geschmack und dem Toten auch nicht angepasst.

Während die Orgel spielte, schweiften ihre Augen durch die Reihen der andächtig sitzenden Menschen. Sie sah Andreas Heinemann. Er sass vorne in der ersten Reihe neben David Eicher. Wie immer trug er seinen blauen Blazer und ein blaues Hemd. Sein Gesicht war verschlossen; steinern und unbeteiligt sass er da. Neben Eicher entdeckte sie Marc Leclair. Elegant wie immer sass er im grauen Anzug neben seiner Frau, die, ebenfalls in Grau, einen auffälligen Hut mit einer Feder trug. Tina Merz liess ihre Augen weiter wandern. Am Ende der dritten Reihe fiel ihr ein junger Mann auf. Er sah aus wie ein Engel von Raphael und schrieb eifrig in ein Notizbuch. Das musste Stücklin sein. Genau so hatte man ihn ihr beschrieben. Jetzt sah er auf, und ihre Blicke trafen sich. Er lächelte ihr zu. Sie lächelte nicht zurück. Nein, dazu hatte sie weder Grund noch Lust.

Stücklin hatte für die Lösung des Heinemann-Falles in seiner Zeitung nur gerade zehn Zeilen übrig gehabt.

«*Die Baselbieter Polizei*», so war heute Morgen im Landboten zu lesen gewesen, «*hat mit der Einbruchsserie auch den Reinacher Mord geklärt. Mit Hilfe verschiedener Stücke aus dem Diebesgut konnte den rumänischen Einbrechern nachgewiesen werden, dass sie den Zeitungsverträger umgebracht hatten. Er war unglücklicherweise dazugekommen, als sie ihre Beute im Wald vergraben wollten. Ein Geständnis liegt vor. Damit steht fest, dass zwischen dem Fall Heinemann und dem Fall Carlo Masagni, dem Zeitungsverträger, der im vergangenen Februar im Kannenfeldpark ermordet wurde, keine Verbindung besteht.*»

Als die Orgel zu Ende gespielt hatte, erhob sich David Eicher und trat vor die Trauergemeinde.

«Wir nehmen heute Abschied von Frank Heinemann», eröffnete er seine Ansprache. «Er war ein Vorbild für uns alle. Er glaubte an eine Politik, die sich an ethischen Grundwerten orientiert, an Grundwerten wie Freiheit und Gerechtigkeit, Solidarität mit den Schwachen, Achtung vor der Person der anderen. Er erwartete von uns, dass wir uns als Staatsbürger und Politiker von diesen Grundwerten leiten lassen, und er war deshalb oft ein unbequemer Freund.»

Die Trauergemeinde sass regungslos in ihren hölzernen Bänken und schaute auf den unscheinbaren Mann, der vorne inmitten der Blumen stand.

«Obwohl diese Grundwerte das Fundament unseres freiheitlich-demokratischen Staates bilden», fuhr Eicher fort, «sind sie in den letzten Jahrzehnten mehr und mehr in Vergessenheit geraten. Der Wille, uns als Individuen von allen lästigen Fesseln und Verantwortlichkeiten zu befreien, von staatsbürgerlichen Pflichten, von Kirche und Religion, von familiären Bindungen, von gesellschaftlichen und kulturellen Traditionen, von Moral und Ethik, ist immer mehr ins Zentrum unseres Denkens gerückt. Für unsere individuelle Freiheit haben wir die alten Werte über Bord gekippt. Wir nehmen uns heute jedes Recht und haben viele Ansprüche. Aber wir sind nicht mehr bereit, Verpflichtungen und Verantwortung zu übernehmen.»

Es war still in der Kapelle, totenstill. Tina Merz glaubte, das Flackern der Kerze zu hören, die auf dem blumengeschmückten Altartisch brannte. Aber sie mochte nicht darüber nachdenken, sie schaute nur auf den Redner, der allein vorne stand.

«Die Menschheit steht heute auf dem absoluten Höhepunkt, was Können und Macht angeht. In diesem Zustand einer fast grenzenlosen Herrschaft, verbunden mit dem Verlust an Rechtsempfinden, an Ethik und Moral, sind Mahner und Moralisten wie Frank Heinemann unverzichtbar. Sie erinnern uns daran, dass wir die aktuellen Probleme dieser Welt nur dann lösen, als Gesellschaft und als Menschheit nur dann überleben können, wenn wir zu Verantwortungsgefühl und Selbstbeschränkung zurückfinden.»

David Eicher liess seinen Blick über die Trauergemeinde schweifen. «Es ist normal, dass Menschen nach individuellem Glück und persönlichem Erfolg streben. Wenn sie aber nur noch diese Ziele verfolgen und dabei die Interessen der anderen und das Gemeinwohl völlig aus den Augen verlieren, dann entsteht eine Gesellschaft von egoistischen Individualisten. Gegen diese Eigensucht, diesen Mangel an Verantwortung für Mitmenschen und Gemeinschaft, gegen diese Gesellschaft ohne Werte, die zwangsläufig zur wertlosen Gesellschaft wird, hat Frank Heinemann gekämpft, weil er erkannte, dass wir mit der Preisgabe der ethischen Grundwerte auch die Spielregeln aufgeben, die unsere Gesellschaft über Jahrhunderte in der Balance zwischen Freiheit und Ordnung gehalten haben. Er kämpfte dagegen, dass Menschen Menschen behandeln wie Wegwerfware, dass Wirtschaftsführer Arbeitsplätze gegen bessere Aktienkurse eintauschen, dass wir die Natur und ihre Ressourcen auf Kosten der künftigen Generationen ausbeuten. Heinemann kämpfte aber vor allem gegen den Mangel an Verantwortung im Staat. Er forderte von den Parteien, dass sie ihren Machtanspruch hinter den demokratischen Interessen zurückstellen, und er erwartete von den Funktionären dieses Staates, dass sie sich bedingungslos dem öffentlichen Interesse verpflichten.»

Die Betroffenheit der Zuhörer war jetzt körperlich zu spüren, und David Eicher schwieg einen Augenblick. Dann überzog ein trauriges, aber liebevolles Lächeln sein Gesicht.

«Frank Heinemann wusste, dass nicht Macht und Erfolg über das Lebensglück entscheiden, sondern dass es zwischenmenschliche Beziehungen, kulturelle Tradition und ethische Werte sind, die den Sinn des Lebens ausmachen. Und er war zutiefst davon überzeugt, dass es Aufgabe und Pflicht der Politik ist, die geistige und moralische Führung zu übernehmen und dafür zu sorgen, dass wir aus unserer gesellschaftlichen und politischen Misere herauskommen, indem wir unsere individuellen Ansprüche zurücknehmen und wieder Verantwortung für Gemeinschaft und Staat übernehmen.»

David Eicher stand vor den vielen Menschen, alleine, ein unscheinbarer Mann, dem viele die eindringlichen Worte nicht zugetraut hätten.

«Frank Heinemann ist tot», teilte er jetzt traurig mit. Und dann überzog ein Leuchten sein Gesicht. «Aber seine Botschaft lebt. Und wir werden seine Fackel aufnehmen und in unser Land hinaustragen, bis ihr Feuer überall brennt. Lasst uns heute noch damit beginnen!»

Nach diesen Worten setzte er sich wieder auf seinen Platz neben Andreas Heinemann, und nach einer kurzen Pause des Schweigens und Nachdenkens setzte die Orgel ein.

Tina Merz stand auf und verliess die Kapelle. Die Rede Eichers hatte sie tief bewegt. Sie wollte jetzt nichts mehr hören, nichts, was den Nachhall dieser Worte beeinträchtigen könnte.

## 46

Neun Wochen später wählten die stimmberechtigten Einwohner und Einwohnerinnen des Kantons Basel-Landschaft Marc Leclair in die Regierung. Er konnte fünfundsechzig Prozent der abgegebenen Stimmen auf sich vereinen, wobei die Wahlbeteiligung allerdings nur gerade dreissig Prozent betrug. Am nächsten Tag war in der Basler Zeitung folgender Kurzkommentar zu lesen:

*«Mit Marc Leclair zieht ein hervorragender Mann in die Regierung ein, dem es in den wenigen Wochen des Wahlkampfes gelungen ist, zum neuen Hoffnungsträger unserer Region zu werden. Mit seiner Intelligenz, seinem überdurchschnittlichen Engagement und nicht zuletzt seiner langjährigen Erfahrung in Spitzenpositionen der Privatwirtschaft wird er in der Regierung bald ein Schwergewicht sein. Darüber hinaus ist er aufgrund seiner persönlichen Integrität und seiner hohen Sozialkompetenz geradezu prädestiniert, verlorenes Terrain zurückzuerobern und den Menschen in diesem Land wieder Vertrauen in die Politik zu geben. In diesem Sinne ist Marc Leclair ein Glücksfall. Er wird die gute Tradition der politischen Führung im Kanton Baselland weitertragen.»*

Als Tina Merz von ihren kurzen Ferien in Venedig nach Hause kam und abends im Bett ihre Post durchsah, fand sie unter Reklamesendungen, Briefen und Rechnungen eine grosse, dicht beschriebene Ansichtskarte von Salome, die in den Ferien auf Kreta weilte. «Es ist wunderbar hier, und ich geniesse die Sonne, das Meer und den Strand», schrieb sie. «Gestern Abend habe ich in der Hotelbar Marc Leclair getroffen. Er sagte mir, er erhole sich vom Wahlstress, bevor er am 1. Juli sein Amt antrete. Er will sich jetzt scheiden lassen. Im Übrigen lässt er dich grüssen. Du seist eine interessante Frau, und er trage dir nichts nach.

Er bat mich, dir Folgendes auszurichten: Er sei vor seiner Fahrt zum Flughafen tatsächlich bei Heinemann gewesen. Er habe ihn bitten wollen, seine Drohung zurückzunehmen, ihn aber nicht mehr angetroffen.»

Tina Merz zuckte die Achseln und warf die Karte in den Papierkorb; sie enthielt nichts, was sie nicht ohnehin schon wusste.

## 47

Am Pfingstmontag verliess Max Wüst gegen Mittag sein Hotel und trat auf die Seepromenade hinaus. Es war ein herrlicher Frühsommertag. Ascona zeigte sich von seiner schönsten Seite. Die Sonne schien bereits angenehm warm, und über dem See und den Bergen lag ein leichter, bläulicher Dunst, der davon berichtete, dass es in den letzten Tagen stark geregnet hatte.

Sonja Wüst war zwei Wochen zuvor gestorben. «Die arme Seele hat Ruhe gefunden», hatte sich Max Wüst zum Trost immer wieder selbst zugeredet. Aber er vermisste seine Frau, mit der er so lange Jahre einträchtig zusammengelebt hatte. Die täglichen Besuche im Felix Platter-Spital waren zwar eine grosse Belastung gewesen. Aber sie hatten seinem Leben Sinn und Inhalt gegeben. Jetzt war da ein gewaltiges Loch, eine grosse Leere, die auszufüllen er erst lernen musste.

Max Wüst hatte sich kurzfristig entschlossen, die Pfingsttage und vielleicht noch ein paar mehr in Ascona zu verbringen. Er wollte sich hier an die schönen Zeiten seines Lebens erinnern. An Sonja, als sie noch eine junge Frau war, als das Leben noch vor ihnen lag und sie voller Pläne und Erwartungen waren. Er ging dem Seeufer entlang zum Zentrum. Er fühlte sich einsam und orientierungslos.

Er überquerte die Strasse und trat an einen Zeitungskiosk. Sein prüfender Blick schweifte über die Auslagen und blieb an den Zeitungen hängen, die auf dem Trottoir in eiserne Ständer eingeordnet waren. Er griff nach der Basler Zeitung, nahm ein Fünffrankenstück aus der Tasche und reichte es der Frau, die im Kiosk ihren Dienst tat. Mit der Zeitung unter dem Arm setzte er seinen Weg fort, jetzt auf der anderen Strassenseite, da, wo dicht nebeneinander die Strassenrestaurants die Seepromenade säumen.

Nach etwa fünfzig Metern kam ihm die nette Dame entgegen, die im gleichen Hotel wohnte und beim Frühstück am benachbarten Tisch sass. Er nickte ihr zu. Sie grüsste freundlich zurück. Heute Morgen hatte er sich überlegt, ob er sie zu einem Kaffee einladen sollte. Oder zu einer Schifffahrt. Es wäre nett, nicht mehr allein zu sein, mit jemandem etwas zu erleben und anschliessend darüber sprechen zu können. Während er weiterging, beschloss er, die Dame bei der nächsten Begegnung anzusprechen und sie zu einem gemeinsamen Ausflug einzuladen.

Danach fühlte sich Max Wüst mit einem Mal viel besser. Leicht und beschwingt ging er weiter; wenig später blieb er vor einem der Strassenrestaurants stehen. Hier hatte er schon gestern gegessen. Sein Blick schweifte prüfend über die Tische, die alle besetzt schienen. Da hinten, da gab es noch einen freien Platz. Max Wüst drängte sich durch die dichten Reihen und setzte sich glücklich auf den freien Stuhl. Er lehnte sich zurück und streckte die Beine. Eigentlich ging es ihm gut. Er schaute auf den See, die Berge, die im blauen Dunst weit entfernt schienen, lehnte den Kopf zurück an die Wand und schloss für einen Moment die Augen. Dann setzte er sich wieder gerade hin und nahm die Speisekarte. Als ihn der freundliche Kellner wenig später nach seinen Wünschen fragte, bestellte er Ravioli al pesto und einen Zweier Merlot. Und als auch das erledigt war, atmete er geniesserisch und tief die herrliche Luft ein. Er schaute noch eine Weile den Kindern zu, die vor den Tischreihen mit einem jungen Hund um die Wette liefen, und griff dann nach seiner Zeitung. Er blätterte zum Lokalteil, den er wegen der Todesanzeigen immer zuerst las. Sein Blick fiel auf eine kleine Notiz:

*«Wie das Kriminalkommissariat gestern mitteilte, konnten die Ermittlungen im Mordfall Masagni erfolgreich abgeschlossen werden. Carlo Masagni war am 18. Februar im Kannenfeldpark ermordet worden. Der Täter, ein sechsundzwanzigjähriger Schweizer, lauerte dem Zeitungsverträger in den frühen Morgenstunden auf, weil dieser*

*ihm am Vortag bei einer Tanzveranstaltung die Freundin ausgespannt hatte. Es kam zu einer tätlichen Auseinandersetzung, in deren Verlauf der Täter Masagni am Kopf so schwer verletzte, dass dieser sofort verschied.*»

Eva Rüetschi

Geboren 1944 in Basel, Juristin, verheiratet, zwei erwachsene Söhne. Mehrjährige Gerichtstätigkeit, Friedensrichterin, Ausbildungsleiterin, Organisations- und Personalberaterin. Ab 1984 aktive Politikerin als Gemeinderätin, Landrätin, seit 1990 Gemeindepräsidentin von Reinach BL.